일하는 예술가들

일하는 예술가들

강석경의 인간탐구

사진 김동희

열화당

개정증보판 서문

삼십여 년 만에 개정증보판을 준비하니 이 책의 생명력이 고맙고 뿌듯하다. 당시 한 문학지에 예술가 인터뷰 글을 연재하고 책으로 묶을 때도 이렇게 오래 남을지 몰랐다. 급변하는 시대 흐름에도 예술이 주는 감동은 영원하니 예술애호가가 존재하는 것이리라. 책과 함께 나의 나이테도 늘어 가는데 가야금 명인 황병기 선생님이 올해 팔십이 세로 별세하셨다. 뒤돌아보면 실리를 떠나 치열하게 자신과 싸우면서 옛 시대의 정서와 인간미를 지닌 예술가들과의 만남이 새삼 행운으로 여겨진다.

이번 개정증보판엔 연극배우 백성희 선생이 추가되었다. 초판을 준비할 때 분량이 넘쳐서 재판 때로 미루었더니 이토록 늦어졌다. 2011년 국립극단이 새 극장을 개관하며 '백성희장민호극장'이라 이름 붙인 것으로 알듯이 그는 대한민국 연극의 역사이며 후배들이 우러러본 별이다. 한생을 오롯이 무대에 바친 성실에 감탄했지만 나를 진정 매혹시킨 것은 노여배우의 의연한 파격이었다. 어느 여름날 몇 연극인이 가든파티에 초청받아 모였는데 담소가 오가고 술자리가 무르익자 선생은 조용히 일어나 풀장으로 가더니 옷을 다 벗고 수영을 하기 시작했다. 칠순에도 곧은 다리로 물살을 가르며 말이다. 내가 직접 본 장면이 아니라 선생을 인터뷰한 글이 잡지에 실린 지 십 년도 더 지나 들은 이야기다. 그 노장의 아름다움을 뒤늦게나마 책에 올리니 숙제를 한 듯 가뿐하다. 백성희 선생의 사진은 선생 유족 측에게 제공받은 것으로, 이외에는 대부분 김동희 선생의 사진이다.

이번에 나는 교정지 속에서 예술가마다 그만이 할 수 있었던 잠언과 금언 들을 재발견했다. 이 책을 읽는 독자들도 각 편마다 정신의 수정水晶을 캐낸다면 예술을 사랑하는 작가로서 보람을 느낄 것이다.

2018년 6월
객주문학관에서 강석경

초판 5쇄 서문

잔물결이 돌밭을 적시듯 이 책은 소수의 독자에 의해 소리 없이 미미하게 팔리면서 건재해 왔다. 이 책에서 영감을 얻어 광고 카피를 쓰고, 태교를 위해 아내에게 선물했다는 독자들의 소식을 전해 들을 때마다 위안을 받았다. 세상이 온통 물질의 이익만 추구하는 듯하지만, 영혼의 샘물을 찾는 사람들도 가까이에 있구나.

다시 책을 찍으며 표지도 바꾸고 새롭게 세상에 내보내려니 그간 이십 년의 세월이 흘러간 것을 헤아리게 되었다. 십 년이면 강산도 변한다는데…. 처음 책을 출판했을 때 타계한 두 분 말고도 그사이 여섯 분이 세상을 떠났다. 선문답처럼 말을 던지던 화가 장욱진, 장신의 반골 건축가 김중업, 군더더기 없는 성품이 원목 같던 화가 유영국, 알뜰한 옛 여인의 전형 같던 가곡여창 김월하, 자기 전 침대에서 소년같이 매일 이 책을 읽었다던 조각가 문신, 신라를 사랑하여 나를 경주로 인도해 주신 토우 제작가 윤경열.

다시는 이러한 유형의 예술가를 만날 수 없으리라. 문명화될수록 예술가들도 일상인같이 규격화되어 가는 것 같다. 컴퓨터 하나로 세계와 소통하는 정보화시대라 오히려 자신을 잃어버릴 것만 같은데, 속세에서 비켜나 고독하게 자기 세계를 추구해 온 지난 시대의 예술가에 대한 기록이 그래서 더욱 값지지 않을까.

2007년 장마에
강석경

초판 1쇄 서문

내가 전에 살았던 정릉에는 큰 개울이 있었다. 분주히 오갈 땐 그 개울이 눈에 잘 들어오지 않았으나, 한밤 정적 속에서 졸졸 흐르는 물소리를 문득 들으면, '아 그렇지, 개울이 있지' 새삼스레 생각하곤 위안을 얻었다. 그 물소리가 순간이나마 마음을 청정하게 해서 어느 때는 지고한 혼과 합류한 듯했다.

물은 깊은 밤에도 저 혼자, 혼자 흘러내리며 자신을 정화시킨다. 끊임없이 흐르면서 맑음, 자기본질을 지키는 물의 속성을 닮고 싶다. 예술가란 바로 세상의 가치에 안주하지 않고 물처럼 쉼 없이 자신을 씻으며 길을 찾아가는 사람이 아닐까.

극렬한 구호가 난무하고 황금이 정신을 지배하는 시대에 예술가란 쓸모없는 무용자無用者처럼 보인다. 폭력 앞에서 그들은 미약해 보이고 물질주의자들에겐 물증을 줄 수 없다. 그러기에 한 시인은 이렇게 독백했다.

그동안 무엇을 하였느냐는 물음에 대해

다름 아닌 인간을 찾아다니며 물 몇 통 길어다 준 일밖에 없다고

―김종삼 「물통」 중에서

이 물 몇 통이야말로 진정한 구원이 아닐지. 혼탁한 시대일수록 무용한 예술가의 존재는 필요하다. 자연에서 멀어진 인간에게 본질을 보여 주고

혼의 갈증을 풀어 주기에. 이것이야말로 예술의 힘일 것이다.

　그동안 많은 예술가들을 만날 기회가 있었다. 그중 열네 분과의 인터뷰를 실었는데, 모두가 혈연 같았고, 예술가란 무엇인가를 확인하게 해 주었다.

　예술가란 곧 그 시대의 정신적 보루이니 그분들의 빛나는 작업을 언어로 기록하여 세상에 남기게 된 것은 작가로서 또 하나의 수확으로 여겨진다.

　이 책을 내 생애 최초로 만난 예술가이며 구도하듯 창작의 고통과 대면해 온 최종태 스승께 바치며, 김종삼, 박생광 선생님이 앞서 돌아가셨음을 슬퍼한다. 두 분 다 어린 사람을 스스럼없이 친구라고 불러 주셨다.

　1986년 5월
　강석경

차례

화가 장욱진

나이는 먹는 것이 아니라
뱉는 것이다. 칠순의 나이에 아이 같은
순수한 혼으로 붓장난을 하는 쟁이.
에고의 때가 낀 우리 마음을 정화시키기 위해
까치를 몰고 온 메신저.

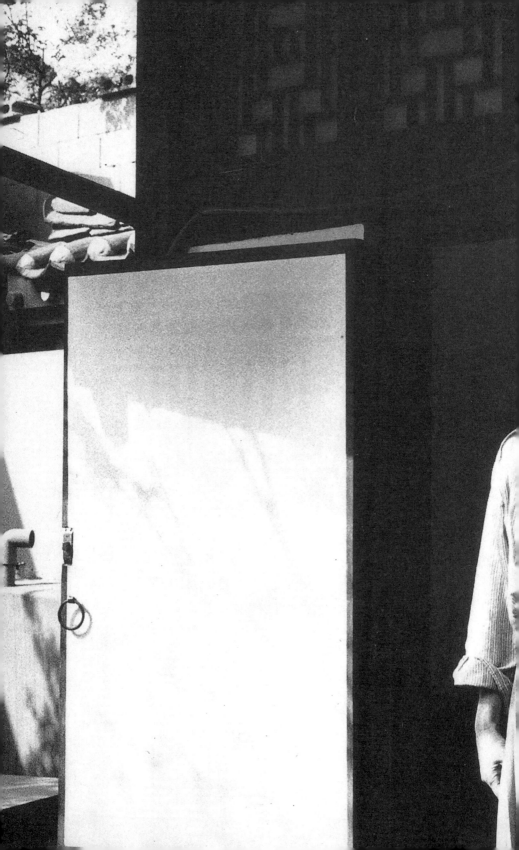

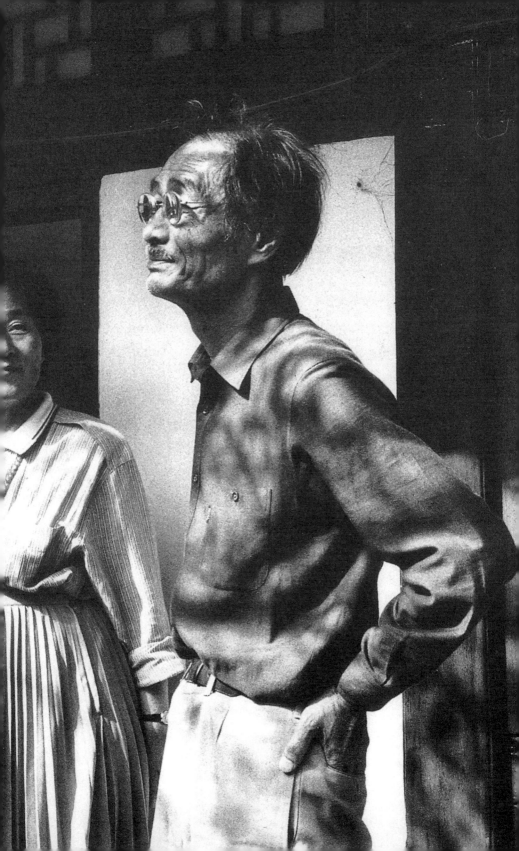

내가 선생과 처음 만난 것은 미술대학 학생 시절이었다. 사람이 아니라 작품과의 만남이었다. 둥근 나무만 어렴풋이 떠오를 뿐 어떤 그림이었는지 집어낼 수는 없지만, 그때 느꼈던 부끄러움과 의혹의 교차는 잊혀지지 않는다. 부끄러웠던 것은 그림에서 보이는 진솔한 사랑의 꿈 때문이었고, 의혹을 느꼈던 것은 나보다 삼십 년을 더 산 어른이 아이같이 죄 없는 그림을 그릴 수 있을까 하는 것이었다.

당시 나는 모든 것을 부정적으로 바라보는 회의주의자였다. 그런 내 앞에 사랑과 평화의 모습으로 나타난 것이 바로 장욱진 선생의 그림 한 점이었다. 그것은 내가 삶을 이해하기 훨씬 전, 의식이 있기 전, 까마득한 어린 날에 봤을 듯한 영상이었다. 고향 같았고, 마음속의 가시를 일순에 녹였으며, 진심을 이끌어냈다. 그는 어떤 사람이길래 삶을 그토록 무구한 것으로 표현할 수 있는 것일까. 그런 뒤 선생을 만나는 것이라 나의 수안보행은 십 년 만의 재회나 다름없었다.

마을을 감싸고 있는 큰 산 아래 그릇처럼 모여 있는 작은 산들이 선생의 그림에서 본 가족 같다. 해와 달, 새와 나무가 사람과 어우러져 있는 동심의 엑스레이 그림. 수안보마을은 그 그림을 떠올리게 할 만큼 선생의 모습과 닮았다.

화실은 두어 평이나 될까. 테레빈유와 물감 튜브와 붓대, 선생의 그림 도구가 있다는 것 외엔 어느 시골방과도 다름없었다. 선생의 캔버스가 작은 것은 알고 있지만, 그것조차 눈에 띄지 않았다.

"화실이 따로 있나. 여기서 그림도 그려요."

선생이 파이프를 만지며 웃는다. 흐트러진 머리에 얼마 전 백내장 수술을 해서 특수렌즈의 안경을 쓰고 있는 모습이 유명인(?)이라기엔 너무나 소탈하다. 부인 이순경李舜卿 여사도 형제 같다.

"선생님이 처음 이곳에 오실 때 컵하고 버너만 가져오자고 했어요. 그

16

래도 살림하는 사람 생각엔 어디 그래요. 그릇을 갖다 놓으면 그릇이 보인다고 하세요. 그건 아마 그릇 자체를 말하는 게 아니라 마음이 부산해지니 말라는 얘기 같아요. 살려고 이곳에 온 게 아니라고."

"산다는 건 생활이에요. 나는 산다는 말 대신 걷는다는 말을 해요."

걷는다? 진행형. 내가 그 뜻을 헤아리는데 선생이 왼손을 펴 보인다.

"삼 년 전인가, 이 손을 뜨거운 감잣국에 데었어요. 화상이 심했어요. 집사람 성화에 못 이겨 하루 지나 병원에 갔는데 일주일 만에 깨끗이 나았어요. 주위에선 왼손이니까 다행이라고 했지만 그렇지도 않아요. 균형이 안 잡혀서."

"그렇게 나은 게 기적이에요. 병원에도 내가 등을 밀어 가셨지. 백내장 수술을 할 땐 일어나지 말라, 담배 피우지 말라 했는데 일어나시고 담배도 피우고, 병원에서 가장 다루기 힘든 환자였어요."

"몸은 도구라니까. 아낌없이 써야 해요. 그림을 그릴 때 '친다'고 하잖아요. 이 손으로 사람만 안 치면 돼요."

부인이 고개를 내젓는다.

"도구도 너무 부리면 고장이 나요."

'오십 년을 술과 그림밖에 모르고 살았다'고 스스로도 말하지만 선생을 아는 사람이면 누구나 술을 떠올릴 정도로 일화도 많다. '술 먹는 것도 황송한데 밥은 어떻게 먹으며, 안주는 미안해서 더욱 안 먹는' 깡술이고 폭주暴酒다. 술에 취하면 부인이 운영하는 혜화동 서점에 들러 '직관'으로 손님들을 쫓아내는 일화는 유명하다. 혜화동 파출소에서도 선생만은 예외로 봐줄 정도였다.

"옛날같이 많이 못 마셔요. 이 바닥이 좁아서 내가 술을 마시면 바늘(도둑)이 소(도둑)가 되듯이 소문이 날 거예요. 또 마을서 만드는 농주가 부인회에서 관리하기 때문에 잘 못 사 마셔요."

부인이 옆에서 술 근황을 적절하게 표현한다.

"옛날엔 술마귀가 함께 마셨는데 요즘은 부처님하고 같이 마셔요."

"난 오십 년 술이지만 중독이 안 돼요. 술에 지지는 않아요. 술을 술로 마시고 발산하니까 휴식이 돼요. 옛날에도 술난봉이 제일이라고 했잖아요. 대낮에도 술 마시지만, 소문나지 않게 마시는 술은 범죄가 많은 법이에요."

피란 시절부터 폭주로 유명했다. 소주 됫병을 들고 용두산 공원으로 오르던 선생의 모습은 신화처럼 지금까지 전해지는 얘기다.

"전쟁통이니까 술을 마시는 거지. 배고파도 밥 사 달라는 말을 못 하잖아, 또 돈 달란 말도 못 하지. 그러니까 술밖에 마실 게 있어야지."

"술은 양정고보 운동선수 시절에 합숙하면서 시작했다는 글을 본 적이 있는데 무슨 운동을 하셨어요?"

"내가 달리기를 잘했어요. 손기정 선배가 있을 때였는데."

선생의 큰 키와 가벼운 체중에 마라톤은 그런대로 어울리겠다고 상상하는데 부인이 높이뛰기였다고 일러 준다. 뛰어가서 줄을 넘는 경기인데 '선생님은 화가니까 아마도 그 선을 보신 것 같다'고 덧붙였다. 선수에게 뛰어넘을 선은 승부 그것이지만, 그는 예술가였기 때문에 선 그 자체의 아름다움을 사랑했나 보다.

위대한 예술가들의 생애를 보면 대개 어린 시절부터 신화의 싹을 키워 왔다. 학교에 처음 입학하고 '알렉산더가 옛날 유명한 인물이었다는 사실이 내게, 바로 나 자신에게 무슨 의미가 있을까…'라고 낙서했던 것은 시인 랭보. 보는 것마다 묘사했다는 자코메티나 화목한 목사 가정에서 자랐으나 황막한 들판을 헤매는 외톨이 소년이었던 고흐가 그렇다.

어린 시절의 장욱진도 분출을 기다리는 잠재된 화가였다. 그는 일곱 살 때 경성사범 부속 보통학교에 입학하기 위해 고향인 충남 연기에서 서울로 왔다. 그때 사촌과 팔촌 등 여섯 명의 장씨 일가 아이들과 함께 기숙했는데, 그림이 그리고 싶으면 아이들이 다 잘 때 다락에 숨어 밤을 새고 그렸다.

그가 공식적으로 그림을 인정받은 것은 아홉 살 때다. 「전국소학미전」에 당선했을 때다. 그림책에 있는 까치가 '틀렸다'고 생각하고 책을 무시한 채 마음대로 그렸다. 눈이나 세부묘사는 귀찮아서 생략하고 까맣게 그렸다. 미술 선생이 눈여겨보고 유화물감을 사 주었다. 당시 학교 분위기가, 뜀박질을 잘하면 스파이크를 사 주고 학생들의 사기를 돋우던 때였다. 그는 선생이 사 준 물감으로 형태가 어쩐지 마음에 들었던 까치를 즐겨 그렸다. 전엔 미술점수가 '丙병'이었는데 입상한 다음부턴 줄곧 '甲갑'이 되었다.

그림 그리는 일을 주위에서 이해해 준 것은 훨씬 뒤다. 어릴 때 돌아가신 아버지를 대신하여 대찬 고모가 그를 교육시켰는데, 양반집 자손이 '손장난' 하는 것을 고모는 몹시 싫어했다. 경성 제2고보에 다닐 때다. 한번은 고모가 밤이 늦어 집 안을 돌아보는데 그의 방에서 불빛이 새어 나왔다. 문을 여니 소년 욱진은 방장房帳을 쳐 놓고 그림을 그리고 있었다. 그날 밤 그는 빗자루 세 개가 부러질 때까지 서서 매를 맞았다. 피가 맺힐 정도였고, 공교롭게도 다음 날부터 온몸이 붓는 성홍열에 걸려 학교를 중퇴하는 사태까지 생겼지만, 그는 매를 맞으면서도 울지 않았다. 그것을 보고 고모는 '저 애는 바보 아니면 성자'라고 말했다. 꼭 그려야 할 그림이어서 매까지도 꿋꿋하게 맞은 것이 아니었을까.

그 호랑이 고모가 화가 장욱진을 인정한 것은 그가 스물한 살 때 조선일보 주최 「전국학생미전」에서 특선을 하고서다. 〈공기놀이〉란 제목의 유화였다. 그제야 고모는 '그렇다면 세계적인 화가가 돼라'며 도쿄 유학을 준비해 주었다. 그때 받은 상금 백 원으로 선생은 고모의 치마를 해 드렸다고 회상한다.

"정말 굉장한 분이었어요. 도둑이 목에 낫을 들이대도 눈 하나 깜짝 하지 않아서 오히려 도둑이 떨었어요. 사람을 불러 그 도둑에게 쌀과 피륙을 주어 보냈어요. 나중에 그 도둑이 순경에게 잡혀 왔는데, 고모는 국수를 해 먹이고 순경에게 도둑을 놓아주라고 청했어요. 당시 선승으로 알려진 만공滿空 대선사가 고모를 가리켜 '백 리면 삼십 리는 온 사람'이라고 했는데, 돌아가시기 전, 팔순에도 쌀 백 섬을 지었어요."

"그 시고모의 위력이 얼마나 컸던지 선생이 매 맞을 때도 시어머니는 아들보다 자식도 없으신 당신이 조카를 가르친다고 손수 매를 든 것이 얼마나 힘들까 하고 걱정했대요. 시어머님도 대단하죠. 그분은 젊은 나이에 남편을 잃었지만, 한 번도 눈물을 보이지 않았어요. 자식을 돌보느라 눈물 흘릴 틈도 없었던 거죠."

'큰 돈은 쓰고 적은 돈은 쓰지 마라'는 고모의 말을 선생은 아직도 기억하고 있다. 엄격하고 호랑이처럼 위엄이 있고 큰일엔 남자보다 더 대범했던 고모. '그분의 영향을 많이 받은 것 같다'는 선생의 말에 얼핏 〈아낙네들〉이란 그림이 떠올랐다. 사람 크기만 한 나무 가운데 아이를 데리고 부동의 자세로 서 있는 두 여인, 굵은 선으로 그려진 얼굴의 당당한 윤곽, 통나무 같은 허리며 단순화한 표현이 탄탄한 생명력을 보여 주는 아낙네들, 그들의 모습은 바로 그를 키워 왔던 강인한 고모나 어머니의 모습이 아닐까. 그들에게서 화가는 자연의 생명력을 보았고 삶에 순응해 가는 한국 여인네들의 슬기를 배웠는지도 모른다.

그의 소년 시절 얘기가 나오자 고등보통학교를 중퇴하고 절에서 수양한 시기까지 얘기가 미쳤다. 수덕사修德寺에서 반 년간 수양했던 것은 건강 때문인데, 독실한 불교신자인 고모가 그를 절로 데려갔단다.

"수덕사 견성암의 만공 대선사 선실에서 기거했어요. 독경을 한 건 아니고 온종일 선실에 앉아 있었어요. 밥도 문틈으로 밀어 주면 먹고, 반 년이었지만 그때 몸과 마음이 완쾌된 것 같아요."

"사람에게는 근기根氣라는 것이 있는데, 스님은 선생님의 근기를 시험해 본 것 같아요."

만공 대선사는 엄격하기로 이름난 선승이었다. 당시 수덕사에 일엽一葉 스님이 수도하고 있었는데, 일엽을 만나러 온 나혜석羅蕙錫을 경내에 못들어오게 하고 일엽이 동구 밖으로 나가 만나도록 했다. 그 만공 스님은 소년 장욱진의 머리를 반 년 뒤 깎일 생각을 하고 있었다. 그가 절에서 나온 것은 '네가 하는 일과 불도佛道에서 하는 일이 똑같다'는 스님의 결단에서였다.

"사실 맞는 말이에요. 화가는 화가로서, 사업가는 사업가로서 사는 거예요."

팔레트에 널려진 굳은 물감, 액자 하나 없는 단출한 방. 선생은 그 공간의 한 부분이 된 파이프를 계속 물고 있는데, 문득 그의 인상 깊은 글귀가 떠올랐다.

"창작생활 이외는 쓸데없는 부담밖에 아무 소용이 없는 것이다. 그것은 마치 승려가 속세를 버렸다고 해서 생활을 버린 것이 아니라, 오히려 부처님과 함께하여 그 뜻을 펴고자 하려는 또 하나의 생활이 책임지워진 것과 같이 예술도 그렇듯 사는 방식임에 지나지 않으리라."

그림 그리는 일과 불도에서 하는 일이 같다는 말을 들으니, 선생과 고승 경봉鏡峰과의 만남이 생각난다. 통도사에 내외분이 들러서 한방에 앉아 있는데 방 앞을 지나가던 경봉 스님이 신발을 보고 옆사람에게 물었다. "누구 신이 저렇게 크냐, 나 여기 좀 들어갈란다." 방에 들어온 스님이 선생에게 물었다. "뭐 하는 사람이오." "까치 그림을 그립니다." "쾌하다" 하고 그때 스님이 지어 준 법명이 비공非空이다.

"아마 그 스님이 선생님과 전생에 무슨 인연이 있었나 봐요. 한번은 경봉 스님이 몹시 편찮으시다는 말을 듣고 간 적이 있는데, 선생님에게 이런 뜻의 글을 써 주셨어요. '허공 중에 한 점을 찍었다. 이것이 희소식이다. 알아들을 사람이 어디 있느냐'라고."

'합리적인 생활이란 있을 수 없다'고 스스로 말하듯 그는 평생을 술과 그림밖에 모르고 살았다. 전쟁 후 모처럼 가족이 모여 두 칸짜리 전세방에서 살 때도 캄캄한 방 속에서 바르고 찍고 파내고 했다. 덕소에서 십이 년간 살았던 그를 혹자는 기인으로 생각하지만, 모든 것을 그림에 연결시키면 예술가의 삶을 이해하게 된다.

그는 여섯 남매의 아버지지만 대부분의 시간을 혼자 떨어져서 보냈다. 그림을 그려야 하기 때문이다. 이것을 가족을 돌보지 않는 것으로 생각하는 건 큰 오해다. 그는 세상의 어느 누구보다 가족을 사랑한다. 그 사랑이 그림을 통해 서로 이해한다는 것이 다른 사람들과 다를 뿐이다. 그의 그림에서 보이듯 가족은 그의 부분이다. 시간과 공간을 초월해서 함께 있다. 그러기에 가족에게 무슨 일이 있을 땐 직감으로 알고 달려온다. 가족과의 만남을 기다리며 부지런히 캔버스를 채우고 붓을 딱 놓고 나면 꼭 한 잔의 술을 집사람에게 받아야지, 생각한다. 불기 없는 정월의 덕소화실에서 일주일간 절식하며 아내의 진진묘眞眞妙 상을 그리고 돌아와서 삼개월 동안 드러누운 적도 있다.

선생이 그린 〈진진묘〉는 세부가 생략된 백제 불상같이 보인다. 단순한 흑선과 원광이 생명력을 주어 움직이는 불상같이 느껴진다. 아니면 살아 있는 인간이 불상의 자세로 서 있다고 할까.

전세방에 살면서도 '아무리 생각해도 그림을 팔 수 없었던' 환경 때문에 몸소 책방을 꾸려 나갔고 보름씩 밥알 한 톨 없이 부어 대는 폭주에다 몸에 좋은 일이라곤 전혀 하지 않는 화가를 애타게 지켜보아 왔다는 부인이다. 부인이 경영한 혜화동 서점 얘기가 나오자 선생은 "그 점에선 아직도 미안하게 생각하지" 한다.

"그동안 내가 많이 깎여진 것 같아요. 옛날엔 나더러 민비라고 했어요. 수완이 좋다구요. 선생님보다 내가 더 나섰고 무엇이든 앞장섰죠. 그림밖에 모르시는 분이니까. 그런데 이젠 안 그래요. 전화가 와도 선생님을 바꿔드리고 난 뒷전에 물러앉아요. 예전에 선생님이, 나는 기다리지 고치지 않는다는 말을 한 적이 있는데, 정말 맞아요. 요샌 선생님이 붓대를 들고 계실 때 나는 독경을 해요. 아무 말 없이 온종일 함께 있을 수도 있고."

혜화동 책방마님 민비는 지금 일곱 손자의 할머니다. 자식들이 보고 싶어 마음 졸일 때도 있지만, 새벽마다 부처님께 맑은 물을 떠 올리고 독경한다. 여느 여자들처럼 바스러지는 가을볕을 바라보며 가슴을 짓누른 적도 있지만, 지금은 자신이 부처님에게 선택받은 사람임을 깨닫고 있다. 관절염을 앓는 관세음보살. 선생의 그림처럼 변화하는 것은 모두 버리고 본질로 남기 위해 수안보에 묻혀 있는 진진묘의 방엔 '觀自得齊'란 액자가 걸려 있다.

선생이 카세트를 꺼내 「회심곡悔心曲」을 틀어 놓고 혼잣말처럼 "이걸 사러 가면 이민 가느냐고 묻는다던데" 한다. 곡을 듣는 것이 당연하지 어째서 이민이나 가야 「회심곡」을 찾느냐는 말 같다. 마침 앞에 그림이 하나 펼쳐져 있는데, 화면엔 붉고 노란 줄의 호랑이가 누워 있었다. 그것은 돼지나 닭처럼 천진스럽게 보였고 조금도 무섭지 않았다.

"옛날 호랑이는 아이를 재웠어."

우리가 옛날에 할머니에게서 듣던 얘기다. 화제가 자연스럽게 풍토와 문화의 연관성으로 넘어갔다.

"판화가 제일 먼저 생긴 데가 미국이에요. 많이 보급하기 위해서죠. 미국은 땅덩어리가 크니까 캔버스도 대형이에요. 그러나 국경이 인접한 유럽에 가면 대개 삼십 호 이내예요. 그게 다 주변 조건에서 만들어져요. 나는 작은 그림 그리는 화가로 알려졌는데, 큰 화면은 친절미가 적어요. 또 큰 화면은 계획을 해야 하기 때문에 체질에 맞지 않아요. 언젠가 큰 벽화를 맡은 적이 있는데, 작은 것보다 훨씬 빨리 끝났어요. 벽화라는 건 한눈에 휘 둘러보는 거지."

큰 화면은 친절미가 적다. 이것은 산등성이에 포근히 둘러싸인 충남 땅에서 자란 화가의 감성이다. 선생의 작은 화면은 그의 뿌리인 땅의 크기이며 필연적인 것이다. 언젠가 나는 한 화가에게서 "작은 그림을 그리기가 더 어렵다"는 말을 들은 일이 있다. 나는 이것을 산문과 시 정도로 비교해 보았는데, '집약'이란 면에서도 작은 화면이 다루기 어렵다는 것은 충분히 설득력이 있다. 지난번 출판한 선생의 화집엔 백이십여 점의 작품이 수록되었다. 부인의 나눗셈에 의하면 일 년에 네 작품 그린 셈이라는데, 이것도 작은 화면의 어려움을 가리키는 것으로 들을 수 있다.

"한번 딸애가 아버지 그림을 올려놓고 보더니 하늘이 보인다고 해요. 하두 나이프로 긁어서요."

"그래. 나는 자꾸 긁어내지."

선생의 그림에 관한 평 중에서 '더 이상 버릴 수 없는 마지막 것에 이르기 위해서 모든 것을 생략한다'는 글을 본 적이 있다. 화가 자신도 '생략'을 말한 적이 있고, 그래서 그는 생략의 예술가로 자주 얘기된다. 하긴 그뿐 아니라 모든 예술가가 다 생략의 작업을 하고 있는지 모른다. 춤은 언어의 생략이고, 시는 산문의 생략이며, 소설은 인생의 생략이다. 그림은 마음의 생략이라고나 할까.

선생은 모든 면에서 철저하게 생략하는 사람이다. 이것은 "나는 심플하다"로 표현된다. 작은 화면도, 너무 작아서 놀랐던 화실의 공간도, 일화처럼 되어 버린 선생의 단벌옷이나, 밥에서 돌멩이가 나와도 아무 말 않는 식성도 심플 그 자체다. 뿐 아니라 머릿속까지 비워야 한다고 말한다. 술로 '발산'한다는 것도 그런 뜻이고 신경질은 내도 골은 내지 않는다는 것도 그 비슷한 생각이다. 골을 내면 오래간다. 반면에 신경질을 내면 백혈구가 몇 갠가 파괴된다지만 그 순간에 끝나기 때문에 오히려 좋다.

산업도로가 생기면서 선생이 덕소를 떠나 서울 명륜동 자택으로 온 후 그림에 약간 변화가 있었다. 선線의 사람이 풍만해지고 중간색 톤이 밝아지고 선명해졌다. 사람들은 이것을 '전원에서 인간세계로의 변화'로 해석했지만, 그는 이 변화를 그저 '지나가는' 것이라고 표현한다. 별로 중요하지 않다는 뜻인데, 그것은 그의 작업이 '변화있는 것을 제거할 대로 제거하고 무구한 상태로 남는 것들만 남기는 일'이기 때문이다.

일생에서 이 한 가지를 추구하기 위해 그는 '철저하게 사물을 보는 눈, 철저한 작업, 철저한 자유'를 택했다. 자녀들도 아버지는 인정하지 않으나 그림은 인정한다고 했다지만, 그림을 위해 그만큼 자신을 소모하는 사람도 없다. 덕소에 있을 때, 선생이 작업하는 광경을 보고 방문객이 그냥 돌아간 적이 있다. 누가 들어오는지 나가는지도 모르고 너무나 열심히 그림을 그려서다. 부인의 말대로 씨름이요, 소멸의 작업이다.

그림은 그리는 것이 아니라 툭툭 튀어나오는 것이라고 그는 말한다. '튀어나온다'는 것을 '우연'으로 알아들으면 안 된다. 그림에는 우연이 없다. 진정한 예술은 필연에서 태어나는 것이므로 튀어나온다는 것은 진솔한 마음이 그대로 화면에 나타나는 경지라 할까. 어린아이가 자신을 그대로 드러내듯 한 정신이 거울처럼 비춰지는…. 그는 있는 그대로 드러내는 것을 종종 말하는데, 속으로 죄를 품고 있으면서 겉으로 평화로운 얼굴을 하고 있는 우리의 이면을 생각해 보면 이것이 얼마나 힘든 일인가 알 수 있다. '단순한 빛깔을 내기가 더 어렵다'는 선생의 말도 뜻이 깊다.

"언젠가 육사에서 강연 초청을 받은 적이 있어요. 교양강좌 같은 거겠지. 그런데 육사라서 그런지 자세가 너무 꼿꼿하고 경직되기까지 하더란 말야. 그래도 나는 칠판에 열심히 그림을 그려 가며 무슨 얘기한지도 모르고 시간을 보냈어요. 강의실이 어찌나 조용했던지 밖에선 생도들이 없는 줄 알았대요. 열심히 들은 것 같아. 재미있는 건 강의를 끝내고선데, 강의료라고 주는 돈이 가운데만 종이로 싸 있고 다 보여. 그래서 왜 이렇게 주느냐 물었더니 '여기는 비밀이 없습니다' 하더라고. 그거 재미있지 않아요?"

우연이라는 말이 나오니까 그의 그림이 우연히도 클레나 미로에 비유되던 평문이 생각난다. 선생은 이런 것을 화가를 좀먹는 평이라고 말한다. 전쟁 직후 박물관에 잠시 근무한 적이 있었던 그는 '박물관엔 고증이 필요하지만 창작에는 비유가 있을 수 없다'고 단호하게 못 박는다. 창작을 통해 한평생 고통스럽게 자아를 추구해 온 화가가 어떻게 비교를 받아들이겠는가.

"예술작품은 인간의 생명처럼 무한한 고독이다." 그것을 이해받지 못할 때 더욱 그렇다. 그의 화면엔 해와 달, 까치와 개, 집과 아이가 항상 배치돼 있다.

그래서 어떤 사람들은 그림이 똑같다고 한다. 그럴 때 그는 답변을 할 수가 없다. "이 새가 이 화면에 있을 때와 저 새가 저 화면에 있을 때의 공기가 달라요." 같은 말이라도 시간과 공간에 따라 달라지듯이. 그러나 '공기'라는 말을 어떻게 설명하겠는가. 공기는 우리가 숨을 쉬듯 자연스럽게 느끼는 것일 뿐이다.

"학술적인 논문 같은 건 일정한 지식만 있으면 금방 쓸 수 있지만 어른이나 아이나 모두 읽을 수 있는 책은 몇 십 년이 걸려야 쓸 수 있어요. 화가가 편리한 건 자연계나 인문계나 모두 대화가 된다는 거예요."

그의 그림은 어른이나 아이나 모두 볼 수 있다. 아이는 어른의 생략이므로 아이가 더 훌륭한 관람자가 될지 모른다. 그의 그림이 아이 그림 같다는 것은 아이같이 순수한 혼을 가졌다는 말이 되지 않을까.

"나이는 먹는 것이 아니라 뱉는 것이다." 먹는다는 것은 채운다는 것이니까. 육십이 넘도록 나이를 계속 뱉다 보니 선생은 지금까지 아이로 머물러 있고 요즘은 새로 '붓장난'을 한다. 메우는 유화에서 여백의 먹그림을 즐긴다. 취중에 먹으로 그리면 재미있다는데, 그러고 보니 여덟 八자로 서 있는 나무도 취한 것 같고 수묵의 무지개에 서 있는 아이들도 취한 것 같다. 八자 수염의 노인도 개까지도. 쿵더쿵하고 우리의 가락이 들려오는 것 같다. 부인이 그것을 가리키며 설명한다.

"캔버스처럼, 정리할 것이 없어요. 한 번 손이 가면 그만이에요. 그림이 재미있어서 〈작년에 왔던 각설이〉라고 제목을 붙여 봤어요."

정령 같기도 하고 애기신선 같기도 한 얼굴이 먹 속에 피어 있다. 새벽의 냄새도 나고 고승이 그린 그림 같기도 하다. 해탈의 경지가 이런 것이 아닐지. 화선지의 그림을 에칭한 것도 있다. 똑같은 그림이 완전히 현대 감각으로 나타나 있다. 종이의 질감, 재료에 따라서 전혀 다른 것이 되었다. 붓장난에서 해결난 것이 '정신'이라고 한다면 뺄 것도 더할 것도 없는 에칭한 화면은 '균제均齊'에서 해결됐다고 할까. '그림처럼 정확한 것이 없다'며 선생은 덧붙인다.

"난 개성이란 말을 싫어해요. 대신 자기 체질이라고 말하겠는데, 체질에 맞는 것은 무엇이든 해야 돼요."

끊임없는 자기 실험, 자아실현을 말하는 것이리라.

"언젠가 인터뷰 기사에서 보니 흰색을 무서워한다고 하셨는데, 그건 화면의 공간을 말하는 것 같던데요."

"그래서 캔버스에 일단 바탕색을 칠해 놓아요."

덕소에 있을 때 부엌 벽이건 어디건 공간만 있으면 그림을 그렸다는데, 수안보의 토방 벽은 스님 방처럼 비어 있다. "낙서가 아니라 낙화落畵지, 그건 편리해서." 이중섭의 담뱃갑 은박지를 생각하는데, 선생이 밖으로 나서며 혼잣말처럼 한다.

"난 예술이 뭔지 몰라. 그것보단 쟁이가 좋아. 쟁이는 무어든 마음대로 나오거든."

'뜻대로 산다는 것은 그대로 하늘의 뜻'이다. 새벽의 표정을 닮고 싶어서 그는 문명의 도시를 떠나 이곳에 왔다. 사람들은 그를 화백, 교수, 선생, 주사라 부르지만, 이 모든 호칭은 귀찮기만 하다. 예술이란 말조차 그를 구속한다. 그는 그저 쟁이다. 시대의 추세에 따른 적도 없고 명성을 구한 적도 없이 정수로 살아온 고독한 쟁이다. 그렇건만 서울에선 돈이 생기고 추앙을 받는다. 서울 거리에선 그에게 인사하는 사람도 많다. 사인을 해 달라는 사람도 있다. "내가 가수냐, 탤런트냐!" 그런 것이 그를 답답하게 만든다.

"어떤 사람은 내게 원고지를 내놓고 사인을 해 달라 그래요. 그래서 나는 칸막이엔 못한다고 했어요. 사인을 해 달라면 새 한 마리라도 그리고 이름을 넣어요."

'그림 그리는 죄'밖에 없는 화가가 어이없이 치르는 유명세. 불기 없는 덕소에서 일곱 낮과 밤을 〈진진묘〉에 바치고 쓰러졌고, 하늘이 보이도록 캔버스의 물감을 긁고 긁었다. '창작생활이란 죽음과 친근해져 스스로 꽃을 피우는 과정'이어서 그는 그림을 그리며 수없이 죽고 태어났다. 오염된 지구의 한 모퉁이에 서서 아름답고 무구한 것을 보여 주기 위해.

수안보에서 가장 인상 깊었던 장면이 머리에 떠오른다. 식사를 할 때 숭늉을 들고 온 작은 보살님. 젊은 그네는 무릎 꿇고 앉아 숭늉을 따르고는 선생을 향해 세 번 합장했다, 탑을 향해 기구하듯. 그 동작은 매우 느렸으며 사려가 깃든 의식 같았다. 그네는 마치 고해하듯, 번잡한 상념을 다스리듯 선생 앞에 두 손을 모으고 있었다.

합장해도 마땅하지. 그는 에고의 때가 낀 우리 마음을 정화시키기 위해 까치를 몰고 온 메신저니까.

가야금 작곡가 황병기

음 하나로 며칠을 보낼 때도 있다.
불가능하다는 기분도 든다, 작곡 전통이 없으므로.
마치 바위에 물방울이 떨어지는 것과 같다.
겸허하게 도전한다. 진실하게 떨어지면 바위도 뚫으리라.
천사백 년 전 우륵의 넋을 이어받아 득음이 이루어진다.

몇 년 전 가을인가 모처럼 한가한 일요일에 나는 방송국 아나운서였던 친구 집에 가서 한나절 동안 음악만 들은 적이 있었다. 그날 네 명이 모였는데 브람스를 듣고 있던 한 친구가 갑자기 킬킬 웃었다. 처음엔 모두 영문을 몰랐으나 우리도 이내 따라 웃었다. 브람스 때문이었다. 억제된 정열과 북구적인 적막감에 짓눌려선지(?) 모두의 표정이 심각했던 것이다. 그 친구의 웃음은 아마도 역설이었으리라.

그 친구는 이어 레코드를 하나 골라냈다. 여태 듣던 것과는 이질적인 것이었으나, 훨씬 친근한 가야금 곡이었다. 가슴속의 현이 울리는 듯한 절묘한 소리였다. 브람스의 감상 없는 비애가 적나라한 아침 햇살과도 같았다면, 가야금 곡은 땅거미 질 무렵의 풍경 같았다. 슬프면서 무겁지 아니하고 평화로웠다. 눈부시다기보다 잔월殘月처럼 그윽했다.

레코드가 한참 돌아가자 음률이 투명하게 고조되는 부분이 나왔다. 브람스를 들으며 킬킬 웃었던 친구는 '비단옷에 휘감기며 춤을 추고 싶다' 했다. 모두가 공감했다. 그 곡이 황병기 선생의 1974년도 작인 「침향무沈香舞」였다. 그 레코드는 1978년에 출반된 선생의 첫 창작곡집. 우리 음악 사상 최초의 현대 가야금 곡이었다.

선생을 뵈러 북아현동의 고갯길을 들어설 때까지도 나는 작품 외엔 선생에 대해 아는 것이 거의 없었다. 기적에 대해 무엇을 알아본단 말이냐. 복수의 여신이 두 뺨에 눈물을 흘리도록 만든 것은 오르페우스의 노래였다. 아우슈비츠의 지옥 속에서도 오케스트라단이 있었다. 악惡의 가슴까지 적시는 것이라면 음악이 어찌 기적이 아니랴. 기적의 창조자, 한 작곡가와의 만남은 내게 상상과 기대만으로도 충분했다.

나의 상상은 선생과 마주앉으면서 깨졌다. 물론 나는 고뇌에 찬 베토벤이나 라인강에 투신한 슈만을 상상하진 않았다. 시대는 미소美蘇 두 강대국이 앞다투어 핵무기체계를 강화하는 이십세기 후반이니까. 그렇더라도 선생의 모습은 예술가의 전형과는 멀어 보였다. 수염을 약간 길렀으며 사무적으로 느껴질 만큼 웃음도 별로 짓지 않았다. 도학자 같았다고나 할까.

집은 절간처럼 조용했다. 서대문 부근인데도 차 소리가 들려오지 않았다. 골목 밖의 인적조차 없어서 작곡하기에는 좋은 장소 같았다.

"지금 합주곡을 하나 구상하고 있어요. 과작인 편인데 이 년 정도 작곡을 못 했어요. 공부하는 걸 좋아하니까 대신 라틴어를 좀 했고 요즘은 희랍어와 수학을 해요. 처음부터 시작해 보려고 얼마 전 중학교 수학책을 사 봤어요. 우리들이 흔히 생각들을 많이 하는데, 생각이래야 너저분한 것들이죠. 그런 것 대신 수학을 풀어요. 논리적인 사고 훈련이 돼요. 퀴리 부인도 머리가 복잡할 땐 수학문제를 풀었다잖아요."

"음악가가 수학문제를 풀다니 특별나게 보이는데요."

"슈바이처 박사가 파이프오르간 연주자잖아요. 아인슈타인은 바이올린을 했고."

"하긴 선생님도 법대 출신이죠."

"가야금은 훨씬 전에 시작했죠. 중3 때예요. 음악은 어려서 해야 돼요. 문학이나 미술은 그렇지 않은데. 그건 일상생활 속에 묻혀 있기 때문인 것 같아요. 우리가 매일 입는 옷이며 가구, 과일 빛깔 모두가 미술 훈련이죠. 글도 일상의 체험에서 나오구요. 음악은 그게 아녜요. 가장 추상적인 것이어서 그럴는지 몰라요."

"네, 음악은 정말 상상이 안 돼요."

"난 소설을 못 쓰겠던데요. 그런 거짓말을 어떻게 합니까."

가야금과 수학? 또 감정이 잘 드러나지 않는 얼굴. 나는 마치 수수께끼를 앞에 둔 것처럼 골똘했다. 우선 가야금을 한 곡 들려주십사 부탁하고 옆에서 줄을 헤아려 보았다. 선생이 이렇게 가르쳐 주었다.

"가야금은 줄이 열두 개예요. 열두 개라 하면 외우기 힘드니까 한 다스라고 생각해요. 거문고 줄이 여섯 갠데 그럼 반 다스죠. 이러면 절대 안 잊어버려요."

웃지도 않고 '다스'를 말한다. 천연덕스러운 무표정. 아, 그제야 느낌이 잡혔다. 그 무표정 뒤에 무궁무진한 무엇이 숨어 있다고.

"정적을 좋아하는 것과 음악을 좋아하는 것은 통한다." 그가 정적을 좋아하는 것은 아버지와 닮은 점이다. 아버지는 유달리 조용한 것을 좋아했던 분이었다. 집에서도 사랑채를 썼다. 일요일에도 혼자 절간을 찾아다녔다. 아버지가 들어올 때 초인종 소리가 울리면 집안의 라디오를 꺼야 했다. 며느리(한말숙)가 소설가지만 소설이란 건 잔소리가 많다고 보지 않았다. 칠십 평생 영화 구경을 단 두 번 갔는데, 그것도 시끄러워 보던 도중에 나왔다.

아버지의 고향은 전라도 옥구군 주공리 쑥골이다. 농사짓는 집안에서 삼대독자로 태어났다. 그래서 손이 번성하고 몸이 건강한 이씨 집 여자와 결혼을 했다. 아버지는 소년 시절부터 사업을 했다. 결혼 후 정미소를 하다 실패하고 단신으로 서울로 갔다. 돈이 없어서 아예 큰 호텔에서 서울 생활을 시작했다. 큰 호텔은 후불이었다. 그날그날 벌어서 호텔비를 지불했다는데, 사업 수완이 뛰어나서 곧 돈을 벌었다. 삼례에 있는 딸을 불러 배화여중에 집어넣었다. 상당히 깨어 있는 분이었다.

곧 가회동에 집을 샀다. 삼례에서 어머니도 올라왔다. 어머니는 아이를 배고 있었는데 담배를 피웠다. 손이 귀한 집에서 아들을 못 낳으니 담배나 피우며 유랑하려 했던 거다. 딸을 낳은 지 십육 년 만에 아들을 낳았다. 유랑은 하지 않아도 좋게 됐다.

아이 병기는 국민학교 삼학년 때까지 공부를 징역살이처럼 싫어했다.

노는 것이 천국이어서 일요일엔 점심도 먹지 않았다. 동네 가게에서 먹을 것을 훔치기도 하며 맨발로 뛰노는 것이 행복했다. 아이들은 신발 신는 것을 우습게 생각했다. 맨발로 놀아도 아프지 않아야 남자라고 생각했다.

해방 뒤 아이는 약간 정신을 차렸다. '일본 놈이 물러가면 일본 말로 한 공부가 소용없다'는 선배의 말을 듣고 희망을 얻었다. 낙제 제도가 있었더라면 분명히 진급하지 못했을 정도로 성적이 엉망이었다. 그런데 ㄱ, ㄴ, ㄷ을 배우기 시작하면서 성적은 더 떨어졌다. 아무도 우리말을 제대로 알지 못했고 가르쳐 주지 못했다. 다시 공부에 흥미를 잃었다.

이때 외가 친척뻘 되는 사람이 집에 왔다. 그에게 공부를 가르칠 사람이었다. 문밖에서 엿들으니 '한 학기 안에 우등시킬 자신이 있다'고 말했다. 마르고 잘생긴 편인 젊은 가정교사였다. 아이는 그 말을 듣고 미안한 생각이 들었다. 자신의 성적을 너무나 잘 알고 있었기 때문이었다.

가정교사가 왔으나 당분간 별 변동은 일어나지 않았다. 그가 도망가도 빙긋 웃기만 할 뿐 가만 내버려 두었다. 조금도 무섭지 않았고 아이는 신이 나서 예전처럼 나가 놀았다. 이런 그에게 하루는 어머니가 화를 냈다. '벼룩도 낯짝이 있는 거다' 하며 벼루와 습자지를 내놓았다. 한문책을 펴놓고 쓰라고 했다. 쓰긴 쓰는데 꼭 독약을 먹는 것 같았다.

그때 가정교사가 방에 들어왔다. 아이는 제 못 쓴 글씨를 남이 보는 것에 수치심을 느꼈다. '누가 이런 것을 하라고 했느냐. 이런 건 백 년 해도 소용없다' 가정교사는 대뜸 이렇게 말하고 한 일─ 자 쓰는 법을 가르쳐 주었다. 밑으로도 긋게 했다. 아이가 다 쓴 뒤엔 어머니에게 칭찬을 했다. '어린애는 어린애처럼 써야 합니다. 애가 보통 소질 있는 게 아니에요. 면서기 글씨를 보면 평생 안 늘지요.'

마치 아첨하는 것처럼 들렸지만 맞는 말이었다. 그 뒤 그의 그림이나 습자가 교실 뒤에 나붙었다. 공부에 재미가 생겼다. 가정교사는 공부의 바탕부터 가르쳤다. 역사 공부는 남대문 속에 들어가서 남대문을 지은 얘기부터 해 주었다. 음악 공부는 일요일 날 학교에 가서 했다. 노는 풍금을 치며 악보를 가르쳤다. 뿐 아니라 공부가 끝나면 누워서 아이를 배 위에 태우고 『삼국지』 얘기를 들려주는 것이다. 이것을 일 년 동안 되풀이했는데 인간관계를 이해하는 척도가 되었다.

하루는 아이가 학교에서 유리창을 깨고 왔다. 얼굴 표정만 보고도 가정교사는 무슨 일이냐고 물었다. '남자가 머리로 생각해서 안 될 일이 없다.' 아이의 얘기를 듣고 나서 가정교사는 이렇게 시켰다. 보통날보다 삼십 분 먼저 학교 가서 담임에게 얘기하라. 그대로 했다. 야단칠 줄 알았는데 담임은 오히려 기뻐했다. 이 일이 아이의 사고력을 바꾸어 놓았다. 무슨 일이건 정면에서 부딪치라는 것.

가정교사가 그에게 영향을 미쳤던 것 중 빠뜨릴 수 없는 것이 있다. 그가 국악에 어렴풋이나마 눈을 뜨게 된 동기다. 하루는 국도극장으로 「춘향전」 창극을 보러 갔다. 가정교사는 돌아와서 혼자 판소리를 흉내내고 연습했다. 아이는 그때 판소리라는 것이 굉장한 것인가 보다 생각했다. 언젠가 한번 그것을 알아보리라 했다. 거의 신격화했던 가정교사가 그것을 좋아했기 때문이다.

"거의 연인 같았어요. 창경원에 벚꽃 놀이 갈 때도 어머니 손을 잡지 않고 가정교사 손을 잡고 갔죠. 남자는 겉은 껄렁하고 속이 들어야 한다, 힘으로 이기는 것이 아니라 정신으로 이긴다, 이런 말도 항상 기억해요. 가정교사는 공부를 가르치는 것이 아니라 혼자 공부할 수 있는 방법을 가르쳐 주었어요. 사전 찾는 법, 도서관에서 도서 찾는 법 등 공부의 바탕·논리·긍지를 가르쳤죠. 지금도 나는 공부하는 것을 제일 좋아해요."

어린이 교육의 천재였다. 페스탈로치였다. 가정교사는 서울사범대학에 다니던 중 전쟁이 나면서 의용군으로 끌려갔다. 그 후는 아무도 모른다. 가정교사는 아이를 '영감'으로 만들어 놓고 그의 곁을 떠났다.

'영감'은 그가 경기중학 때 얻은 별명인데 조숙해서 얻은 별명이리라. 교사들과의 싸움이 잦았고 괴짜로 두각을 나타낸 시기였다. 1·4후퇴로 진해에서 피란 생활을 할 땐 떠돌이 노인의 애정 갈등을 그린 소설을 쓰기도 했는데 그것이 십오 세 때였다.

진해에서 다시 부산으로 피란 왔을 때다. 어느 날 밤 그는 불현듯 '왜 사는가' 하는 문제를 해결하기로 했다. 논증기하를 풀 듯 온갖 논리적 사고와 추리력을 동원해서 끝내기로 했다. 추운 겨울날이었다. 유단포를 껴안고 이불을 뒤집어쓴 채 앉아 있었는데 입에선 입김이 나왔다.

인생의 목적이란 무엇인가. 그는 가장 쉬운 문제부터 생각하기로 했다. 학교는 왜 가는가, 배우기 위해. 왜 배우는가, 지식을 얻기 위해. 왜 그것을 알아야 하는가. 이런 식으로 생각하다 보니 인생은 연결되는 것임을 알았다. 목적은 다음 목적을 갖는 것이다. 즉 목적의 본질은 목적을 가지는 것이므로 목적의 끝을 생각한다는 것은 모순이었다. 인생의 목적은 알수 없다는 결론이 나왔다. 그러나 알고 싶은 것이 있는 한 문제는 있다. 여기서 또 결론이 나왔다. 인생의 목적을 알기 위해서 나는 산다고.

이렇게 기하문제 풀 듯 인생의 문제를 풀어 가는데 들창 쪽이 훤해졌다. 날이 새고 있었다. 오줌이 마려웠고, 창밖으론 냉혹한 바람 소리가 들려왔다. 너무 추워서 변소까지 갈 수 없었다. 그는 버티기로 했다. 그때 두부장수 종 치는 소리가 들려왔다. 창을 내다보니 하늘이 검붉은 청동색을 띠고 있었다. 영도 바다가 보였다.

한 생각이 문득 뒤통수를 쳤다. 두부장수는 벌써 두부를 해 와 팔러 나서고 있었다. 그가 밤새 인생의 목적에 대해 생각하고 있는 동안 말이다. 그것은 헛것이 아닌가. 두부장수는 목적도 모른 채 나아간다. 티끌 같은 생각을 하며 변소조차 못 가고 있는 존재보다 두부장수가 확실히 나았다.

그때 그는 논리라는 것을 다시 생각했다. 우리가 안다는 것은 논리의 끈에 공을 달고 돌리는 공간뿐이라고. 맹목으로 현실을 살고 행동하는 것이 훨씬 위대해 보였다.

"인생에서 가장 행복한 것은 목적이 없는 상태 같아요. 목적뿐인 인생이기 때문에 허덕거리는 거예요. 그래서 더 각박하지요. 춘희가 돈만 위해 살았다면 그저 매춘부죠. 목적 없이 한 남자를 좋아했기 때문에 사랑이 되었고 행복할 수 있는 거예요. 약을 팔려고 악기를 연주해 봐요, 행복한가. 자족 상태로 끝나지 않죠. 꽃도 그냥 아름다워서 보잖아요. 선물 등의 목적을 가지고 꽃 가게에 가면 선택의 괴로움이 있어요. 인생 그 자체를 사는 거지요. 그래서 한때 나는 평범한 시민으로만 살고 싶었어요."

한때 평범한 시민으로만 살고 싶었지만 그는 지금 가야금 작곡자가 되었다. 그 인연은 이러하다. 부산 피란 시절이다. 하루는 반장이 가야금을 해 보지 않겠느냐고 그에게 제의했다. 그는 놀랐다. 그와는 달리 모범생인 반장이 엉뚱한 소리를 해서다. 거기다 그는 가야금이 역사 속의 악기라 생각하고 있었다. 신라 때의 악기라고만 믿었다. 반장은 분명히 가야금을 배울 수 있다고 했다. 그는 호기심으로 따라갔다. 그들이 찾아간 곳은 일본식 집 이층에 차린 무용연구소였다. 반장은 이곳을 지나다가 가야금 소리를 들은 것이다.

무용소를 기웃거리다 어떤 노인과 부딪쳤다. 육순의 노인이었는데 그에게 가야금을 배우러 왔노라 했다. 노인은 무척 반가워했다. 자기가 바로 가야금을 가르친다며 그들 앞에서 가야금을 한 곡 탔다. 그가 가야금을 가까이 본 것은 그때가 처음이었다. 그 소리가 가슴을 파고들었다.

그는 가야금을 배워야겠다고 마음먹었다. 집에서는 물론 반대였다. 아버지는 하지 마라고 했다. 그러면서도 교습비는 매달 주었다. 어떤 일에서건 아버지는 강요하지 않았던 분이었다. 이렇게 시작을 했는데 국립국악원이 부산으로 피란왔다는 말을 들었다. 그는 정식으로 배우기로 마음 먹었다. 용두산 꼭대기 판잣집에 살았던 국악원 선생에게 방과 후 매일 배우러 다녔다. 피란 때라 별 할 일이 없었던지 선생도 그를 열성으로 가르쳤다. 일요일엔 학생의 집에까지 와서 가르쳤다.

서울 환도 후, 고3 때 그는 전국국악콩쿠르대회에서 기악부 일등을 했다. 서울법대 이학년 때 서울중앙방송국 주최 콩쿠르대회에서도 일등을 했다. 끈기의 결실이었다. 그도 한때 가야금을 그만두겠다고 생각한 적이 있다. 이 년 정도 하니까 싫증이 났다. 그 권태기를 넘겼던 것은 가야금의 역사에 대한 신비감 때문이었다. 선조들이 천 년 이상 끌어온 것을 보면 무언가 깊은 것이 있을 거라는 생각, 그는 그 진미를 알고 그만두려 했다.

그가 법대를 졸업하던 해, 음대 학장으로 있었던 현제명玄濟明 박사가 그를 찾았다. 법대와 음대가 함께 있었고 또 그가 가야금을 했기 때문에 서로 잘 알고 있었다. 현 박사는 그에게 국악과 강사로 나와 달라고 했다. 국악과가 그해에 생겼다. 그는 거절했다. 가르칠 정도가 아니라고 생각했고, 또 그때만 해도 음악을 직업으로 생각하지 않았다. 현 박사는 포기하지 않았다. '그까짓 법은 안 해도 된다. 할 사람이 많다. 시간이 없다면 일주일에 한 시간만이라도 나와 달라. 적籍만 걸어 놓아도 영광으로 생각하겠다'고 했다. 이 말엔 그도 버틸 수가 없었다. 그가 꼭 필요하다면 하지 않을 수 없었다. 영광은 오히려 이쪽이었다.

서울대 국악과엔 1959년부터 나가 1963년에 그만두었다. 사 년간이다. 이왕 강의를 할 바에야 제자가 나오도록 결실을 맺기 위해서다. 그동안 그는 아버지 사업을 도왔고 음악은 그저 좋아서 했다. 법관이 되려 했던 때도 잠깐 있었지만 크게 당기지 않았다.

대학 강의를 그만둔 뒤로도 가야금과의 인연은 계속된다. 정희갑 씨의 작곡인 「서양 오케스트라와 가야금 협주곡」 공연에서 가야금을 연주했고, 한국정악원韓國正樂院에서 나원화 씨에게 한국 전통가곡을 배웠다. 1964년, 국립국악원 최초의 해외공연으로 일본에서 독주했다. 1965년도 엔 그의 작품이 하와이에서 레코드로 취입됐다. 그 후 재미在美 음악가 백 남준 씨의 재판기금 연주회에 찬조출연 하는 등 1970년까지 미국, 유럽 에서 계속 독주회를 가졌다. '평생 잊을 수 없다'는 평까지 들었지만, 꼭 필요하다면 연관을 맺는 정도였다. 자신을 완전히 음악가로 여긴 것은 1974년 이대 국악과를 맡으면서다. 공자가 말한 불혹의 나이였다.

그가 처음 작곡을 시작한 것은 1962년도다. 문학과 달리 국악은 전통 곡밖에 없었다. 문학에서 이루어 놓은 것을 좇아 보자는 생각을 했다. 서 정주徐廷柱의 「국화옆에서」, 2작은 박두진朴斗鎭의 「청산도靑山島」를 가곡으 로 작곡했다. 철저히 시에 충실했던 작곡이었다.

그의 최초의 가야금 독주곡이자 우리 음악 사상 처음으로 작곡된 현대 가야금 작품은 1963년 작, 「숲」이다. 1장은 명상적인 유현한 가락이 전 개되고, 이어 2장에선 발랄하게 뻐꾸기가 등장한다. 장고가 중중모리 장 단을 몰고 가면서 무곡풍으로 풀어진다. 3장에서는 빗방울과 나뭇잎과의 대화로 속도가 고조되고, 4장 달빛에서는 아악풍의 가락이 조용히 흐르 면서 영원한 정적 속으로 들어가는 듯한 느낌을 표현했다. 이 외 사파이 어 빛깔의 한국 하늘을 악상으로 옮긴 「가을」과 동심의 세계를 그린 「석 류집」은 1965년 미국에서 레코드로 출반되었다. 하와이에서 열린 이십 세기 음악예술제에서 초연되어 치밀한 대비와 정서 이입으로 '현대인의 정신적 해독제'란 평을 받았다.

1968년 작인 「가라도加羅都」는 가야금의 악성樂聖인 우륵于勒을 그리며 만든 곡. 천사백 년 전 사람이지만 최초의 선배로서 우륵의 시대 정서를 표현했다. 그 후 육 년 뒤 발표한 「침향무」는 불교음악인 범패에 기초를 두었기 때문에 조율이 다르다. 조선조의 유산인 우리 음악의 틀을 벗고 싶었다. 틀을 벗으려면 근거와 힘이 있어야 하므로, 그는 거꾸로 조선조의 근원인 신라에 접근했다. 감각적 아름다움이 관능적이라기보다 종교적으로 승화된 신라미술의 사상을 음악에서 담아 보려 했다.

이 곡을 작곡할 때 그는 신라의 시정詩情을 체득하기 위해 늘 신라 속에서 살았다. 박물관에도 갔고 별빛을 보며 천 년 전으로 돌아갔다. 신라에 흠뻑 빠져 있었으므로 어느 날은 춤춘 직후, 서 있는 무희의 옷자락을 보았다. 신라 무녀였다. "안 본 것도 잘 알지만 본 것도 확실하다." 「침향무」는 암스테르담에서 초연했는데 '전통적이면서 가장 현대적'이라는 평을 받았다.

「침향무」를 작곡하면서부터 그는 중국인, 인도인이 들어도 다 좋은 곡을 쓰려 했다. 서양에선 서로 음악의 교류가 있는데, 동양은 향토색으로 존재하기 때문이다. 신라미술이 국제성을 띠듯 음악에서도 공간을 넓히려 했다. 1977년 작인 「비단길」도 「침향무」에 이어 이국정취를 자아낸다. 작곡 동기는 신라고분에서 발견된 페르시아 유리그릇의 신비로운 빛을 접하고서다. 신라적인 환상이 아득한 서역에까지 펼쳐지는, 비단같이 아름다운 정신적인 길을 악상으로 다듬은 것.

이 외에도 「아이보개」, 「전설」, 서양 소리인 3화음을 도전적으로 써서 초현실적인 것을 시도한 「영목靈木」 등이 있는데, 현대음악 「미궁」도 빠뜨릴 수 없다. 원제 「가야금과 인성人聲을 위한 미궁」은 1970년대 초반 명동예술극장에서 공연됐다. 관객이 도망간 일이나 연주를 금지당한 것으로도 유명한데, 음악계에선 격찬을 받았다.

처음엔 낮게 가야금을 타면서 초혼招魂을 한다. 얼마 뒤 여자의 웃음소리가 들리는데, 울음소리로 변한다. 세속적이며 원초적인 상황. 이어 낭독이 있다. '이차대전 시 연합군 의료천막에서는 부상병을 세 그룹으로 나누는 제도가 있었다.' 이 낭독은 예술과 담을 쌓은 상태, 즉 현실이다.

시사성을 띤 낭독은 점점 흐려지고 낭독의 세계가 허물어진다. 이어 미친 듯한 흥얼거림이 시작되는데, 셰익스피어의 오필리아의 노래 같은 느낌이다. 맨 마지막엔 모든 흐트러짐이 끝나고 반야심경이 중얼거리듯 나온다. '아제아제바라아제바라승아제….'

상황 자체를 음악으로 표현한 거다. 전혀 새로운 것을 가야금으로 했다. 곡이 금지당하자 모두 하는 말이 '너무 섹시하다'지만 이 작품은 오히려 종교적인 것이며 전위 무용가 홍신자洪信子의 열연이 작품과 훌륭하게 조화를 이루었다.

자연스레 현대음악에 대한 말이 나왔다.

"음악이란 내가 살아온 것 속에서 내가 알 수 있는 것을 표현하는 것이죠. 현대음악 발생도 지극히 자연스러운 것이죠. 추상미술이 나오면서 현대예술은 난해하다고 해요. 예를 들면 피카소 그림에 코가 두 개 있고 얼굴이 기하학적이니까. 음악은 그 반대예요. 웃음소리 같은 구체적 음이 들어가면 어렵다고 해요. 음악이 굉장히 보수적이죠. 추상이 습관이 돼서 구상이 나오면 장난같이 들려요. 음악은 모든 예술 중에서 가장 추상적이죠. 그렇기 때문에 비현실적으로 보여요. 무용하다는 면에서 가장 강하기도 해요. 그러나 추상적 현상이 일어나려면 구체적인 것이 수없이 걸러진 뒤에라야 되겠죠. 음악은 하늘에서 떨어진 게 아니에요. 우리가 살고 경험한 소리의 에센스를 뽑은 거지요. 심리체험 속에서 공통분모가 추출된 것이고 정신의 뿌리지요. 아리랑이나 애국가를 들으면 어머니 목소리 듣는 것 같잖아요."

중국에서는 모든 음을 율려律呂라고 했다. 양률陽律과 음려陰呂, 이것은 즉 근원적인 질서를 말한다. 법률에도 율이 들어가는데, 정치에서도 음악을 중시했다. 공자가 악곡소樂曲韶를 평하길 미와 선의 극치라 했다. 악곡무樂曲武를 평하여 미의 극치이긴 하나 선의 극치라고는 할 수 없다 했다.

소韶는 평화로운 가운데 왕위를 물려받아 인정仁政을 베푼 순舜 임금이 지은 악곡. 무武는 은나라를 무력으로 빼앗은 주周의 무왕武王이 지은 악곡.

'興於詩 立於禮 成於樂'. 시에서 감흥을 갖게 되고, 예로써 서며, 음악에서 인간은 완성된다. 이렇듯 공자는 음악을 중시했는데, 음악평론가이기도 했다. 누가 노래를 잘 부르면 혼자 거듭 부르게 하고, 나중에 함께 합창했다는 얘기가 『논어』에도 나온다.

"우리 음악은 수천 년의 경험이 뽑아져 나온 것이죠. 우리 미술을 동양화라고 말하지만 음악은 국악이라고 하잖아요. '국'이 들어가는 것은 국어와 국악밖에 없죠. 악기도 그래요. 가야금 같은 건 어떤 나라 악기와도 달라요. 줄을 누르기 때문에 더 절실하고 미묘한 소리가 나죠. 서양음악이 벽돌처럼 나열된 것이라면 우리 것은 천연돌 같은 거라고나 할까."

같은 동양권에서도 음악은 아주 다르단다. 한국음악에 비하면 중국, 일본음악은 서양적이다. 서양음악은 화음의 발달인데, 중국이나 일본 악기는 두 줄을 동시에 뜯는 화음을 쓴다. 우리 전통곡에선 두 줄을 쓰는 것이 없다. 화음을 쓰지 않는 면에서 가장 동양적이라 할 수 있다. 음악이 이렇게 다르기 때문에 국악 하는 사람들은 중국음악을 못 듣는다. 우리나라 그림 좋아하는 사람은 중국그림도 좋아하지만.

장식적인 중국음악이나 형식이 철저한 데에 아름다움이 깃든 일본음악에 비하면, 우리 음악은 마음이 풀리고 늘어진다. 살의가 없다. 평화를 사랑하는 민족이라는 얘기.

"음악은 철저하게 민족적 사회적 소산이에요. 옛날엔 남도니 서도니 지방 고유 민요가 있었는데, 요즘엔 지방 음악이 없어졌잖아요. 고속도로가 생기고 전국이 일일생활권이 되니까."

선생은 국악과 학생들에게 음악을 사랑하고 악기에 성실하라고 한다. 천 년을 내려온 악기는 곧 우리의 혼이므로.

가야금을 연습할 땐 산에 도전하듯 한다. 하나하나 기암괴석과 같은 소리를 내기 위해서다. 양에 안 차는 소리가 있을 땐 몇 번 거듭해서라도 해결한다. 반드시 더 좋은 소리가 있다. 문제는 곡이다. 해방부터 환도까지의 공백기 때문에 작곡 후배가 없다. 작곡자가 없으므로 선생은 연주자들에게 연민의 정을 가지고 있다. 그래서 작곡 청중을 거의 연주자에게 놓는다.

작곡한 것이라도 절실하지 않은 것은 버린다. 사랑하지 않는 것은 내놓지 못한다. 선조가 물려준 악기를 소중히 생각하기 때문이며, 후세에게 우리의 아름다운 넋을 물려주기 위해서다.

음악 얘기 끝에 선생의 작품에 관한 말이 나왔다.

"어느 가야금 연주자가 내 곡이 전체적으로 슬프다 그래요. 못 치겠대요. 그 사람은 슬픈 걸 아주 싫어하는데."

"슬픈 것이 있어요. 그런데 왜 선생님 곡은 슬프죠?"

"난 슬픈 게 좋아요."

"그건 혹시 피 때문이 아닐까요? 남도 피. 남도 가락의 슬픔."

"그런지도 모르죠."

이어 그는 십여 년 전 명동 필하모니에서 감상했던 바흐의 곡에 대해 얘기해 주었다. 처음엔 무반주 바이올린이 나왔다. 리듬에 관심이 있어서 귀를 기울였는데 단선율로 복선율의 효과를 내는 것에 감탄했다. 뒤이어 토카타와 푸가가 나왔는데, 그 웅대한 복선율은 압도적이었다. 그리고 그는 진한 슬픔을 느꼈다.

무엇이든 골똘히 파고 들어가는 그는 이것에 대해 오래 생각했다. 슬픔을 좋아하는데, 이 슬픔은 무엇인가. 알려져 있다시피 바흐는 독실한 기독교인이었다. 음악으로 신을 찬미한 사람이었다. 그는 의문이 들었다.

신을 찾는 사람이 왜 슬프며 그 정체가 무엇인가. 이 슬픔을 어디서 느낄 것인가. 그는 예까지 들어 상상해 보았다. 부모의 죽음? 연인들의 이별? 그러나 음악을 들을 때의 슬픔은 현실 속에서 찾아지지 않았다.

오랜 궁리 끝에 「사랑할 때와 죽을 때」의 마지막 장면이 바흐의 슬픔과 일치한다는 것을 알았다. 주인공이 포로를 놓아주는데 그 포로가 주인공을 쏘는 장면. 인도주의의 사랑 같은 것으로 적을 살려주지만 적은 그를 증오하며 죽인다. 이것은 바로 예수가 십자가에 못 박히는 슬픔이었다. '너를 핍박하는 자를 위해 기도하라'는.

문제는 여기서 끝나지 않는다. 예수는 소경의 눈을 뜨게 해 주고 죽은 자를 살린다. 예수가 전능하다면 왜 이런 슬픔을 당하나. 하늘로 올라갈 수도 있었다. 그는 여기서 이런 결론을 얻는다. 유능하면서도 당한다는 것은 결국 자신의 선택이다. 그 슬픔을 상쇄할 기쁨이 있기 때문이라고. 십자가에 못 박힘은 인간이 당하는 슬픔, 고통의 극치인 동시에 희열의 극치라는 것.

"가장 기쁠 때 눈물이 나죠. 눈물과 기쁨은 통해요. 그 슬픈 판소리를 하는데 고수가 북 치며 좋다, 좋다 장단 맞추잖아요."

추구력이 남다른 이 작곡가는 여기서 더 깊이 들어간다. 그러면 예수교의 상징이 왜 십자가냐. 십자가란 지상적인 것과 천상적인 것의 부딪침, 절정이다. 기독교도 역사의 산물인데 십자가도 유태민족의 그 무엇이 내려온 것이리라. 근원이 무엇일까. 그는 그때 이것을 핏속에 있는 섹스라고 결론지었다. 종교 같은 연꽃을 피운 것이 진흙이듯이.

작곡가의 슬픔 탐구가 진지하게 전개되는 동안 내 쪽으로 비치던 햇살이 스멀스멀 물러갔다. 그제야 선생의 얼굴을 똑바로 볼 수 있었다. 나는 차를 한 잔 더 청했다. 그리고 휴식 겸 수염에 대해 말을 꺼냈다. 물을 줄 알았다는 듯 선생이 빙긋 웃음.

"겨울 되면 수염 깎기 어려운 점이 있어요. 더운물로 스팀타월을 해야 하고. 그래서 늦은 가을 낙엽 떨어질 때부터 수염을 길러요. 자연의 리듬과 맞기도 하고 따뜻해서 남 보기도 좋고. 동물들도 겨울에 털이 나서 봄 되면 털이 빠져요. 사람도 동물인데 같이 맞추죠, 뭐. 난 인간을 동물적으로 보는 걸 좋아하니까."

"더 구체적으로 말한다면?"

"인간의 숭고한 면은 인정하지만 동물적 성질을 미화하기 싫어요. 있는 그대로 보는 거예요. 밑바닥부터 차근차근 위로 올라가는 거죠. 막연한 것, 적당한 것을 싫어하거든요. 합리적으로 보겠다는 거죠."

"진흙에서 연꽃까지요."

'합리'가 다시 나왔다. 예술과는 먼 것처럼 보이는 합리성이 그에겐 인식의 출발점이 된다. 어릴 때도 눈에 보이는 것이 아니면 믿지 않았다. 호랑이가 왔다고 하면 보여 달라고 문을 열었다.

아폴로 11호가 달에 처음 성조기를 꽂을 때다. 그때 그는 미국에 있었다. 한국 신문에선 아폴로 달 착륙을 대대적으로 보도했다. 미국보다 더할 정도였다. 계수나무가 있는 신화의 달에서 시심詩心이 사라져 간다는 기사도 있었다. 물론 그렇게 상상하는 건 좋다. 그러나 달에 토끼가 있는 것처럼 믿는 건 싫었다. 과학의 진실과 예술의 리얼리티는 별개이므로.

종교도 그렇다. 신은 있는 것 같지만 내세는 믿지 않는다. 공자도 말했다. 삶이 무언지 모르는데 어떻게 죽음을 알겠느냐고. 그래서 그에겐 유교가 적성에 맞다. 유교는 인간으로서의 분수를 안다는 것.

"요즘 들어 공자 말이 현세에 맞지 않다고 하는데, 공자 말이 전제된 시대가 달라진 거죠. 성삼문이 충忠을 위해 죽었는데 우리가 볼 것은 죽음 자체보다 절개죠. 그리고 공자를 고루한 도덕가로 알지만 공자는 음악가고 멋쟁이예요. 소韶를 듣고 석 달 동안 열중해서 음식 맛도 모를 정도였다 해요. 여자 좋아하듯 덕을 좋아하는 사람 보지 못했다는 말도 있는데, 거꾸로 말하면 여자 좋아하는 것을 인정했다는 얘기예요. 허세도 없지요. 부를 얻으려 함이 옳은 길이라면 마부 노릇이라도 하겠다 했잖아요."

그는 여기서 반문을 꺼낸다. 예술가는 돈을 몰라야 한다고 한다. 왜? 나쁜 건 돈이 아니라 돈에 빠지는 것이다. 아이가 아픈데 병원 갈 돈이 없다면? 생활을 떠난 예술가가 많지만 그는 생활을 떠날 수 없다. 현실에서 무엇을 어떻게 잘 하느냐가 어려운 것이다.

그는 네 자녀의 아버지며 한 집안의 굳건한 가장이다. 국악과 교수이며 '음악으로 행복해지는 법'을 가르친다. 국제현대음악회 한국지구 사무국 장직을 맡아 음악의 교류에 힘쓴다. 몇 년 전 독일 현대재즈를 독일문화원과 함께 주최해 한국에 선보였다.

음악뿐 아니라 자신이 관심을 가진 것이면 무엇이든 관여한다.

전위 무용가 홍신자 씨를 소개한 것도 그다. 미국에서 활동하며 한국 무대에 서고 싶어 했던 홍신자 씨에게 직접 편지를 써서 초청했다. 명동 예술극장에서 이틀간 공연날짜를 잡고 무용수, 연주자, 무대장치, 매스컴 선전 등 모두 그의 힘으로 해냈다. 이틀간 극장이 미어졌다. 홍신자 씨는 빗발치는 찬사와 비난 속에 일약 유명인이 되었고 주최 측은 모든 비용을 제하고도 그때 돈으로 십만 원을 벌었다. 함께 일한 미술가가 그에게 감탄했다. 천부적인 매니지먼트라고.

"이스라엘 여자 친구가 한 사람 있는데, 이런 말을 해요. '당신을 잘 모르겠다, 당신에겐 세 가지 면이 있는데 어느 땐 예술가고 어느 땐 비지니스맨 또 히피 같기도 하다'고. 맞는 것 같아요. 히피적인 데도 있어요. 대학 다닐 때 사 년간 고등학교 교복 입고 다녔어요. 옷이 말짱한데 대학생이라고 바꿔 입어야 할 이유가 없잖아요. 운동화는 고무신으로 바꿔 신었지만, 오래 입으니까 엉덩이 부분이 떨어지길래 하트 모양으로 파란 천을 대어서 입고 다녔어요."

공자를 좋아한다. 그러면서 그는 화장실의 남녀 표시에 불만을 가지고 있다. 우리가 화장실을 찾는 것은 용무를 보기 위해서다. 남녀 구별을 찾으려는 것은 아니지 않느냐는 말. 영국 동물학자 데즈먼드 모리스의 『털 없는 원숭이』에 이런 말이 있다. 고등동물일수록 암컷 수컷 사이에 의심이 많다고. 인간을 동물로 보기 좋아하는 그여서 겉치레의 고등법이 싫은지도 모른다.

바흐의 토카타와 푸가에 슬픔을 느낀다. 그러면서 그는 폭발적인 김추자金秋子를 좋아한다. 순수음악 쪽에선 유행가를 경멸하지만, 글쎄. 고려가사를 보라. 막말로 쌍스런 부엌데기들의 노랜데 지금 국정교과서에 실려 있다. 왜? 시대를 반영했고 흥금을 치기 때문이다. 장원급제한 사람의 한시는 무엇이 남았는가.

그는 슬픈 것을 좋아한다. 그러면서 머리가 큰 이래로 울어 본 일이 없다. 아버지가 돌아가셨을 때도 눈물이 나오지 않았다. 슬프지 않아서가 아니라 취하지 않아서다. 별 변화가 없고 덤덤하다. 대학 때 크게 파산한 적이 있는데 빚쟁이들이 뛰어들고 대문을 부수는 난장판에서도 책만 보았다. "신경은 예민한 것 같은데 감정에 무얼 주면 달라져요." 마치 마취 주사를 놓은 것처럼. 어떤 땐 거꾸로 이렇게 생각해 본다. 음악을 하기 때문에 감정이 있을 거라고.

재미있는 얘기가 있다. 선생의 주변에 인간의 신기를 믿는 사람이 많다. 그들에게 끌려 무당이나 점쟁이에게 간 적이 몇 번 있다. 용하다는 사람들인데 선생에 대해 맞춘 점쟁이는 하나도 없었다. 대법원 판사가 된다, 공무원이다, 직업조차 알아맞히지 못했다. 친구들은 그가 점쟁이의

기를 누르기 때문이라고 했다. 선생은 그런 말에도 머리를 흔든다. 무엇이든 간절히 생각하면 보인다는 것.

이렇듯 점치는 것도 마찬가지라는 얘기. 무당을 찾아갔을 때 맞추어 주었으면 하는 마음이 있기 때문에 자기가 스스로 끌려 들어간다는 것. 그는 예술의 신기는 믿어도 인간의 신기는 믿지 않는다.

"난 기적을 안 믿어요. 기적은 오히려 세속적 욕망과 결부돼요. 수소 더하기 산소는 물이 되죠. 해는 동쪽에서 뜨고 서쪽으로 지죠. 기적이 없다는 면에서 난 거꾸로 신을 믿어요. 아무리 할렐루야 외쳐도 교회 지을 때 시멘트를 잘못 쓰면 건물이 무너지고 죽어요. 우리 같으면 봐줄 텐데 하느님은 정확해요. 기적은 사실 전부 우리 가까이 열려 있어요. 사람의 만남도 단군시대부터 생각해 봐요. 모든 것이 기적이어서 구태여 문둥병 고치고 해가 둘 뜨는 기적을 찾아다닐 시간이 없어요."

그는 걸을 때 행복을 느낀다. 한 발로도 넘어지지 않는 것이 신기하고 그것에 감사한다. 해가 동쪽에서 떠서 서쪽으로 지는 것을 볼 때도 기쁨이 솟구친다. 공부할 것을 생각해도 가슴이 설레 잠잘 수 없다.

그는 학문을 좋아한다. 어떻게 공부가 재미있느냐고 하지만 이 공부도 모두 창조의 밑거름이 된다. 어원을 알고 나면 한결 이해가 깊어진다. 공부를 하기 때문에 일 년 전 강의와 지금 강의가 달라진다. 묻혀 있는 진리를 발견하는 기쁨, 이것이 기적이 아니고 무엇이랴.

한밤에 일어나 가야금을 탈 때가 많다. 혼을 가다듬고 산을 타듯 가야금을 타기 시작한다. 하나하나 기암괴석과 같은 소리를 내기 위해, 에밀레종처럼 절실한 소리를 울리기 위해.

별빛을 바라볼 때도 있다. 악상을 가다듬는 것이다. 음이 연결돼야 하기 때문. 음 하나로 며칠을 보낼 때도 있다. 불가능하다는 기분도 든다, 작곡 전통이 없으므로. 그것은 마치 바위에 물방울이 떨어지는 것과 같다. 겸허하게 도전한다. 진실하게 떨어지면 바위도 뚫으리라. 천사백 년 전 우륵의 넋을 이어받아 득음이 이루어진다. 이것이 기적이 아니고 무엇이랴.

사람들은 모든 것을 운명으로 돌린다. 그에게 운명에 대해 물어보라. 그는 답한다. 운명이 정해진 것이냐, 아니냐 말하는 것은 너무 소박하다고. 운명은 있기도 하고 없기도 하다. 개인이 운명에 큰 영향을 미친다. 그래서 그는 예감이 오면 먼저 고개 숙인다. 약속이 있는 날 일진이 나쁠 때는 먼저 나가 사람을 기다린다. 일진도 별 수 없이 물러간다. 우리가 괴로워하는 것은 현재보다 과거나 미래에 대한 잡념 때문이다. 그러므로 그는 나쁜 것은 생각지 않는다. 현재에 성실한다.

"대학을 졸업한 뒤였을 거예요. 우연히 책방에 들러 『채근담』을 들춰 보았어요. 다른 건 다 같은 소리지만 한 구절이 충격을 주었어요. 바람이 대밭에 불어오되, 바람이 지나면 대는 그 소리를 남겨 두지 않고, 기러기가 연못을 지나가되 기러기가 가 버리면 연못은 그 그림자를 남기지 않는다. 이건 즉 집착하지 말란 뜻이죠. 예전부터 한 우물을 파야 한다는 말만 들어 왔고 그렇게 살았던 것 같아요. 모든 것이 너무 빡빡하게 돌아갔죠."

이야기를 끝내고 돌아갈 때다. 넘칠 만큼 많은 시간을 내주었다. 덕분에 나는 얼마나 많은 기적을 깨닫고 주워 모았는지. 진심으로 감사했으나 입으로 하는 인사는 형식밖에 되지 않았다.

"선생님, 시간을 많이 뺏겼죠. 바쁘실 텐데요."

"바쁘지 않아요. 난 누구 만나서 바쁘단 소리 들으면 기분 나빠요. 어린애들은 그런 소리 안 하잖아요."

기대치 않았던 답. 이것이야말로 그날 내가 만난 기적이다. 자신을 방어하기 위해 제각기 바쁜 세상, 약고 인색한 세상에서 인간의 말을 만났으니 이것도 기적이 아닌가.

건축가 김중업

문명에 메말라 가는 현대인에게
꿈을 주려는 시심詩心의 건축가.
서울 앞에 속죄하며 철근의 음표로
허공에 작곡한다. 건축계의 야당이면서 스스로
자본가의 시녀라고 말하는데
건축이 평등에 기여하도록 애쓰고 있다.

예전에 어느 잡지사의 청탁으로 김포공항을 취재한 적이 있다. 그때 공항에서 제일 눈에 띄는 것이 깃발을 든 일본인 관광단이었다. 이들의 관광 목적은 너무나 잘 알려진 것이어서 나는 함께 얘기하던 여행사 직원에게 언성을 높였다. 그는 무표정한 얼굴로 되받았다. "그런 것이나마 없으면 무얼 관광하러 여기 옵니까? 비원秘苑 하나 보려구요?"

그때의 충격은 지금도 생생하다. 여행사 직원은 나와 같은 세대였다. 그의 말은 극단적이었지만 나는 할 말을 잃었다. 국보 1호인 남대문부터 빌딩에 파묻혀 존재조차 희미하다. 독립문은 자리조차 밀려났다. 마구 세워지고 헐리는 육교, 몇 개의 고궁을 빼면 국적 불명이 되는 서울. 어느 외국인은 서울을 바그다드 같다고 했다던가. 사막에 세워진 삭막한 도시 말이다.

이런 도시에 사는 터라 내가 김중업 선생의 존재를 경이롭게 생각한 것도 무리는 아니다. 아홉 해의 이국 생활을 마무리하고 돌아와 1980년 초반 꿈과 환상의 설계를 펼쳐 세인의 눈을 끈 건축가. 해저 칠층, 해상 오십오층의 원뿔형 호텔을 바다 위에 떠우도록(고정 구조물이 아니고 예인선에 의해 이동이 가능하다) 설계했다. 또 400미터가 되는 초고층 건물을 산 위에 세워 지상 200미터 상공에 십이만 명이 동시에 들어갈 수 있는 광장을 설계했다. 이 하늘교회의 정식 명칭은 '민족대성전'.

건물의 비현실성, 비보편성은 젖혀 두고 일단 한 건축가의 창의력에 놀라게 된다. 1961년도에 증축된 주한 프랑스대사관 설계자이기도 한데 특이한 양식으로 당시에도 굉장한 화제를 불러일으켰다. 삼일로 빌딩도 그의 작품이다.

삼일로 고가도로에 들어서면 한눈에 다가오는 흑요석 같은 고층건물. 현대적이면서 전아典雅하고 단조로운 듯하면서 이야기를 담고 있다. 그것은 내게 너무나 낯익은 것이기에 바다호텔 설계자에게서 느꼈던 위압감은 사라졌다. 거기에다가 첫마디에 "나는 문인들과 인연이 많아요" 하는데 공초空超 오상순吳相淳, 수주樹州 변영로卞榮魯, 김광섭金珖燮, 조지훈趙芝薰 (감격파여서 재미있는 친구야요!)의 이름이 나왔다. 문인 친구들이 많았던 것은 그가 한때 시인 지망생이었기 때문.

"공초 선생은 나를 무척 귀여워해 주었어요. 1952년도, 내가 세계예술가협회 대표로 구라파에 갈 때예요. 공초 선생이 자기는 꼭 파리에 묻히고 싶으니 파리에 묘지를 잡아 놓고 오라 했어요. 나는 오 년 뒤에 돌아왔는데 그 약속을 지키지 못한 것이 지금까지도 걸려요."

공초 선생을 회상하는 그의 눈에 옛 시대에 대한 그리움이 담겨 있다. 그런 면을 보면 하늘교회 같은 환상적인 작품이 그의 낭만적인 기질에서 샘솟았음을 추측할 수 있다. 미술과 문학은 형제처럼 가깝지만 건축은 미처 생각지 못했다.

"시를 공부한 것이 내 건축에 큰 도움을 주었어요. 미술을 했던 것도 그래요."

"어릴 때 내 별명이 책도깨비야요."

시인 지망생이었던 선생은 채 지워지지 않은 이북사투리로 책에 미쳤던 시절을 회상한다. 그의 고향은 평양. 그는 연안 김씨 문중의 둘째 아들로 태어났다. 당파논쟁 때 패한 집안이라 관아 밖 외성에 살았고 그래서 외성外城 김씨라고 불렸다. 대대로 서당을 운영했으며 집안이 무척 완고했다.

부친 김영약金永弱은 군수를 지냈다.『금강경』등을 혼자 번역하는 불교학자였고 집안엔 항상 고승들의 발길이 끊이질 않았다. 그분은 일생 병원에 간 적이 없다는데 좌선과 단식으로 치료했기 때문. 강직한 성품으로 널리 알려져서 일본인들도 옴짝을 못했다. 평남 용강에서 군수를 지낼 때다. 부근에 온천이 있어서 그 지역 여관들이 온천물을 당겨 썼다. 이러한 터에 일본인이 호텔을 지어 온천 물줄기를 호텔로 끌어가려고 했다. 부친이 민간인들을 보호하기 위해 그것을 막았다. '외성호랑이'라고 불렸던 분이라 창씨개명도 끝내 하지 않았다. 덕분에 그도 일본 유학 시절 김중업으로 불렸다.

이토록 완고했던 아버지는 자식들이 소설책 보는 것을 무척 싫어했다. 이것은 책을 좋아하는 아이 중업에겐 즐겁지 않은 일이었다. 그는 집에 오면 공부하지 않았다. 기억력이 좋았으므로 학교수업만으로도 백 점을 맞을 수 있었다. 아이는 셜록 홈스나 에드거 앨런 포의 추리소설과 영웅전을 탐독했다. 아버지가 찾지 못하도록 책을 변소에 들고 가서 읽었다. 대개는 장 속에 들어가 문틈에 새어 들어오는 불빛으로 책을 읽었다. 국민학교 육학년 때 벌써 안경을 써야 했던 것은 도둑독서로 눈이 나빠진 탓.

평양고보에 들어가면서는 러시아 문학에 심취했다. 랭보, 보들레르, 말라르메에 반해 이학년 때부터 시를 썼다. 시인이 되기로 작심한 시기였다. 집안에서 받아들여지지 않을 꿈이었다. 고보를 졸업하자 아버지는 그가 의학이나 법학을 공부하기 원했다. 본인은 시인이 되고 싶었고, 미술 교사는 화가가 되라고 했다. 도쿄대학 출신으로서 그에게 미술반장을 시켰던 일본 교사였다.

미술 교사와 의논한 끝에 그는 건축을 하기로 정했다. 시인이란 배고프고 왜놈에게 수모받는다는 것이 아버지의 생각이었다. 그는 한 발짝 꿈을 물렀다. 시와 미술에 가장 가까운 것이 건축밖에 없었다.

열일곱 살 때 그는 일본으로 건너간다. 요코하마 고등공업학교(현 요코하마 국립대학) 건축과에 적을 두었다. 요코하마는 평고 졸업반 때 수학여행을 갔던 곳. 부둣가에 위치한 공원에서 브라질로 떠나는 호화선을 보았는데 갑판에서 관현악을 연주하던 장면이 낭만파인 그의 머리에 깊이 박혔다. 거기에다가 『수험순보』란 잡지에 요코하마 고공 건축과 교수인 나카무라 준페이中村順平 교수의 특집이 실렸다. 그에게 영향을 미쳤던 사람으로 프랑스 국립미술대학 출신에 일본 예술원 회원이었다. 그는 그 교수를 찾아갔고 그 학교에 진학했다.

삼 년 동안 이수해서 자격을 받는 곳이어서 수준이 높고 들어가기 힘든 학교였다. 한국인은 그 한 사람밖에 없어서 『아사히신문』에 기사가 실리기도 했다. 유학 때 그는 쌈꾼이란 별명을 또 하나 얻는다. 일본인들이 밤낮 문학책만 들여다보면서 삼 년 내내 일등을 한 '조센징'을 질투했고 싸움을 걸었다. 주로 십대 때 일이었는데 '앙팡 테리블enfant terrible' 시절이어서 그도 '왜놈'들에게 맞서 대들었다. 외로웠을 것 같지만 그는 '의지로 행복했다'고 말한다. 시인의 꿈을 버리지 못해 여전히 문학책 속에 묻혀 있었다는데 이와나미문고를 하루 한 권씩 읽어 치웠다. 음악이 듣고 싶으면 카페에 갔다.

이국에서의 고독한 청년기가 내면생활에만 바쳐진 것은 아니다. 그 시기에 그는 요코하마 한인교회 사건으로 일본헌병대에 끌려가기도 했다. 요코하마 수녀원에 여운형呂運亨의 누이동생이 수녀로 있었고 함께 성서연구회를 만들었다. 그는 정보 연락책임자였다. 한인교회가 습격을 받아 그는 헌병대에 끌려갔다. 그때 받은 고문이 지금까지 생생하다. 이름하여 잠수작전과 비행기작전. 손과 다리를 뒤로 묶고 매달아 올리는 것이 비행기작전, 입에 호스를 대고 물을 트는 것이 잠수작전이다. 물이 입으로 들어가면 몸의 땀구멍으로 물이 뿜어져 나왔다. 이 분도 못 가 기절하지만 의지가 강했기 때문에 그는 절대 불지 않았다. 학장이 증인이 돼서 한 달 만에 가석방. 그때의 고문으로 청각을 조금 상했지만 지금은 '재미있었어요' 하고 말한다.

학교를 졸업하면서 건축가로서의 생활이 열린다. 그는 나카무라 준페이 교수에게 건축가는 교양인이어야 한다는 것을 배웠다. 자기가 가진 것만큼 나오기 때문이다. 또 교수는 양심을 가져야 한다, 자신을 속여서는 안 된다고 가르쳤다. '나는 건축하고 결혼했다'고 말하는 독신 교수를 그는 존경했다.

그는 책도깨비에서 일도깨비로 변한다. 마쓰다 히라타 건축사무소에 근무하며 그는 밤을 새워 일했다. 초봉이 백십사 원. 그보다 먼저 대학 나온 선배들 월급보다 월등히 많았다. 태평양전쟁 때라 남양南洋 사이판으로 영장이 떨어졌지만 회사에서 힘써 죽을 수 있는 기회도 넘겼다. 청년 시절부터 그는 쓸 만한 건축가로 인정을 받은 것이다.

나라의 역사처럼 그의 개인사도 굴곡이 심하다. 해방 후, 그는 왕년의 독립운동이 연줄이 되어 공산청년동맹 대장 노릇도 하고 미군정 때는 부평 미군기지창에서 설계업무를 맡기도 했다. 그 당시 거리에서 우연히 서울공대 김동일 학장을 만난 것이 인연이 돼서 스물다섯의 나이로 전임 강사가 되었다. 다음 해 1948년엔 조교수로 승진했다. 문교부 조례로 일본의 관립대학 고공에서 우등한 사람은 한 계급 올려 주는 제도가 있어서였다.

부산 피란 시절은 힘겨운 생존 시대였다. 서울공대, 한양공대 전임에, 이대, 숙대에서 미술사를 가르치며 월남한 대가족을 이끌어 갔다. 여섯 학교에서 가르친 셈인데 강의 도중 뇌빈혈로 쓰러지기도 했다.

피란 생활이 괴로웠던 것만은 아니다. 잿더미 속에 핀 인정의 꽃은 더욱 붉고 아름다웠다. 피란 시절, 그는 밀다원과 금강다방에 자주 나갔다. 공초를 비롯한 문인들과 교류가 있었다. 베를렌을 함께 번역했던 불문학자 전봉래가 스타다방에서 자살한 시기였다. 화가 이중섭과 김환기, 영화배우 최은희도 이때 자주 만났다.

이중섭과의 친교에서 잊혀지지 않는 것이 있다. 이중섭이 일본에 있는 부인을 몹시 그리워하길래 그가 국제통화를 주선해 주었다. 그의 제자 중 전화국에 취직한 사람이 있어서 제자에게 거듭 부탁해 겨우 삼 분을 얻었다. 그도 가난해서 국제전화비를 내줄 형편이 못 되었다.

두 사람은 밤늦게 전화국 국제전화 박스에 들어갔다. 일본에 있는 이중섭 부인과 통화가 되었다. '모시모시', 이중섭은 부인의 목소리가 울려오는데도 계속 '모시모시'만 되풀이했다. 너무 기뻐서 할 말을 잃었던 것이다. 이중섭은 그 귀중한 삼 분간을 모시모시만 하다가 전화를 끊어야 했다. 그는 함께 밖으로 나와 이중섭을 한 대 쳤다.

"어찌나 화가 나던지."

1952년 7월, 그의 첫 해외 나들이가 있었다. 유네스코 주최 세계예술가회의에 대표로 참가한 것. 자신도 모르게 뽑혀시 베네치아까지 간 건데 그 일이 그의 운명을 크게 바꾸어 놓았다. 아방가르드적이고 가장 혁신적인 건축가여서 그가 좋아했던 르 코르뷔지에Le Corbusier가 의장단의 한 사람으로 와 있었다.

그는 르 코르뷔지에에게 말을 걸어 자기소개를 했다. 르 코르뷔지에는 얼떨결에 얼굴이 동그랗고 정열적인 한국 건축가에게 자신의 사무소로 와 보라고 했다. 별 뜻 없이 한 말이었는데, 한국의 건축가는 그 후 파리로 가서 르 코르뷔지에의 제자가 된다. 만 삼 년 반 동안 함께 일했다. 장차 세계의 건축가로 발돋움할 만큼 자신을 다진 귀중한 시기였다. 작은 돈이나마 월급을 받은 것도 사무소에선 처음 있는 일이었다. 르 코르뷔지에 사무소엔 월급제도가 없었다. 르 코르뷔지에가 그의 사정을 알고 호의를 베푼 것이지만 그는 스승에게 인정받은 셈이었다.

그는 거기에서도 일도깨비가 되었다. 다른 사람이 가 버린 뒤 새벽 세 시까지 공부했다. 그는 열쇠를 인계받기 위해 그 적은 월급을 창고지기에게도 떼 주었다. 창고에 쌓인 옛날 건축도면들을 열쇠만 있으면 꺼내 볼수 있었고 그는 샅샅이 파고들었다. 하루빨리 스승을 해득해서 졸업하겠다고 생각했다. 욕심 많고 악착 같은 성격이었다. 당시 설계를 한 사람은 사인을 해서 도면은 남겨두는데, 뒷날 무슈 김의 사인이 제일 많다고 전해졌다.

"그때 이승만 정부가 패스포트를 연장해 주지 않아서 무국적자가 됐어요. 르 코르뷔지에 선생이 유엔본부에 제청을 해서 난민 패스포트를 받아가졌어요. 르 코르뷔지에 선생은 평생 잊을 수 없는 분이죠. 나카무라 준페이 교수에게 배운 것이 건축가의 양식이라면 르 코르뷔지에 선생에게 배운 것은 '자기 세계를 통해 보는 눈'이에요. 눈이 닦여야 돼요."

"자기 주관을 가져야 한다는 말 같은데요."

"그런 얘기죠. 내가 불어를 소화하기까지 이 년이 걸렸는데 당시 그들과 대화를 나누면서 이런 지적을 받았어요. 헤겔과 칸트 얘기는 왜 하느냐고요. 빌려 입은 옷은 자기 옷이 아니에요. 지식과 교양은 상관없는 거예요. 지식을 자꾸 잊어버려야 해요. 유학 시절에 후렛차가 쓴 『건축사』를 공부한 적이 있어요. 그 책엔 르네상스 건축을 극찬했지만 내 눈으로 직접 보니까 중세 건축이 더 좋아요. 르네상스 건축은 권력자들이 지은 것이지만 중세 건축은 하나님께 바치는 것이죠. 정성을 들여서 자신을 바친 거예요. 자기 모색이 시작되면서 이렇게 눈이 닦여 가는 거죠."

롱샹 성당, 인도의 찬디가르시 설계자로 현대건축의 거장인 르 코르뷔지에. 그가 죽었을 때 미국 건축지에 수제자 다섯 명이 실렸는데 김중업도 꼽혔다. 많은 제자들이 있는 데서 르 코르뷔지에는 '너는 전생부터 건축가다. 천재다'라고 말했다. 뒷날 주한 프랑스대사관 설계에 그가 응모하도록 추천해 준 것도 르 코르뷔지에였는데 스승은 그의 완성된 설계를 보고 무척 기뻐했다.

1956년 그는 르 코르뷔지에 선생의 만류에도 불구하고 고국에 돌아왔다. 설계실을 냈고 자기 모색을 시작했다. 부산대학 본관, 건국대학 도서관, 명보극장을 설계했다. 서강대학 본관, 드라마센터, 원자력 연구소 등을 이어 내놓는다. 그의 초기 작품에서 르 코르뷔지에의 체취가 풍긴다는 평을 듣기도 했지만, 1961년에 제작돼 큰 반향을 불러일으켰다는 주한 프랑스대사관은 자기 작품 세계의 길잡이가 되었다. 당시 상바르 대사가 '당선될 가능성은 백 분의 일에 불과하지만 해 보라'고 했다. 프랑스의 저명한 건축가 일곱 명과 경합해서 당선됐다. 한국의 얼을 자신의 건축언어로 어떻게 표현하느냐 고심했다. 석탑의 옥개석 같은 아름다운 지붕 곡선 등 한국의 전통미가 프랑스적인 우아함과 정교하게 조화를 이루었다. 그는 이 작품으로 1962년도 서울시 문화상을 받았고, 1965년에는 드골 대통령으로부터 직접 프랑스 국가 공로훈장과 슈발리에Chevalier 칭호를 얻었다. 앙드레 말로가 제창한 결과라고.

1964년에 세워진 제주대학 본관도 그가 많은 애착을 느끼는 작품. 비행기 같기도 하고 순결한 배 같기도 하다. 환상적이면서 유희 정신이 깃든 초현대적 작품이다. 획일적인 직선에 식상한 우리에게 꿈을 안겨 줄 건축물이지만 너무 이상에 치중한 건물이어서지 지금은 몹시 쇠퇴했다.

필생의 역작이라는 하늘교회는 미국의 소리를 방송하는 황재경 목사의 의뢰로 설계된 것. 예수가 재림한다면 머물고 싶은 장소가 있을진대 그는 이 재림 장소를 눈과 눈동자에서 착상을 얻어 설계했다. 인체에서 제일 반짝이는 것이 눈이라는 것. 감탄할 정도로 아름다운 발상이지만 내겐 그것의 현실화가 선뜻 믿어지지 않았다. 그 거대한 환상이 수학적 도식과 맺어졌다는 것이 상상되지 않았다.

"선생님, 바다호텔의 경우, 고정물이 아니라는데 그것의 구축이 정말 가능한가요?"

"현대에서 불가능은 없어요. 두뇌 문제지요. 기능에선 모든 것이 가능하고 기술이 문제죠. 우리나라 사람들은 어휘를 정확히 쓰지 않는데, 기술이란 창의성을 말해요. 모방할 수 있는 것은 기능이지요. 우리에게는 기능은 있으나 기술이 부족하기 때문에 응용과학이 발달하지 못해요."

"하늘교회 같은 대작을 설계한 에너지원이 무엇일까 하는 생각이 듭니다. 예수재림을 위해 만들었다고 하셨는데, 예수에의 사랑에서인가요?"

"난 기독교인은 아니에요. 단지 그런 재림이 있었으면 하는 기분은 있어요. 중학교 때 『구약성서』를 읽다가 집어던진 기억이 납니다. 유태인 가문 얘기가 나열된 부분이었어요. 난 예수를 종교인이라기보다 영웅으로 생각해요. 자기 희생이라는 면에서요. 그런 영웅이 나오면 그 민족이 강인해질 수 있죠. 난 어릴 때부터 전기를 많이 읽었어요. 그중에서 이탈리아를 통일시킨 카보우르를 가장 좋아했어요. 그도 자기를 희생한 영웅이었지요."

"작품 설명을 들으니까 선생님이 이상주의자인 것을 알겠어요."

"서울공대에 재직할 때 내 별명이 초이상주의자였어요. 창조하는 사람이 모두 고독하지만 건축가는 더 고독해요. 자신이 가지고 있는 꿈을 팔아야 하니까요. 잘 받아 주지 않으면 설득을 해야 하구요."

건축이란 한 인간이 다수에게 던지는 신호이다. 강렬한 감동을 주어야 한다. 그러므로 건축가는 미쳐야 한다. 미쳐야 자신이 감동할 수 있는 작품이 나온다. 자신도 감동하지 못하는데 누가 감동하겠는가.

"감동을 주는 건축이란 땅과 하나인 듯 잘 조화를 이룬 것." 아테네의 파르테논 신전이 그 예다. 땅에는 땅의 욕망이 있으니 땅이 무엇을 원하는가를 알아야 한다. 그래서 그는 설계를 하기 전 반드시 그 장소에 가서 숙고를 한다. 예술가의 직관이 작용한다.

건축이란 특정한 장소에 필요한 사명을 띠고 이루어지는 것이기에 남과 같을 수는 없다. "남을 닮는다는 것에 무서운 저항을 가져야 한다." 개인집을 짓더라도 의뢰자의 직업이나 가족 구성원이 고려되기 때문에 절대 같은 모양이 나올 수 없다. 땅의 욕망과 이 모든 것이 고려되면 그는 공간을 작곡한다. 건축이란 리듬과 하모니, 콘트라스트를 이루어야 하므로 작곡과 가장 비슷하다고 한다. 괴테가 '건축은 얼어붙은 음악'이라고 말했던 것은 정곡을 찌른 것이라고. 1973년 ㅎ씨 집 설계를 끝낸 후의 메모에서도 건축의 음악성을 알 수 있다.

"이 집은 내가 항상 좋아하는 쇼팽의 에튀드에 비하고 싶은 것이며 에메랄드가 지니는 깊은 비색에 바치려는 작품이다."

건축을 작곡에 비유하는 그는 쓸모보다 아름다움을 더 중시한다. 병든 현대인에게 마음의 보금자리를 되돌려 주어야 한다는 것이다. 기계문명 속에서 삶의 보금자리인 집은 아름다워야 한다는 것. 그가 시심의 건축가로 불리는 것도 이러한 철학을 보이기 때문이다.

"쓸모란 시간의 흐름에 따라 변하는 거지요. 백 년 후의 사람은 지금의 용도에 만족하지 못할 거라고 생각해요. 거꾸로 생각해 볼까요. 그리스 시대에 폭스바겐 같은 물건을 만들어낸다면 그때 사람들이 기절했을 거예요. 오늘날엔 폭스바겐을 즐길 수 있어요."

"아름다움이 휴식을 준다면 쓸모에 대한 작은 희생은 감수해도 좋다는 뜻으로 해석되는데요."

"아니죠. 아름다움이 쓸모를 포용해야 한다는 거죠."

아름다움을 소중히 생각하므로 그는 아름다운 신호를 우리에게 던지고자 한다. 자기에게 만족스럽지 못한 것은 내보이지 못한다. 건축이란 결국 자화상이 되기 때문이다. 다른 예술이 다 그렇지만 건축도 백 년 후에 심판을 받게 된다. 그래서 그는 자신을 항상 감시한다. 자신을 되돌아

보고 확인하며 '나에게 거짓 없는 것'을 그린다. 나를 닮은 것을 만들어야 한다.

1960년도 후반 그는 경주박물관 설계를 맡아 완성했다. 그것은 제작 도중 폐기되었는데, 기와지붕을 올리지 않았다는 단순한 이유에서다. 나중에 평가가 내려지겠지만 그 작품은 박물관다운 동양적 건축이었다. 기와를 올린다고 다 한국적이고 민족적인 것이 되는가. 전통이란 꾸준히 내려오면서 새롭게 창조되는 것이다. 전통이란 내적인 것이며 얼을 제대로 받아들이는 것이다. 한국 사람이 만든 것은 어차피 마늘 냄새가 난다. 1978년 작품인 나이지리아의 이븐오루아스포츠호텔은 한국의 옛 실패가 연상된다. 유럽의 건축교과서에도 실린 작품인데 실패 모양은 결코 의도적인 것이 아니었다. 단군 시대부터 내려온 중심인자가 한국인이면 다 흐르고 있다는 얘기다. 외국 생활을 오래 해도 화가 나면 한국말로 욕이 튀어나오는 것도 젖 먹던 땅의 기운이라는 것.

"건축은 변명이 통하지 않아요. 예산 부족으로 허술하게 지었다, 의뢰인이 비상식적인 요구를 했다 등의 핑계는 댈 수 없어요. 서 있는 그대로가 증거예요. 그러므로 건축가는 원인과 결과를 보는 눈이 있어야 돼요. 타협이 있을 수 없죠. 사회를 밀고 나갈 비전을 지니고 있어야 돼요."

그는 두 차례 외국에 나갔다 왔는데 두 번 다 돌아와서 몹시 놀랐다. 아파트를 세우고 다리를 놓는 등 움직임은 많았지만 그것을 과연 발전이라고 할 수 있을까. 아파트를 지은 지 십 년이 넘지만 그 획일적인 구조 하며 무엇이 변했나. 백년대계를 바라는 것도 아니고 단지 십 년이라도 바라보았으면 한다.

도시계획에 대한 말이 나오자 그의 어조가 높아졌다. 그는 와우아파트를 아직도 끔찍하게 기억하고 있다. 당시에 그는 피뢰침을 달라는 등의 주의를 매스컴을 통해 했다. 시장단의 전시효과 행정이 집단살인을 불러

일으켰다. 로마 시대도 아니고 현대에서 말이다. 당시엔 로터리도 마구 만들어졌다. 좁은 로터리는 교통을 더욱 혼잡하게 할 뿐이었다. 그는 라디오의 서울아워 시간에 '천재와 광인의 차이는 종이 한 장 차이'라고 분통을 터뜨렸다.

그는 1960년대에 물의를 일으켰던 동빙고동 주택단지도 잊지 못한다. 자숙하라는 대통령의 담화까지 나온 뒤 신문사 측의 청탁을 받아 직접 동빙고동을 살폈다. 엘리베이터는 약과고 에스컬레이터가 설치된 집도 있었다. 세계 어느 곳에서도 그런 것을 본 적이 없었다. 루이왕조 말기나 제정 로마 시대의 사치를 방불케 했다.

그는 건축계의 야당으로 알려져 있다. 비판을 서슴지 않고 앞장서서 하기 때문이다. 비판은 물론 발전을 위해서이고 모두가 후세에 부끄럽지 않기 위해서다. 그렇건만 그는 1971년도에 나라를 떠나게 된다. 성남시 사람들의 생업을 보장해 주어야 한다는 발언을 해서다.

그는 프랑스에 간 지 삼 개월 후부터 1974년까지 무국적자로 그곳에 남았다. 패스포트가 연장되지 않아서다. 그사이 하버드 대학장으로 추천받았지만 패스포트가 없어서 실격됐다. 1974년 말에 나이지리아에서 도자기공장 건설에 참여하면서 뜻밖에 복수 여권이 나왔다. 패스포트가 없어서 갈 수 없다고 하자 나이지리아 대통령이 한국으로 친서를 보냈다.

"우리나라 사람들의 글을 보면 나는 이렇게 생각한다는 주장이 거의 없어요."

잘못된 것을 보면 그는 못 참는다. 모르는 건 죄가 아니지만 알면서 입을 다무는 것은 큰 죄라고 생각한다. 이런 그여서 '내 종교는 양심'이라고 말한다. 혼자 믿는다. 대중이 참여한 종교는 정치가 이용한 적도 많고 위선도 많다. 기독교에서 마리아를 동정녀로 만든 것도 부자연스럽게 여겨진다. 인간의 결합에서 예수가 나왔다면 어떠냐. 너무 성화聖化된 기독교보다 인간적인 불교에 끌리는데 어쨌든 종교가 말하는 것은 거의 같다. '나눠 주라'는 것. 건축가로서 그가 할 수 있는 것은 모두에게 꿈을 나누어 주는 것일 거라고.

'나눈다'는 말에 나는 건축가에게 꼭 물어보고 싶은 말을 꺼냈다.

"예술은 어쩔 수 없이 귀족적인 것이라 합니다. 예술가의 독특한 개성에서 나오는 것이고 그것은 위를 채워 주지 않으므로 무용한 것으로 생각되기도 합니다. 그러나 건축은 일단 구체적인 쓸모의 요구에 의해 이루어지죠. 그런 면에서 건축이 보다 보편화되고 비귀족적인 것이 되었으면 하는 바람을 가지고 있어요. 우리나라에서 건축가는 아직 서민과 거리가 먼데 서민과의 괴리를 어떻게 메울 수 있을까요?"

"의식주는 인간의 기본권리죠. 먹는 것과 입는 것은 최소한의 만족을 가질 수 있어요. 그러나 집은 그렇지가 못해요. 일생에서 영원히 가지지 못하는 경우도 많아요. 이런 집 문제에 국가가 책임을 져야 해요. 가난한 사람에게도 살 권리를 찾아 주어야 해요. 나는 기회 있을 때마다 말합니다만 사회가 그러한 서민을 위해 존립할 수 있도록 하는 것이 건축가의 일이죠. 그런데 절대자가 통치했던 옛날엔 건축가가 궁중의 시녀 노릇을 했어요. 현대엔 자본가의 시녀 노릇을 해요. 서민건축을 하는 것이 건축가에게 보람있는 일이겠지만 아직은 그런 상황이 안 되는 것 같아요."

"그러면 자신도 자본가의 시녀 노릇을 하고 있다고 생각하시나요? 의뢰자가 있으므로 작품이 만들어지는 것 아니겠어요."

"물론이죠. 그러니까 더 갈등이 생겨요. 건축가가 서민을 위해 일할 수 있는 여건이 하루빨리 이루어져야죠. 주택공사는 이제 아파트를 지어 파는 게 아니라 서민 수입의 십삼 퍼센트를 넘지 않는 월세로 분양할 수 있는 임대주택을 지어 줘야 합니다. 그리고 우리나라 사람들은 소유에 대해 너무 과민해요. 외세와 전쟁에 시달리면서 그렇게 됐다고 흔히들 말하죠.

그러나 전 세계적으로 두 끼에서 세 끼 먹게 된 것이 백 년도 안 돼요. 집은 소모품이에요. '내 집' 관념이 없어져야 해요. 집을 지을 때도 내가 사는 집이 아니라 남에게 보이기 위한 집을 지으려 하고. 정신혁명부터 일어나야 해요."

건축을 그 시대의 거울이라고 한다. 헬레니즘이다, 바로크다, 세분하는 것도 그 시대만의 흔적이 깃들어 있기 때문. 건축은 민족의 산 증거물이다. 민족성을 알 수 있다. 중국 건축에서 지붕을 보면 수평으로 이어지다가 지붕 끝이 갑자기 하늘로 치솟는다. 호전성을 드러낸 것. 일본은 직선이다. 그윽한 맛이 없다. 한국의 기와는 하늘을 향해 살포시 올라갔다. 초가의 곡선은 땅과 연결된 듯하다. 대우주의 일부분을 띤 것 같은 형태다. 슬기롭다. 이것은 우리의 지리와도 연관된다. 한국은 준고원지대라 지역 변동이 일찍 왔다. 북악산 같은 것도 표토가 덮여 있던 것이 시간이 흐르면서 바위가 드러난 것. 개울도 급류가 없어졌다. 온화한 풍토에서 온화한 선이 나왔다.

한국 건축은 소박하다. 그러면서 자리잡고 있을 만한 데에 자리잡고 있다. 종묘가 그 대표적인 본보기다. 일부러 꾸미지 않았건만 비례가 그렇게 예쁠 수 없다. 자기를 주장하지 않으면서 인간미가 담겨 있다. 추사의 글씨가 위대한 것도 꾸밈없으면서 자기 멋이 넘치기 때문. 민가나 조선조 백자, 목기에서도 느껴진다. 뚫릴 데 뚫려 있고 흠잡을 데가 없다. 깔끔하다. 똑똑하다. 그러면서도 바보스럽게 보인다. 바보스럽다는 것이 귀여운 점이다.

조상들의 슬기는 온돌 구조에서도 보인다. 온도는 낮은 데서 높은 데로 올라간다. 바닥 전체를 덥히는 것은 조상들의 선지식에서 나온 우리만의 유산이다. 바닥에 앉는 온돌 구조를 흔히 비행동적이 되게 하는 원인이라

비판하는데 그는 이렇게 반문한다. 일어서서 움직이는 것만 행동인가. 사실 행동하기보다는 머리 안에서 구성하는 민족이다. 사고를 많이 했다고 볼 수 있다. 그것은 꿈이 많다는 것과도 연결된다. 우리 민족은 샤머니즘을 종교로 지니고 내려왔는데, 샤머니즘이란 상상적인 종교. 그러한 종교를 바탕으로 깔고 내려왔다면 상상력이 풍부한 민족임이 분명하다.

그것은 옛날 목수들의 도구를 봐도 알 수 있다. 옛날엔 스스로 도구를 만들어 썼는데, 같은 쟁기가 없다. 먹통도 수만 개가 다 다르다. 조선조 분원가마에서 나온 그릇도 같은 것이 없다. 획 하나라도 다르다. 장이 기질이 강한 민족이었고 고집스럽다. 우리나라는 오래전부터 중국의 속국으로 있었지만 결코 동화되지 않았다. 신라가 당나라의 힘을 빌려 삼국통일한 시기부터 친다면 천년 넘게 중국의 그늘에 가려져 있었다. 그러면서도 우리 문화는 중국 것과 엄격히 다르다.

"우리의 전통이나 문화를 보면 보통 센스있는 게 아니에요. 오늘날은 그런 것을 찾아볼 수 없어요. 우리 자신을 잃어버렸어요. 시골 가도 초가집을 볼 수 없어요. 초가가 불편하다면 그 내용을 없애기보다 개선해야죠. 영국 식민지였던 아프리카의 '짐바브웨'라는 나라 이름은 옛날 성곽 이름에서 딴 거예요. 아프리카라면 아직도 미개인을 생각하지만 우리는 그 나라 사람만큼 문화를 사랑하지 못하잖아요."

"「닥터지바고」를 보면 지바고와 라라가 도서관에서 재회하는 장면이 나오는데 유리아틴이라는 시골 읍내예요. 이십세기 초 러시아엔 읍내에도 도서관이 있구나 하고 놀라던 것이 기억나요."

"서울 거리를 다녀도 공중화장실이나 벤치 하나 없지요. 무계획적으로 빌딩만 마구 늘어서고…. 그러나 언젠가는 시민이 사랑할 수 있는 서울이 될 거예요. 나는 낙관주의자예요. 곪은 것은 터지고 잘못된 것은 자꾸 헐리겠죠. 어쩌면 도시환경 분야에서 파괴학이 연구되어야 할지도 몰라

70

요."

　그는 비관주의자는 아니다. 자기 뜻에 무관하게 고국을 떠났지만 그 시기에도 그는 한국의 지명현상에 작품을 보냈다. 1974년 작인 외환은행 본점은 채택이 되지 않았지만 초현대적인 감각으로 설계됐다. 두 개의 원통형이 리드미컬하게 붙여진 건축모형이 마치 도시의 성좌같이 아름다웠다. 기구한 무국적자의 시기였으니만큼 처절할 정도의 정열로 이 작품을 설계했다. 당선 여부는 젖혀 놓고 그에겐 소중한 작품이 되었다.

　그는 1981년도에만 네 개의 지명현상에 응모했다. 그중 진주문화회관 설계만이 당선되었지만 그는 결코 낙담하지 않는다. 밤참을 들며 함께 작업한 사무소 제자들이나 내조한 아내가 실망의 빛을 감추지 못하면 그는 담담하게 말할 뿐이다. '당선만을 위해 고생한 것이 아니라 계기에 성실한 것'이라고.

　국내외에서 이루어진 그의 작품은 여러 개가 된다. 다작에 속한다. '나는 미쳤다'고 말하는 그 열정의 결과다. 1971년에 프랑스의 장뤼크 고다르 감독이 삼십 분짜리 기록영화 「김중업」을 만들었는데, 이렇게 세계의 건축가가 된 것도 열정의 소산이다. 그는 결코 여기에 만족하지 않는다. "김중업 후편이 나와야죠." 그의 연륜만큼 보다 무르익은 작품이 나와야 한다는 말이다.

　그는 설계했을 때와 제작 후의 괴리감을 느낀 적이 많다. 그럴 때면 그는 폭탄이라도 터졌으면 한다. 이러한 불만이 그를 채찍질한다. 미의식, 선지식도 노력에 의해 더욱 심화될 수 있다. 헬레니즘 시대에 파르테논이 이루어진 것처럼 문화가 무르익을 때 제일 좋은 건축이 나온다. 개인에 있어서도 마찬가지. 격이 있는 건축은 격을 가진 건축가에서만 나오므로 그는 항상 자기 성찰을 한다. 자기 확인의 작업을 창작에 쏟아붓는다. 이런 그에게 한 친구가 여천如泉이란 호를 지어 주었다.

"한두 개 만들어서 한두 개 남기기는 힘들죠. 자기에게 흡족하고 시대에 흡족한 작품을 일생에 몇 개 만들 수 있는 건 아니에요. 나도 많은 작품들 중에 한두 개 남았으면 하는 마음으로 일해요. 국보가 되는 건축을 만들고 죽고 싶은데…. 아는 것은 끝이 없어요. 살면서 점점 아는 것이 없다는 감회가 들어요."

마음은 아직 열 살 먹은 아이 같지만 그는 환갑을 지냈다. 건축에 미쳐서 시간도 잊었다. 이런 아버지를 지켜보아선지 사남일녀 중 네 명의 자녀가 건축가 지망생이다. 처음엔 어머니(김병례)가 반대했지만 '건축은 너무나 힘든 것이어서 한 세대로는 안 되겠다'는 생각을 하게 됐다. 눈이 뜨인 어머니는 '아버지가 하다 못 한 것을 보조하라'고 자식들에게 말하게끔 되었다.

건축가족의 가장인 그는 일생의 사업으로 박물관을 지을 계획을 가지고 있다. 이것도 건축의 어려움을 절감해서다. 한국 건축의 산 역사인 그가 후세의 건축 학도들에게 조금이나마 도움을 주기 위해서다. 그가 골동품을 모으는 것도 취미에서가 아니라 박물관에 소장하기 위해서다. 그가 모은 것은 옛날 목수들이 쓰던 대패, 자귀, 톱 등이며 막새기와 같은 것이다.

그의 작품들도 모두 전시된다. 지명현상에서 채택되지 않은 작품, 의뢰자와의 문제로 제작되지 않은 것들도 한자리에 내놓는다. 시간의 심판을 받으려 한다. 한국 건축의 기수로서 칼을 들고 앞장섰던 선배의 자화상을 숨김없이 보이려 한다.

"당신은 시인입니까, 건축가입니까?"
"시인입니다. 그렇지만 건축가입니다."
이것은 1952년 베네치아의 세계예술가회의장에서 만난 르 코르뷔지에와의 대화 중 한 부분이다. 그때 그는 시를 썼고 시인의 호칭도 가지고 있었다. 그날이나 지금이나 그의 시심은 변함없다. 시만이 현실을 초월하는 능력을 준다.

그에겐 '시를 거절하는 것은 지금의 상태에 머무는 것이며 활동력을 빼는 것'이다. 시만이 산책길에 나온 것처럼 자유로운 영상을 떠올리게 하기 때문이다.

그는 베스트셀러를 읽지 않는다. 너도 나도 휩쓸린 이 기계문명은 베스트셀러 같은 것인네, 그는 건축에 시를 넣음으로써 기계문명에 저항한다. 비판한다.

이십세기를 우주 시대라 하지만 그는 이것을 진보라고 말하지 않는다. 문명은 발달했을지언정 역사는 되풀이되고 변천해 왔을 뿐이다. 문명의 발달로 인해 두뇌는 오히려 퇴보했다. 로드아일랜드대학에서 삼차원 강의를 하며 미국에서 머물 때, 그는 이 점을 깨닫고 깜짝 놀랐다. 이 더하기 이도 전자계산기로 두드려서 아는 시대, 두뇌의 엄청난 후퇴였다.

현대인은 마음의 여유가 없다. 자기 사색이 없다. 배금주의다. 돈을 가진 사람일수록 돈에 더 매달린다. 공사 현장에서 얘기해 보면 목수나 미장이가 더 멋있게 산다. 그들은 돈이 있으면 쉰다. 일요일엔 일하지 않는다. 돈에 메말라 가는 현대에서 이렇듯 '멋'을 찾으려 하는 그여서 수주樹州 선생을 그리워하는지도 모른다. 그가 프랑스에 있었던 1954년도에 수주가 펜클럽 대표로 왔는데, 그때 그는 스쿠터 뒤에 수주 선생을 태우고 파리를 돌아다녔다. 그 뒤 그가 한국에 돌아왔을 때 수주 선생이 물었다. 스쿠터를 가지고 왔는지 궁금해했다. 가지고 왔노라 하자 수주 선생은 이대와 연대에 가서 몇 바퀴 돌자고 했다. 시비를 걸자는 것. 그는 수주 선생을 스쿠터에 태우고 이대와 연대를 몇 바퀴 돌았다.

"멋이 있다, 없다, 말할 줄 아는 민족은 한국인밖에 없어요. 영어에서도 에스프리 정도고, 멋이란 말은 우리만의 것이에요. 예전엔 수주 영감 같은 멋있는 사람이 많았는데 이젠 멋이 자꾸 사라져 가요. 낭만 시대는 막을 내렸어요."

수주를 그리워하는 낭만파라 바다호텔의 해상 일층엔 좁고 꼬불꼬불했던 옛날 명동을 재현했다. 제주대학 본관은 육지의 혜택을 받지 못한 주민들에게 희망으로 가득 찬 영상을 주려 했던 작품이고, 진해 해군공관 건축에선 하늘을 땅으로 끌어내리기 위해 지붕에 둥근 구멍을 뚫었다.

이 모든 것이 문명에 메말라 가는 현대인에게 꿈을 주려는 작업. 비정해진 우리 마음을 일깨우기 위해 철근의 음표로 허공에 작곡한다. '서울' 앞에 속죄하며 '잃어버린 나'를 우리에게 되돌려 주도록 애를 쓴다. 스스로 자본가의 시녀라고 말하지만 현실의 '업up'이 되어야 하는 건축가이므로.

"흑인 인구가 많이 불어난다지만 흑인들은 자주 애를 낳아야 돼요. 인구가 불어나야 흑인 대통령도 나올 수 있어요."

낭만파이면서 평등주의자인 그다. 그래서 건축도 평등에 기여하기를 바라는데, 사람들 속에서 튀어나오는 큰 키처럼 그의 초이상주의도 안일한 현실 속에서 튀어나오는지 모른다.

시인 김종삼

늘 모자를 쓰고 해질 무렵
혼탁한 도시 한가운데로 게처럼 걸어가는 사람.
밝은 보헤미안이면서 문명에 길들여지지 않아
죽기 연습을 매일매일 되풀이하는 사람.
나팔꽃처럼 귀를 열고 오염되지 않은
시인의 길을 걸어간 시대의 마지막 사람.

시인에 관한 경구 중 뇌리에 깊이 남아 있는 것은, 시인을 토끼에 비유한 말이다. 잠수함에는 늘 토끼가 승선해 있다 한다. 산소량을 측정하기 위해서이다. 산소 희박을 인간이 알아챌 정도면 더 이상 손쓸 수 없이 악화된 상태여서 토끼의 호흡으로 그 경계선이 측정된다. 산소가 모자랄 때 토끼가 먼저 질식하기 때문이다.

시인을 잠수함의 토끼에 비유한 것은 두 가지 측면에서일 것이다. 하나는 문명이나 그 어느 것에도 물들지 않은 본질의 생명을 시의 몫으로 돌려 왔던 고전적 해석에 다름 아니고, 또 하나는 속죄양의 측면에서다.

시인이 삶의 높이, 그 척도가 된다는 것은 큰 은총이리라. 그것은 또한 형벌이기도 하다. 오염된 현실에서 시인은 누구보다 먼저 고통의 제물이 될 것이므로. 지식인이라는 측면에서 쓴 것이지만 김수영金洙暎의 말도 같은 맥락에서 음미해 볼 만하다.

'…가장 진지한 시의 행위는 형무소에 갇혀 있는 수인의 행동이 극치가 될 것이다. 아니면 페인이나 광인….'

진정한 시인이란 은총과 형벌의 숙명을 진 사람이 아닌지. 시인도 소시민으로 안주해 가는 현대에선 이것도 고전적 해석인지 모르겠다. 우리에게 시인의 신화에 대한 그리움이 있다면, 존재가 더욱 두드러져 보이는 시인을 가까이에서 찾을 수 있다. 어쩌면 이 시대의 마지막 사람일지도 모르는….

그는 늘 모자를 쓰고 다닌다. 중절모, 베레모, 등산모 등 여러 개의 모자가 있다. 모자는 어릴 때부터 좋아해서 밥을 먹을 때도 모자를 썼다. 아이 적부터 모자를 써야 '나'였다. 모자란 의상 중에서도 가장 장식적인 것이다. 옷에 비해 쓸모야 없겠지만 모자가 그에겐 존재의 한 부분이며 이니셜이 된다.

그의 모자처럼 자신을 나타내는 것은 글씨다. 종이가 파일 지경으로 직

선으로 긋는 글씨. 도장 대신 쓰는 그의 사인도 어김없는 직선이다. '宗'
에다 확고하게 사각을 두르는 사인, 이것도 바로 그의 성격을 나타낸다.
타협을 모르는 자기 정직.

모자나 글씨처럼 눈에 띄는 것이 또 하나 있다. 그의 귀는 유난히 긴 편
이다. 귀만 보고도 그를 가려낼 수 있을 정도인데, 순수로만 열려 있는 그
의 큰 귀는 잡음 많은 현실에서 경련을 일으킨다. 그는 전에 십삼 년간 방
송국에 근무한 적이 있다. 독특한 음악효과로 그 직종에선 유능인이었으
나, 큰 귀 때문에 방송 현실에 적응하지 못했다. 소위 말하는 황금시간엔
팝송과 대중가요가 나간다. 상업 방송이니 그렇다 하더라도 '썩었다'. 방
송국 안엔 어디든 스피커가 있어 듣지 않을 수 없었고, 그는 이것을 견디
지 못해 밖에 나가 술을 마시곤 했다.

방송국 시절 그가 가장 행복했던 시간이 있었다면 퇴근 후이다. 그는
남들이 사무실을 나설 때 사무실로 들어갔다. 의아해하는 수위에겐 손을
번쩍 들며 '시그널 몇 개 만들려고' 했다. "시그널 만들기는 뭘 만들어."
그는 아무도 없는 레코드실에 들어가 차고 있던 소주병을 따고 음악을 들
었다.

그는 음악에 신들린 사람으로 알려져 있다. 곡 하나를 며칠 몇 달씩 듣
기도 한다. 그에게 '인간의 죽음이 뭐냐'고 묻는다면 '모차르트를 못 듣게
되는 거'라고.

이런 그여서 모차르트나 음악가를 잘 모르는 사람을 보면 '저런, 야단
났군' 중얼거린다. 몇 년 전 베토벤의 대가 피아니스트 빌헬름 바크하우
스가 죽었을 때 일간지에 그 기사가 '쬐꼬맣게' 실렸다. 여느 사람들이야
이름도 제대로 보지 않고 스쳤을 테지만, 그는 '못난 놈들' 하고 내뱉었
다. 그의 관점으로는 대음악가의 죽음을 그렇게 소홀히 다룰 수 없는 것
이다.

현실에서도 쓸모없다는 예술, 그중에서도 정수라 할 음악을 귀가 큰 그는 생의 가장 높은 가치에 둔다. 이것은 살아가는 데 과히 편리한 신념이라 할 수 없다. 십 년이 넘은 방송국 근무에도 흔한 장 자리 한번 돌아오지 않은 것은 이런 순수편집증 때문이리라. 음악이 그의 삶에 절대 필요충분조건이 되기 때문. 생활은 들으나 마나 한 교양과목 같은 것이 될 수밖에.

　적막한 한 폭의 그림 같은 「드빗시 산장」을 보자.

　결정짓기 어려웠던 구멍가게 하나를 내어놓았다.

　(한푼어치도 팔리지 않았음은 물론이고)

　오늘도 지나간 것은 분명 차 한 대밖에—

　그새
　키 작고 현격한 간격의 바위들과
　도토리나무들이
　어두움을 타 들어앉고
　꺼먼 시공뿐.
　선회되었던 차례의 아침이 설레이다.

　—드빗시 산장 부근

　사람마다 자기만의 비밀스런 피안이 있지만, 음악은 그의 큰 귀와 더불어 실존의 한 부분이다. "유치한 얘기지만 불행했다. 그때마다 음악이 가장 위안이 되었다." 음악에 몰두하고 세상을 잊었다. "현실이 더러우니까."

우리는 지구에 사는 한 감정이 상할 수밖에 없다. 태어난다는 것은 공간과의 충돌을 예비하는 것인데, 이것은 타인과 사회와의 충돌이다. '상처받기 쉬운 능력을 탐구하는 재물'인 시인에게 있어 그 충돌은 필연이기까지 하다.

독립된 영혼으로서 아이가 처음으로 부딪치는 공간은 가정이다. 그의 아버지는 신문기자를 지낸 언론인이었다. 『평양공론』 발행인이기도 했던 지식층이었으나, 아이는 자라나면서 아버지가 '시시했다'. 멋쟁이었던 아버지완 정이 없었고, 불쌍하게 여겨졌던 어머니와는 친구처럼 지냈다. 연민 많은 아이였던 것 같다.

그 나이 또래의 여느 소년들처럼 그도 사내답게 자랐다. 대동강을 헤엄치던 실력으로 평양고보 시절엔 100미터 자유형 수영선수까지 했다. 또 싸움도 잘했다. '평양 사람들이 원래 싸움을 잘한다' 지만 충돌이 많았다는 얘기도 된다.

그가 일본으로 건너간 것은 고보를 중퇴하고서다. 작고한 시인 종문宗文 형도 일본에 유학 가 있었지만, 그는 자신이 하고 싶은 것을 찾기 위하여 훌쩍 떠났다. 그는 도쿄문화학원 문예과에 기웃거렸다. 처음엔 작곡을 하려고 음악 공부를 했으나 그것을 알고 아버지가 송금을 끊었다. 여느 아버지처럼 법대나 상대에 가길 원했고, 뜬구름 잡는 것 같은 예술 공부를 하려면 한국에 오지 말라고 했다.

해방 전까지 그는 칠 년간 고학하며 일본에 머물렀다. 신문팔이며 막노동을 했다. 부두에 배가 들어오면 짐이 땅에 닿기 전에 잡아채 내려놓는 일은 아주 힘들었다. 일꾼들이 중간에 포기할 정도였지만, 그는 일단 맡으면 끝까지 해냈다. 일이 힘든 만큼 일당도 많아서 지금 돈 오만 원 정도를 받았다.

"그거면 얼마간 살지. 책도 사 보고."

도쿄 시절의 수확이 있었다면 풍부한 독서를 했다는 점이다. 볼만한 책은 다 보았다. 그때 진한 감동을 준 도스토옙스키는 지금도 가장 좋아하고 바이런, 하이네, 발레리 등 시집도 들여다보았다. 『춘희』 같은 대중소설까지 읽었다. 막노동을 하며 살았지만 도쿄 시절은 '문화와의 접촉' 시기였다. 그가 다닌 도쿄문화학원은 교복도 입지 않는 자유로운 분위기의 학교여서 여학생들은 미니스커트를 입고 담배를 피우기도 했다. "거, 보기 괜찮던데."

음악도 도쿄 시절에 더 깊이 빠질 수 있었다. 그는 거의 매일 르네상스 다방에 갔다. 분위기가 좋아서 방해받지 않고 온종일 음악을 듣기도 했다. 오래 있다고 눈살 찌푸리는 일은 물론 없었고, 다방 아가씨는 소리가 날까 봐 찻잔도 조심스럽게 갖다 놓았다.

"격이 높다, 낮다가 아니고 격이 있어요. 껌을 씹으면서 찻잔을 소리나게 내려놓는 것과 달라요. 문화는 우리가 일본에 뒤떨어져요."

무정부주의적이며 자유인이어서 일본의 문화적 분위기를 수용한 것은 아니다. 평양 사람답게 싸움을 잘하는 그는 일본에서도 경찰서에 많이 드나들었다. 일본인들과 싸웠다. "민족의식이란 게 있습디다. 같은 한국 사람끼리는 친하게 지내지 안 싸워요."

그렇더라도 그가 일본에서 나왔을 땐 한국에 적응하기 어려웠다. "나오지 말 걸." 한국은 일제의 식민정책으로 피폐해진 데다가 해방 뒤엔 이념의 혼란에 휩싸였다. 문화 부재 시대였고, 이 정신의 황무지에서 그는 또다시 이방인처럼 헤맸을 것이다.

피란민 시절 부산, 대구엔 많은 예술가들이 모여들어 전시戰時에 독특한 분위기가 형성됐다. 그와 가까웠던 불문학도 전봉래全鳳來는 남포동 스타다방에서 자살함으로써 그 시대의 시인을 대변하였다.

그가 시를 썼던 것은 대구 시절이다. '바탕도 없이 그냥' 써 봤다. 한두

장의 시 원고지는 꼬깃꼬깃 접힌 채 그즈음 늘 바지 뒷주머니에 찔려 있었다. 그가 시를 쓰는 것을 알고 시인 김윤성金潤成 씨가 『문예』에 추천해 주겠다고 했다. 세 편을 가져갔는데, 심사에서 밀려났다. '꽃과 이슬을 쓰지 않았다'고 난해하다는 것이다. 퇴짜를 맞고 나니 써 보고 싶어졌다. 그래 1953년도, 평론가 임긍재 씨가 주간을 맡고 있던 『신세계』에 「원정園丁」을 발표했다.

김춘수金春洙 씨가 이 시의 진가를 발견하여 극찬하는 평을 썼고, 「원정」은 뒷날까지 그의 시세계를 이해하는 데에 중요한 징검다리가 된다.

평과나무 소독이 있어
모기 새끼가 드물다는 몇 날 후인
어느 날이 되었다.

며칠 만에 한 번만이라도 어진
말씀써였던 그인데
오늘은 몇 번째나 나에게 없어서는
안 된다는 길을 기어이 가리켜 주고야 마는 것이다.

아직 이쪽에는 열리지 않은 과수밭
사이인
수무나무 가시 울타리
길줄기를 벗어나
그이가 말한 대로 얼만가를 더 갔다.

구름 덩어리 얕은 언저리
식물이 풍기어 오는
유리 온실이 있는

언덕 쪽을 향하여 갔다.

안쪽과 주위라면 아무런
기척이 없고 무변無邊하였다.
안쪽 흙 바닥에는
떡갈나무 잎사귀들의 언저리와 뿌롱드 빛깔의 과실들이
평탄하게 가득 차 있었다.

몇 개째를 집어 보아도 놓였던 자리가
썩어 있지 않으면 벌레가 먹고 있었다.
그렇지 않은 것도 집기만 하면 썩어 갔다.

거기를 지킨다는 사람이 들어와
내가 하려던 말을 빼앗듯이 말했다.

당신 아닌 사람이 집으면 그럴 리가 없다고—.

'원정園丁'은 시인과 세계를 이어 줄 가교 역할을 하는 사람이다. 시인과도 과히 사이가 좋지 않은 듯하지만, 시인에게 '길'을 가리켜 준다. 과실들이 가득 차 있는 언덕 쪽 길을. 그 과실들은 일상의 질서이기도 하고 보편적 진리이기도 한데, 집어 보면 모두 썩어 있다. 다름 아닌 그가 집었기 때문에.

자기 운명에 대한 무서운 예감 혹은 통찰. 이것은 김현의 평대로 '그와 세계 사이의 간극을 그가 비화해적인 것으로 보고 있다는 뜻'이 된다.

그의 시의 또 하나의 특성은 적나라한 단순함에 있다. '글짓기'란 제목도 있거니와 그의 시는 아이들의 정직한 서술체 같기도 하다. 그러나 그

것은 절제라는 여과지에 걸러져 보다 심화되고, 우리가 객관적으로 바라
볼 수 있는 거리를 준다. 제2회 현대시학작품상을 수상한 「민간인」도 민
족 비극을 그 원질原質로 보여 준다.

1947년 봄
심야
황해도 해주海州의 바다
이남과 이북의 경계선 용당포

사공은 조심조심 노를 저어가고 있었다.
울음을 터뜨린 한 영아嬰兒를 삼킨 곳.
스무 몇 해나 지나서도 누구나 그 수심을 모른다.

이미지의 눈부신 소묘, 「북치는 소년」 같은 시는, 말라르메의 표현을
빌리면 '아주 순화되어 추위를 발산하는' 듯한데, 주제의 기화氣化인 이 양
식화야말로 예술가로서의 창조력이다. 그 특성을 보다 잘 이해하자면 시
인의 음악 편력을 들여다보는 것이 좋다.

그는 처음 음악을 듣기 시작할 때 베토벤에 심취했다. 열일곱여덟 살
때였는데, 베토벤 외에는 음악가가 없는 줄 알았다. "물론 위대하지." 그
러나 모차르트를 듣기 시작하면서부터 베토벤이 가슴에 와닿지 않았다.
"베토벤은 소나타가 궁상맞고 감정 매너리즘에 빠졌다." 모차르트가 깊
이 있다. 우아한 선율의 「아델라이데」는 지금도 간절히 듣고 싶은 곡인
데, "모차르트가 있으면 해골이라도 쓰다듬고 싶다". 그만큼 친근감을 느
낀다.

또 그가 좋아하는 음악가는 말러, 드뷔시, 세자르 프랑크이다. 베토벤
에서 바그너에 이르기까지 낭만파 음악가들은 개인적 표현으로 심리적

감염을 시킨다. 느낌을 강요하는데, "나는 느끼는 게 싫거든". 드뷔시는 귀족적 신중함으로 음악을 객관화해서 순화시켰다. 회화적이고 냉정하다.

낭만파 음악을 싫어하는 그는 시에서 감정이 그대로 드러나는 어휘를 싫어한다. '삭막' '회상' '사랑' '-여' 등. '-여'가 들어맞는 시는 김소월의 「초혼」이다. 「초혼」은 정말 좋은 시다.

"사랑이란 단어도 함부로 쓰는 게 아닙니다. 남녀의 사랑도 그렇지. 그게 오래갑니까? 오래가야 일 년 삼 개월이지."

어느 작가는 감정의 군더더기 없이 짧은 그의 시를 '오징어같이 납작하다'고 기교 없이 표현했는데, '길게 쓰면 싱거워지니까' 짧게 쓴다. 압축한 만큼 시는 보다 선명해져, 그의 시를 읽으면 영상처럼, 팬터마임처럼 장면이 떠오른다.

그의 시 특성으로 이국정서를 또 하나 들 수 있다. 「그리운 안니·로·리」「상ﾃ」「라산스카」 등의 제목만 봐도 그렇지만, 그의 시엔 미션 병원, '맥웰'이라는 노의老醫, 「시인학교」의 교사로 아름다운 레바논 골짜기가 그려져 있다. 배경이건 인물이건 이들은 시 속에서 공기처럼 숨 쉬고 있다. 그래서 낯설지 않다.

그의 집안은 할아버지 때부터 기독교를 믿었다. 그도 세례를 받았고 열네 살 때까지 교회에 나갔다. 교회에 가지 않으면 야단을 맞지만 '미션계 분위기가 좋아서'였다. 미션과의 만남으로 이국정서가 자연스럽게 스며든 것일까. 우연일 수도 있다. 그는 "어쩐지 한국적인 것이 싫다". 국악이 싫고 무용도 고전발레가 좋다.

"자기 나라 걸 먼저 알고 남의 걸 알아야 하는데 돼먹지 못했지."

육순이 된 지금도 '파리 뒷골목 로트레크가 살던 곳 같은 데선 살 수 있다'고 생각한다. 그의 혼은 '어제 속에 잠든 망해亡骸 세자르 프랑크가 살던 사원 주변에' 머물고, 스테판 말라르메가 살던 목가木家에 머문다. 말라르메가 태우던 곰방댈 훔쳐 물고서 '반 고흐가 다니던 가을의 근교 길바닥에'도 머문다. 정신의 피안을 찾아 헤매는 그의 혼을 시인 자신은 「앙포르멜」 속에서 '나의 하잘 것 없는 무지無知'라고 표현했다.

"앤니로리, 라산스카, 소녀 시 같잖아? 젊은 사람들은 치열하게 쓰니까 나를 시인으로 안 봐요. 그런 말 들을 만하지. 앤니로리는 뭐야, 앤니로리가. 그것도 장난 몇 번 했지."

김수영이 살아 있을 때다. 자주 만나 술을 마셨지만, 시 얘기 같은 건 서로가 하는 법이 없었다. 그런 건 모른다는 듯이. 김수영이 딱 한 번 이런 말을 한 적이 있다. 너한테선 왜 버터 냄새가 나느냐고, 시가 아니라 사람이.

"정직하라는 얘기지. 후라이 까지 말라는 얘기지."

그도 스스로를 빈정대고 있지만 그에게 국적의 틀을 끼우려는 것은 무의미하지 않을까.

나의 본적은 푸른 눈을 가진 한 여인의 영원히 맑은 거울이다.

―「나의 본적」 중에서

그래 시인은 정신의 '외출'만 하는 것이 아니라 맑은 거울로 세계와 사회도 비추어 본다. '가족 하나하나가 뒤로 자빠지고' 있는 '아우슈비츠' 수용소를 비추고, '아작아작 크고 작은 두 마리의 염소가 캬베스를 먹고' 인파 속으로 열심히 따라가는 것을 쫓기도 한다. '나 같으면 어떤 일이 있어서도 녀석들을 죽이지 않겠다'고 말하면서.

조선총독부가 있을 때

청계천변 10전 균일상均一床 밥집 문턱엔
거지 소녀가 거지 장님 어버이를
이끌고 와 서 있었다
주인 영감이 소리를 질렀으나
태연하였다

어린 소녀는 어버이의 생일이라고
10전짜리 두 개를 보였다.

그의 여느 시처럼 「장편掌篇 2」에도 시인의 연민이 땅거미처럼 깔려 있다. 더 이상 베어낼 데 없는 사실체가 연민을 뛰어넘어 문명비판을 한다. 맑은 거울에 찍힌 사회 사진이다.

얼마 전 광화문 아리랑다방에서 시인 박경용朴敬用 씨를 만났을 때다. 박경용 씨는 반가워하며 선생께 공손히 술을 함께 들자 했다. 선생은 건강 때문에 거절하고 박경용 씨가 밖으로 나가자 혼잣말처럼 물었다.

"저 사람이 박경용이지? 호감이 가요."

이삼 년 전, 형 김종문 씨가 '인간회복'이란 주제로 세미나를 했다. 그때 박경용 씨가 신문에 반박 글을 썼다. 시인치고 '인간회복'을 말하고 싶지 않은 사람이 어디 있느냐고. "뒤떨어진 얘기라는 거지. 맞는 얘기예요."

신작 시집 『누군가 나에게 물었다』에 실린 오십여 편의 시들은 거의 죽음을 주제로 다루었다. 죽음에 시달리는 육체적 고통이 여기저기서 보이는데, 그는 실제로 삼사 년 전부터 고통스런 병에 시달려 왔다. 술병이라 해도 좋을 만큼 폭음으로 인해 얻은 병인데, 그 증세는 십여 년 전부터 시작됐다.

가슴이 폭발할 듯한 고통이 시작되면 앉지도 눕지도 못한다. 걸어야 한다. '무엇을 먼저 기구祈求할 바를 모르면서' 어기적거리는 걸음으로 인욕의 '땅地'을 한없이 헤매야 한다. 견딜 수 없었던 어느 날은 수면제 스무알을 먹었다. 며칠째 먹지 못한 빈속에. 차라리 죽는 게 낫다 싶었지만 이틀 만에 깨어났다.

술병이 도지면 눈엔 술밖에 보이는 게 없다. 아내는 환자가 밖에 나가지 못하게 돈은 물론 토큰까지 뺏어 가지만 그는 무작정 나선다. 동네 가게에서 외상으로라도 술을 마셔야 했다. 그러나 미리 당부받은 가게 주인은 가라고 소리친다. 그는 쫓겨나듯 아내의 발길이 미치지 못한 윗동네 가게로 가서 무작정 소주를 딴다. '돈은 나중에'라고 말하게 되면 상대 쪽에선 당연히 욕이 튀어나왔다.

"사람 꼴도 아니지 뭐."

소주를 훔친 적도 있다. 돈은 나중에 갖다주었다. 책을 들고 나가 헌책방에 넘기고 주는 대로 돈을 받기도 했고, 동네 세탁소에 돈을 꾸어 달라고 손을 내밀기도 했다. 세탁소 주인은 '깔끔하시던 분이 왜 그러십니까' 혀를 찼다. 그는 피란민 시절에도 하숙방의 더러운 요와 베개를 신문지로 싸서 사용했던 결벽증 심한 사람이었다.

문단에서도 그의 기행은 잘 알려져 있다. 그가 술병 상태에서 잡지사나 출판사에 도깨비처럼 나타나면 그가 찾아간 사람은 군말 없이 얼마의 돈을 내놓는다. '선생님 병원에 가십시오' 하는 말도 하지만, 그는 그것으로 술을 사서 병째 들고 마신다. 어느 날은 길에서 우연히 아는 작가를 만났다. 걱정스럽다는 듯한 표정의 그녀에게 고개만 끄덕이고 돌아서다가 그는 아차 했다. '돈 좀 달라고 할 걸.'

술은 언제부터 많이 마셨는지 그도 정확히 말할 수 없다. 현실에서 부대끼면 안정을 취하려고 마셨다. 그가 쓴 산문에도 있듯 '살아가노라면 어디서나 굴욕 따위를 맛볼 때가 있다'. 화가 나서 마시고 어째서 마시고 했지만 한마디로 '절제를 못했다'. 일종의 현실도피였다.

그를 가리켜 어떤 이는 '선천적으로 현실을 헤쳐 나갈 힘이 없는 사람'이라고 했다. 철저하게 현실 외면을 했고, 그것은 또 거부였다. 그도 한때는 치열하게 살았던 적이 있었다. 일본에서 청년기를 보낼 때였다. 오르기 힘들어 몇 단계로 나뉘어 있는 후지산에 그는 자기 의지를 시험하기 위해 밤새 걸어 끝까지 올랐다. 부두에서 거리에서 힘든 막일을 하며 이국에서 일곱 해를 펭펭하게 버티었다.

"그게 지금 아무 소용이 없어. 남은 게 없어. 허무니 절박이니 좌절, 슬픔, 모멸 같은 말은 여유가 있을 때 하는 말이야."

운명이라면 거창하고 사람마다 다 팔자가 있다. 그는 '팔자가 사나워서' 팔자 좋은 사람이 부럽다. 그러면서도 자가용 타고 태평하게 사는 사람들을 보면 '난센스 같다'. 직위 같은 것도 우습다. 장관을 시켜 주지도 않겠지만 "장관이 되느니 다방 레지가 되겠다".

그는 방송국을 정년퇴직한 후 그나마 이어져 있던 현실의 고삐에서 풀려나 철저하게 시인으로만 남았다. 음악효과 일만으로도 판잣집 셋방 가정을 지탱하기 힘들었지만, 달리 어쩔 수가 없었다. 가족 생활비는 고사하고 자신의 하루 용돈, 커피값, 담뱃값, 버스값도 마련해야 할 형편이었다.

이런 선생이 답답하게 보였는지 시인 정현종 씨가 자신이 재직해 있는 학교에 강사로 나와 주십사, 연락했다. 그는 거절했다. 집에 와선 '할 자신이 없다' 얘기했다. 아내는 '자신이고 뭐고 안 어울리니 할 생각도 하지 마라, 내가 두 끼는 먹여 주겠다' 했다.

자신의 말대로 그는 '생활이 없다'. 현실의 무산자無産者이면서 시인으로만 남았다. 시는 그에게 있어서 오직 하나의 실존이건만 그는 이것마저

시인 김종삼 89

도 부정한다.

"시에는 이치가 있어야 한다. 좋다 나쁘다가 아니라 싱겁지 않고 편견이 없어야 한다." 그가 보는 자신의 시는 "이치도 없고 편견에서 벗어나지 못했다". 편견에서 벗어나지 못했다는 것은 딱지가 덜 떨어졌다는 것. 또 그는 "인간회복을 말할 능력도 없다". 어떤 시인은 시가 구원이라고 하지만 그는 그런 말을 들으면 무언가 치민다. "시가 무슨 구원이 됩니까." 그는 취미로 시를 쓴다고 말한다. "따분하고 심심해서."

이런 자조는 고통의 회화같이 느껴진다. 시와의 싸움에서 나가떨어져본, 그만큼 치열했던 시인만이 할 수 있는 역설. 오르페우스는 죽을 때 나의 직업은 시라고 했다. 그는 "죽어서도 나의 직업은 시가 못 된다".

'우주복처럼 월곡月谷에 둥둥' 떠 있던 시인은 그러나 그 뒤

그렇다
비시非詩일지라도 나의 직장은 시이다.

—「제작制作」 중에서

하며 귀환했다. 이제 시인은 시와 화해했는가. 안주한 것인가.

"돼먹지 않은 소리! 어째서 시가 직장이 됩니까."

헨델은 「메시아」를 작곡할 때 일주일간 굶었다. 가정부도 들어오지 못하도록 문을 잠근 채. "식욕도 못 느꼈던 거지." 미켈란젤로도 작품을 제작할 때 '입맛이 떨어져' 식음을 전폐하다시피 했다.

"그 정도는 돼야 예술가라 할 수 있지, 끊임없이 실험을 했던 에즈라 파운드나. 옛날에는 생활이 처절했어요. 전봉래, 윤용하가 있었던 시대, 시대가 그랬지."

누가 그를 '시인 김종삼 씨'라고 소개하면 무언가 머리끝까지 치민다.

그냥 김종삼이면 김종삼이지, 시인은 뭐냐.

"나는 시인이 못 된다." 시인은 먼저 인간이 돼야 한다고. "나같이 인간도 덜 된 놈이 무슨 시인이냐. 건달이다, 후라이나 까고."

위악적이기까지 하지만 우리는 그 말 속으로 한 발 더 들어설 필요가 있다. 시인의 자기부정 속에 그것에 대한 해답이 있기 때문이다. 그의 중요한 시 한 편을 보자. 이 시는 거창하게 구호를 내세우는 동시대의 시인에게도 진정한 시정신이 무엇인가를 보여 준다.

누군가 나에게 물었다. 시가 뭐냐고
나는 시인이 못 됨으로 잘 모른다고 대답하였다.
무교동과 종로와 명동과 남산과
서울역 앞을 걸었다.
저녁녘 남대문 시장 안에서
빈대떡을 먹을 때 생각나고 있었다.
그런 사람들이
엄청난 고생 되어도
순하고 명랑하고 맘 좋고 인정이
있으므로 슬기롭게 사는 사람들이
그런 사람들이
이 세상에서 알파이고
고귀한 인류이고
영원한 광명이고
다름 아닌 시인이라고.

　—「누군가 나에게 물었다」

일찍이 그를 아는 사람들은 레코드판을 끼고 다니는 그의 모습을 익히 기억하고 있다. 그는 수복 뒤 폐허의 명동에서도 레코드판을 끼고 다녔고, 피비린내 나는 전란 중에도 있는 돈 없는 돈을 털어서 레코드를 거두어들였다.

시인 전봉건 씨는 이런 그를 '현실에 대응하는 감각은 전혀 보유하지 아니한 사람'이라고 「어느 시인의 몰락」이라는 수필에 쓴 바 있다. 전쟁의 마당에서 레코드판에만 집착하였다는 사실은 '현실적 목숨 부지에 대한 철저한 외면'이었다.

"무정부주의적인 데가 있어요." 무정부주의자에게는 의무라든가 책임이라는 말은 의미가 없다. 사회가 인정하는 질서 의식이 없다. 이런 면에서 그는 유치원생 같은 데가 있는데, 그래서인지 오십이 된 나이에도 어머니를 찾아가 '오마니, 돈 내라우' 떼를 쓸 수 있는 것이다.

이러니 만큼 가장 의식 같은 것도 가지지 못했으리라. 뿐 아니라 현실에 대한 그의 생리적 무관심 때문에 가족이 피해를 받았을 것이다. 겉으로 드러난 결과는 다 아는 사실로, 셋방을 늘 면치 못했다는 것이다.

그와 함께 피폐해진 가족에게 그는 이제 '죄'를 느끼는지도 모른다. 그의 근래 시에도 '죄罪'라는 단어가 종종 나타난다. '인간이 할 바를 못 한 것이 죄'인데 '술병'도 그만 치러야지 마음먹는다. "할망구하고 애들 불쌍해서." 그가 집기만 하면 과일이 썩어 가는 것은 자기의 죄 탓이라고 생각하는지도 모른다.

그는 자기 자신이 싫다. 자기 생명의 있음도 마땅치 않다. 보헤미안 기질을 나타내는 그의 이국정서에 대해 얘기가 미쳤을 때도 주저 없이 내뱉었다. "한국에 잘못 태어난 것이 아니라 어디든지 태어나지 말았어야지. 노르웨이건 핀란드건."

자기 자신부터 싫은 사람이라 호감 가는 사람도 별로 없지만, 그는 아이들은 사랑한다. 인간의 생명으로 가장 순수한 것은 아이들이다. 음악처럼 순수하다. 그래서 그는 아이들을 그리워하고 그의 시엔 아이들이 많이 나온다. 앞만 가린 채 보드라운 먼지를 타박거리며 노는 뾰족집 아이, 북 치는 소년, 자그마한 판잣집에서 어린 코끼리처럼 누워 잠든 죽은 동생, 또 '세상에 태어나지 않은 악기를 가진 아이'가 시에 나온다. 이들은 성장이 중지된 듯한,(자라나면 죄 지으므로) 영원한 아이들이며 시인의 '세계와의 비화해' 그 표상이기도 하다. 아이들은 우리가 넘을 수 없는 유리벽 저편에 산다.

이 아이들이 사는 나라는 현실에 질식한 시인의 은밀한 피난처다. 괴로워하며 '내가 죽던 날'에도 교황청 문은 냉엄하게 닫혔다. "교황도 우상같이 보여요. 진창에서도 살아 봐야지." 시인은 세상이, 교황청이 가르쳐 주지 않는 것을 아이 학교에 와서 묻기도 한다.

> 한결같이 마음이 고운 이들이
> 산다는 곳을
> 노랑나비야
> 메리야
> 너는 아느냐.
>
> ―「앤니로리」 중에서

이 외에도 시인은 또 자신만이 아는 암호와 대화한다.

"라산스카가 뭐냐구? 밑천을 왜 드러내. 그걸로 또 장사할 건데. 묻는 사람이 여럿 있어요. 안 가르쳐 줘요."

얼마 전에도 병원에서 나왔지만 건강이 좋지 않다. 아침엔 잘 일어나지 못해서 오후 서너 시가 지나야 시내에 나온다. 볼일이라곤 병원이나 출판사, 잡지사를 들르는 정도. 시를 쓰는 일이 유일한 행위이다.

시는 삼십여 년간 써 왔으나 언제부턴가 벽에 부딪치고 있다. 되든 안 되든 시 한 편 쓰고 나면 다시는 시를 못 쓸 것 같은 생각이 든다. 하이네나 바이런보다 못할 것 없는, 소월 같은 진짜 시인도 좋은 시는 열 개 미만이지만 그는 '좋은 시를 못 쓰고 갈 것 같다'고 중얼거린다.

오후 네시 이후 그는 광화문 아리스다방에 들른다. 방송국을 퇴직한 뒤부터 거의 매일 나갔다. 특별한 일 없이 담배를 꽁초 끝까지 피우며 아리스의 세트처럼 자리를 지킨다. 아는 사람이 들어오면 뻣뻣하게 손을 들어 알겠다는 표시를 할 뿐. 예전엔 이곳에 목월 영감, 조지훈, 장만영이 잘 나왔다. 가 버린 사람들, 그들이, 김수영이 그립다. 영어 번역을 잘했지만 조금도 하는 체하지 않았던 김수영.

그는 오늘도 아리스에서 추억의 모자를 쓰고 커피를 마신다. 집에서 벌써 두 잔을 마시고 나왔지만 다방 커피가 적다고 소리친다. 모처럼 그를 찾아온 사람과 잡담하다 옛날 연애한 얘기가 나왔다. 일본 시절에 일본 여자를 좋아한 적이 있는데, 발길로 차였다고 차는 시늉까지 해 보였다. 영리하고 정숙한 여자였다. 지금까지 가끔 생각날 정도로 순진한 연애였다. 몇 번 만나긴 만났지만 결국 차였고, 그때 죽고 싶었다.

"그걸 보면 나도 목석은 아냐."

그를 보고 목석이라고 할 사람은 아무도 없는데, 그와 한동안 얘기하다 보면 그것이 그의 화법인 것을 알게 된다. 언젠가 한번 그는 시인 김영태 씨 사무실에 들러 레코드 한 장을 불쑥 내놓고 갔다. 존 레넌의 노래집으로 재킷에는 존 레넌과 요코의 나체 사진이 박혀 있었다. 제대로 들을 수도 없을 만큼 낡은 판이었으나 구하기 힘든 원판이었다.

이렇듯 애정 표현도 그만의 '생략법'으로 하는 사람인데, '아무 의욕이 없다'는 시인의 근황으로 얘기가 옮겨지자 정색을 하고 "나는 페인이요" 말한다. 그를 잘 아는 전봉건 시인이 옆에 있었다면, 신파다, 한마디 했을 것이다. 군더더기 없는 사람이 무슨 군더더기냐고.

용돈이 든든한 날, '낡은 신발이나마 닦아 신고 안양행 버스를 타 보자'며 행복해하는 밝은 보헤미안. 그러면서 매일매일 '스스로 죽는 죽음을 확실하게 되풀이' 하는 시인. 그것만이 자기 정직이며 잠수함의 토끼인 시인으로 죽는 길임을 그가 잘 알기에.

그가 가난한 윤용하 씨를 추모하듯 우리도 먼 훗날 그를 추모할지 모르겠다. 문명에 길들여지지 않은 도깨비, 나팔꽃처럼 귀를 열고 오염되지 않은 시인의 길을 걸어간 마지막 사람을.

시대의 저 끝으로 한 사람이 게처럼 걸어가고 있다.

스와니 강가엔 바람이 불고 있었다
스티븐 포스터의 허리춤에는 먹다 남은
술병이 매달리어 있었다
날이 어두워지자

그는
앞서가고 있었다

영원한 강가 스와니
그리운
스티븐

—「스와니강」

화가 유영국

그는 신화가 없는 화가다.
직업 화가로서 고집스럽게
일해 왔다는 것 외엔 알려진 것이 없다.
대패질하듯 그 흔적을 깎아서
'좋은 화가'로만 남았을 뿐이다.

가슴이 메었던 어느 가을날, 거리를 헤매다가 무심히 명동성당 쪽으로 올라간 적이 있다. 성당에선 파이프오르간 소리가 났고 나는 이끌린 듯 성당 안으로 들어갔다. 신자 두 사람이 기도 자세로 앉아 있을 뿐 성당은 텅 비어 있었다. 빈자리들이 안도감을 주었고, 나는 자리에 가만 기대앉았다.

내가 언제 무릎을 꿇었는지 기억하기 힘들다. 뺨엔 눈물이 흐르고 있었다. 그러면서도 아집은 채 죽지 않아 '네가 무릎 꿇는 것은 신에게가 아니라 절망에게'라고 주장했다. 그날 나를 무릎 꿇게 만든 것은 절망도 신도 아니었다. 바흐였다. 그리고 텅 빈 성당에서 밤늦도록 바흐의 곡을 연주하던 이름 모르는 오르가니스트. 집으로 돌아오며 나는 조금의 저항감 없이 신이 '있다면' 하고 생각했다. 음악이 신이라고.

이런 것이 예술의 힘이 아닐까. 위대한 예술은 사람을 개종시킬 수 있다. 깨우쳐 주고 무릎 꿇게 하며 고통 속에서도 삶을 찬미하도록 해 준다. 이러한 감동을 준 예술가로 유영국 선생을 빠뜨릴 수 없다. 자연, 그중에서도 산을 많이 형상화시켜서 '산의 화가'로도 불리는 이. 강렬하고 명쾌한 색상, 치열한 대결에서 획득된 색채들의 아름다운 대비, 근년에 보여 주는 단순화된 서정성, 노란 낙엽이 빛살처럼 흩어지는 일몰의 숲이나 희고 붉은 나무, 나무를 품은 호수 등 우리의 자연을 이만큼 심화시킨 화가는 없으리라.

화가의 등촌동 자택 거실에도 자연을 형상화시킨 그림 두 점이 걸려 있다. 차 안에서 바라본 치악산을 옮긴 그림과 청색 계열의 바다 그림. 그림 윗부분은 짙은 푸른색에 흰 터치가 새털구름처럼 흩어져 있는데, 그물로 잡아 올린 멸치 떼다. 그제야 화가의 고향이 동해안 울진인 것이 생각났다. 초기 그림에서도 간간이 보이던 생선의 형태. 그뿐인가, 어느 화가의 그림에서도 보지 못했던 선명한 물빛은 동해. 바다의 색채였다.

해방 이후부터 지금까지 그는 선과 면, 색채로 비구상적인 형태로서의 자연을 탐구해 왔다. 그렇더라도 그가 대상으로 한 것은 자연임이 분명한데, 그것은 풍토와 결코 무관하지 않다.

그가 유년기를 보낸 마을은 한국의 여느 시골처럼 산이 있었고, 울진은 바다에 면해 있었다. 그는 어릴 때 항상 바닷가에서 놀았고, 산을 바라보며 자랐다. 고향의 자연은 그의 무의식에 깊이 드리워졌으리라. 그가 한때 외항 선원이 되려고 했던 것도 이러한 자연과의 친화력에서일 것이다. 도쿄유학을 결심했을 때 오사카의 고등상선高等商船도 염두에 두었던 듯한데, 이 학교의 입학시험이 쉬웠더라면 우리는 국보급 화가 한 명을 잃을 뻔했다.

그가 불쑥 화가가 될 생각을 했던 것은 경성 제2고보 사학년 때다. 시골에는 고보가 없어 서울로 유학왔는데, 경성고보는 공립이어서 간섭이 심했다. 조회가 많았고 규율이 엄했다. 웃옷을 벗겨서 주머니에 담배 가루가 있나 조사했다. 양복바지 넓이가 몇 인치인가 재기도 했다. 그는 그런 것이 싫었다. 간섭받지 않는 학교에 다니고 싶었다. 당시 일제시대라 일본 유학을 장려했는데, 유학을 위한 안내서가 팸플릿으로 나와 있었다.

도쿄미술대학과 도쿄문화학원이 그의 눈에 띄었다. 데생 시험까지 봐야 하는 도쿄미술대학은 자신이 없어서 포기했다. 도쿄문화학원 유화과로 결정했다. 설립자가 자유사상을 가진 진보가여서 남녀공학에다 교복이 없는 학교였다. 그 분위기가 간섭을 못 참는 그의 자유로운 기질에 맞아떨어진 듯.

혼자서 도쿄문화학원에 진학할 결심을 하고 그는 미술 교사였던 사토佐藤九二男 선생을 찾아갔다. 그 일본인 교사는 멋쟁이로 학생들에게 인기가 있었다. 학생 유영국도 '아무리 못 돼도 저런 미술 교사는 되겠지' 생각했다. 실제 그 일본인 교사의 영향도 없지 않아 이 학교에서 많은 화가가 배출됐다. 심형구 씨를 비롯해서 삼 년간 한 반을 했던 장욱진, 후배 이대원 등 모두 경성 제2고보 출신 화가다.

일본인 교사는 그의 미술학교 진학을 '잘 생각했다'고 좋아했다. 전에 서로 말 한 번 나눠 보지 않은 사이였다. '간섭받기 싫어서' 미술을 택했다는 것이 엉뚱하게 들리지만, 그는 자신감을 갖고 있지 않았을까. 일어를 제일 못했지만('일본글 점 찍는 것도 많고 그거 아주 귀찮아요!') 공부는 잘한 편이었고, 그중 미술 점수는 삼 년간 甲갑을 받았다.

그가 문화학원에 적을 둔 것은 그의 작품 세계를 밝히는 데 빠뜨릴 수 없는 사건이다. 당시 일본미술계는 서구에서 들어온 새로운 미술사조로 추상미술이 자리를 굳혀 가고 있었다. 특히 문화학원은 전위적인 경향이 강했던 학교였다. 당시 일본화단 구조는 구상과 비구상이 양극을 이루었는데, 일본 문부성 주최인 「문전文展」에 대립하여 재야 단체로서 「이과전二科展」이 모던 아트부를 설치하고 팽팽하게 맞섰다. 문화학원의 교수진은 거의가 「이과전」 창립회원. 한국에서도 진보적인 경향을 가진 화가가 이곳 출신이다. 이중섭, 문학수 등.

이러한 분위기에서 그는 열정적으로 미술 수업을 했다. 삼십년대 도쿄에서는 일 년 내내 전시회가 열릴 정도로 회화 운동이 열기를 띠고 있었다. 그에겐 이런 전람회를 돌아다니는 것도 수업의 일환이었다. 앞서가는 화가가 있으면 친구들과 몰려가 오늘은 이 화가, 내일은 저 화가를 찾아다녔다. 선배들도 자신의 그림에 대해서 설명을 잘하진 못했다. 어떤 화가의 집에 가 보면 그림이 항상 엎어져 있었다. 누구에게도 제작을 보이지 않으려는 것인데, 그 화가는 밤에만 그림을 그렸다. 이런 단편들에서 당시 화단의 열기를 감지할 수 있다.

그가 대학 삼학년 때 자유미술가협회가 설립되었다. 그는 자유전에 1

회 때부터 출품했다. 1938년 2회 자유전에서 최고상을 수상했고 3회 때부터는 회우會友가 되었다. 국전으로 치면 초대작가 자격인데, 회우가 되면 심사를 받지 않고 작품을 출품할 수 있었다. 삼 년간의 정식 수업기를 거쳐 그는 이내 두각을 나타낸 셈이다.

새로운 문화의 물결은 곧 규제를 받게 됐다. 일제는 전쟁의 막바지에서 문화활동을 억제했다. 저명한 화가들도 전쟁화에 동원되었다. 전위적인 그림은 막았고, 꽃이나 정물 등의 구상만 허용했다. 1942년경엔 자유전을 비롯해 전위성향을 띤 미술단체가 해체되었다. 자유미술이란 말도 겁이 나서 쓰지 못하고 창작미술이라 불렀다. 이런 사정 때문에 그는 당시 전람회에 사진작품을 출품했다. 경주 남산에 일주일간 돌아다니며 돌에 조각된 불상을 찍어 왔다. 이것을 몽타주해서 출품한 것이다.

팔 년간의 일본 시절은 형태의 질대화를 추구한 시기다. "구상은 해 봤자 흉내 내기 같고, 회화란 선, 면, 색의 삼 요소로 이루어지는 건데 그걸 하면 되죠." 이것은 설화성이나 감정을 철저히 배제한 작업. 그가 몬드리안을 좋아하는 점을 보면 이러한 추상작업이 그의 감각에 맞는 것임을 알게 된다. 몬드리안의 그림은 '말이 없어 좋았다'. 그림은 이래야 된다고 생각했다.

그는 자신의 생애를 말할 때 '십 년간 공백이 있었다'고 말한다. 그림을 그리지 않은 시기를 가리키는 것. 그가 전시의 일본에서 귀국한 것은 1943년. 이때부터 전쟁 후까지 작품활동을 거의 중단했다. 1947년도 김환기, 이규상과 함께 「신사실파전新寫實派展」을 창립했으나, 전쟁으로 인해 3회로 끝나고 말았다.

해방 후 홍익대에 몸담고 있을 때를 빼놓고 이 시기의 대부분을 그는 고향에서 보냈다. 아내는 농사를 짓고 그는 배를 타고 고기잡이를 나갔다. 때에 맞춰 고등어나 굴비, 정어리를 싣고 돌아왔다. 그는 선주였다. 큰집이 어업에 종사하고 있었는데, 그에게 연고권이 있었다. 화가로서는 외도였지만 그림을 그릴 상황이 아니었다. 자유사상의 화가인 그는 요시찰 인물이어서 감시를 받고 있었다.

무슨 일에든 전력투구하는 그는 고기잡이에도 곧 이력이 났다. 새벽에 그물을 당겨 고기를 갑판으로 쏟는데, 그 소리로 그는 선실에 누워서도 고기의 양을 알아냈다. 잡아 온 고기는 어업조합 공판장에서 매매했다. 경매입찰에서도 언제나 그의 배가 일등이었다.

그는 다시 그림 그릴 날을 기다리며 자연인으로 생활했다. 그때 해방을 맞았고 일본으로 갈 필요가 없어졌다. 그는 전쟁이 끝나면 다시 일본으로 가려 했다. 일본화단에서 결판을 내려 했다. 자유회 회우가 되어 발판을 굳힐 즈음이고, 체질에 맞는 곳에서 경쟁을 하려 했다. 체질에 맞다는 것은 자유롭게 그림 그리는 분위기를 말한다. 그때 한국에는 이른바 화단이라는 것도 없었다.

그 뒤 죽변에 정착, 양조장을 경영하는 등 1955년도까지 그는 생활인으로 묻혀 있었다. 물론 화필생활을 위한 준비이기도 해서 '생계에 급급하지 않고 그림을 그릴 수 있겠다' 싶을 때 서울로 올라왔다.

아무튼 그림을 그리지 않았으므로 이 시기는 공백기다. 그러나 그 후의 그림 변화를 보면 이 시기들이 창조의 밑거름이 된 것을 알게 된다. 도쿄 시대의 순수 추상이 자연을 대상으로 놓여진다. 거친 질감의 화면은 여전히 선과 면, 색으로 추구되지만, 구체적 대상이 보이는 것이다. 산, 하늘, 바다, 물고기 등 물론 이런 대상이 큰 의미를 띠는 것은 아니다. 자연적인 대상을 모티프로 삼음으로써 추상의 새로운 돌파구를 찾았다는 것이 중요하다.

그가 도쿄 시대에 릴리프를 한 것은 잘 알려져 있다. 최고상을 수상한

해에 자유전에 출품했던 작품이다. 그 후에도 릴리프에 손을 댔으나 얼마 후 중단했다. 손으로 물건을 옮기듯 감각적으로 구심을 옮기다 보니 공부가 안 된다는 생각이 들었다. 물론 유화도 그리는 도중 바꾸지만, 색채까지 지우는 등 노력이 더 많다.

이런 것을 보면 그는 스스로 어려운 길을 걷는 사람이다. 한국 미술의 황무지가 그의 모색을 더욱 채찍질했다. 해방 후 그는 회화 모색의 한 방법으로 동인전에 적극 참여했다. 1947년에 창립한 '신사실파'는 선전鮮展에 대한 반발로 만들었다. 좌익이건 우익이건 사상 문제에 간섭 없이 화가들을 참여시키려 했다. 「신사실파전」은 세 번의 전시회를 갖고 장욱진의 탈퇴로 해체되었다.

「모던아트전」「현대작가초대전」등 그의 동인전 참여는 1962년도 신상회新象會 창립을 기점으로 하여 끝난다. 그때부터 그는 거의 외부와 담을 쌓고 혼자 화면을 추구한다. 그가 그간 동인전에 적극 참여했던 것은 자유롭게 경쟁하며 살아가야 한다고 생각했기 때문이다. 그때는 젊었고 또 동인전은 미술운동이 될 수 있었다. 전시회를 함께 함으로써 경제적인 부담을 덜 수도 있었다. 어쨌든 그는 공부하는 과정으로 성실하게 동인전에 참여했으나 신상회를 창립할 때도 대표는 맡지 않았다. 자신이 꼭 주인이 돼야 한다는 법도 없고 대표를 하면 시간을 빼앗겨서다.

"도쿄 시절엔 같은 계열의 화가끼리 어울려 토론하고 이끌어 갔어요. 이것이 일단 미술사적으로 흘러서 혼자 남게 돼요. 처음엔 보통 여섯 명 정도 모여 그룹전을 하는데, '하자' 하면 무조건 그대로 밀고 나가요. 그 사람들은 열심히 그리는 사람과 안 그리는 사람 중 중간치를 기준으로 해서 전시회를 해요. 여기는 안 그리는 사람을 기준으로 전시회를 이끌어요. 외국 나가서 미술공부하고 와도 화가가 어떻게 살아야 한다는 건 잘 보지도 못했어요."

이날까지 추상화가로 일관해 오면서 그의 작품은 계속 변화돼 왔다. 도쿄 시대와 해방 후부터 1950년대 말까지의 작품도 뚜렷한 구분이 있거니와 1960년대부터 탐구의 편력이 펼쳐진다. 선과 면의 분할이 없어지고 원색들이 급류처럼 화면을 휘돈다. 색의 카오스시대는 1960년대 후반으로 오면서 기하학적 질서를 드러내기 시작한다. 산의 형태 같은 삼각형, 태양의 그것과 같은 둥근 원, 태양이 떠오르는 지평선 등이 무한 공간을 보여 준다. 이것이 1970년대로 오면서 단순한 직선으로 요약되고 바둑판 같은 격자의 선들이 색 사이 빛살처럼 달린다. '차가운 추상'에 이어 방사선, 중첩되는 산주름 등이 격정처럼 다시 화면에 나타난다. 이것은 곧 산이나 기와지붕의 선으로 화면 속에 가라앉고 혹은 떠오르며 우리 가까이 한 발짝씩 다가오고 있다.

"1960년대 초엔 선 없이 해 보자, 해서 선과 면 없이 그렸어요. 다음엔 기하학적으로 해 보자 하고 그렇게 했고, 이것이 모자란다 하면 다음에 이것을 했고, 그렇게 계속 공부했어요."

자연은 그에 있어서 창조의 바탕이지만 그것을 절대의 미로서 추구했던 것은 아니다. 자연보다 더 아름다운 것이 있을 거라고 그는 생각한다. 자연은 단지 소재일 뿐이다.

그는 그림을 그릴 때 데생을 하지 않는다. 화면에 자리와 크기만 정하고 시작한다. 공간 관계, 비례 관계로 골격이 잡혀진다. 야외에서 스케치를 하는 일도 없다. 미대 시절 외에는 대상을 놓고 그린 적이 없다.

그는 '원색의 연마사'로 표현되는 화가다. 색채 없는 화가 유영국은 상상할 수도 없다. 도쿄 시절의 순수추상은 색채가 배제됐지만, 그는 '그때도 색채가 좋아서 쓰려 했다'. 색채를 사랑하고 연마한 만큼 경험한 것도 많다. 흰 면이 없을 때 그림 자체에서 광택이 난다든가 녹색과 청색 계통은 빨리 마르고 노랑색은 변색이 거의 없어 쓸 만하다는 둥. 그의 느낌에

의하면 빨간색은 한국 사람이 싫어한다. 빨간색이 들어간 그림은 화랑가에서 호응이 없다. 그림을 사는 사람이 기피한다는 것.

자기 것을 찾기 위해 모든 것을 다 해 봐야 한다. 색채를 쓰지 않더라도 다 거친 다음에 안 쓰는 것이 좋다. 해 보지도 않고 안 한다는 것과 알고 하지 않는 것의 차이는 엄청나다. 같은 색을 칠해도 각자의 연륜이 나타난다.

화면도 마찬가지다. 큰 화면도 해 보고 작은 화면도 해 보는 거다. 그는 그림의 장식성을 무시하지 않는데 큰 화면이 장식성이 있다. 꼭 이런 이유 때문은 아니고 습관적으로 큰 화면을 써 왔다.

습관을 깨기 힘들다. 그래도 고비를 넘겨야 한다. 1981년도 그는 공간 사랑에서 전시회를 가졌는데, 모두 소품이었다. '나도 작은 그림 그릴 줄 안다'고 내놓은 그림이었다.

"산수나 치고 무당을 그린다고 한국적인 그림인가? 혜원의 그림을 지금 재현해서 어쩐다는 건지. 동양화에서 지금 무엇이 나왔어요? 사실을 그리더라도 이십세기의 사실을 그려야 돼요. 한국 여자가 장 보러 가는 것이 한국적인 그림인가. 다른 민족이 생각할 수 없는 것이 나와야 해요. 그게 한국적인 것이고 전통이지. 그러려면 수련을 쌓아야 해요."

한국화단에 얘기가 미치자 그는 몇 번 고개를 가로저었다. 선배들은 미술학교 나와서 공부도 안 하고 선전鮮展에나 진을 쳤다. 미술학교는 기초 공부를 하는 덴데 모두들 학교를 나와선 예술가의 자격을 딴 것처럼 생각하고 있다. 재주있는 학생들은 젊어서 상을 받고 외국에 한 번씩 다녀와선 대성한 것처럼 생각한다. 이런 것은 참된 의미에서, 젊은 사람들을 밀어주는 제도가 아니다. 그들을 지원하려면 재료를 싸게 살 수 있도록 한다든지 실질적인 혜택이 바람직하다고.

상賞 제도가 있는 응모전도 사전에 심사위원의 명단을 밝히는 것이 좋다. 심사위원들의 취향이 작용하므로 서로의 관점이 다를 때 좋은 작품이 백안시될 수도 있다는 것. 심사위원에 따라 전람회 성격이 달라지므로 출품자도 자기 관점으로 출품을 선택해야 한다는 것. 그가 국전 심사위원이었을 때 심사를 거부한 적이 두 번 있다. 심사에서도 '다수에 소수가 이기지 못하기 때문'이다. 서울대와 홍대에 이 년 넘게 나간 적이 있지만 그에겐 제자가 없다. '시간하고 돈하고 팔았다' 생각했기 때문에 한 번도 지각한 일이 없었고, 시간 중에도 담배 피우러 나가는 것 외엔 교실을 떠난 적이 없었다. 그러니 충실히 가르쳤을 것이다. 각자가 개성을 개척해 나가도록 지도해서 그 반(당시엔 교실제여서 학생들이 교수진을 선택했다)에선 서로 비슷하게 그리는 사람이 없었다. 가르칠 것은 분명히 가르쳤지만 '교문 밖에서는 난 모른다'.

"제자라 해 봤자 선생 뒤치다꺼리나 하지. 빛을 보려면 선생 죽을 때나 기다려야지. 옆에서 배워 선생보다 나아져 봤자 그때는 시대가 지나가니 무슨 소용이오. 나같이 그냥 혼자 하는 거지."

1979년 덕수궁 국립현대미술관에서 회고전이 열렸을 때 사람들은 깜짝 놀란 표정을 지었다. 그를 다시 되돌아보고 격찬하기 시작했다. 한 공간에 전시된 백이십여 점의 작품들은 화가의 위대한 투쟁이었다.

선생이 이날까지 그려 온 그림은 천여 점이 된다. 도쿄 시절부터 치더라도 다작이다. 다작이란 말에 "그거 한국 실정에서나 그렇지". 화가가 일 년에 한 번씩 전시회를 해도 많이 한다 소리를 듣는다. 그림 팔려고 전시하는 것으로 생각한다는 것. "그건 열심히 하지 말라는 얘기와 같아요." 얼마 전 재일 교포 화가가 전시회를 열었는데 약력을 보니 일 년에 세 번 전시회를 했더라고.

얼마 전까지 그는 하루에 여덟 시간 일했다. 김환기 씨는 외국 갔다 와선 '우리 화가들은 게으르다'고 했다. 그쪽 사람들은 하루 여덟 시간 일한다는 것이다. 그때 그는 여기서도 그래야 한다고 생각했다. 십 년씩 공백이 있었으니 메워야 했다. 아침에 그는 직장에 나가듯 화실로 들어갔다. 직업 화가였다. 홍대에 나갈 땐 학교 가기 전 꼭 두 시간씩 그림을 그리고 집을 나섰다.

"좋은 선배로 생각되는 화가가 한 분 있어요. 청전靑田 선생이에요. 옛날에 함께 홍대에 근무해서 가까이 뵈었어요. 그분같이 될 사람이 없어요. 자기 세계를 구축한 사람이에요. 그분은 술이 취해서도 집에 가면 꼭 그림을 그려요. 누가 옆에 있어도 상관없이."

화실에 들어서면 북향의 잔잔한 광선 속에 초록과 파랑, 붉고 노란색의 화면이 한눈에 들어온다. 크고 작은 화면들이 삼면의 벽에 나란히 놓여 있다. 창가에 놓여 있는 망치와 펜치가 눈에 띈다. 망치가 두 개, 각기 55년, 64년 햇수가 새겨져 있다. 캔버스를 틀에 끼울 때나 작업 도중 연장이 필요할 때가 많다.

"옛적엔 캔버스도 만들어 썼어요. 해방 즈음에 재료가 있었나, 붓이 닳으면 그걸 뜨거운 물에 넣어 쓰고, 그러면 붓털이 아래로 빠져요. 전쟁 뒤, 명동갤러리라고 있었는데, 재료점이 그것밖에 없었어요. 물건이 귀해서 사려면 술까지 사 줘야 하고 참."

그때에 비하면 지금은 사회적 예우로나 경제적으로나 화가가 살 만한 세상이라고 사람들은 생각한다. 다시 태어나도 화가가 된다는 화가도 많다. 그러나 그는 그렇지 않다. 화가보다 더 좋은 것이 있으면 더 좋은 것을 하겠다. "그림 안 팔리는 세상에 다시 화가 된다는 건 새파란 거짓말이지."

생존 화가 중 그의 그림값이 가장 비싸지만 팔리기 시작한 것은 십 년도 채 못 된다. 1980년까지 양조장 수입이 생활에 보태졌다. 건축가 아들이 설계한 등촌동 집은 쾌적한 공간이지만, 1978년도까지 살았던 약수동의 적산가옥 화실은 워낙 좁아서 그림 관리도 제대로 할 수 없었다. 가끔 그림을 꺼내 통풍시켰지만 포개 놓으면 곧 곰팡이가 슬어 이십 점을 태워 버렸다.

한겨울엔 석유난로를 때도 손이 시릴 정도로 추웠는데, 한쪽 어깨를 기울인 나쁜 자세로 몇 시간씩 그림을 그려서 뒷날 골절을 앓게 됐다. 바퀴 달린 은빛 의자가 정물처럼 화실에 놓이게 된 것은 그 때문이다. 다리가 불편해서 휠체어를 타고 작업하면서도 바퀴를 굴리는 그의 모습은 대인 같이 여유 있다.

"이거 아주 편리해요, 그림 그리다 물러나서 보고 싶으면 쉽게 자리를 옮길 수도 있고. 골절 걸리지 않았으면 이렇게 좋은 걸 모르고 지낼 뻔했어."

하나의 그림을 완성하기까지 화가에겐 단지 엄격한 대결이 있을 뿐이다. 잘 안될 땐 그림을 엎어 놓는다. 틈틈이 보고 생각하면 일 년 안에 다 해결난다. 포기하지 말아야 한다. 인생이란 끈기다. 화제 하나를 등록상 표같이 내걸고 안주하는 화가도 있지만, 끊임없이 나를 찾아가야 한다. 한평생 실험 작가는 없다. 감성에는 이성이 뒷받침되어야 한다.

"수학 잘하는 사람과 비교해 보면 처음엔 감성이 앞선 사람이 빨라요. 그러나 어느 고비에 가선 뒤져요. 막혀요. 수학 잘하는 사람이 앞서요. 왜 이럴까를 생각할 줄 알기 때문이에요."

그는 스스로 '직업 화가'라 말한다. 기분 나서 하고 기분 안 나서 못 하고 그러지 않는다. 매일 그림 그린다. "난 예술가가 아니니까요. 그런 건 핑계예요."

프로정신이 철저하다는 거지 예술가의 재미있는 얘깃거리가 없는 것은 아니다. 그의 주량은 널리 알려져 있다. 볼일이 있어 나가면 아침부터 술을 마신다. "술 먹는 데 시간이 따로 있나." 잔으로는 감질나서 필요한 만큼 부어서 사발술을 마신다. 병째로 마시는 것이 제일 좋다. 술 먹기 바빠서 안주 먹을 시간도 없고 그땐 담배도 안 피운다. 이런 정도여서 청탁淸濁을 안 가린다.

십 몇 년 전, 중앙공보관 개관기념식에 가서다. 같은 술꾼인 장욱진 선생과 실컷 마셔 보자 작정했다. 술자리가 지하와 일층, 이층에서 두루 벌어졌다. 두 사람은 지하에서부터 이층까지 오르락내리락하며 술을 잔뜩 마셨다. '한자리에서 마시면 미안해서'였다. 양주 한 병씩은 마셨다. 나중에 눈을 뜨니 어떻게 집에 와 있었나. 비틀거리며 걸어가는 선생을 아는 사람이 보고 차에 태워 주었던 것이다. "나중에 들으니까 욱진이는 길에 누웠다던데."

이러한 경력에 한때 수전증에 걸린 적도 있을 만큼 폭주에 가까운 주량이었지만, 일단 그림 그릴 땐 술에 손대지 않는다. 맑은 정신으로 그려야 한다. 도쿄 시절에 위스키를 먹고 그림 그린 적이 있는데, 선이 아른아른 거렸다.

"한쪽 눈을 가리고 해 봐도 안 돼요."

술과 생활과도 관계없다. 그는 기계처럼 정확한 생활을 한다. 아침 여덟시, 점심 열두시, 저녁 여섯시. 예전엔 이 시간이 오 분만 틀려도 싫어했다. 이것 때문에 부인이 애를 많이 쓴 듯, "옛날엔 장작불로 밥을 지었는데 생나무가 잘 타야지요, 주인은 독촉하고". 예순이 넘은 나이에도 수선화처럼 은은한 김기순 여사 옆에서 그가 슬며시 웃었다.

"참을성이 없다는 얘기지."

이러한 정확성이 예술가로서의 그를 지켜 주었는지 모른다. 예술가도 규칙을 지켜야 한다. 예술가가 보통 사람과 달라야 할 이유가 없다. 달라야 할 것이 있다면 '가난할 필요는 없지만, 돈이 많으면 안 된다'는 것.

"돈 많으면 뭣하러 그림 그려요. 미술관 하나 지어 놓고 그림이나 사들이지."

"작업을 하다가 자기 한계에 부딪칠 때도 있으셨겠죠."

"산이 있는데 지름길로 가느냐 돌아가느냐, 산을 보며 백 번 궁리해도 소용없어요. 가 봐야 돼요. 노력이 있으면 넘을 수 있다고 생각해요."

"선생님이 화면에서 한평생 추구한 것은 무엇입니까?"

"나를 추구했어요. 그림으로 나를 보이는 거예요. 말이 필요 없어요."

북향빛이 스름스름 물러나는데 화면의 색채들도 잔영 속에 내려앉는다. 벽에 걸린 바다도 저물어가고 있다. 가라앉은 바다빛이 형용할 수 없이 신비하다. 언젠가 미술잡지에 실렸던 그의 단상 하나가 떠오른다. '바다는 형태가 없다.' 어부 시절 고기를 건지듯 화가는 바다를 건져 올린 것이다.

현관 밖으로 나서니 귀가 늘어지고 털이 긴 개가 꼬리 친다. 까만 개도 있다. 예전엔 개가 새끼를 열 마리 낳았는데, 아무도 가져가지 않아서 열두 마리까지 키운 적이 있었다. 문화학원 시절엔 하숙집 주인 눈치를 보며 방에서 키웠을 정도로 개를 좋아했다. "시골 사람이니까요."

큰 키에 희끗한 머리, 은근하게 멋이 풍기는 옷차림이지만 거침없는 웃음이 그럴 수 없이 소탈하다. 꾸밈없는 경상도 쪽 억양이 정직한 아이의 그것과 같다.

그는 신화가 없는 화가이다. 분열적 천재, 기인 등 우리가 흔히 상상하는 예술가형이 아니다. 직업 화가로서 고집스럽게 일해 왔다는 것 외엔 알려진 것이 없다. 삶의 우여곡절도 거의 없었던 듯 보인다. 그만그만한 일이야 다 겪었겠지만, 대패질하듯 그 흔적을 깎아서 '좋은 화가'로만 남았을 뿐이다.

가곡여창 김월하

보수적인 멋을 한 몸에 지닌 한국 여자.
금사슬 끄는 듯한 성음聲音으로
선조들이 올랐던 태산을 보여 주며
우리의 근본을 되돌아보게 하는 귀인.

전에 국어나 고문古文 시간을 특별히 좋아했던 기억은 없으나 시조시는 참 열심히 즐겁게 외웠다. 어린 단종을 강원도로 호송하고 냇가에 앉아 그 심정을 편 시조 '저 물도 내 마음 같도다. 울어 밤길 녜놋다'가 생각난다. '다정도 병인 양하여 잠 못 들어 하노라'란 구절도 떠오른다. 윤선도尹善道의 「어부사시사」를 욀 땐 힘차게 노 젓는 장면을 상상하며 "지국총 지국총".

은근하고 여운이 길다. 구름에 가려진 달, 창호지로 비치는 햇살처럼. 제 모습을 선연히 드러내지 않으면서 정취는 선연하다. 때에 맞게 일어난 시흥에서도 우리 선조들의 예술성을 감지할 수 있다.

임제林悌는 평안도사로 부임하러 가던 길에 황진이를 보러 송도에 들른다. 그러나 황진이는 이미 이 세상 사람이 아니어서 무덤으로 발길을 돌려야 했다. 한 시대를 풍미했던 명기 황진이의 무덤 앞에서 어찌 감흥이 일지 않으랴. '청초 우거진 골에 자는다 누웠는다….' 이 시조 한 수로 임제는 벼슬 자리에서 파직된다.

시조창은 한국의 멋인 시조가 가사로 된 노래 곡조이다. 확언할 수는 없지만 조선조 영조 때의 유명한 가객 이세춘李世春이 시조창의 시조라 한다. 삼 장 형식의 짤막한 노래 곡조가락이 단조롭지만 소박하여 정가正歌 중에서 비교적 대중성을 띠고 있다.

시조창과 함께 가곡歌曲, 가사歌詞를 정가라 한다. 그중 가곡은 창법이 어려워 사라져 가고 있는데, 타고난 미성으로 가곡을 보유한 인간문화재가 있다. 유교 사상이 뿌리박힌 이 사회에서 한 여성으로서 태산에 오른 사람. 이 만남에서 무엇보다 나는 한국의 여성정신을 발견하기를 기대했다.

예전에 소문난 미인이었다는데, 오목한 코며 얼굴을 뜯어보면 옛 미모를 감지할 수 있다. 당꼬바지 차림이 여느 어머니들처럼 수수하지만, 허물없는 말투에 예술가의 풍류가 엿보인다. 옛날엔 대개 무당 집안에서 소리꾼이 나왔지만, 선생은 소리와 무관한 집안 출신이다. 경기도 고양군이 공식적으로 알려진 고향인데 아버지는 동네에서 우대분(북촌 사람)으로 불렸다. 덕순德順은 그 집의 막내딸로 태어났다. 막내는 두 살 때 어머니를 잃었다. 당시 유행병이었던 콜레라가 집안에 돌아 쌍둥이 오빠까지 세상을 떠났다.

어릴 때 아이가 집안 식구에게서 노래를 배운 석은 없다. 장사치들이 타령조로 생선이요, 조기요, 골목에서 외치면 아이는 밥을 먹다 말고 흉내를 냈다. 전파사의 유성기에서 소리가 나오면 그 앞에 서서 따라 부르기도 했다.

서울 이모집에서 아이가 재동보통학교에 다닐 때다. 사학년 때 예쁜이란 친구가 있었는데 권번卷番에서 노래를 배운다고 했다. 권번은 동기童妓들이 소리며 춤을 배우는 곳. 아이는 아무 생각 없이 예쁜이를 따라 광교의 조선권번에 가 보았다.

그곳에서 첫 스승이라 할 주수봉 선생을 만났다. 주 선생은 아이의 자질이 뛰어난 것을 알고 시조, 가사, 민요 등을 배우게 했다. 집에는 물론 비밀로 했다. 공부보다는 소리가 재미있었고 '무언지는 몰라도' 배울 만했다. 아이는 오 원의 입회금은 물론 월사금 삼 원도 가져올 수 없었으나, 주 선생의 배려 아래 가르침을 받았다.

덕순의 소리는 늘 칭찬을 받았다. 노래방에서 첫 소리는 으레 덕순이 내야 했다. 덕순의 재주가 드러나자 한 친구가 덕순을 한성권번으로 꾀어냈다. 당시 가장 큰 권번이었는데, 덕순은 그곳에서 「춘면곡春眠曲」 등 열두 가사 중 몇 곡을 배웠다.

한성권번을 일 년째 다니다 열네 살 때 소리 공부가 중단된다. 덕순의 미모에 반한 남정네들이 많아서 집에서 밖에 나가는 것을 허락하지 않았다. 남정네들은 먹을 것을 싸서 들창으로 던지기도 했고, 당시에 귀한 화장품까지 밀어 넣었다. 덕순이 과일을 산 가게 점원도 뒤따라온 일이 있었다.

덕순은 다시 여염집 처녀로 들어앉았다. 바느질부터 배웠다. 골무 짓고 버선을 감치고 모시저고리와 깨끼적삼을 만들었다. 전쟁 시 그것을 생업으로 삼았을 정도로 뛰어났다. 여기저기서 중매가 들어왔고, 열여섯 살 때 안 씨와 결혼했다.

어릴 땐 소리를 배우느라 공부를 중단했지만, 그는 결혼 후 묘동학원에서 학업을 보충했다. 당시 단성사 뒤에 살았는데, 그곳에 장로교회 부속 야간 공민학교가 있었다. 젊은 아내가 공부를 하고 싶어 하자 남편은 기꺼이 양해해 주었다. 학원엔 그 외에도 남편을 유학 보낸 백 씨 같은 유부녀도 있었다. '남편이 돌아오면 무식하다고 버림받을 것 같아' 공부하는 백 씨와 그가 삼 년간 일이 등을 다투었다.

"한자를 다 읽을 줄 알아도 잘 쓰질 못해요, 야간학교서 배운 공부라. 속성이나마 고등과를 다녀서 시조 다시 할 땐 도움이 됩디다."

전쟁만 일어나지 않았어도 그는 한 가정의 주부로만 만족했을지 모른다. 그동안 음악을 하고 싶다는 생각도 하지 않았다. 그러나 전쟁이 운명을 바꾸어 놓았으니, 남편과 헤어지게 되었다. 국군이 금곡까지 들어온 날이었다. 산에 숨어 있다 저녁을 먹으러 집에 온 남편은 밥에 물을 말아 놓곤 공산군에게 끌려갔다.

부산에서의 생활은 그 후부터 시작된다. 친척 되는 수양동생의 소개로 대신동에 셋방을 얻었다. 스스로 생계를 꾸려야 했다. 피란 생활인 만큼 닥치는 대로 했다. 논나물과 시금치를 받아 팔기도 했고, 그것을 이고 하단에서 대신동까지 걸었다.

채소는 남는 것이 없고 무겁기만 해서 파밭에서 파를 받아 팔기도 했다. 나중엔 바느질을 시작했는데, 솜씨가 얌전해서 일거리가 밀렸다. 그때 몇 십만 원이나 들어왔고 친척 학비까지 대 주었지만 잠을 자지 않고 일을 해서 병을 얻었다. 영양부족에다 소화불량, 불면증, 히스테리 증세까지 나타났다. 여러 고비를 넘기고 쇠약한 몸으로 집에만 갇혀 있으니 우물을 길어다 먹는 덕자네 할머니가 산책을 권했다. 덕자 할아버지가 새벽마다 구덕수원지로 산책을 하는데 따라가라고 했다. 사양하기도 뭐해서 서울댁은 지팡이를 짚고 나서게 되었다.

당시 구덕수원지엔 아무나 들어갈 수 없었다. 유지들이 모이는 곳이기도 한데, 그들은 새벽에 냇가에 앉아서 시조를 불렀다. 그중엔 나중에 시조 사범이 된 최영길 경찰서장 같은 이도 있었으나 '세월 가라고 배우는' 시조였다.

그들은 늘 「청산리 벽계수야」만 불렀다. 계속 듣기만 하다가 한 번은 '왜 밤낮 그것만 하느냐, 그게 뭐가 어려우냐'고 운을 뗐다. 그 말을 듣고 덕자 할아버지는 놀랐다. 다음 날 새벽 서울댁은 그들의 요청으로 시조창을 한 수 불렀다. 시우詩友들은 깜짝 놀랐다. 훗날 국악인 성경린 씨가 '명주실을 풀 듯 끊이지 않는 절절한 성조聲調, 옥을 굴리는 듯한, 맑고 단아한 성색聲色'이라 찬탄했던 그 목소리였다.

시우들은 곧 현포玄圃 김태영金兌英 사범에게 숨은 귀재를 소개했다. 무명의 김덕순은 현포 사범에게서 경제京制 시조를 마쳤다. 불과 몇 달만이었다. 어릴 때 받은 소리 수업이 탄탄한 거름이 되었던 것이다.

구덕수원지 시절의 나이는 서른다섯. 이십여 년 만에 음악과 해후했다. 국악과의 영원한 만남이요, 숙명이었다. 바느질 솜씨가 얌전한 서울댁은 석 달 만에 '김여사'로 변했다. 그 무렵, 부산 용두산에 있던 국립국악원이 서울로 올라가 버리고 그 자리에 부산국악원이 발족되었다. 두봉

斗峯 이병성李炳星 선생이 정가의 사범이었다. 성대를 잘 타고난 분인데, 김 여사는 두봉의 가르침을 받았다. 평시조 「한산섬 달 밝은 밤에」부터 열두 가사 중 남창男唱이 부르는 「처사가處士歌」 등을 뺀 여덟 곡을 배웠다.

'월하'란 아호는 그때 부산국악원 시우들이 지어준 것. 달 아래 피는 연꽃이란 뜻이다. 아정雅正한 성품이나 용모에도 맞지만 목소리와도 어울리는 호였다. 월하가 시조 사범으로 이름을 날리기 시작한 것은 피란민으로 부산에 온 지 삼 년 만이다. 현포 선생이 동래 유지들에게서 와 달라는 청탁을 받고 월하를 대신 보냈다. 내세울 때가 됐다고 생각한 것이다.

그가 공식적으로 인정받은 것은 마흔한 살 때다. 1958년도 케이비에스KBS 주최 음악경연대회에 부산 대표로 참가, 이등을 했다. 그를 아끼는 사람들은 애석하게 생각했지만, 그때 특등을 한 신쾌동 씨나 그와 함께 나란히 이등을 한 한갑득 씨는 국악사에 남을 거문고 산조의 명인이다. 쟁쟁한 경연이었다.

1973년 여창가곡으로 인간문화재가 되었지만, 그는 인간문화재라는 것을 내세우려 하진 않는다. 어떤 인간문화재는 '대접을 못 받는다' 불만 스러워하지만, 그는 고개를 내젓는다. 처음부터 인간문화재가 될 생각으로 국악을 한 것이 아니지 않느냐고.

"나는 솔직해요" 하고 그는 말한다. 꿈도 포부도 없이 어쩌다 소리를 했다. 이렇게 좋은 것을 만나서 외로움도 슬픔도 모르고 살았다고. 그는 오백 년에 하나 나온다는 타고난 목소리를 가졌다. '월하 이전에 월하 없었고 월하 이후에 월하 없다'는 말을 듣는 국보급이다. 가성으로 높은 음을 낼 때 2음, 3음 올리는 경우도 있다. 머리가 흔들리는 소리여서 두성이라 한다. 그가 내는 두성은 귀신 소리 같다고 한다. 혹자는 젓대의 악기 소리라 표현했다.

어느 자리 어느 위치에 가든지 그의 성대는 듣는 사람을 감화시켰다. 춘원春園 선생의 부인 허 여사는 한때 그에게서 시조창을 배운 적이 있는데, 그의 「관산융마關山戎馬」를 듣곤 울었다. 그는 여자이기 전에 한 시조인으로서 많은 아낌을 받았다. 현포 선생은 제자가 초청받아서 외출한 것을 알면 돌아올 때까지 마음이 놓이지 않아 대문 밖으로 왔다 갔다 하곤 했다. 혹시 무슨 실수나 하지 않을까 해서다. 딸을 생각하는 아버지의 마음 같았다.

스승뿐 아니라 시우들도 늘 그를 떠받들어 주었다. 사람들의 입에 오르내렸고, 부인네들은 그를 시험하느라 초청하기도 했다. 그의 시조를 좋아했던 교장 선생이 갑자기 돌아가셨을 때다. 문상을 갔더니 부인이 그의 시조가 녹음된 것을 틀었다. '평소에 좋아하던 사람이 왔는데 영감 들으시오'하고.

시조 애호가들은 작은 모임이라도 자리만 있으면 그를 초청했다. 요즘처럼 사례금을 정식으로 준 것도 아니다. '지금 생각하면 그분들이 실례를 했다' 싶지만, 그도 돈 모르고 여기저기서 노래를 불렀다. 의식은 없었지만 순수한 가객으로 족했다.

일제시대 때 여성이어서 그런지 그는 '일개 김덕순이가'란 표현을 한다. 일개 김덕순이 모든 시조인의 벗으로 행복을 느낄 때면 문득 남편을 생각하곤 했다. 한땐 죽고만 싶었는데, '내게 이런 기쁨 주려고 그가 가셨구나' 하고.

하늘이 준 목소리여서 예인藝人 의식 없이도 노래를 불러 왔다. 그러나 그의 열성을 지나칠 수는 없다. 그는 열세 사람에게서 배웠다. 이주환 초대 국립국악원 원장에게서 가곡을 다 배웠고, 이창배李昌培의 서도창 「관산융마」 등을 배웠다.

많이 배운다고 되는 것도 아니다. 배움 속에서 '곡상曲想이 떠올라야 멋지게' 할 수 있다. 예술가의 감정을 말하는 듯. 부산에 있을 때다. 가르치는 자리가 아니라 자유로운 자리에서 노래를 했더니 '가르치고 나니 사범이 늘었네요' 했다. 가르쳐서 는 것이 아니다. 가르치는 자리에선 격식대로 한다. 그런 임무가 없을 땐 '내 기분대로' 하니까 더 좋은 노래가 나온다.

시조는 때의 곡조이다. 시도 그때에 지어졌고 노래도 분위기에 따라 불려진다. 그는 어느 자리에 가서 시조를 하게 될 때 눈에 띄는 것을 보고 그것에 맞는 시조를 부른다. 경치 좋은 곳에 가면 자연을 노래한 시조를, 스님들이 모인 장소에선 「성불사」「팔만대장경」을 부른다.

달이 무척 밝은 밤이었다. 선생에게 배우는 시간 외엔 따로 연습한다든가 노래하는 법이 없는데, 그날은 까닭없이 시조를 부르고 싶었다. 그는 같이 시조를 배우는 후배에게 기별했다. 아무 소리 말고 잠깐만 가자 하곤 송도로 갔다. 달은 산 넘어 바다 뒤로 떨어지고 있었고 물결에 부서지는 달빛이 은하수 같았다. 그는 '달'이 들어가는 시조를 부르자고 했다. 그제야 영문을 알아차리고 후배도 달 시조로 화답했다. 스무여 편을 가슴 후련하도록 불렀다.

기분이 좋을 땐 시조가 명랑하게 나간다. 우울할 땐 슬픈 곡이 된다. 가곡은 음성을 씩씩하게 살려 가는 우조羽調와 애원성이 있고 장식음이 약간 들어가는 계면조界面調를 바탕으로 부르는데, 시조는 그 자체가 대부분 계면조이다. 말로 표현할 것을 소리로 표현해서 더 간결하고 우리 민족성도 그런 쪽으로 흘렀다.

절개를 찬양하거나 교훈적인 것도 있지만, 우리 시조의 아름다움은 역시 은근한 멋을 지닌 것에 있다. 황진이의 시도 「청산리 벽계수야」보다 「동짓달 기나긴 밤을」이 더 훌륭하다. 「마음이 어린 후니 하는 일이 다 어리다」나 「저 개야 공산 잠든 달을 짖어 무삼하리오」같이 인생의 모든 것이 골고루 깃들어 있는 시조를 좋아한다.

예술가들이 다 풍류를 지니고 있지만 때의 곡조를 부르는 시조인들은 더욱 그러하다. 언젠가 그가 시우의 농장에 간 일이 있다. 뜰 한구석에 있는 벽오동이 눈에 띄었다. 곧게 뻗은 푸른 나무는 방에선 보이지 않는 장소에 심겨 있었다. 그는 농장 주인인 시우에게 한 가지 부탁이 있다고 했다. 시우는 아무것도 눈치채지 못하고 무슨 부탁이든 들어주겠다 했다. 그는 벽오동을 가리키며 '다음에 내가 와 볼 테니 저 벽오동을 창에서 보이도록 옮겨 심으라' 했다.

"누가 나 자는 창밖에 벽오동을 심어 뒀던고. 월명정반月明庭畔에 영파사影婆娑, 달 밝은 뜰가에 잎 성긴 그림자도 좋지만, 한밤의 굵은 빗소리에 애끓는 듯하여라. 이 시조 얼마나 좋소. 벽오동 바라보며 불러 봐요. 다음에 그 농장에 가니까 정말 벽오동을 옮겨 심어 놨어요."

시조의 형성기를 고려 중엽으로 보는 것이 통설이다. 시조집에 실려 있는 이색, 정몽주 등의 작품으로 보아 "그 형성계층은 신흥사대부라 생각된다. 그들은 스스로 유학을 닦은 학자관인學子官人, 즉 유학적 지성들이었고, 타락한 고려 왕실에 대립적인 개혁주의자들이었다"(최동원의 『고시조론古時調論』에서 인용).

왕실에서 발달된 고려속요가 퇴폐적이고 자유분방하다면 시조는 정중하고 엄숙하다. 가곡은 시조시를 얹어 부르는 가장 오랜 가창곡이다. 그 기원은 정확하지 않으나 시조시를 이어 고려 말기로 추측된다.

시조는 3장 형식이지만, 가곡은 9장으로 구성된다. 시조는 장고와 관악기인 젓대·피리·해금 등의 반주만 있으나, 가곡은 장고·거문고·대금·피리·단소·해금·가야금·양금의 반주자 여덟 명을 필요로 한다. 같은 시조시를 시조로 삼 분 삼십 초가 걸렸다면 가곡은 반주까지 구 분 정도가 되어야 끝난다.

가곡을 부를 땐 격식도 까다롭다. 예복을 입고 무대에 나선다. 여자는 남치마에 흰색이나 옥색저고리를 입는다. 무릎을 세우고 앉는다. 무릎 위에 두 손을 모으고 청중을 바로 보면서 부른다. 판소리는 몸짓으로 느낌을 보충할 수 있지만, 정가正歌는 움직이지 않는다. 판소리는 드라마틱하지만, 정가는 정신적이다. 양어깨와 가슴, 배에 힘을 주고 고요하면서도 길게 뽑는다. 깊은 산중에서 큰 나무를 내리 끄는 것과 같다. 가사는 나무를 켜는 것 같다고나 할까. 가곡이 더 위다. 그 귀한 것을 내 입에 담아 풀어 나가는 기분은 무아지경이다. 날짐승이 창공을 나는 기분이다.

"고요하고 정서적이며 몇 분 동안 남의 마음을 움직여 주면서 정서 표현이 간단명료해요. 전통음악이면서 정신문화면서…."

1976년 서독 본Bonn의 방송국 초청으로 그곳에서 정가를 불렀다. 처음엔 외국인들이 과연 이해할까, 지루해하지나 않을까 생각했다. 어쨌든 그는 여덟 명의 반주자와 함께 평상시와 다를 바 없는 공연을 했다. 뜻밖의 반응이 왔다. 공연이 끝나자 관객들은 떠나지 않고 박수를 쳤다. 그는 그대로 앉아 박수 끝나기를 기다렸다. 박수는 계속되었고, 그는 어떻게 할지를 몰라서 앞으로 나아가 절을 했다.

그가 무대 뒤로 들어오자 국악단을 이끌고 온 대표가 나무랐다. 왜 절을 하느냐, 전통 한국식 그대로 해야 한다고 했다. 박수는 그때까지도 이어지고 있었다. 대표도 별수 없는지 무대로 나갔고, 출연자 전부가 인사로 답례했다. 관객들은 빈 무대를 보면서도 떠나질 않았지만, 앙코르는 받지 않았다. 정가는 원래 앙코르가 없다.

"가만 앉아서 어떻게 그렇게 목소리를 쓰느냐 물어요. 가곡은 정말 어려워요. 열 배우다가도 열둘이 도망가요. 원칙적으론 긴 노래부터 가르치는데, 나는 빠른 것부터 시작해서 나중에 긴 것을 가르쳐요."

가곡의 전성기는 십팔세기 숙종, 영조 때였다. 이 시기에 『청구영언靑

丘永言『해동가요海東歌謠』등 최초의 시조집이 엮어졌다.『해동가요』에 쉰여섯 명의 가객이 수록된 것을 봐도 이 시기의 가곡이 얼마나 발달했는가를 알 수 있다. 십팔세기에 주도권을 쥐고 있던 가곡은 판소리, 잡가 등이 발달된 십구세기엔 세력이 약화된다. 가곡 자체가 지닌 전문성, 귀족성의 요소가 십구세기에 상승한 민중의식과 부합될 수 없었던 이유도 있다.

가곡의 원형 중 '만대엽慢大葉, 느린치'은 영조 이전에 없어지고, 그 후 '중대엽中大葉, 중간치'도 없어져 '수대엽數大葉, 잦은치'만 남아 발전했다. 이것을 보면 가곡에서도 잦은 것을 요구한 것이 시대의 요구였음을 알 수 있다. 지금 남아 있는 가곡은 남창 스물여섯 곡, 여창 열다섯 곡이다. 시대정신에 맞지 않아 스러져 갔고, 오늘날은 겨우 명맥을 유지하고 있다. 물질시대에 무용해 보이도록 보수적인 곡조이지만, 한번 귀 기울여 볼 필요가 있다. 선비정신이 깃들어 있는 유장한 곡조는 한국인의 높은 품격을 새삼 확인케 하고 우리 유산에 대한 긍지를 심어 준다.

"가곡이야 어려워서 그렇다 치고 한국 사람이면 시조 정도는 부를 줄 알아야 돼요. 가족끼리 모여 앉아 조상의 얼이 담긴 것을 돌림차례로 한 수씩 불러 봐요. 그런 것이 우리 멋인데, 잘못 부르면 어때요. 익숙치 않아서 그렇겠지. 일제 때 우리 정신문화의 맥이 끊겼고 해방 후엔 서양 것에 휩쓸렸으니. 이젠 국악 교육도 한답디다. 시조는 그래도 많이 퍼졌어요."

그가 지금 긍지를 가지고 있는 것이 하나 있다. 시조인으로서의 교육을 할 만큼 해 왔다는 것. 1970년도 시우단체 총연합회를 만들어 이날까지 끌고 왔다. 회장직을 맡아 물질적 후원도 아끼지 않았는데, 마포의 해성빌딩도 시우단체 본거지를 만드느라 구입한 것. 시우단체에서 해마다 시조대회를 열어 시조에 대한 인식과 열기를 새롭게 해 왔다.

시우단체 총연합회 회장이 되고부터 그는 자신을 교육자로 생각해 왔다. "사범이니까." 그래, 눈치를 보느라 연애 한 번 못했다고 웃는데, 후배도 힘껏 양성했다. 국악학교 수석, 차석을 장학생으로 길러냈다. "돈은 멋있게 써야 한다." 그는 적은 돈은 아끼고 큰 돈을 쓴다. 국악인 중에서도 부자로 알려져 있지만 너무 알뜰하여 인색하다는 말도 듣는단다.

"내가 내 단점을 모르나? 난 식사 대접 같은 것 잘 안 해요."

여태 대접만 받아 와서 자신이 대접하는 것은 잘 모르고 지내 왔다. 또 자기보다 사정이 좋은 사람이나 여유있는 사람들에게 돈 쓸 필요를 느끼지 않는다. 그는 가난한 사람들에게 이것을 돌린다. 빌딩을 짓기 전 한옥에 살 때다. 낙원동 골목의 상인들이 집으로 돌아갈 때면 남은 물건들을 처분하려고 그의 집에 들렀다. 선생은 그것들을 다 사들였다. '장사는 장사대로 좋고' 그는 싸게 살 수 있었다. 그렇게 사들인 고구마를 큰 솥에 찐다. 그 집에 몇 가구가 세들어 살았는데 고구마는 방마다 돌아간다. 이런 간식뿐 아니라 간장이나 김치 같은 것도 많이 담가서 나누어 먹었다. 낙원동에선 그를 '인심 좋은 아주머니'라 했다는데, 셋방에서 돈을 못 내면 아무 소리 않고 받지 않았다.

그는 지금 고아를 데리고 산다. 전부터 여러 명을 키워 보냈다. 그중엔 스스로 나간 아이도 있지만, 결혼해서 잘 사는 양녀도 있다. 그의 생일 전날이면 이들이 남편과 함께 찾아오는데, 이런 때에는 보람을 느끼고 흐뭇하다. 시조를 불러서 그만큼 돈 번 사람도 드물 것이다. 순조롭게 모았고 치산治産을 잘했다. "내 몸을 위해 쓰는 건 없다." 다른 사람을 위해 택시 탄 일은 있어도 혼자 탄 적은 없다. 또 한 번 손에 들어온 것은 절대 나가지 않는다.

그는 이것을 '옛날 사람의 정신'이라 말한다. 무엇 하나 버리지 않는다. 먹다 둔 밥이 약간 삭아 찐득찐득해졌을 때 요즘 주부들은 버릴 것이다.

그것도 이용할 때가 있다. 약간 맛이 간 밥을 된장 독 한쪽에 파묻어 둔다. 시간이 어느 정도 지나면 밥에 된장이 스며든다. 그것을 된장과 섞어 된장국을 끓인다. 그냥 된장으로 끓인 국보다 한결 맛이 난다.

그의 집엔 십오 년이 된 매실주, 포도주서부터 두견주, 자두와 솔방울로 담근 술이 골고루 있다. 그는 그때그때 나오는 열매로 생각날 때마다 술을 담근다. 자신은 정작 마실 줄도 모르지만 멋은 안다.

"손님이 왔을 때 시조 하는 주인이 소주 사서 내놓을 수 있겠는가. 이게 또 옛날 가성주부 정신 아니요. 미담이며 고담이며 현재담인데, 들으면 얼마나 좋아. 시조 배우러 제자들이 와도 공부 끝나면 바쁘다고 그냥 가요."

그는 학생들을 가르칠 때 '여자는 늙어도 여자다'란 말을 자주 한다. 예의나 아름다움이나 멋을 언제까지 지녀야 한다고 말해 준다. 그는 육순의 나이지만 남의 가정부에게도 말을 낮춘 적이 없다. "서울 여자 풍속이 말을 놓지 않아요."

늘 '여자'를 강조한다고 해서 그를 구식 여자로 생각하면 오해다. 그는 춘향을 특별하게 치지 않는다. 누구나 그럴 수 있다. 훌륭한 어머니를 여성상으로 들기도 하지만, 어머니가 자식을 훌륭하게 키우는 것은 당연하다. 그는 절개며 모성의 판에 박힌 여성상보다는 논개를 좋아한다. 그는 '정신'이라는 말을 자주 쓰는데 "내 정신을 갖고 있어야 한다". 여자들은 연애할 때 자신이 희생을 당해도 모르고 그저 좋아하지만 정신을 다 뺏기면 안 된다. "오십 퍼센트만 주면 돼." 돌다리도 두드려 봐야 한다. '철나자 망령 난다'는데, 지혜가 든 만큼 경험은 무시할 수 없다.

전쟁으로 남편을 잃고 자식도 없이 혼자 살아왔다. 단아한 미인에다가 특출한 재주가 있었으니 남성들의 관심을 끌었을 것이다. 프러포즈도 몇 번 받았다. 남편과 생이별을 한 터라 결혼에 응할 수 없었다. 또 한편으로

'여태 시집살이도 했고 남편 수발도 했다. 여자로서의 고생은 다했는데' 싶었다.

한마디로 자기 정신을 버릴 수 없었다. "산천을 내 경계로 삼고 모든 시조인을 벗으로 삼고 황진이 같이 방랑하면서 살란다" 했다. 황진이는 유식해서 시까지 지었지만 그는 "소리로 남을 괴롭혀도 주고 울려도 주고 웃겨도 준다".

남성 위주의 사회에서 억눌려 살아온 한국 여자들의 이마엔 한恨의 주름살이 깊다. 선생은 한의 그림자가 없다. 여자 혼자 몸으로 세상살이 겪었으니 아픔도 많았을 텐데, 아마도 그는 인생의 쓴 물을 지혜롭게 소화시켰나 보다. 그의 입버릇인 '정신'으로.

외로워할 틈도 없이 바쁘게 살아왔다. 잠시도 가만 있지 못하는 부지런한 성격 덕분이다. 속을 줄 여자친구는 없지만, 시조인들이 좋은 벗이 돼주었다. 그러나 그도 인간이라 견딜 수 없게 외로움을 느낄 때도 있다. 낙원동의 한옥을 헐고 빌딩을 지을 때다. 옆에서 빌딩 짓는다고 기계로 땅파고 하니 집 방구들에 금이 가서 이쪽도 할 수 없이 일을 벌였다. 그동안 마포의 시우단체 총연합회 사무실에 살림을 옮겼다. 낮엔 바쁘게 다니지만, 밤에 텅 빈 홀에 아이와 둘이 앉아 있으면 울컥 외롭다는 생각이 밀려왔다.

그즈음 이질姨姪이 찾아왔다. 그는 이질에게 하소연했다. '나이 든 어른이 혼자가 되면 집안에서 새어머니를 들인다는데, 나도 그런 자리에 갔으면 좋겠다. 남편 생각이 나서가 아니라 외로워 못 견디겠구나' 하고. 그 얼마 뒤 이질이 이모를 모시겠다고 했다. 여동생은 큰아들이 모시고 있어서 그는 가족의 합의로 동생의 둘째 아들네와 살게 됐다. 낙원동 빌딩 사층에 아들네가 들어온 지금은 허한 마음도 안정되었다.

"한도 없고 더 이상 바랄 것도 없소. 원이 있다면 학교를 하나 짓고 싶어요. 거기에 내 비석이 세워졌으면 싶어요. 죽을 땐 빈손으로 가요."

그가 어렸을 때 아버지가 이런 부탁을 했다. 나중에 네가 언니를 돌봐 주라고. 언니에게 할 법한 소리를 동생에게 일렀다. "어릴 땐데도 뭐가 보이긴 보였나 보지." 아버지는 아마도 어린 딸에게서 단단한 밑씨를 보지 않았을까. 어떤 꽃을 피울 밑씨. 그 꽃이 월하月荷이다. 좋은 음식엔 먼저 손을 대지 않는 겸손한 예절과 보수성. 그런 심성을 지닌 꽃이라 달 아래 피었다.

마실 줄도 모르면서 열매 열리는 철마다 술을 담근다. 전통 한국 주부의 정신이면서 시조인의 멋이다. 은근한 시조시를 사랑하는 그는 요즘 사람들의 사랑을 못 미더워한다.

"남이 다 보라고 손잡고 다니는 연애, 은근하고 깊은 맛이 없어요. 알게 모르게 하는 것이 재미있지."

보수적인 멋을 한 몸에 지닌 한국 여자. 늘 절약, 절제를 하며 자기 정신을 지켜 왔다. 이런 그가 감정의 절제인 유장한 시조를 보유하게 된 것이 우연일까.

그것은 무엇보다 시대의 요구였다. 맥이 끊겨 가는 이 시대가 그를 받쳐 주었다. 금사슬 끄는 듯한 성음으로 선조들이 올랐던 태산을 보여 주며, 우리의 근본을 되돌아보게 하는 귀인이므로. 그의 노래는 뿌리 잃은 현대인들이 귀 기울여야 할 미담이며 고담이며 현재담이다.

전통무용가 이매방

기러기처럼 펼쳐지는 장삼 자락.
인간의 번뇌를 법열로 끌어올리는 신들린 북장단.
그 절절한 한의 가락에 맞추어 온몸으로
삶의 삼라만상을 보여 주는 천부의 춤꾼.

무용소에 다녔던 유년의 기억을 떠올리게 해서일까, 무용은 내게 향수를 불러일으킨다. 여고 졸업반 때 도쿄 시티발레단이 「백조의 호수」 공연을 하러 왔는데 혼자 공연을 보러 갔다. 남들은 머리를 싸매고 공부할 시각에 나는 무대 뒤로 가서 흑조 역을 맡은 무용수에게 사인을 받는 극성까지 피웠다. 런던로열발레단의 공연을 본 날은 잠까지 설쳤다. 공기처럼 가벼운 발레리나의 율동, 인체 자체가 하나의 미였다. 육체의 가지에서 꽃처럼 열리는 그 무언의 춤은 나를 천상으로 이끌어 가는 예술의 극치였다.

정작 내게 춤의 맛을 보여 주고 미련을 남긴 공연은 1979년도, 공간사랑 소극장에서 만났다. 이매방 선생의 승무 공연이었다. 기러기처럼 펼쳐지는 장삼 자락, 인간의 번뇌를 법열로 끌어올리는 신들린 북장단, 그 절절한 한의 가락에 맞추어 온몸으로 삶의 삼라만상을 보여 준 선생의 승무는 귀기가 서려 전율을 주는 것이었다. 평생 잊을 수 없는 춤이었다.

빌딩의 한 층을 빌려 무용소로 쓰고 홀 안쪽에 방이 하나 있다. 한 면이 다 창인데 골목을 사이에 두고 아파트 건물이 마주 보인다. 반들거리는 방바닥에선 먼지 하나 묻어날 것 같지 않다. 선생이 "남자 혼자 사는 집 같지 않다그려" 한다. 장롱 위의 유리 케이스가 번쩍 눈에 띈다. 특별히 짠 듯한데 유리 안에 두 개씩 포개진 트렁크가 일렬로 나란히 놓여 있다. 옛날 가방이었더라면 유랑극단을 떠올렸을 거다. 철제 가방이 열 개도 넘는다.

"의상 가방이제, 공연 때 갖고 다니는. 나는 춤추는 사람인께. 남자가 춤추는 것도 팔자제. 예술은 억지로 못 해. 묏자리가 좋아야 자손이 잘 된다고 춤도 천기天氣를 가지고 태어나야 하는 거야."

걸음마를 배울 세 살 때부터 춤을 흉내냈다는 말을 어른들에게 들었다.

어린 사내아이가 여자 치마를 입고 경대 앞에서 춤을 추었다면 팔자란 말이 실감 난다. 열 남매 중 막내로 태어난 응석받이인데 자랄 때부터 사내다운 짓이라고는 통 하지 않았다. 친구도 남자보다 여자 친구가 많았다.

그에게 처음 춤을 가르쳐 준 사람은 국향이란 기생이다. 그의 집 작은 방에 살았던 관기였다. 국향이는 계집아이처럼 예쁘장한 아이를 자식 겸 동생 겸 몹시 귀여워했고 제 방으로 불러 놓고 아이에게 유희를 가르쳤다.

사람이란 환경의 지배를 받기 마련이다. 그의 고모 이소희李素姬 씨도 판소리와 아쟁을 연주했던 국악인이었다. 집안 할아버지 이대조李大祚 씨는 권번에서 춤을 가르치는 선생이었다. 그는 여섯 살 때부터 권번의 동기들과 함께 할아버지에게 춤을 배웠다. 무용소는 해방 이후 생겼고, 당시엔 그런 식으로밖에 배울 수 없었다. 권번은 주로 사춘기 전의 어린 소녀들이 소리, 시조, 정악, 묵화 등 모든 예기를 닦는 곳. 요즘과 달리 옛날엔 권번을 거쳐야 기생이 될 수 있었는데, 졸업할 동안 연애를 하면 퇴학을 당할 만큼 엄격했다.

선천적으로 소질을 가지고 있었던 만큼 아이는 누님뻘 되는 동기들에게 뒤지지 않았고 그들에게 춤을 가르쳐 주기도 했다. 동기들의 머리를 쪽을 쪄 주기도 하고 남매들처럼 친했는데, 보통학교 일학년 때 온 가족이 중국 다롄大連으로 가게 되었다. 형님이 그곳에서 사업을 벌였다. 보통학교 오학년 때 다시 고향에 돌아왔다. 그동안 중국에서도 춤을 배웠다.

그의 이름은 중국 무용가 매란방梅蘭芳에서 따온 것이다. 남자 양귀비라 불릴 정도로 미남이었던 매란방은 세계적으로 이름난 명무인. 매란방 공연은 황족에게만 표가 가서 아무나 볼 수 없었다. 일본 덴노가 그의 공연을 보고자 했을 때도 덴노가 데리러 오기 전엔 가지 않겠다고 거절했다. 당시 일본 덴노라면 산천초목이 떨 만큼 권세가 있었지만 매란방의 춤은 권세로도 보기 힘들었다. 울던 아이도 매란방이 오면 그친다고 할 만큼 신화적 인물인데, 조선 소년은 형님의 주선으로 매란방 무대에 출연하는 영광을 누렸다. 세 달간 직접 춤을 배웠는데 장검무와 등불춤으로 기억된다.

본격적인 수업을 받은 것은 중국에서 돌아와서부터이다. 할아버지에게 승무를 배우면서 방학 때 박영구 선생께 승무와 북을 배우러 화순에 찾아갔다. 쌀 한 말을 어깨에 메고 논길, 밭길을 걸어갔는데 갈 때마다 일주일이나 열흘간 머물렀다. 양손을 꼬아서 북 치는 보리배 연습을 할 땐 손 거죽이 벗겨졌다. 북이 상한다고 북을 잘 빌려주지 않을 땐 권번 돌담에다 연습했다.

그가 조선에서 첫 무대에 선 것은 열두 살 때다. 임방울 씨를 주축으로 한 명인명창대회 순회공연이 그의 고향인 목포에서 열렸다. 역 앞에 천막을 둘러 만든 가설무대에서 그의 춤이 선보였다. 그 후 명인명창대회가 목포에서 열릴 땐 항상 그가 승무를 추었다. 춤은 그가 좋아서 춘 것이지만 아버지는 격렬하게 반대했다. 지금도 그렇건만, 당시에 남자가 춤추는 것을 달가워했을 리가 없다. 언젠가 그가 여자 치마저고리를 입고 춤추게 되었을 때다. 아버지가 공연 장소를 알아내 몽둥이를 들고 무대 위까지 올라와 아수라장이 되었다.

그가 춤을 배울 때 '선생을 잡아먹는 사자가 생겼다'는 말을 들었다. 앞으로 저런 애가 절대 나올 리 만무하다, 전무후무하다 했다. 타고난 소질이었다. 그는 아버지의 권유대로 공업학교에 진학했으나 춤에만 뜻이 있었다. 학예회니 걸궁(농악) 대회엔 항상 나가 춤을 추었고, 할아버지가 편찮으셔서 나가지 못하는 날은 그가 권번에서 춤을 가르쳤다. 조교 역할을 한 것이다. 어린 나이에 가르쳐서 이미 성숙한 여제자들로부터 꿀밤을 많이 먹었다. '아이고, 쬐간한 것이 니가 무슨 선생이냐' 하며 누님도 상

누님뻘 되는 권번 여자들이 그를 놀렸다.

공업학교야 억지로 다녔지만 공부도 괜찮게 했고 덕분에 이런 것 저런 것 다 만들 수도 있다. 홀의 한 면에 붙박이장 같은 것이 창 밑으로 붙어 있는데 선생이 손수 만든 것. 장롱 위의 유리 케이스도, 재봉침을 놓는 재봉침 받침 상자도. 붙박이장 안에 대패, 톱, 끌이 몇 개 있다. 그가 손수 쓰는 기구다.

"눈썰미가 있제. 춤 배울 때도 하나 가르쳐 주면 둘을 앞섰어. 머리가 영리했던가 봐. 국민학교 사학년 때 북경에서 목포까지 혼자 심부름 간 일이 있어. 부모님이 걱정했제. 형님이 저 애는 영리하니까 괜찮다고 그냥 날 보냈어. 왜정 때 북경이 어디야."

아버지는 돌아가실 때까지도 아들이 춤추는 것을 반대했다. 그래서 그는 아버지가 운명할 때도 가지 못했다. 이토록 주위의 지지를 받지 못했으나 그는 혼자 떠돌며 춤을 추었다. 목포공고를 졸업한 뒤부턴 임방울 명인명창대회에 참가해 조선 각지를 누볐고 임춘앵 국극단에 들어가 안무를 지도하기도 했다. 목포공고 시절부터 '승무는 이매방'으로 떨쳤던지라 많은 제자를 가르쳤다. 1953년, 문하생들과 함께 광주에서 첫 발표를 가졌다. 검무, 승무, 살풀이, 허튼춤 등 전통무용을 선보였다. 1956년엔 부산에서 공연했는데 도와주겠다던 사람들이 사라져 빚더미에 올라앉는 불운을 겪었다.

국악인들이나 지금 인간문화재들은 그의 춤을 일찍 인정했으나 이매방이란 이름이 일반인들에게 알려진 것은 1977년 서울 와이엠시에이 YMCA 강당에서 첫 승무 발표회를 가지고서다. 그 전에 그는 팔 년간 부산에 묻혀 있었다. 1976년, 지방에서는 처음으로 무용창작 지원자로 지명돼 「신검神劍」을 공연했다. 바리공주를 무용극으로 표출한 작품. 그 공연 전엔 그가 죽었다, 이민 갔다는 말이 떠돌 정도로 조용히 살았다.

그가 부산에 내려간 것은 1968년도다. 서울 무용계에 대한 환멸 때문이다. 누구나 알다시피 그의 춤은 순수 전통무용이다. 지금에야 전통, 뒤늦게 찾고 있지만 옛날엔 신무용을 좋아해서 전통무용이 호응받지 못했다. "내 팬이 없었어." 게다가 같은 무용을 하는 사람들이 그의 춤을 천하다고 헐뜯었다. 무당, 광대, 상것들 춤, 기생춤이라고. 또 방 안에서 찰떡을 붙이고 춘다고 힐난했다.

"한국춤은 공간이 작은 데서 추는 춤이지. 멍석을 깔고 추고 마루에서 춰. 무겁게 춘다고 찰떡 소리하는 건디, 그게 우리 춤이여."

이십 년 전인가, 발레하는 이인범 씨와 한집에 살게 된 적이 있다. 이인범 씨의 안무로 당시 국도극장에서 쇼가 열렸는데 안면으로 출연했다. 연구소도 하지 않을 때였다. 그는 신식춤을 배워 「아라비안 나이트」 등을 추었다. 그 일로 무용가협회에서 긴급회의를 열고 제명처분한다고 했다. 그는 술을 잔뜩 먹고 '털어서 먼지 안 나는 사람 있느냐' 항의했다. 비록 그런 치기를 부린 적은 있지만 그는 한 번도 전통춤을 버릴 생각은 하지 않았다. 주위에서도 '니가 마지막인데 니 고집대로 해야 한다. 조선춤 대가 끊어진다'고 격려했다.

그가 오늘날 북의 시조가 된 것도 전통춤을 고수한 결과다. 원형을 다 배우면 자기 흥으로 가락을 만들 수 있다. 한 장단을 두 장단으로 할 수 있다. 승무는 원래 북 하나로 치지만 3고무鼓舞, 5고무, 7고무, 9고무, 13고무를 만들었다. 이것이 지금은 널리 퍼져 고전무용에 많이 쓰이고 '손자에 증손까지' 생겼다.

그가 추는 승무에는 「보렴승무」와 「삼현승무」가 있다. 보렴은 불가에서 쓰는 가사로 남도 단가에 맞추어 추는 춤. 그가 창작했다. 삼현승무는 호남 승무로 삼현육각(피리 2, 대금 1, 해금 1, 장고 1, 북 1)에 맞추어 춘다. 지금은 호남제 음악이 없어져 경기제 음악에 맞추어 추는데 전라제 음악인 시나위를 옛 분들의 합주로 만드는 것이 그의 원이다. 그의 춤은 한성준韓成俊 계보의 경기도 승무 보유자인 한영숙韓英淑 씨와 곧잘 비교되는데, 한성준 계보 승무가 우아하고 섬세하다면 그의 할아버지인 이대조 계보 승무는 힘이 있고 북놀이가 특징이다.

"경기도 승무가 홑꽃이라면 전라도 승무는 겹꽃이라 할 수 있제. 연풍대筵風擡에서 전라도 승무는 재치며 돌아가는데 경기도 승무는 엎어서 하니까 쉽지. 전라도 춤이 까다로워요. 동기들이 연풍대를 배울 때 그 고비를 못 넘겨서 승무, 검무를 그만두어요. 그만큼 어려워요. 겹사위가 많고 가락도 더 절실해요."

승무는 민속무용의 꽃으로 애호받는 춤이다. 그 기원은 불교 수입 이후인 신라라는 설과 불교 쇠퇴기인 고려말이라는 설이 있다. 성경린 씨는 저서 『한국의 무용』에서 '승무는 조선 중기 이후에 창작되었다. 그 후기에는 제법 꼴을 갖추어 민속무용의 정화로서 정착된 것 같다. 승무는 탈춤 과장 속에 있는 노무장의 파생이라' 볼 수 있다고 했다. 아무튼 승무는 승복을 입고 법고를 치지만 불교의식의 무용이라기보다 민중의 생활에서 생겨난 민속무이다.

승무의 내용에 대해선 시비가 많았다고 알려져 있다. 번뇌를 어찌지 못해 두들기는 듯한 북놀이 등을 보면 초연한 승려의 생활을 표현했다기보다 갈등하는 인간의 모습을 나타내고 있다. 해방 전 당시 불교 종단에서 극장 무대에서의 승무 상연금지를 정부에 호소했다는 말도 있지만, 선생은 "그런 일 없었다"고 일축한다. 승무의 무대화는 "내가 아는 상식으론 쇼와昭和 일이 년 때"라 말하면서 춤 해설을 한다.

"젊어서 연애도 많이 허고 부귀공명 누리고 그런 세계에 젖었는디 내가 실연을 해서 속세를 떠났어, 예를 들어서 말이여. 욕심도 다 버리고 오로지 도나 닦아야지 하는디 염불하면서 자기 넋두리를 하는 거여. 옛날엔 잘 먹고 입고 기가 막힌 남자와 연애도 했는디 내 인생이 왜 이렇게 됐습니까, 신세타령하는 거지. 부처님께 하소연도 하고 비관도 할 수 있고, 북에는 내 울분을, 말 못하는 심정을 퍼붓는 거지. 나로서는 그렇단 말이여. 북 다 치고 나면 후련해요. 하고 싶은 말 다 하고 난 때처럼."

명무인으로 관록이 붙은 지금은 관객을 봐서 춤을 줄이기도 한다. 판소리와 달라서 길게 추면 싫어한다. 여섯 장단이 한 마루인데 다섯, 여섯 마루 하던 염불도 현대에 와선 세 마루밖에 하지 않는다. 손님들이 내 춤을 먹어 주지 않겠다 싶으면 좋은 대목만 골라서 춘다. "가 버리고 욕할 건데 길게 출 필요가 뭐가 있어요?" 진지하게 예술을 감상할 손님들이다 싶으면 오래 춘다.

살풀이는 승무와 함께 민속무용의 쌍벽을 이룬다. 이 둘은 한 쌍과 같다. 승무가 수놈이라면 살풀이는 암놈이다. 살풀이는 남도굿에서 떨어져 나온 춤. 액귀를 풀어내는 무당의 푸닥거리 이름이었다. 예전엔 돈전이란 창호지를 오려서 넋의 상징으로 썼는데 기생춤으로 변천되면서 긴 수건을 들고 추어 온 것이다. 너무 슬퍼서 관객이 울기 때문에 권번에선 관객 앞에서 살풀이를 추지 않았다.

"갖은 한, 갖은 멋, 갖은 감정, 갖은 기교, 갖은 뜻을 다해 추는 춤이여."

전통무용은 무겁게 추어야 한다. 참하고 야물게 움직임 하나하나 소심해야 하고 손가락 하나 들어 올려도 천근만근 무겁게 추어야 한다. 깊이를 알아야 춘다. 마음이 그대로 춤으로 나타나므로 진선미를 생각하며 추어야 한다.

"뺑뺑이 돌고 뛰는 것 요즘 춤이야. 옛날에 어디 뺑뺑이를 돌아요. 요즘 춤은 미친 춤이라니까. 정적인 것, 동적인 것도 모르고 추어요. 어지러울 정도로 돌아. 무게가 없어."

전통춤을 추려면 먼저 창을 알아야 한다. 창의 음정을 알고 장단을 알아야 한다. 옛날 동기들은 소리 공부하면서 사이사이 춤을 배워서 춤의 맛을 알았다. 음악을 알고 추는 춤이어서 그늘이 있었다. 연극은 대사를 던지면서 표현하지만 무용은 일종의 무언극이다. 음악과 함께 감정을 표현해야 한다. 음악을 모르고 추면 음정은 소름이 돋도록 슬픈데 동작이 따로 논다. 요샛말로 앙상블이 안 맞는다.

"시대마다 유행어가 있고 말이 변해도 한국말 자체가 없어지는 건 아니잖여. 원형은 안 떠난다 그 말이여. 그런께 춤도 맥이 있어야 돼. 어느 나라든 전통무용이 있기 마련이지만 꾸준히 하지 않고 돌보지 않으면 뿌리가 없어져. 토속적이고 흙냄새, 얼이 박힌 춤을 추어야제. 그런 것이 배어야 원형이 되고 예술이라 할 수 있제."

무용계에서조차 그의 전통춤이 백안시당했지만 그는 지방에서 제자 양성에 주력하며 옛것을 그대로 지켰다. 그가 다시 서울 올라온 것은 민속학자 정병호 씨, 거문고 인간문화재 한갑득 씨가 중앙에 오기를 적극 권장해서다. '니가 원 일로 지방에서 썩냐.' 처음엔 '가슴 직이는 일이 많아 싫소' 했다. 그를 아끼는 사람들은 전통춤을 살리려면 중앙으로 와야 한다고 그를 설득했다. 이매방이 죽었다는 말까지 나오니까 이젠 활동해야 한다고 했다.

"중앙에 와야 한다는 말은 맞어. 내가 승무 배운 박영구 선생님이 지방에 계셨으니 이름 없이 돌아가셨제. 기가 막힌 승무였는데 매스컴을 못 타서 누가 알아줘요."

그의 춤은 서울 와이엠시에이 공연 이후 두각을 나타냈다. 선생에게 직접 '당신 춤을 보고 울었다'고 말한 장관도 있었다. '귀신이 들려서 추는 춤이지 사람에게서 저런 춤이 나오겠냐'는 말도 들었다. 발레리나 마고 폰테인이 한국에 와서 그의 춤을 보고 던진 찬사는 잘 알려져 있다. '이분 춤이야말로 한국의 춤이다. 발 디딤과 곡선이 기가 막힌다'고 평했다.

숱한 찬사가 쏟아진 중앙 활동이었지만 그렇다고 그의 생활까지 화려했던 건 아니다. 처음 서울 와서 그는 전농동에 팔만 원짜리 사글셋방을 얻었다. 명예는 얻었는지 몰라도 아침이 오면 저녁 걱정을 했다. 집주인과 매월 약속을 지키기 위해 시계나 옷을 전당포에 잡히기도 했다.

약속을 철저히 지키는 사람이므로 월세 같은 약속에 신경 쓰지만 않아도 "내 예술에 다 바치겠다". 그는 생활하기에 급급하지만 하고 싶은 일이 많다. 검무와 승무의 무보舞譜를 책으로 내고 싶다. 상세하고 쉬운 책을 펴내서 전통무용을 보존하고 널리 알리고 싶은 것이다. 동작과 동작 사이의 도중 동작까지도 사진이나 그림으로 보여 주면 초보자도 배울 수 있을 것이다.

"영리를 알고 사회를 알고 어떻게 예술해?" 예술가는 부담이 없어야 예술을 창작해낼 수 있다. 예술가는 예술만 하고 스폰서는 따로 있어야 한다는 것이 그의 희망이다. 이 나라에선 스포츠엔 투자해도 예술가에겐 투자가 없다. 문화 수준이 높고 낮은 건 예술로써 알 수 있다. 예술가를 알아주는 사회가 되어야 한다.

그의 춤을 한 번이라도 본 사람은 그의 이름을 결코 잊지 못한다. 그의 춤은 국내에서뿐 아니라 국외에서도 알려져 있다. 1978년 프랑스 렌에서 열린 「세계민속예술제」에 한국 대표팀으로 참가하여 세 번이나 앙코르를 받았다. '이렇게 극적인 춤이 정말 원형 그대로냐' 물어 오기도 했다.

그 후 독일 제일, 이 방송에서 초청이 왔다. 한 시간에 구십구만 원의 출연료를 내겠다 했지만, 프랑스에 갔을 때 언어와 음식 때문에 고생을 해 거절했다. 이런 전통무용가가 제 나라에선 대접을 제대로 못 받고 있다. 아직 인간문화재로 지정되지 못했다.

"욕대장이다, 깡패다, 무식하다, 호모다, 별소리가 다 들어가나벼. 박사가 춤추나? 남자끼리 연애하는 걸 누가 봤으며, 봤다 하더라도 그게 무슨 상관이여. 예술과 사생활은 무관해."

말이 나왔으니 말이지만 그는 동성연애자로 알려져 있다. "사람 때려 죽인 것 아닌 이상 비밀이 없다" 스스로 말하듯 '솔직한 사람'이어서 그는 동성연애관을 서슴없이 밝힌다. 무용가가 모두 그렇다는 건 아니지만, '여성적인 성격이니까' 무용을 하고, 그러므로 '무용가의 동성연애는 인정해야 한다'는 것이 그의 지론이다.

사람들은 성에 관한 것을 은폐하려 하지만 성은 순수하고 본능이다. 지성인들은 목에 힘을 주고 자기는 아닌 것처럼 행동하지만 '섹스를 싫어한다는 것은 거짓말'이다. 성의 극치에 가면 동성연애자가 된다. 동성연애를 변태라고 하지만 '인간에겐 누구나 변태적인 면이 있다'. 여기서 변태는 변태성욕과는 다르다. 동성애는 '이색적인 것'이다. 예술도 성도 최고 극치로 가면 색다른 것을 찾게 된다는 것.

"동성이건 이성이건 사람이 사람을 사랑한다는 건 사람다운 것 아녀. 우정이 지나치면 동성애도 할 수 있는 거제. 정이 가니까 서로 터치하지. 말이야 노골적으로 해야제, 호모끼가 있으니까 내가 춤추는 거여. 끼 없이 무슨 예술을 한다야? 그걸 알아야 사람도 멋이 있제. 법관도 그걸 알아야 이해도 있고 인정도 가져."

그의 측근 사람들은 그가 얼마나 재주 많은 사람인가를 잘 안다. 목수 뺨치게 재목도 잘 다룰 뿐 아니라 바느질도 타고났다. 그는 무대 옷을 손수 만든다. 남한테 바느질을 맡기면 이내 질질 밀려진다. "진실은 오래가지만 가면은 금방 드러난다." 그래서 그의 솜씨를 아는 제자들은 선생에게 장삼을 부탁하기도 한다.

좋은 재주를 가지고 있지만 그는 바느질할 때 문을 걸어 잠근다. 그걸 보면 재주가 있다고 평하는 것이 아니라, '아이, 남자가 저런 걸 해?' 헐뜯으니까. 외국 사람들은 무엇이든 잘하면 우러러보지만 여기선 그렇지 않다고. 조선조의 양반 사상이 박혀 있어서다. "남자는 아직도 가만 앉아서 턱수염이나 쓰다듬고 여자나 부려 먹어야 하는 줄 알고 있어."

이런 일은 이제 콧방귀나 뀌며 할 이야기이지만 개인을 떠나서 한국 무용계를 생각할 땐 가슴 끓는 일이 많다. 국립무용단 단장은 전통무용가가 돼야 한다는 것이 그의 생각이다. 그래야 한국의 참예술을 세계에 알릴 수 있다. 외국인이 더 잘 안다.

몇 년 전 일본 도쿄국립극장 개장 십오 주년 기념행사로 민속예능 공연이 있었다. 일본 각 현縣에서 명무인이 참가하는데, 한국에도 초청장을 보냈다. 일본에서 그런 주문을 했을 성싶지 않은데 이 나라에선 여자에 한해서 보낸다고 했다. 국가대표이므로 공적으로 해야 할 일이었고 북의 대가인 선생이 두 명을 추천했다. 그러나 뽑힌 사람은 국가대표가 될 정도가 결코 아니었다.

"자기 실력을 알면 뽑혀도 안 간다 해야제. 발레하는 무용가가 전통무용대회 심사위원이여. 나더러 발레 심사하라면 하겠어요? 언제 민도民度가 높아지고 제대로 눈을 뜨까이. 피가 끓어. 국가적 일이다 싶을 땐 장관 집 알아서 찾아가고 싶당께, 이럴 수가 있냐고. 국민이면 찾아갈 수 있제. 권총 들고 가는 건 아니니께."

수레와 말 요란스레 길을 메우고
무관가대舞館歌臺는 저자에 즐비해라

조선조의 생육신 김시습金時習의 시 한 구절이다. 당시 평화스런 시가市街를 노래한 시인데 풍류를 즐겼던 우리 민족의 단면이 엿보인다. 우리 민족은 예로부터 춤을 사랑한 민족이었다. 민속춤의 기원인 상고시대의 제천의식을 보면 알 수 있다. 마한에서는 천군天君이라 불리는 제천의식이 있었는데, 오월 모심기를 끝낸 후에 귀신에게 제사 지내고 많은 사람들이 밤낮없이 술을 마시고 노래 부르며 춤을 추었다. 부여의 맞이굿 영고迎鼓는 천신에 제사 지내며 노소老少가 밤낮없이 노래하며 춤추고 즐겼다.

『일본서기日本書紀』 기록에 보면 고신라 악인 팔십여 명이 서기 453년 일본에 건너가 죽은 일본 왕을 위해 노래하고 춤추었다 한다. 악단의 편성과 규모가 놀랍고, 그런 외국 파견 공연을 할 수 있었던 국가의 문화 수준을 짐작할 수 있다. 백제의 무사舞師 미마지味摩之는 왕명으로 일본에 가서 백여 가지 무곡을 가르쳤다. 신라의 화랑들도 춤과 노래로 산천을 유람했다. 고려의 마지막 군왕 공민왕이 가야금을 타고 노국공주가 춤추는 민화, 칼춤 추는 무희를 그린 신윤복申潤福의 풍속화에서도 우리 민족이 얼마나 춤과 밀착돼 있는가를 엿볼 수 있다.

한국의 춤판은 대개 집 안과 밖, 마당과 야외에서 벌어졌다. 포장을 치든가 자리만 깔면 곧 무대가 될 수 있었다. 관객은 그저 구경꾼이 아니라 '얼쑤' '좋다' 장단을 맞추며 흥을 돋우는 참여자였다. 마당춤에선 마지막 뒷놀이에 일반인도 한데 어울려 춤추고 끝냈다.

이렇듯 사랑을 받았던 우리 춤이 왜 명맥마저 희미해져 가고 있을까. "짓밟혀 버렸거든." 일제의 민족문화 말살정책도 한 원인이고 그 영향으로 우리가 우리 것을 돌보지 않았다. 당시 최고의 인기를 누렸던 최승희崔承喜의 춤도 순수 우리 춤은 아니다. "일본 선생한테 배웠는디 어떻게 순수 한국춤을 춰요?" 예전엔 신무용을 '무용식으로 춘다' 했는데 '반도 무희 최승희'의 춤도 전통에서 보면 무용식 춤이었다는 것.

그의 춤을 기생춤, 광대춤이라 헐뜯었다지만 민간 무용의 주역이 바로 기생이고 광대였다. 아직도 보수적이어서 일반인들은 한국무용을 천시하는 경향이 있다. 딸이 발레리나가 되길 원해도 고전무용가가 되길 원치는 않는다. 광대라는 생각을 못 버리기 때문이다. "우리 춤도 모르면서 어떻게 외국 춤을 추어?"

집념으로 전통무용의 대가가 되었지만 고향엔 지금도 가고 싶어 하지 않는다. 시대가 바뀌었다지만 아직 그 잔재가 있다. 어릴 때의 상처가 지워지지 않는다. 비슷한 환경에서 자라 누님 같은 한 명창은 예전에 이런 넋두리를 하곤 했다. '야, 우리 자랄 때는 왜 무당딸이라고 놀림만 받았냐.' 그도 다른 것은 다 말해도 무당네 혈통은 여태 숨겼다.

"그때 소리하고 춤춘 사람 다 무당 출신이제. 무당 아니면 그 가락이 안 나와요. 옛날엔 무당이 예술가였응께."

예술엔 박사가 없다. 한도 끝도 없다. 춤도 할수록 어렵다. 무궁무진하다. 그 진미는 오십이 넘어야 나온다. 인정, 눈물, 쓰라림이 있어야 하고 산전수전 다 겪어야 나온다. "호강하고 사회적 지위나 누리면서 언제 남의 가슴 울리는 춤을 추어." 삶의 관록에서 예술의 극치가 나올 수 있다.

그는 이제 육순을 바라보고 있다. 해 볼 수 있는 건 다 해 봤다. 권번에서 가르칠 때 불장난 같은 사랑도 몇 번 했다. 체질에 맞지 않아 하지 않았지만 꾐에 넘어가 아편주사를 맞아 본 일도 있다. 그는 말술로 유명했는데 나쁜 버릇이었다. 술 먹기 전에 누가 오장육부를 뒤집으면 술상을 엎었고 수전기도 있었다. 술이 좋은 힘을 주었던 것은 북 칠 때뿐이다. 북 치기 전 술을 약간 마시면 손에 힘이 생기고 북가락이 묘한 것이 나온다.

술은 몇 년 전부터 입에도 대지 않게 됐다. 아내의 강경한 항변에 마음을 잡았다. '예술가가 그런 생활을 해서는 안 된다' 했다. 술을 끊으니 깨끗해졌다. 욕이 없어지고 은어를 쓰는 술모임이 없어졌다. 술을 마시면 실수하고 실언하기 마련인데 깨고 나서 남한테 사과하는 일도 없어졌다.

그의 말엔 유머처럼 욕이 많이 들어가고 별명도 직사포다. 감정을 꾸미지 못해서 그대로 내뱉어 버린다. "정직하니까 괴팍해져요." 전쟁 후 공연할 때다. 부채를 들고 춤추는데 음악이 울리지 않았다. 여성 연주자가 가야금은 타지 않고 아는 사람과 얘기하고 있었다. 그는 부채를 가린 채 춤을 추며 작은 소리로 '효과' 말했다. 얘기는 계속되어서 두번쨴 보통 목소리로 '효과' 했다. 그래도 음악이 울리지 않아서 '효과' 소리 질러 버렸다. 공연이 끝난 후 그는 연주자의 가야금 열두 줄을 면도칼로 끊어 버렸다.

그 세월이 꿈처럼 흘러갔다. 지금도 마음은 청년보다 젊지만 거울을 보면 '어쩌자고 이년아, 이렇게 늙어 버렸다냐' 싶다. 사랑도 옛말이다. "그때가 좋았어. 세월이 왜 갈까이." 젊게 보이고 싶어서 나갈 땐 부분 가발을 쓰기도 하지만 몸이 작년 다르고 올해 다르다. 담이 들고 잘 아프다.

지금 그가 가장 주력하는 것은 제자를 키우는 일. 우울할 때, 위안받고 싶을 때 가끔 혼자 춤추기도 하지만 가르치기 위해 춤춘다. 승무 한 편 마치려면 다른 무용가의 경우 백만 원, 팔십만 원의 수업료를 받지만 그는 오십만 원으로 정해 놓고 있다. 낮은 가격이다. 생활이 안정돼 있지 않아서 값을 올리진 못한다. 그런 만큼 문하생이 많고 선생에겐 이들이 재산이다. 그러나 전수자를 만들려고 해도 백에 하나 나올까 말까다. 남의 자식 때려 가며 가르칠 수도 없고 답답하다. 좀 할 만하면 결혼해서 남편 뜻에 따라 그만둔다.

"진작 전통무용 찾아 주었더라면 그만큼 빨리 제자를 키울 수 있었제. 죽자 이름 나지. 뜻도 못 펴고 죽을 것 같아."

순수예술을 하면 돈을 알 리 만무다. 애인도 순간이다. 이날까지 쌀 한 말 값도 모르고 오로지 춤만 지켰다. 결혼도 마흔넷에야 했다. 그인들 왜 가족이 그립지 않으랴마는 예술 때문에 지금도 떨어져 산다.

부인 김명자金明子 여사는 딸 현주를 데리고 부산에서 무용연구소를 하고 있다. 소심하고 깔끔하며 말과 행동이 일치하는 아내를 그는 존중한다. 친구 같은 무용인이어서 누구보다 그를 이해한다. '당신의 예술에 미쳤다' 했다.

"예술가는 어떤 면으로든지 다 낭만적인 사람들이잖아요. 사랑에도 국경이 없지만 예술에도 국경이 없어. 무대에선 모든 게 다 가능해요. 평소 때 여복을 하면 징그럽지만 무대에선 남녀 구별도 없제. 「신검神劍」 공연때 왕무당 역을 맡았는디 염낭 차고 신칼 차고 춤추니께 여자 왔다라 해. 태깔도 여자고 아담한 체구도 그렇고. 애기를 못 낳아서 병이제. 내가 여자가 됐더라면 팔도 잡년이 됐을 거여."

웃음보가 터지는데 선생이 예전에 병원에 간 일을 얘기해 준다. 손이 곪아서 쨀 일이 생겼다. 그러기로 작정했는데 의사가 기구를 들고 오자 얼굴이 하얘졌다. 의사는 째려는 것을 중단했다. 너무 예민한 체질이라 기구를 댈 수 없었다.

"물건도 제자리에 놓여 있지 않으면 금방 알아. 그러니 뭐든 적당히 못 넘어가. 집에 일하는 애들을 두어도 성이 안 차서 못 본다니까. 결벽병까지 있어서 더하지. 홀도 하루에 골백번 더 닦지만 그러니께 춤을 가르칠 때도 적당히 못 넘어가지. 춤을 추다간 항상 고쳐요. 제자들이 이래, '선생님은 하루 열두 번도 더 고쳐요'. 일상생활에서 힘들지 몰라도 예술엔 결벽병도 필요한 것 같아."

밖에 한바탕 비가 쏟아지고 어느새 햇빛이 쨍쨍하다. 인터뷰하고 난 뒷맛이 소나기처럼 후련하다. 선생은 모든 것을 있는 그대로 직사포처럼 내뱉었다. 그는 내가 본 어느 누구보다 재미있고 건강한 사람이었다.

한평생 춤밖에 모르고 살아왔고 한국의 얼을 한 몸에 받아 춤으로 우리의 심금을 울리는 명무인. 뿐 아니라 물질주의시대 문명인인 우리의 가면을 벗기는 거울이기도 해서 그의 존재는 신화가 되리라.

토우 제작가 윤경열

흙으로 일찍이
우리 풍속을 지키려 했던 예인.
민족정신의 본고장인 경주를 발견하고,
물질주의자 개미들 세상에서 베짱이처럼
신라의 혼을 노래한 선구자.

경주로 떠나기 전날이다. 그날 만난 한 친구가 나의 경주행 계획을 듣고 이렇게 말했다.

"경주, 그곳은 마치 죽은 자를 위한 도시 같지."

그 자리엔 조각가 선배가 합석해 있었다. 얼마 전 인도를 다녀온 선배는 타지마할 등 그곳의 유적을 경주와 비교했다.

"경주엔 왕궁이 하나도 남아 있지 않잖아. 목조건물이어서 다 타 버렸겠지만, 산 곳은 흔적 없고 무덤만 남았어."

그래서 더 신비하다. 죽은 자를 위한 고도여서 경주에서는 어디를 가도 둔덕처럼 큰 고분들이 여기저기 눈에 띈다. 들판에도 평화롭게 누워 있고 산처럼 솟은 봉황대鳳凰臺에는 무덤인 줄 모르고 몇 그루의 고목이 뻗어 있다. 이십여 기가 모여 있는 대릉원 고분들은 거대해서 적막하고 자연의 일부인 듯 보인다.

천년 전의 시신들이 저들 무덤 속에 묻혀 있다니. 그뿐인가. 꿈같이 찬란한 유물도 함께 묻혀 있다. 하늘을 나는 천마도天馬圖, 영락이 황금잎처럼 흔들리는 금관, 유리구슬, 물고기, 새, 침통이 달려 있는 허리띠 등. 천마총에서 금관을 들어내는 날은 갑자기 우뢰가 치고 폭우가 쏟아졌다.

거대한 고분들이 보다 신비감을 주는 것은 그 속에 유물, 내세의 꿈이 묻혀 있기 때문이 아닐까. 박혁거세를 시조로 세운 신라, 흰 말과 붉은 알의 설화를 지닌 신라인들의 꿈. 세계 십대 고도 중의 하나인 경주는 고분뿐 아니라 석굴암이며 남산 불상 등 빛나는 유적들의 보고이다. 선덕여왕의 지혜와 처용의 눈물과 이름 없는 백성들의 염원이 스미어 있는.

이러한 신라를 사랑하며 그 얼을 되찾는 데에 반생을 보낸 이가 있다. 토우 제작가 윤경열 선생. 토우보다 어린이박물관학교 만년강사로 더 알려져 있는데, 1979년 『경주 남산 고적순례』를 발간해 경주의 뿌리 보존에 앞장서 있다.

그는 신라의 무엇에 그토록 홀렸을까. 지나간 시대이므로 어쨌든 신라는 추상이다. 그 추상을 어떻게 현실과 조화시켰는지. 남산이 마주 보이는 양지마을 한옥에 들어서면서, 나는 낭만주의자와의 만남에 부풀어 있었다. 낭만주의자가 아니라면 어떻게 천 년 전 시대의 혼을 자기 몸에서 키운단 말인가. 집 앞의 감나무와 낮게 이어진 벽돌색 화초담이 친근하게 객을 맞아들이는데 반백의 머리에 눈부시게 흰 옥양목 차림의 어른이 대청에서 내려선다.

그의 고향은 함북 주을이다. 경주와 아무런 연관이 없는 듯하지만 어릴 때 책을 많이 읽고 동심을 간직했다. 화가인 맏형이 서울에서 『어린이』 잡지를 부쳐 주면 그는 다음 호가 나올 때까지 책이 닳도록 들여다보았다. 『어린이』엔 신라 이야기가 많이 실렸다. 그런 이야기들을 그는 학교 아이들에게 들려주었다. 시골이라 이십 리를 통학했는데, 오 리쯤 가면 아이들을 만났고 아이들은 그의 얘기를 들으며 먼 길이 지루한 줄 모르고 학교에 다녔다. 얘기가 얼마나 재미있었던지 방과후면 아이들은 '빨리 가자'고 그의 청소를 거들어 주었다. 학교에서 돌아오는 길에도 얘기를 듣고 싶어서다. 덕분에 그는 한 번도 얻어맞지 않았다. 내성적이고 유연한 소년이었지만 주먹을 풀게 하는 아름다운 이야기를 가지고 있었기 때문이다.

그가 통학하던 길엔 인형공장이 있었다. 젖가슴을 드러낸 여자나 지게를 진 남자 인형이 눈에 자주 띄었다. 일본인이 만든 한국 인형이었다. 일본인이 만주에서 한국기념품을 사다 그걸 보고 일본에서 만들어 보낸 것. 국민학교 사학년 때 그는 공장에서 흙을 얻어 인형을 만들어 보기도 했다. 그때 본 한국인형은 아이의 마음에 들지 않았기 때문이다. '내가 하면 더 고운 풍속을 만들 텐데' 하는 생각을 했다.

그가 본격적으로 인형에 손을 댄 것은 열아홉 살 때 일본으로 건너가서다. 일본을 오가는 형 친구에게 인형을 만들고 싶다고 얘기했고 소원이 이루어졌다. 그는 보통학교를 졸업하고 그간 집에서 농사를 지었다. 교육열이 높은 집안이었으나 가세가 크게 기울어져 아이는 진학을 포기해야 했다. 작은할아버지는 보성전문 5대 교장으로 『독립신문』을 발행하다가 이 년간 옥고를 치르기도 했던 교육자. 아버지도 보성학교를 나와 독립운동에 참여했고 다니는 곳마다 간이학교를 만들어 동네 아이들을 가르친 분이다.

그는 청년이 되어 다미조각연구소에 들어갔다. 그의 스승인 다미中ノ子タミ 여사는 일본의 인간문화재다. 남편과 헤어져 조카들과 살았던 스승은 자신을 엄격하게 닦는 예술가였다. 어느 절의 불상을 만들 때다. 세 달 걸려 완성했는데, 낮에는 밖에서 불상을 말리고 밤에는 들여놓고 했다. 다미 선생은 그때마다 꼭 널을 받치라고 했다. 굳이 그럴 필요가 없는 것 같아서 그는 그때 널을 받치지 않았다. 어느 날, 흙의 물기가 빠지자 불상이 뚝 부러졌다. 하늘이 캄캄했다. 스승의 노여움을 감수해야 했고 그는 가슴 죄며 기다렸다.

다미 선생은 불당에서 경문을 외고 있었다. 화를 가라앉히기 위해서였다. 한참 뒤 법당에서 나와 다미 선생이 그를 불렀다. '이왕 깨진 것 할 수 없다. 세 달 하던 것이니 다행이지 삼 년쯤 하던 것이 깨졌다고 생각해 봐라, 그러길래 처음부터 널을 받치라고 한 것이다. 앞으로는 더 큰 일을 저지르지 마라'고 부드럽게 타일렀다.

다미 선생은 흙을 생명으로 여겼다. 진흙에 모래가 섞여서 버리면 '흙으로 생활할 사람이 흙을 버리느냐' 나무랐다. '이 흙은 인형이 되기 위해 왔다. 흙을 버리는 것은 생명을 버리는 것이다. 무엇이든지 자기 생명을 가지고 있으니 생명을 끝까지 써야 한다'고 말했다.

때는 전시, 승리욕에 들뜬 대부분의 일본인들과는 달리 전쟁 상품 만들기를 거절했던 다미 선생. 좋은 스승이었지만 그는 사 년의 수업을 마치고 고국에 돌아온다. 그 사람들이 만드는 것이 한국 것이 아니라고 생각했다. 나라마다 표정이나 체질이라는 것이 있는데 일본에 있는 동안은 한국 표정이 나오지 않았다. 예술은 재주가 아니고 정신이라는 자각이 들었다.

뜻을 가지고 길을 떠났다. 우리 것을 찾기 위해 고향으로 돌아온 그는 '만남'을 통해 길을 더듬어 나간다. 고향엔 관모산冠帽山이 있었는데 당시 나비학자였던 석주명石宙明 씨가 나비 채집을 하러 왔다. 석주명 씨는 그를 보고 조선을 연구하려면 개성이나 평양 같은 곳이 좋을 것이라 조언했다.

그는 개성으로 갔다. 먼저 개성박물관장이었던 고유섭高裕燮 선생을 찾아갔다. '한국 풍속인형을 공부하려 합니다.' 고 선생은 그가 일본에서 공부했다는 말을 듣고 돌아앉았다. '일본에서 사 년 있었다니 일본 독소를 손끝에서 버리려면 십 년 이상 걸릴 걸세.'

두번째 찾아가서 '방향만 가르쳐 주시면 좋겠다'고 했다. 그때도 고 선생은 돌아앉았다. 세번째 찾아갔다. 고 선생은 신라불상을 가리키며 '경상도 사람 닮았지?' 백제불상을 가리키며 '전라도 사람 닮았지?' 이어 '무엇하러 일본 갔나?' 힐책하듯 말했다.

민족마다 체질이 다르다. 고 선생은 일본과 중국 기와지붕 추녀를 비교했다. '한국 기와집 추녀는 큰 원의 부분이다. 여인들의 옷소매, 장독 등 같은 곡선이라도 호흡이 다르다. 이 나라 저 나라 비교해서 내 나라 것을 찾아야 한다'고 말했다.

고유섭 선생을 더 이상 만나지 못했다. 그 뒤 돌아가서서 무덤을 찾아가야 했다. 그도 개성을 떠날 생각이었다. 개성은 직접적인 호소가 없었다. 게다가 해방 뒤 공산주의자가 설쳐 월남해야 했다. 그렇다면 갈 곳은 한 군데뿐이었다. 1946년 당시 경주에서 호우총을 발굴했는데, 청동 단지 밑바닥에 쓴 글씨 내용 중 광개토왕의 이름이 들어 있었다. 그는 일본의 독소를 뽑을 곳은 경주밖에 없다고 단정했다.

경주, 이것은 그에게 연인과도 같은 이름이다. 이십 리 길을 통학하며 아이들에게 이야기를 들려줄 때부터 신라의 꿈을 혼자 간직해 왔다. 그동안 경주에 갈 수도 있었지만 일부러 미루었다. 비상금을 쓰는 기분이었기 때문이다. 어릴 때도 좋아하는 반찬은 제일 나중에 숟가락을 댔다. 신비를 사랑하는 사람은 리얼리티보다 꿈을 소중하게 여긴다.

경주는 민족정신의 본고장이다. 경주에 와서 그것을 확인했다. 그가 맨 처음 발견한 것은 '밝음'이었다. 예전에 불상을 봤을 땐 귀신이 나올 것 같았다. 좀처럼 우리 미술에 가까워지지 않았다. 석굴암 부처님을 보며 생각이 달라졌다.

다음엔 금관을 보러 갔다. 지금은 현대박물관에 보존돼 있지만 옛날 박물관은 바닥이 널마루였고 한쪽이 썩어서 걸으면 울렁울렁했다. 그 널마루를 울렁이며 걸어 들어가면 금관의 영락들이 나무 이파리들처럼 흔들렸다. 컴컴한 박물관 구석에서 금관은 더욱 찬란한 빛을 발했다. 영락들이 살아 움직이는 혼들처럼 반짝이는 것을 보기 위해 일부러 발을 구를 지경이었다.

금관을 보고 계림숲에 갔다. 어디선가 닭 우는 소리가 들려오는 듯했다. 닭이 울면 어둠이 물러간다. 토함산에 해가 떠오른다. 흰닭이 나무 그루터기에 서서 울었고 그 나뭇가지에 금빛 궤가 걸려 있었다. 김알지 설화는 찬란한 빛을 동경한 우리 민족의 꿈이었다. 이 찬란한 꿈이 거짓인가. 선조들은 놋쇠 그릇을 기와 가루로 닦아 썼다. 금빛 촛대와 잔을 제사 때 바쳤다. 우리 민족이 밝다는 것이 대단한 충격을 주었다. 일본 사람이 우리에게 가르친 것에 속아 왔던 것이다.

당시 역사책엔 이순신 장군 이야기도 없었다. 가토 기요마사加藤淸正가 울산 착륙 때 범을 잡는 그림이 있었다. 이런 교육을 받은 터라 왜 이런 나라에 태어났나 생각했다. 일본 교사들은 한국인은 물감을 만들 능력이 없어서 흰옷을 입는다고 했다. 당파 싸움을 하고 포악한 정치에 시달려서 상복으로 입는 흰옷을 입는다. 색깔의 즐거움을 모른다고 가르쳤다. 그가 알고 있던 지식은 물거품이었다.

서라벌은 새로운 땅, 즉 동쪽에서 빛을 맞이하는 벌판이란 뜻이다. 흰 말이 알을 두고 올라갔다는 박혁거세의 이름 속에도 밝음에의 동경이 있다. 흰닭이 울고 아침 해가 솟는 것은 기쁨이다. 『삼국유사』에는 신라 25대 진지왕의 혼령과 도화녀 사이에서 태어난 비형의 이야기가 나오는데, 비형은 귀신들을 데리고 놀면서 개천에 다리도 놓게 하고 나랏일을 돕게 했다. 신라에서 귀신은 좋은 일도 하니 음산하지 않고 밝은 면이 있다. 비형의 친구인 두두리들은 집터를 닦고 춤추고 논다.

괘릉의 돌사자에서도 밝음이 보인다. 일본 사자는 독이 있다. 기교가 있고 섬세하나 표정이 밝지 않다. 중국 사자는 거만하고 내가 제일이라는 힘을 과시한다. 신라의 사자는 깔깔 웃는다.

빛깔에서도 그렇다. 일본은 공기 중에 수증기 포함량이 많다. 공기가 맑지 않아 순도가 낮은 색으로 옷을 입는다. 기모노는 가까이 보면 화려하지만 멀리서 보면 침침하다. 중국은 사막지대에서 날아오는 먼지 때문에 공기가 어둡다. 그래서 검은색이나 남색 옷을 많이 입는다. 한국은 수증기가 많으나 대륙에 인접된 반도라 티끌은 만주로 흡수되어 가고 태양광선을 방해하는 것이 없다. 흰색은 맑은 하늘에 가장 조화되는 색이다. 태양광선을 분해하면 무지개가 나오고 무지개를 합치면 흰색이 된다.

"일본에서는 속옷을 빨간 것으로 입어요. 남자를 유혹하는 색이에요. 한복은 들어갈수록 흰옷입니다. 서양 사람들은 늙을수록 원색 옷을 입지만 우리는 사십대가 지나면 흰색으로 돌아가요. 자연과 더불어 사는 민족이에요. 우리 민족이 색의 즐거움을 모른다면 아이들 색동은 어디서 나왔노. 흥배며 귀주머니나 조각보 봐요. 색깔의 추상화 예술이에요. 클레에 비길쏘냐. 그런데 선전鮮展 이후로 색깔이 죽었어요."

일본인은 순도가 높은 색깔을 천한 색이라 생각한다. 일본인이 심사하니까 선전에 당선하려면 색깔을 죽여야 했다는 것. 그것은 내 나라 내 하늘을 거부하는 빛깔이다. 그는 원색의 화가 유영국 선생을 가리키며 "그분은 우리 색을 찾았어요" 칭찬한다.

경주에서는 우리 민족성이 적나라하게 보인다. 다음으로 그는 강하면서 부드러운 신라정신을 발견한다. 석굴암에 대해 말해 보자. 언젠가 일본 나라현奈良縣 지사가 경주에 왔다. 나라는 경주와 자매결연을 맺은 곳. 통일신라 중기에 일본 수도가 나라였다. 나라현 지사는 경주에 와서 이런 말을 했다. '옛날엔 경주가 형님이었지만 지금은 나라가 형님이다.' 그러나 그 일본인은 석굴암에 가선 엎드려 절하고 일어나지 못했다. 한참 뒤 일어나서는 공무로 왔기 때문에 이만큼밖에 예배하지 못한다고 말했다. '석굴암이 있는 한 경주가 형님이다. 형님이 가난하더라도 형님이지.'

미국의 어느 조각가도 석굴암 앞에서 '절을 하고 싶다' 했다. 평화와 질서의 얼굴이라고 격찬했다. 석굴암 부처님의 높이는 3미터가 조금 더 된다. 이 작은 부처가 왜 굉장한가. 아버지처럼 엄격하고 어머니처럼 자비하다. 강함과 부드러움이 이보다 더 완벽하게 조화될 수 있으랴.

"찬기파랑가讚耆婆郞歌에 이런 것이 있죠. '열치매 나타난 달이…' 석굴암 부처님 얼굴이 바로 그거예요. 열치고 나타난 둥근 달 같아서 그 얼굴은 언제 봐도 새로워요."

'잣가지 드높아 서리 모르올.' 그 잣나무 같은 사천왕상은 미켈란젤로의 다윗상에 비할 바 못 된다. 우주와 같은 둥근 천장, 햇빛이 바다에서 비칠 때 부처님 얼굴에 분홍빛이 스미고 굴 안에 미묘한 광선이 비치어 모든 조각상이 살아 숨 쉬는 것 같다. 전실前室의 아수라 지옥까지도 부처님 사랑에 차 있다. 산등성이는 역광을 받아 토함산은 금산이 된다. 극락세계가 우리 세계까지 점령해 온 것 같다. 산 자체가 천상이다. 그리스로 치면 올림포스산이다.

"하늘의 환상을 옮겨 놓았다는 불국사도, 석가탑, 다보탑도 그렇죠. 살아서 절대 갈 수 없는 하늘세계, 부처님 나라의 동경이 이런 것으로 이루어진 거지요. 신라인들은 천상의 환상, 꿈을 현실로 옮겼어요. 불교엔 내세가 있지만 유교는 현세만 중시했고 꿈이 없어요. 꿈이 없으면 발전을 못 합니다. 조선조 때엔 자연스러운 것을 다 막았어요. 그래서 예술이 예술로 내려오지 못하고 양반의 노리개가 되었어요. 신라엔 예술이 살아 숨 쉬었어요. 백결 선생은 백 군데나 옷을 기워 입으면서 악기를 탔어요."

예술과 시대는 떼 놓을 수 없는 관계에 있다. 평화로운 시대에 평화로운 예술이 나온다. 순舜임금 때의 악곡소樂曲韶가 그렇다. 석굴암도 우연히 나온 것이 아니다. 석굴암은 경덕왕 때 건립되었다. 당시에 위대한 음악가 옥보고玉寶高가 있었고, 옥보고의 제자로 속명득續命得, 그의 뒤를 귀금貴金이 이어받았다. 자기 실력이 부족함을 한탄하던 귀금은 어느 날 지리산으로 들어갔다. 옥보고 선생은 지리산에서 오십 년간 음악을 닦은 분이었다. 귀금도 오십 년간 공부할 생각이었다.

이 소식을 들은 경덕왕은 가장 아끼는 신하 윤흥允興을 지리산에서 가까운 남원의 유수로 내려보냈다. 신라 현악의 전통이 끊길 것을 염려해서다. 윤흥은 남원에 부임하여 청장靑長, 안장安長 두 소년을 귀금 선생에게 맡겼다. 그 후 많은 가야금 연주자가 나왔고, 당시 제정된 곡이 백팔십여 곡이 된다 한다.

"예술을 세상에 알리려는 입장이었고 예술 정책이 그 정도 되니까 석굴암 같은 불후의 걸작이 나온 겁니다."

"선생님 얘기를 듣고 있노라니, 피상적으로 알고 있는 신라가 조금씩 다가오는 듯합니다. 우리가 흔히 신라를 말할 때 미의 숭상을 드는데 이것도 신라의 밝음, 자연스러움, 꿈 등과 연관됩니다."

"그렇죠. 수로 부인에게 노인은 꽃을 바치면서 그래도 괜찮은 건지 어쩐지 몰라 「헌화가」를 지어 바쳐요. 세계 어느 여성도 이보다 행복한 여성은 없어요. 원효대사도 멋있어요. 원효는 공주의 원만 들어준 것이 아니라 그의 모든 것을 다 주었어요. 명예도, 그간의 수련 세월도 내어 주고 그 후 누더기 옷을 입고 다녔어요. 스스로 소성거사小姓居士라 불렀고 노래와 춤으로 촌락을 떠다녔어요."

문득 효불효교孝不孝橋란 다리 전설이 떠올랐다. 일곱 아들을 거느린 과부가 밤이면 남천을 건너 애인과 지내다가 돌아왔다. 아들들이 그것을 알고 힘을 합쳐 돌다리를 놓았다. 추운 겨울에도 냇물을 건너야 하는 어머니의 고통을 덜어 주기 위해서였다. 어머니에 대한 효도요, 죽은 아버지에 대한 불효라 하여 그 후 다리엔 그런 이름이 붙여졌다.

"신라의 전설이 다 그렇지만 효불효교에도 신라만의 아름다움이 있어요. 조선조의 아들이었더라면 어머니를 관가에 고발하지 않았을까 싶어요."

"신라는 여자를 존중했어요. 여자를 위하는 나라는 다 잘됩니다. 요즘도 여자에게 '야' '자' 하는 사람이 많은데 그건 일본인들에게 배운 일제시대 잔유물이에요. 좋은 건 안 남고 나쁜 것만 남았어요."

"신라인의 여성 존중은 곧 인간성의 존중이라 생각됩니다. 효불효교의 어머니는 물론이고 처용 아내의 불륜까지 대범하게 긍정되는 것은 육체에의 긍정이고 이것은 자연히 인간성의 긍정이 됩니다. 밝고 건강해요."

"신라 때 지은이라는 효녀가 있었어요. 눈먼 홀어머니를 모시고 동냥밥을 얻어다 봉양했는데 흉년이 들자 부잣집 종이 되기로 하고 쌀을 받아옵니다. 어머니가 이상히 여기자 사실을 말하면서 울어요. 어머니 배고픔은 면하게 해 드릴 수 있으나 마음은 편하게 해 드릴 수 없다고. 심청이는 눈을 뜨는 현실만 생각했지 부모 가슴 아픈 건 몰라요. 신라 사람들은 정신과 육체를 하나로 여겼어요. 그런 것이 신라 정신인 것 같아요. 그렇죠, 건강해요."

그가 경주에 정착해서 맨 처음 한 일이 어린이박물관학교 개설이다. 이화여대 박물관장인 진홍섭秦弘燮 씨가 전쟁 후 경주박물관장으로 와 있을 때다. 그는 이 고장 주인이 될 아이들에게 문화재의 소중함을 알려 주고자 했다. 반짝이는 금이파리의 꿈, 흰닭의 울음소리, 석굴암 부처님, 그가 확인한 아름다움을 아이들에게 펼쳐 뿌리를 키우고자 했다. 관장도 이 뜻을 받아들였다. 일요일마다 관장실을 내주었다. 관장실이 좁아서 책상을 밖으로 내놓고 아이들을 앉혀야 했다.

처음엔 호응이 없었으나 차츰 학생 수도 늘어났다. 그의 이야기는 꿀단지처럼 아이들을 모이게 했다. 이야기가 어찌나 실감 나는지 싯다르타가 벌레를 잡아먹는 새를 바라보는 장면에서 울기도 했다. 선생님이 눈물을 글썽여서 아이들도 따라 눈물 흘렸을 것이다.

학생들은 국민학생 대상이나 중학생까지 받아들였다. 누구나 공부할 수 있도록 했다. 어떤 명목으로든 돈은 받지 않는다는 철칙을 세웠다. 이때까지 박물관 교재가 이십여 권 발간됐지만 교재비를 받은 적이 없다. 얇은 책자라 큰 비용이 들진 않았다. 중간엔 그것도 힘에 겨워 모임을 하나 만들었다. 경주의 회원들은 월급날이면 회비로 적으나마 일정 액수의 돈을 제하고 받았다.

십여 년 전 향토문화 공로상을 받았을 땐 상금으로 박물관 교재 『기와 무늬 이야기』를 만들었다. '열매만 까먹을 생각하지 뿌리 키울 생각은 하지 않는' 이런 세태에서 그는 우직한 농부처럼 혼자 거름 주는 일을 계속했다. 그것이 벌써 삼십 년째.

그간 불교동화집을 집필했고 『신라의 전설집』 『신라 이야기』 『경주 남산 고적순례』를 펴냈다. 뿌리 작업의 연속이다. 그중 『경주 남산 고적순례』는 경주의 마지막 보고를 지키기 위해 펴낸 업적의 책이다. 환갑 때 책을 내리라 하고 육순에 들어서면서 작업을 시작했다. 골짜기마다 그의 발길이 미치지 않은 곳이 없을 정도로 남산통이지만 정작 정리를 하니 삼 년이 걸렸다. 남산의 유적이 그만큼 방대하다는 얘기다.

"남산을 개발한다고 해서 다급하게 서둘렀죠. 남산은 경주의 마지막입니다. 석굴암 버렸죠, 불국사 버렸죠, 안압지·대릉원 버렸죠, 남산만 남았어요."

남산이 우리에게 왜 그토록 중요한가. 이제 남산으로 눈을 돌려 보자.

삼국시대에 고구려는 중국 황허강 유역, 백제는 양쯔강 유역 문화에 영향을 받았다. 신라는 지리적으로 두 나라에 막혀 있어 거의 영향을 받지 않았다. 자주성이 강했다. 고구려와 백제는 불교를 쉽게 받아들인 데 비해 신라는 이차돈이 순교하고서야 칠십여 년 만에 받아들였다.

신라는 조상신 신앙이 강했다. 건국되기 이전의 육부촌장들도 모두 하늘에서 내려왔다. 각 산에는 산을 지키는 지신地神이 있어 선도산仙桃山에 선 성모가, 남산南山은 상심詳審이 지킨다. 자연을 숭배한 신라인들은 당나무 제사를 지내거나 바위 속에 힘이 있다고 생각해 바위에 많은 불상을 조각했다. 불교와 자연신앙이 합쳐진 것이었다.

남산은 동서 길이 4킬로미터, 남북 길이 8킬로미터로 110개의 절터와 78개의 불상, 61개의 석탑이 있다. 산 자체가 박물관이다. 겉보기엔 평범

한 산이지만 수정과 옥돌이 명물이고 신라인들은 이곳을 영산이라 생각
했다.

남산의 불상들은 얼굴은 훌륭하게 조각돼 있고 몸은 바윗덩어리 그대
로다. 만들다 만 것 같다. 이것이 지혜다. 다 만들면 불상이 산에서 떨어
져 나온다. 하나 내버려 두었기 때문에 인공기법이 생략되었고 바위와 불
상이 일치했다. 자연과 조각이 분리되지 않았다. 보다 영원한 세계요, 무
궁한 세계다.

바위를 깊숙이 파서 감실龕室 안에 조각한 불곡석불좌상佛谷石佛坐像도 그
렇다. 원래 바위 속에 있던 부처를 드러내 놓은 것 같다. 불상의 머리는
두건을 쓴 것 같고 얼굴이 둥글며 어깨가 각이 졌다. 옷을 소매 속에 넣고
있어서 다소곳한 자세가 여성 같다. 천년의 세월이 흘렀어도 이웃집 아주
머니를 보는 것처럼 친근하다. 부처님과 인간 사이에 담이 없다.

탑골 마애조상군磨崖彫像群은 돌가족같이 모인 거대한 자연암의 동서남
북 사면에 새겨진 불상들이다. 협시보살이 여래상 옆으로 응석을 부리듯
기울어진 것도 있고, 서면엔 보리수나무 아래 좌정하고 있는 부처 주위로
일곱 비천飛天이 날고 있다. 비천이 뿌리는 연꽃잎까지 서향 햇살에 물든
다. 북면에 새겨진 구층, 칠층탑, 탑 속으로 걸어 들어가면 무한한 세계가
열릴 듯 신비롭다. 탑 아래 두 마리의 사자가 천계의 신비를 지키고 있고
탑 사이에 부처가 평화로운 얼굴로 앉아 있다.

탑골 마애조상군에서 가장 특이한 것은 금강역사 조각이다. 서면과 북
면 바위를 보러 드나드는 입구의 작은 바위에 새겨져 있다. 금강역사는
절에 들어가는 입구에 안치해 놓는 것. 그리고 보면 바위 자체가 절이다.
조금도 근엄하지 않은데 그 앞에서 압도당한다. 이런 것이야말로 불국정
토佛國淨土이리라.

도대체 어떤 사람들이 이런 불상을 조각했을까. 어떤 마음으로 했을까.

"저 부처들은 바로 우리 모습입니다. 자식들의 복을 빌기 위해 떡을 싸들고 오는 어머니들, 아무것도 가진 것이 없어서 남산골 약수물을 떠 바치는 할머니들, 석수장이는 그런 간절한 모습들을 모델로 삼았을 겁니다. 아무 야심 없는 정성들이 한데 뭉쳐서 저런 부처를 만든 겁니다."

"이런 불상을 봐도 밝다는 것이 피부로 느껴집니다."

"어느 일본 학자가 남산을 둘러보고 이런 말을 해요. 한국 불상은 '이 사람 한잔하고 가게' 하고 말을 걸어오는 것 같다고. 일본의 불상은 표정을 꾸며요. 정원도 자연보다 더 재미있게 꾸며요. 중국 불상은 너무 엄격해요. 정원도 자연보다 더 신비해야 하기 때문에 괴석을 많이 놓아요. 우리 안압지는 자연 그대로 돌을 놓았어요. 신라 불상 얼굴도 꾸밈새가 없어요. 자기가 하는 일에 자신을 갖게 되면 표정을 꾸미지 않아요."

탑골 부처바위를 떠나기 전에 한 번 더 휘둘러보는데 바위에 금줄이 쳐진 것이 눈에 띄었다. 숯과 빨간 고추가 새끼에 매어 있었다. 천년 전이나 후나 변함없는 우리네 어머니들의 간절함. 내 앞에 서 있는 불상 발밑엔 돌을 문지른 자국이 반들거렸다. 부처님 발밑의 돌을 문질러 돌이 붙으면 소원을 들어준다지. 나는 무슨 소원을 빌까. 그러나 몸이 자연스럽게 굽혀지지 않았다.

"마음으로야 하지만 그거 잘 안돼요. 부처님이 절 받고 싶다 하나?"

가는 곳마다 역사의 현장이요, 앉는 곳마다 이야깃거리다. 시내에서도 쉽게 볼 수 있는 고분들. 계림로, 원화로 등 역사책 속의 거리 이름. 안압지에서 계림 쪽으로 흐르는 천지거랑이란 개천 이름까지도 신라의 냄새가 묻어 있는 듯하다.

박물관의 유물들은 우리를 압도한다. 지상의 영원한 영화, 그 꿈인 금관. 치졸함이 오히려 익살을 보이는 토우, 축제의 포를 올린 듯한 술잔 받침 각배대角杯臺. 죽은 자의 화장한 뼈를 담는 골호骨壺. 삶이 얼마나 풍요로웠기에 죽음을 담는 그릇조차 저토록 아름답고 다양한가.

문화를 보면 그 시대를 안다. 천년 전과 지금을 비교해 보자. 우리는 무엇을 이루었나. 제자리걸음을 했다 하더라도 엄청난 퇴보를 한 셈이다. 왜 지금 신라의 토기를 재현하고 고려자기를 재현하는가. 이 물음은 우리 모두에게로 화살이 돌아왔다. 우리는 어디에 서 있으며 무엇을 하는가.

이젠 신라의 결핍을 알아야겠다. 우리의 결핍을 알기 위해.

"신라가 삼국을 통일했지만 당나라의 힘을 빌렸죠. 민족주의적 입장에서 비판을 받기도 하는데 신라가 당나라와 손을 잡은 것이 필연인가요?"

"고구려, 백제가 물론 같은 민족이었지만 처음부터 나라의 사람이 따로따로 되었어요. 그러니 전쟁들을 했고. 같이 살던 민족도 갈라지면 못 살아요. 백제도 일본과 손을 잡았어요. 일본은 많은 희생을 내고 도망갔습니다. 신라가 백제를 이긴 것은 황산벌 싸움 때 관창의 머리가 말안장에 실려 온 것을 보고 분발해섭니다. 고구려는 집안 싸움하느라 망한 겁니다. 백제처럼 지혜롭고 고구려처럼 강한 나라를 어떻게 이겼나 생각해 봅시다. 문무왕은 왕자 때부터 직접 나와 싸웠어요."

"중학교 역사 선생님이 고구려가 삼국통일했더라면 한국 역사가 달라졌을 거란 얘기를 했던 것이 기억납니다."

"그렇게 안 된 걸 자꾸 얘기하면 뭐하노. 신라가 삼국통일을 했으니까 단일풍속, 언어, 단일문화가 되었지요. 그리고 백제 왕조는 끝났지만 백제는 죽지 않았어요. 그 억세고 무뚝뚝한 신라 문화가 백제와 합쳐져서 숨 쉬고 살았어요. 신라는 직선적인데 통일신라 이후 직선에 곡선이 조화됩니다. 석굴암이 그렇죠. 강함에 부드러움이 생겨요. 백제적인 것은 신라에뿐 아니라 고려에도 살아 흘러요. 신라가 막을 내림과 동시에 신라적인 것은 오히려 사라져요. 직선이 없어집니다. 고려자기 보세요."

164

칼춤도 그렇단다. 칼춤은 황산벌에서 전사한 관창의 위령제를 지낼 때 추었던 춤인데 힘차고 씩씩했을 것이다. 지금 내려온 칼춤은 직선이 사라져서 흐느적거린다. 그는 신라 국민성을 '무덤덤하고 용감하고 부지런하다' 꼽았는데, 신라가 멸망한 과정에서 우리가 눈여겨보아야 할 것은 무엇일까.

"지나치게 사치했어요. 막새기와를 보면 삼국시대 것은 검소하고 힘차요. 통일 중기 것은 화려하고 말기 것은 꽃잎에다 섬세한 무늬가 빈틈없이 새겨져서 번잡하게 보여요. 중기엔 경제력이 풍성했어요. 이때 초기 때처럼 살면 인색한 겁니다. 그러나 말기의 사치는 백성의 세금을 짠 것이지요. 왕릉을 지키는 돌사자도 옹졸한 강아지 모양으로 변모하고 목에는 호화로운 목걸이가 걸립니다. 자기 규모에 넘칠 때 사치가 됩니다. 이런 것도 배울 것이죠."

이 어려운 때에 보석이나 주렁주렁 달고 있은들 강아지 같은 돌사자의 목에 걸린 그 목걸이와 무엇이 다르랴. 망국의 얘기 끝에 고분에 관해 여쭈어보았다. 왜 옛 사람들은 언덕같이 무덤을 쌓았는지.

"고대사회에서 우리 인간들은 힘을 뭉치지 않으면 못 살았어요. 전쟁에 이겨야 해요. 전쟁에 지면 노예로 잡혀가고 가족이 뿔뿔이 흩어집니다. 힘의 중심이 임금인데 고분은 그 상징 같은 것이 되겠지요."

무덤을 만든 기록은 없다. 양지良志 스님이 영묘사의 삼존대불을 만들 때 백성들이 힘을 합쳤던 기록이 있는데 이것으로 짐작해 볼 수 있다. 삼존대불을 만들 때 쓰이는 찰흙은 사람들의 손에서 손으로 옮겨졌다. 흙이 있는 곳에서 법당까지 사람들이 늘어서서 흙을 손에서 손으로 넘겼고 양지 스님은 그 흙을 받아 불상을 만들었다. 이때 스님은 힘을 덜기 위해 노래를 가르쳤다. 무덤도 이렇게 힘을 합쳐 만들지 않았을까.

우리 고분은 일본에 비하면 너무 소박하다. 1980년도에 그는 사십여 년 만에 처음 일본을 갔다. 일본의 고분은 바위로 방을 만든 석실인데 어찌나 큰지 등산복 차림을 해야 할 정도였다. 일본 석무대고분石無臺古墳 최대의 천정돌은 무게가 77톤. 한국 고분은 나무로 관을 만들고 그 위에 사람 머리 크기만 한 냇돌을 쌓는다. 백성들이 노래를 부르며 날라서 돌 크기도 같다. 일본 천정돌을 옮겨 나르자면 노래 대신 채찍이 사용되었을 것이다. "나는 경주에 큰 돌이 없는 것을 자랑으로 안다." 선생의 말에 일본인은 지기 싫으니까 그런 소리를 한다고 했다. 문화에 이기고 지는 게 있나.

"도쿠가와 이에야스의 동조궁東照宮 앞에 원숭이 세 마리가 있어요. 하나는 눈을 가리고 또 하나는 입을, 귀를 가렸어요. 보지 말고 듣지 말고 말하지 말라는 겁니다. 두들겨 맞은 민족이니까 그것이 진리가 됩니다. 석실을 만든 힘, 단결력으로 강대국이 됐다 하더라도 모든 인류에게 물어봅시다. 신라를 동경하는가, 일본을 동경하는가."

힘보다는 마음으로 쌓아 올렸던 고분이지만 통일신라 이후부터는 무덤이 작아진다. 그 대신 사자, 문인석, 무인석이 배치되는데 자기 심복 부하 동물이 힘의 상징으로 바뀐 것.

"경주답게 보이도록 하는 건 역시 고분인 것 같아요. 김유신 장군 묘를 보러 가는 길에 내 건너 시가지의 건물이 한눈에 보이는데 빌딩 사이로 고분 두 개가 솟아 있어요. 그걸 보고 '아, 경주는 아직 경주구나' 안도감을 느꼈습니다. 이곳에선 아직 문명이 액세서리에 지나지 않아요."

"고분이 아름다운 것은 우리에게 꿈을 줄 수 있는 여유가 남겨져 있기 때문이에요. 금관도 고분 속에서 나왔어요. 지금 천마총의 내부를 공개하고 있는데, 처음엔 황남대총을 공개하려 했어요. 천마총에서 더 좋은 유물이 나와서 황남대총은 그대로 놔뒀어요. 그게 더 좋아요. 모르는 것이 행복합니다. 상상력을 주어야 해요. 옛날 사람들은 달을 보고 언제 씨를 거두고 뿌리는가를 알았어요. 달은 차고 기울어서 정신을 쉬게 하고 상상력을 주었어요. 달이 매일 둥글다면 우리는 아마 신경질적이 됐을 겁니다. 신라인들도 달을 사랑해서 목걸이나 금관의 비취를 달 모양으로 만들어 썼어요."

"손을 대지 않으면 않을수록 상상력을 줍니다. 능만 해도 대릉원이나 김유신 장군 묘같이 다듬어진 데보다 그대로 놔둔 데가 더 생각을 불러일으켜요. 선덕여왕릉은 내버려 둔 것 같지만 그래서 여걸의 외로움을 더욱 피부로 느끼게 했던 것 같아요."

"그래요, 고분을 보면 오랜 고도구나 하는 생각을 합니다. 양감이 큰 고분이 천년 동안 이지러지고 그 고분 밑으로 걸어갈 때 여러 능선 위로 석양이 저물고… 그게 경주의 멋입니다. 그런데 고분을 다듬고 담을 쌓았어요."

1970년도에 정화사업을 벌였다. 선조의 유물을 보살핀다고 담을 쌓았지만 옛 도시에 문명을 입힌 꼴이다. 사람들이 지나다니면서 보이도록 차라리 철책으로 하지. 덕수궁 공사 때 철책을 해서 많은 비난을 받았단다. 덕수궁엔 철책을 해선 안 된다. 대궐엔 담이 있어야 한다. 담도 창경원 같은 데를 보면 중간에 문이 있어서 지루하지 않다. 대릉원엔 그런 문이 적어서 신작로를 걸어가는데, 지루하다.

"처음에 담 쌓는다는 말 듣고 울었습니다. 격분했어요."

재현이란 말은 일본 같은 데선 없다고 한다. 우리의 '재현'은 어디서 나온 것일까. 신라토기를 재현하는 와요瓦窯에 가 보고 나는 이것에 대해 다시 생각했다. 단순하게 모조라고 밀어붙일 수 없었다. 재현 기술도 놀랍거니와 이 시대의 도예가 시대의 욕구를 만족시키지 못한다면 천년 전 토기를 재현하는 수밖에 없다는 생각을 가졌다.

"대가 끊어졌으니까 떨어진 바통을 주우러 가는 것이죠. 거슬러 올라가 찾는 거예요."

"선생님 말씀대로 우리 민족이 밝다는 것을 저도 확인했습니다. 그러나 지금은 우리가 밝다고 생각되지 않아요. 한이라는 것이 젊은 내게도 가슴으로 닿아 옵니다."

"그래서 뿌리를 찾는 겁니다. 신라가 왜 중요하냐. 신라유적을 관광으로만 생각하지만 먼저 정신적 자원으로 소중히 해야 합니다. 신라라는 뿌리에서 영향을 받아서 이 세대와 다음 세대를 행복하게 해 주어야 해요. 토기의 재현이 급한 것이 아니고 그것이 현 사회의 행복에 어떻게 기여하는가를 생각해야 해요. 예술가는 우리 민족이 아름다운 품위를 갖도록 자기 한 몸 썩어 거름이 되어야 해요."

이날까지의 그의 흔적도 시대의 거름이 되기 위한 과정이었다. 그는 우리나라에서 처음 토우 제작가로 불렸다. 예전 사람들은 사람의 형태를 귀신이 나온다고 꺼려 했고 일제는 우리 풍속을 말살하려 했다. 이어 전쟁의 혼란기가 있었다. 이런 상황이 계속된 속에서도 '손으로 만든 재주를 팔 것이 아니라 우리 것으로 만들자'는 생각을 했다. 예술가의 이상이었다. 좌익인지 우익인지 성분도 모를 월남민은 머리를 더부룩하게 기르고 유적답사 때마다 쫓아다녔다.

신라 토우는 고신라시대의 토제품 중 가장 특색있는 것이다. 일종의 명기明器로서 부장副葬된 것으로 추측되며, 독립된 토우 외에 항아리에 장식적으로 붙은 점 등을 보면 도공이 빚은 것이다. 부부상, 악사상 등 현대의 추상 조각을 능가한다. 무엇보다 귀중한 것은 토우가 붙은 항아리로, 미추왕릉 부근에서 발굴되어 경북대학교 박물관에 소장돼 있다.

항아리에는 개구리를 삼키는 뱀, 거북이, 물고기, 가야금 타는 악사, 성교하는 남녀가 장식돼 있다. 뱀은 번식기에 먹이를 잡아먹는다. 거북이도 번식력이 왕성한 동물. 성교하는 남녀도 번식을 나타낸다. 이것은 그림으로 뜻을 표현하여 '새 생명으로 태어나게 해 주십사' 신에게 바치는 제물과 같다.

토우는 육세기 후반부터 나타나지 않는다. 불교가 들어오면서 신앙이 달라졌기 때문. 토우장식 토기 등은 자연숭상 신앙으로 만든 것이다.

"그 후 토우의 명맥이 끊어졌나요?"

"고려, 조선조 때의 명부전 동자상에서 어렴풋이 찾을 수 있어요. 토우가 목우로 변형된 거지요. 동자상 얼굴 좋아요."

"작품이란 일단 자기 신명으로 하는 것이지만 자기표현인 이상 할 말을 갖고 있겠지요. 선생님은 어떤 생각으로 토우를 제작하시나요."

"꽃을 보고 기쁨을 느끼듯 기쁨을 주어야 한다고 생각해요. 그 민족, 지방의 냄새가 있어야 친근함에서 즐거워집니다. 우리 호흡을 가져야 돼요. 내가 아니더라도 누구든 이런 과정을 밟아야 했을 거예요."

"전통의 현대화라는 문제는 기술보다 정신 면에서 이어져 가야 하겠죠."

"고려 땐 고려자기, 조선조 땐 조선조자기가 나왔어요. 시대에 맞게 되어 있어요. 그럼 현대에는 어떤 그릇을 내야 하느냐. 어느 일본 도예가가 이런 말을 해요. '지금 사람들은 마음이 초조하니까 편안하게 해 주는 것을 만들고 싶다'고. 태도가 좋은 것 같아요."

현대에는 현대정신이 들어가야 한다는 것.

"선생님이 사랑하는 신라 얼을 널리 펴는 일은 큰 보람이지요. 예술가로서 좌절을 가졌던 때는 없었나요? 풍속이 사라져 가는 시대에서 풍속인형을 제작했으니 한계도 느꼈을 것 같은데요."

"좌절은 없었어요. 욕심이 없으니까. 나는 내 생애를 대단히 과분한 것으로 생각해요."

인간으로 태어났다는 것은 대단한 사건이다. 천상천하 유아독존, 각자가 '나는 한 사람'이다. 이런 모습으로는 한 번밖에 없을 것이다. 나만의 생명을 받았다. 암스트롱이 달나라에 첫발을 디뎠을 때 '지구가 가장 아름답다' 했다. 태양계에서 지구만큼 아름다운 별은 없다. 이 넓은 우주에서 지구를 택했고 지구 중에서도 인간으로 태어났다. 이것이 얼마나 대단한 일이냐. 인간으로 태어났다는 건 가치 있다. 거지도 소중히 여겨야 한다.

어린이박물관학교의 만년강사이지만 그가 한때 공식적으로 교단에 선 적이 있다. 경주 근화여고 미술 강사로 재직했다. 교사 자격증이 없으니 정식 교사는 되지 못했지만 될 필요도 없었다. 신라의 후예들에게 꿈의 거름만 주기를 원했다.

그는 눈물을 글썽이며 아름다운 이야기를 들려주었다. 지식을 파는 것이 아니라 상상력을 가르쳤다. 미술 시험도 여느 시험 문제와 달랐다. '초록 보리밭으로 옥색 치마에 흰 저고리를 입은 소녀가 빨간 댕기를 매고 갑니다. 보색은? 조화색은?' '연두색 숲속의 뻐꾸기 울음소리는?' 물론 각자의 답이 다를 것이다. "내겐 빨간색 같아요."

미술 교사이면서 그는 학생들에게 이렇게 말하기도 했다. '우리는 그림을 잘 못 그리는 사람이 됩시다.' 잘 그리면 기술만 는다. 못 그리면 관찰을 하게 된다. 꽃을 피우기 전에 뿌리를 잘 기르자는 뜻이다. 뿌리가 뿌리다울 때 꽃은 저절로 핀다는 것.

이런 그여서 사생대회 같은 것을 싫어한다. 그가 재직할 땐 학생들을 대회에 내보내지 않았다. "미술은 시험을 못 합니다." 남이 안 보는 데서 그리는 체질도 있고 오래 걸려 터득하는 사람도 있고, 체질대로 힘을 다해 그리는 것이 그림이다. 대회에선 이런 것이 무시된다. 그는 학교에 당부했다. '학교 명예란 짐을 지워 보내는 것을 삼가 달라. 사생대회에 보내려면 나를 파면시키고 다른 선생을 임명하시오' 하고.

그는 신라인이 그렇듯 부드러우면서 강하다. 형용사가 넘치는 감성가이지만 또 꼿꼿하기가 대나무 같다. 그의 주량은 경북에서 알아주지만 비틀거리는 것을 보지 못한다. 술을 마신 후 걸음이 곡선으로 오갈라 치면 개울로 뛰어든다. 술이 깰 때까지 물속에 앉아 있는다. 비틀거리는 모습을 누구에게든 보이기 싫어서다.

나무는 칼로 깎고 돌은 정으로 쪼아야 하지만 흙은 손으로 빚는다. 부드럽고 따스한 흙을 사랑하는 사람이지만 '아니다' 할 땐 대들보가 쩌렁 울리도록 화를 낸다. 신라 금속공예 전문가인 김인태金仁太 씨가 선생 옆에 기숙하여 가르침을 받을 때다. 큰아들 광주가 연싸움에 지고 돌아왔다. 소년 광주와 인태는 형제처럼 자란 터라 인태 소년은 복수를 계획했다. 사기그릇을 빻은 가루를 풀에 섞어 연실에 묻혔다. 당시에 다른 아이들도 많이 쓰던 방법이었다. 연싸움은 이겼다. 두 소년은 의기양양해서 집으로 달려갔다. 그 일로 인태 소년은 열다섯 살에 처음으로 따귀를 맞았다. '그 따위 방법으로 이겨서는 안 된다.' 칭찬까지는 바라지 않았지만 선생은 무섭게 화를 냈다.

양지마을에 집을 짓기 삼 년 전엔 전셋집에서 살았다. 지금은 기념품 토우를 만드는 고청사古靑舍를 집안에서 운영해 어렵지 않지만 옛날 그의 가난은 잘 알려져 있다. 근화여고에 재직할 때도 기운 옷을 입고 다녔다. 존경받는 선생이었던 만큼 거무스름한 먹물을 들인 그의 한복은 지금도 신화처럼 입에 오르내린다.

그 어려운 중에서도 그는 실리를 취한 적이 없다. 남의 신세도 절대 못 지는 사람이다. 어린이박물관학교도 그렇지만 시의 보조를 받아서 『경주 남산 고적순례』에 손을 댄 것이 아니다. 그저 자기 좋아서 했고 뜻에 맞게 살아왔다.

이런 그여선지 아무런 보상을 받지 못하면서도 나라와 백성을 위해 싸운 물계자勿稽子를 좋아한다. 백 군데를 기워 입으면서 가야금을 친 백결 선생을 존경한다. 게으름뱅이라고 못 박혀 있지만 노래로 생명을 태우는 베짱이를 존중한다.

그는 물계자처럼 혼자 '우리'를 지켰다. 백결 선생처럼 자기답게 삶에 충실했다. 백결 선생이 방아타령을 지은 것은 자랑거리가 아니다. 백결 선생에게 음악은 생활이었다. 그렇듯 그에게 있어 신라는 생활이며 물질주의자 개미들 세상에서 베짱이처럼 신라의 혼을 노래했다.

그의 호 '고청古靑'은 원래 '孤靑'. 남들은 사과같이 익어 가는데 혼자 익지 못한다는 생각에서 지었다. 지은 뜻과 반대로 혼자 고고하다고 보기 때문에 '古靑'이라 바꾸었다. 뽐내지 않는 물처럼 낮은 데로 낮은 데로 흘러서 늘 푸르렀지.

"난 재주가 없는 사람이에요. 나처럼 쓸데없는 고생, 이제 하는 사람 없어야죠. 내가 못 다한 일은 당신네 젊은 사람들이 하겠지요. 세상이 썩는 것 같아도 그렇진 않아요. 나는 낙관하고 있습니다."

이곳에 와서 짐이 늘었다, 정신의 짐이. 나는 일주일간 머물며 경주의 냄새를 온몸에 묻히고도 아쉬운 작별인사를 했다. "내 얘기는 할 것 없고 경주를 알려 주세요." 마지막까지도 경주를 얘기하는 선생을 등지고 양지마을을 나서는데 우연히도 그의 제자를 또 만났다. 나를 선생댁으로 안내해 주었던 어린이박물관학교 첫 회 졸업생. 경주 구경을 많이 했느냐고 물어 왔다.

"네. 굉장한 곳이에요, 경주는. 그런 경주를 발견한 선생님도 굉장한 분이시구요."

"선생님 원래 선구자적인 데가 있어요. 잘 아시겠지만 선생님 같은 분의 얘기는 잘못 쓰면 신같이 돼 버려요."

"아, 네." 나는 고개를 끄덕였으나 그 말에 놀랐다. 선생은 이곳에서 거의 신격화되고 있었고, 곧 경주의 궁지인 것을 깨달았다. 그럴 만하지 않은가. 그는 경주의 파수꾼이니까. 우리들이 경주를 죽은 자의 도시로 어둠 속에 내버려 두었을 때도 그는 혼자 계림숲을 거닐며 새벽이 오기를 기다린 사람이었다.

관광버스의 행렬이 아스팔트로 연이어 밀려오고 있다. 저 많은 사람들은 왜 경주로 오는 것일까. 옛 시대에 대한 향수로? 신라의 황혼인 포석정을 확인하기 위해? 그들 모두가 금관 앞에서 찬란한 우리의 꿈을 확인하길. 나는 그것을 확인했다. 그러나 그다음엔? 무심히 첨성대를 바라보는데, 문득 한 시구가 떠오른다. 미당 서정주의 「선덕여왕의 말씀」.

피 예 있으니, 피 예 있으니,
너무들 인색치 말고
있는 사람은 병약자한테 시량柴糧도 더러 노느고
홀어미 홀아비들도 더러 찾아 위로코,
첨성대 위엔 첨성대 위엔 그중 실한 사내를 봐라.

살肉體의 일로써 살의 일로써 미친 사내에게는
살 닿는 것 중 그중 빛나는 황금 팔찌를 그 가슴 위에,
그래도 그 어지러운 불이 다 스러지지 않거든
다스리는 노래는 바다 넘어서 하늘 끝까지.

조각가 최종태

늘 정면으로 서서 무언가를 계시하는 듯하지만
형태에 깃든 예리한 침묵을 지나칠 수 없다.
범속을 떠난 얼굴이지만 대지의 슬픔이 깃들어 있다.
어느 때는 어둠의 땅에서
도끼 같은 얼굴을 내밀고…

신학기의 어느 봄날이다. 실기 시간에 한 교수님이 들어오셨다. 과 사무실에서 얼핏 뵌 적은 있었지만 가까이 뵌 적은 그날이 처음이었다. 자그마한 체구에 눈빛이 날카로운 분이었다. 야윈 체구가 식물성을 느끼게 했지만 얼굴이 칼날 같았다. 그는 어둡고 을씨년스런 작업실을 말없이 둘러보았다. 흐린 형광등 아래 그의 양미간 주름이 더욱 깊어 보였고 그 모습은 내게 고고함과 고통을 동시에 떠올리게 했다. 나는 순간 '저분이 바로 예술가로구나' 직감했다. 내 생애 최초로 만난 예술가이며 스승이다.

나는 그간 작품을 통해 꾸준히 스승을 지켜본 셈이다. 소녀상을 통해 보여 주는 내면의 영원한 아름다움, 생략될 것은 철저히 생략되어 원시적 형태로 존재하는 소박성, '모뉴멘탈한 설화성'으로 말해지는 근원의 덩어리. 늘 정면으로 서서 무언가를 계시하는 듯하지만 형태에 깃든 예리한 침묵을 지나칠 수 없다. 범속을 떠난 얼굴이지만 대지의 슬픔이 깃들어 있다. 어느 때는 어둠의 땅에서 도끼 같은 얼굴을 내밀고 자유의 저편을 바라본다.

예술이 무엇인가 물으면 그는 '자기와의 싸움'이라고 했다. 그것은 현세를 살아가는 자세의 치열도를 말하는 것이며 사회와 한 시대가 숙명의 배경이 된다. 당대의 한 조각가를 탐구함으로써 우리 자신과 시대의 문제까지 들여다볼 수 있으리라.

쉰을 넘어선 나이, 세월의 흔적인지 칼날의 모습에 중용의 회색이 섞였다. 희끗한 머리카락이 보이고 눈도 회색으로 빛난다. 부러질망정 휘어지지 않는 쇠꼬챙이 같은 자세를 존경하면서도 늘 어려워했는데 능란하지 않은 충청도 말씨가 거리감을 없앤다.

탁자 위에 책이 펼쳐져 있다. 자크 마리탱의 『시와 미와 창조적 직관』. 다 읽지 않았지만 공감 가는 부분이 많았다고 일러 준다.

"여기서도 미를 신의 속성의 한 부분이라고 했어. 우리가 흔히 예술을 미로 보는데 형태가 미적인 요소만으로 전달되는 건 아니여. 나무를 보며 미美나 진眞을 찾기도 하지만 한 가닥으로 전체를 보려면 모순이 생겨."

"창작은 자기표현 욕구로 시작되는데 기술, 나아가서 미가 첫째 관문이 아닌가 싶습니다. 선천적인 기질까지 포함하여 예술가는 그 환경에서 이루어지는 경우가 많은데 선생님 경우는 어떠하신지요?"

"내겐 자연이 조각의 바탕이 돼. 어릴 때 본 산천이 작품으로 나와. 십 년간 통학 길을 혼자 오가며 나무와 대화했거든."

작품을 본 사람이라면 그 형태가 갖는 자연과의 친화력을 쉽게 느낄 수 있으리라. 전원의 그리움 속에 서 있는 소녀상, 오랜 풍우에 씻겨져 버린 듯한 볼륨, 본래적으로 그냥 거기에 있었던 것처럼 서 있는 형태는 한 그루의 나무 같고 바윗덩어리 같다. 그 순수에의 동경, 표출은 성장기의 체험과 직결된다.

지금의 대전은 교통도시이지만 그가 자랄 때만 해도 시골이었다. 마루에 앉아 보면 마당 끝에 논이 있고 개울과 동네와 벌판이 이어 펼쳐졌다. 매일 앞개울에 세수하며 들판의 산길을 지나 학교에 갔다. 학교까지 십 리 길이었는데 늘 오고 가며 혼자 나무, 구름과 이야기했다.

자연이 소년에게 예술의 토양이 되었다면 교육은 재능을 개발시켜 주었다. 아이는 학교에 들어가기 전에 글방에서 붓글씨를 배웠다. 그 재주가 남달랐고 국민학교 때는 붓글씨로 두각을 나타냈다. 일본인 교장은 교육위원회에 요청해서 경서대회가 열리도록 했다. 교장은 손수 급수를 매겼고 아이 종태의 붓글씨는 늘 최상급으로 매겨졌다.

그가 미술에 눈을 뜬 것은 대전사범중학에 들어가면서다. 국민학교 육학년 때도 그의 수채화가 교실 뒤에 붙여져서 어렴풋이 길을 느꼈지만 이동훈 선생과의 만남으로 그 초입을 단단히 다지게 됐다. 이동훈 선생은 서양화가로 엄격한 교사였다. 학생들이 말을 듣지 않으면 쓰레기를 던지기도 했고 집에 선물을 들고 가면 못 들어오게 했던 분이었다.

그분과 가까워진 것은 특별활동으로 미술반에 들어가면서다. 요즘은 입시 위주 교육이라 제 구실을 못 하지만 예전엔 특별반에서 자기 재능을 발견하고 닦을 수 있었다. 그는 미술뿐 아니라 음악과 문학 쪽으로도 기웃거렸다. 시를 썼던 국어 선생은 아이들이 알아듣지 못하는 『파우스트』에 대해 말해 주기도 했다. 문학에 눈을 뜨면서 소년은 『레 미제라블』을 삼 년간 정독했다. 그는 조각가이면서 문장가로도 알려져 있는데 이는 이때 쌓은 수업의 힘도 있다.

그가 음악반, 문예반으로 옮겨 다니자 이동훈 선생이 한마디 했다. 너무 개인주의적인 것이 아니냐고. 소를 주제로 한 향토색 짙은 그림을 그리며 투박한 의지와 끈기로 살아가는 분의 충고였다.

서울미대 조소과에 들어가면서 그는 새로이 추구할 조형가 스승을 만난다. 김종영金鍾瑛 선생. 우성又誠이란 호처럼 작가 생활을 정성의 정신으로 일관한 근대작가의 이정표인 분. 1953년 런던에서 열린 국제조각전 「무명정치수를 위한 기념비」에서 입상하였을 때 잡지에 우성 선생의 이런 글이 실렸다.

'사람들은 나에게 그 여인이 무명정치수냐, 아니면 무명정치수를 생각하고 있는 여인이냐고 묻는데 나는 단지 나의 정성을 다했을 뿐이다.'

그리스의 정신철학이 바탕이 된 순수조형의지, 미의 수도자, 이 스승과의 대면은 그에게 늘 범상치 않은 사건이었다. 한번은 우성 선생이 묵묵히 작업실을 다니다 그의 앞에 서서야 말을 시작했다. 한때 그는 회화과로 전과하려 한 적이 있다. 이 생각을 고친 것은 김종영 선생이 매긴 그의 실기점수를 보고서다. 좋은 점수였다.

우성 선생과 함께 그에게 영향을 미친 또 한 예술가가 있다. 화가 장욱진 선생. 순수조형을 탐구한 우성 선생이 서구적이라면 장욱진 선생은 한국적 미학을 바탕으로 형상을 완성한 화가다. 그는 이 양 갈래에서 갈등했다. 서양과 동양, 둘 중 하나를 택하려 했다. 체질적으로는 장 선생과 가까웠다. 당시엔 모두 서구에 눈을 돌렸고 비서구권에서 한국미술을 생각하는 사람이 없었다. 이런 면에서 장 선생의 감성은 소중한 것이었다.

"나중에 둘을 다 받아들여 내 것으로 소화하자는 생각이 들었어. 둘 중 하나를 꼭 버릴 필요가 없는 거여. 김종영 선생은 책을 많이 읽고 논리적인 대화를 잘하시는데 장 선생은 책을 안 읽고 말할 때도 선문답하듯 툭 던져. 두 분이 아주 대조적인데, 같은 점은 실리에서 떠나 있다는 점이야."

그는 조각가의 길에 들어서면서 이날까지 끊임없이 소녀상을 제작해 왔다. 장욱진 선생의 순일한 작품세계가 그러하듯 영원을 향한 그의 소녀상도 본질적인 것을 보여 준다. 고향산천 같은 형태. 불순한 것을 과감히 물리치고, 본래의 모습을 드러내는 소녀상.

"소녀가 가장 깨끗해. 형태 자체도 박수근의 초봄 그림이 소녀 인상이야. 그림을 그리려면 좋은 것을 그려야 해. 밀레는 사람을 그리려 하는데 누구를 그려야 하는가 생각했어. 좋은 사람으로 밀레는 농부를 택했어."

1970년대가 저물어 가는 해. 『계간미술』에서 「작가가 뽑은 70년대 작가상」을 특별기획했다. 작가 백 명이 스스로 1970년대의 작가를 뽑았다. 서양화엔 유영국, 조각 부문엔 선생이 가장 많은 표를 얻었다. '침체된 구상조각계에 의연한 자세로 밀도있는 조형세계를 보였기 때문'이다.

조각가의 길로 들어서면서 그는 오늘날까지 구상으로만 일관해 왔다. 단 한 번 추상 작품을 만들다가 부숴 버렸다. 당시엔 거의가 추상으로 치달았고 구상은 헌 고무신 같은 것으로 여겼다. 우리 현대 조각의 역사는 짧다. 조각이란 단어가 생긴 것은 일제시대 서양미술이 들어오면서다. 도쿄 유학생 김복진金復鎭을 선두로 한국조각사의 장이 열렸다. 일제 때는 선전鮮展에 급급하더니 전쟁 후엔 서구물결에 휩쓸렸다. 새로운 것을 다시 찾아 나섰다.

추상에의 관심도 새로운 것에 대한 갈망이었다. 그것이 필요하다고는 생각했지만 그는 손을 대지 않았다. 새로운 것이 다냐. 진리는 일방적인 것이 아니다. 그는 많은 사람들이 추상을 하는 것이 싫었다. 한국 화단 전체가 그리로 갔다. '나는 시대에 뒤늦은가.' 이 추세를 현대미술이라 하지만 그는 이 현대란 말이 지겹다. 과거 미술이 있단 말인가. 현재를 살아가는데 현대미술이 또 있느냐.

세계는 세 쪽으로 갈라져 있다. 서구와 공산권과 제삼세계. 이것들은 각각 갈등하고 있다. 어느 쪽에서 하는 것도 다가 아니다. 그리스 당시는 그리스가 최고인 줄 알았지만 그리스도 오래 못 갔다. 그다음의 중세만 하더라도 천년이 갔다. 역사는 바뀌어 가고 있다.

"화가가 어떤 미술운동을 하는 것은 바람직하지 않다고 생각해. 예전엔 그것이 혁명이었지만 지금은 희생제가 돼. 또 자기 자신도 너무 가꾸려고 하면 안될 것 같아. 세계적으로 독창성을 요구하고 그 길로만 가려해. 자기를 모르면서 어디 한군데로만 몰면 되겠느냐 싶어. 모레 일까지 해 버리면 어떡해? 예수도 내일 일은 걱정하지 말라고 했잖아. 어떻게 할 것인가는 망치 들면서 생각해야 돼."

예술과 시대는 뗄 수 없는 관계에 있다. 조각도 그 시대의 절실한 문제로부터 나왔다. 그리스 신전이 그렇고 불상이 그렇다. 서양에서도 본격적인 조각은 르네상스 이후에 나왔다. 그리스 때 잠깐 비쳤다가 중세 천년 동안 없어졌다. 그 후 미켈란젤로는 그림을 그려 놓고도 조각가라고 사인했다.

동양에서 조각이 예술로서 생각되어진 것은 서양에 비해 늦었다. 동양에서는 생활 속에서 조각이 나왔다. 삼국시대에 불상 조각예술이 꽃을 피운 것은 절이 많이 만들어졌기 때문이다. 그때가 불상과 탑의 전성기였고 이에 문인석이 조각의 한 형태로 나타나더니 조선조엔 완전히 사라졌다. 선비들이 난초는 그려도 조각은 필수로 하지는 않았다. 시대가 조각을 중요하다고 여기지 않았다.

이렇듯 생활과 직결된 조각이 근대에선 미로 독립된다. 미는 부분이고 전체가 될 수 없다. 미만 생각하니까 사회, 역사와는 동떨어져 가고 있다. 극단적으로 말하면 나쁜 사람도 좋은 조각을 할 수 있다.

"예술의 본질은 사람 사는 것과 관계되는 것이라고 봐. 사람의 전반적인 것, 진선미를 따로따로 뗄 수가 없어. 미를 목표로 따라가면 사람 사는 일에 덜 신경 쓰게 되고 함정에 빠져. 통속적이 된 그리스 후기 조각처럼. 미, 독창성이란 건 예술의 부수적인 것일 뿐이야."

그는 화가나 조각가가 프랑스에 공부하러 가는 것이 보기 싫다. 미를 쫓아가는 것이기 때문이다. 그에겐 미가 불편하다. 예술이란 그 사회와 역사 속에서 창조되는 것인데 미는 이 근본 문제를 흐리게 한다.

근본이란 말이 나왔으니 한국미술을 한번 거슬러가 보자. 일제 때 총독부에선 선전을 만들어 한국 화가에게 상을 주었다. 선전 시대엔 등단하는 것이 목표가 되었다. 근본 문제와는 상관없이 이 일제시대의 찌꺼기는 반성의 계기도 없이 지금까지 내려왔다. 한국의 화가는 한국미술사를 밝혀야 한다. "자기이기 때문에." 가만 들여다보면 맥이 있다. 그 끊어진 맥을 이어야 한다. 그러나 예술에 있어서 역사성은 내면으로 생각할 것이지 외면으로 할 건 아니다.

약한 사람은 자기를 드러내기 위해 외향적으로 추구하지만 예술은 역사로부터 자유로워야 된다. 그전에 있었던 것으로부터. 요즘은 민속놀이를 전통예술이라고 내미는데 그것은, 왜 좋은가 따지기 전에 나와 있다.

민속적인 것이 왜 예술인가. 옛것만 자꾸 살려서 무엇하느냐.

한국미술은 이제야 뿌리를 내리고 있다. 이 중요한 시기에 어떻게 그리느냐를 속단할 것이 아니다. 역사가 나와 무슨 상관이 있으며 사람이 무엇이며 어디로 가야 하는가를 우리의 생활에선 깊이 생각해야 한다. 우리 사회는 생각하도록 해 준다. 하루에도 수십 번씩 '그림을 왜 그리는가' 물을 수 있는 조건이 된다. 그것을 찾아가는 거다. 예술가가 어쩐지 떳떳하지 못하지만 그로서는 조각밖에 할 수 없다.

구상작가, 소녀상 작가로 불리지만 그의 작가적 특성은 여러 가지로 들 수 있다. 수많은 '얼굴'도 지나칠 수 없다. 몇 년 전 신세계화랑에서 가진 개인전에선 서른다섯 점의 조각 중 얼굴을 소재로 한 것이 스물다섯 점이었다.

시인 김영태 씨가 '광장에 모여 있는 얼굴'이라 표현했던 시대의 표상들. 면이 극도로 단순화되었으나 날카로운 예각이 선 반월형의 얼굴, 기다림의 자국들이 지워진 채 자연의 의지를 보이는 평면의 얼굴, 도기 같기도 하고 물고기 같기도 한 검은 대리석의 측면성 얼굴, 슬픔과 완강한 침묵과 초월을 보이는 그 얼굴들 속에서 내 모습을 발견하기도 했지만 한 가지 궁금한 것이 있었다.

"반월형 얼굴이나 앞에서 보면 칼날 같은 측면성 얼굴은 조형상으로 제작하신 건가요?"

"조형으로는 그럴 필요가 없어. 내적인 것, 반항이라 봐야겠지. 한 시대를 살아가는 데 있어서 우리는 여러 가지로 겪어. 조각가는 순수조형에 대한 생각을 늘 하지만 내 조건 자체가 거기에서 자유로울 수는 없었던 것 같아."

손도 그가 특별히 많이 표현하는 인체의 부분이다. 그의 소녀상들은 수줍고 그리워하듯 양손을 어깨에 올린다든가 의지를 나타내듯 한 손으로 다른 팔을 굳건하게 부여잡고 있다. 1977년 작인 〈하느님 음성이 내 귀에 들려오니〉에서는 두 손을 정면으로 편 채 얼굴을 받치고 있다. 내면의 소리에 귀를 기울이듯.

"성화에선 손을 많이 그렸어. 프란체스코 성인도 손 들고 있고 불상도 그래. 방향을 가리키고 있어. 동서양이 같아. 로댕은 두 손을 모아 놓고 〈성당〉이라고 제목을 붙였어."

그의 작품에서 정면성과 입상도 자주 지적된다. 그의 작품들은 늘 정면으로 서 있다. 순수미만 따지면 그럴 필요가 없다. 그것은 맞바람을 견디며 꼿꼿하게 자리를 지키는 나무와 같은 것이다. 등뼈를 대지에 누이려는 수평적 의지가 휴식이요 죽음이라면, 수직의지는 저항이요 삶이다. "누워 있는 것은 건방지고 앉는 것도 납득이 안 가."

회화는 평면이고 조각은 매스다. "덩어리로 있어야겠다", 본래적으로 그냥 거기에 있었던 것처럼. 조각적 형태는 자연과 대결하는 자세로가 아니라 자연과 접근하는 행위로 이루어져야 한다. 서양 쪽은 자연과 대결한다. 멕시코 조각은 죽음의 공포를 나타내고 있다. 한국 조각은 그런 것이 없다. 영원 갈구이며 순하다.

서양 조각은 순간의 형태를 많이 생각했다. 그는 몇 해 전 유럽 미술관에서 〈라오콘〉을 본 일이 있다. 두 마리의 큰 뱀에게 감겨서 죽음을 앞두고 괴로워하는 모습이었다. "천 년 동안이나 그러고 있었다니 얼마나 힘들었겠어."

우리가 조각을 볼 때 조각은 조각이라기보다 우선 사람으로 보인다. 〈라오콘〉과 달리 이집트 조각은 멀쑥하니 서 있다. 그것이 영원한 것이 아닌가. 덜 좋은 것일수록 순간으로 그친다.

"불상은 보는 데 아무 불편함이 없어. 평범의 경지지. 미켈란젤로도 팔순에야 그걸 안 것 같아. 말년의 〈피에타〉상이나 〈노예〉는 적당히 만든 것 같아."

"선생님이 처음 세계를 돌아보고 오셨을 때 곧장 경주로 내려가셨죠. 석굴암 불상을 다시 보고 무엇을 확인하셨습니까?"

"그리스와 이집트의 가장 좋은 조각 두 점과 한국 불상과 견주어 봤어. 그리스 것은 조형으로는 완벽해. 그러나 선善은 아냐. 이집트 것은 영원성은 있으나 죽음 다음의 세계에 관심이 많았어. 한국 것은 진선미를 다 갖추고 있어."

불상은 석가가 체험한 경지를 이상으로 만든 것이다. 동양 중에서도 한국이 석가의 이미지를 가장 성공적으로 표현했다. 석굴암 불상이 그렇고 일본에 있는 백제 관음이 그렇다. 앙드레 말로가 일본에 갔을 때 '일본이 가라앉는다면 무엇을 갖겠는가' 하는 물음을 받았다. 앙드레 말로는 '백제 관음이다' 했다.

이 땅이 불교의 발상지도 아니건만 우리 선인들은 그토록 훌륭한 불상을 내놓았다. 자연과 더불어 살았던 지혜, 순수가 위대한 조각을 낳지 않았을까.

조각도 체험의 예술이다. 조각가는 사람이 사는 일을 조각의 형태로 체험하고 작품은 그 행동 형태이다. 로댕이 왜 위대한가. 로댕은 극단의 어려운 길로만 갔다. 사람이 체험할 수 있는 것은 작품으로 다 체험했다. 그래서 이성, 감성 양면으로 공감을 준다.

초인이란 다른 사람이 못 따라가겠다 할 정도의 경지까지 일을 한 사람이다. "초인이 어디 있어? 사람이지." 큰 경험을 한 사람이 무섭다. 순수조형의 미를 넘어서 정신의 세계를 보인 반 고흐가 그렇고 동서철학의 정상에까지 간 세잔이 그렇다고.

근래에 선생은 한 학생이 돌만 갖다 놓고 손을 통 대지 않는 것을 지켜보았다. 선생은 기다리다 못해 한마디 했다. '머리가 활동하는 것이 표현되어야 하지 않느냐'고. 학생은 '돌에게 미안해서 손을 못 댄다'고 했다.

돌이 미안해서 쳐다보기만 하면 안 된다. "해 보고 소화해야지, 백 년 가도 안 돼." 사람이 하는 일은 다 틀린다. 시행착오도 해 봐야 한다. 조각하는 순간의 생각을 순간에 옮겨야 한다. 의견을 물으러 온 젊은 조각가에게 로댕도 말했다. "공부해요. 흙을 주물러요. 발을 만들어요."

자유는 체험으로부터 온다. 생각만 하면 매인다, 쉬자, 그만두자, 구실을 찾지만, 그때그때 일어나서 체험해야 한다. 석가는 '비우라'고 했다. 서구에서도 인상파 이후 형태를 파괴하면서 나갔다. 액션페인팅으로부터 지우는 데까지 갔다.

"작품에 공감할 때는 어디서 본 듯한 걸 거야. 자기의 잊혀진 경험을 기억하는 거야. 훌륭한 작품은 많은 사람의 체험이 집약된 거라 할 수 있어."

"예술가는 다른 사람보다 체험의 능력이 뛰어난 사람이구요."

"예술가란 나약해 보이지만 강해. 이성과 감성을 다 갖추고 있어. 아무도 예술가를 때려눕힐 수가 없어."

'비둘기, 독수리 같은 새 한 마리 안고 외길 가는' 사람. 작고한 시인 박용래 선생이 친구인 조각가를 위해 쓴 시의 한 구절이다. 그는 꽃을 좋아한다. 십여 년 전까지만 해도 좋아하는 사람을 만날 때는 늘 꽃 한 송이를 들고 나갔다. 이제는 반짝하는 꽃보다 한결같은 이파리를 더 치지만 아직도 꽃집은 그냥 지나치지 못한다.

이대에 재직할 때다. 그때 교수들이 입시생을 가르치지 못하도록 규정이 내려졌다. 극성맞은 학부모들은 끊임없이 집으로 찾아와 성금(?)을 내밀었고 선생은 한 번도 흔들리지 않고 물리쳤다. 그 당시에 아내는 해산을 앞두고 있었다. 겨우 생활할 정도로 어려웠던 시절이라 입원하기도 힘들었다. 하루는 누가 떠맡기고 간 돈을 보이며 아내에게 '어떻게 하면 좋으냐'고 눈물을 글썽거렸다.

예민한 소년 같으면서 옳고 그른 일의 판단에선 쇠꼬챙이 같은 정의파다. 그는 공공의 동상 제작을 한 번도 맡지 않았다. 동상 제작을 조각사적 문제라고 생각하기 때문이다. 정확한 고증을 할 시간도 없이 짧은 기간에 쌓아 올리는 동상이라니. 처음엔 미협美協의 싸움이, 이어 동상 제작이, 지금은 화랑 판매가 문제가 되고 있는데 정당치 못한 데에 들어가서 행동하면 어떤가를 생각해야 한다.

그는 여간해서 작품을 내놓지 않는다. 외부에선 이것을 청빈, 고집으로 신화화시키려 하지만 그는 단지 '돈으로 파는 것이 떳떳치 못하다'. 옛날이 부럽다. 먹을 것만 주고 시켰으면 좋겠다. 작품을 내놓을 때도 가지고 갈 사람을 꼭 알아 두는 등 까다로운 작가이지만 화랑가에는 아직도 적응을 못한다.

그는 예전에 교수 직업에 늘 갈등을 가졌다. 조각가로서만 살기 위해 학교를 그만두려 했다. 지금은 생각이 바뀌었다. 학교를 그만두면 화랑과의 마찰이 불가피한데 그것을 견디기 힘들 것 같다. 또 조각에 전념하기 위해 직장을 나올 수는 없다. '조각가가 직업일 수는 없다'는 것.

"예술이 직업화된 것이 십구세기부턴데 아마추어 정신으로 해야 될 것 같아. 그것이 더 순수할 것 같아. 탐색할 때가 좋을 때야. 옛날에 길도 없고 연장도 없을 때 암석을 손으로 캐는 기분으로 일했어. 뼈를 깎고 살을 저미는 각고였어. 학교 문제는 더 두고 생각해야 돼. 내가 무슨 일을 해야 할지 아직 모르는 사람이거든."

그는 꽃집을 그냥 지나가지 못하듯 술집도 그냥 지나치지 못하는 이름난 술꾼이었다. 주사도 심했지만 이 시절에도 작업실에는 시간을 가리지 않고 들어갔다. 만취해서도 망치질만은 정확했다. 조각을 하지 않으면 무엇이라도 부숴야 될 정도로 격렬했다. 지켜본 사람의 말대로 반항과 도전으로 '전쟁을 하듯' 작품을 했다.

이토록 치열하게 살아온 사람이지만 욕심 많은 그는 언제나 '자기 할 일을 너무 못한 사람'이다. 자기에게 닥친 문제를 다해야 자유로운데 못했다. 본 대로 느낀 대로 해야 한다. 일반적으로, 자기가 본 것이 다른 사람 것과 다르면 무서워서 표현 못한다. 그 일을 다른 사람보다는 많이 하지만 '나 자신에 비해서는 많이 못했다'고 생각한다.

자학적인 면이 많은 그는 자신에게 모자라는 것을 너무 절실하게 느낀다. 모자라면 모자라는 대로. 큰 꽃만 꽃인가, 작은 꽃도 꽃이다. 바위 틈에 핀 몇 송이 붉은 산꽃은 얼마나 예쁜가, 그러면서도 정리가 안 된다.

"자연! 제일 부러워. 사람이 공부를 많이 하면 짐승의 경지에 가. 순수하다는 거, 거기서 더 가면 나무가 돼. 나무는 희로애락 없이 살아."

언제부턴가 그의 작품에 슬픔이 생겼다. 면이 극도로 요약된 얼굴들에도 그 흔적이 있고 성화 같은 파스텔화의 여인 눈엔 공허가 깃들어 있다. 한의 이야기가 서려 있다. 모든 것에 적응을 못하는 '인생살이 고달픈데서 연유됐다'. 거기서 자유를 얻은 만큼 나쁘다고 보지는 않지만 이젠 '평범해져야 될 것 같다'. 나무는 평범한데 사람은 왜 찡그리고 골내는가. 평범에 접근해 있을수록 사랑이 많다.

공부하는 것은 자유를 얻기 위해서다. 이것이 구도求道일 수도 있다. 안 할 수 없어서 망치질하는 조각가여서 조각이라는 방법을 통해 자유로 간다. 세속적으로 보면 이권으로부터의 자유, 내면으로 보면 자아에서의 자유, 자유를 찾는 방법 중 하나가 '컷'. 취하면 예속당한다.

"노자는 뿌리로 돌아가 있는 것을 고요라 했습니다. 이 무위의 고요함을 명命, 즉 각자 본래의 참모습으로 돌아가 있는 것이라 하고요. 나무를 닮고 싶다는 선생님의 '평범'도 이런 뜻이 아닌지요?"

"그래. 옛날 사람이 말한 관조를 이제 와서 느껴. 철이 늦게 들었어. 노여움의 물결도 잔잔히 가라앉히는 것이 나의 형태에의 꿈이야. 자연과 내가 분리되지 않고 삶이 되는 형태. 두보 시에 보면 '나라가 없어도 산하는 있다' 했어. 인생과 사상과 사회와 시가 다 허물어진 상태가 조각으로도 될 수 있으리라고 봐."

"허물어진 상태를 말씀하시니 선생님의 〈십자고상十字苦像〉이 생각납니다. 예수 얼굴이 부처에 가깝다고 했죠."

"정신적 배경이 있었던 거지. 뒤섞여 있어서 무슨 배경인지는 몰라도 진리는 하나야. 회교니, 기독교니 하지만 종교사회에서 분리하면 안 돼. 전쟁이 거기서 싹터. 나는 늘 노자와 석가와 예수를 더불어 생각해. 이들이 서로 다른 생각을 했던 것 같지는 않아. 노자와 석가는 의지의 극이야. 기독교의 부활은 이해하는 게 아니고 그냥 믿는 거고. 종교도 의지와 믿음의 갈등이 있어야 해. 이성에 감성을 수반하는 건데 이성에서 감성을 빼면 막대기야."

'풀잎 통해 보내는 신호를 그만이 알아듣는다.' 자연은 인간이 순진한 만큼만 생명의 오묘함을 보여 준다. 휠덜린의 시구처럼 풀잎의 신호를 알아듣는 사람은 순수의 시인이요, 예술가다. 그도 신호를 따라간다. 작품을 할 때 머리로 생각하지 않는다. 소요하는 상태를 믿는다. 순수한 상태에서 따라가면 틀림없다. 머리로 가면 오차가 많다. 머리는 책에 오염돼 있다. 남다른 것을 보더라도 용기를 누르고 머리로 그린다. 용기는 순진성에서만 나온다.

다시 순수에 도달하기 위해서는 과거의 것을 다 통과해야 한다. 갑자기 차단한다고 되는 것이 아니다. 추사도 선배들의 글씨를 다 해 보고 다 버렸다. 우리는 매일 세수를 하면서 왜 마음은 씻지 않는가.

이십세기 화가들이 공통적으로 한 말이 있다. '어린아이와 같은 순수상태가 아니면 그림을 못 그린다.' 맑은 마음으로 자기를 들여다보라. 의식은 단 한 면이고 의식 이전의 것이 있다. 관념에서가 아니라 존재가 있다. 말하기에 따라선 신이 될 수도 있다.

언젠가 김종영 선생 집에 갔을 때다. 그를 보자 김종영 선생이 불쑥 한마디 했다. "신과의 대화가 아닌가!" 조각이란 질서, 생명을 찾아가는 것인데 이것이 신과의 대화가 아닌가.

예전에 그는 자신을 다스리지 못해서 가톨릭에 귀의했다. 너무 답답해서다. '요한이 올 테니까 이렇게 저렇게 해라 성경에 나와 있듯 내게도 명령해 주었으면' 했다. 그러나 곧 깨달았다. 진리란 누가 명령하는 것이 아니라 자신이 찾아가며 만나는 것이라고.

신을 찾으려면 자기 내면으로 들어가야 된다. 인도 사람들은 명상으로 자기를 분석했다. 요즘 세상은 온통 바깥으로만 향해 있다. 사회봉사도 봉사가 아니다. 내면으로 이루어지면 사랑은 저절로 바깥으로 나온다. 조각에서도 미나 독창성을 만들려고 할 필요가 없다. 갈 데까지 가면 저절로 나온다.

"예술이란 형태는 자기를 찾아가는 방법으로 좋은 것 같아. 다른 일로써는 여간해서 자기 내부의 움직임을 볼 수 없어. 나를 잘 볼 수 있으면 전체를 바라볼 수 있어. 전체를 한눈으로 보는 것이 초월이지."

"선생님이 말씀하시는 '자기를 찾아가는 것'은 자연과의 일치, 즉 동양의 도인데…."

"나를 못 찾은 거야. 자기 변두리에 있는 것 같아. 자코메티가 '하나를 하면 천이 저절로 된다' 했어. '그 하나를 하면 조각을 그만둔다' 했어. 못한다는 것을 알고 한 말이야. 예술은 끝이 없어. 핵심을 찾지 못해서 그렇지, 계속 변화하고 있어. 예술엔 막다른 골목도 없어. 추상은 끝났다고 말할 수는 있어도 회화가 끝났다고 말하기는 어려워. 사람이 살아 있는 한 모든 것이 진행되어야지. 창세기 때도 첫날엔 빛이 생기고 이튿날엔 하늘이 생기고. 지금도 창조가 진행되고 있어. 화가는 끝없이 화가의 길을 가는 거여. 예술은 결론이 아니라 진행인지도 몰라."

완전이란 없다. 못 가는 줄 알면서도 간다. 찬송가에도 있듯 예수 '가까이'. 다시 젊어지더라도 조각을 한다. 어떻게 달리 할 수가 없다. 후회가 없다. '살아서 다 못 하면 사람으로 태어나 다시 겪지.' 휴식기인 지금, 제일 바라는 것은 일을 어떻게 하면 할 수 있느냐다. "하나님이 있다면 빨리 오라고 알려줬으면 좋겠어."

문득 얼마 전 선생이 제작한 김대건金大建 신부 동상이 떠오른다. 기존의 기념상에 비해 단순화되고 조형 자체뿐 아니라 사상의 깊이를 보여 준 작품이다. 초연하게 두 눈을 감고 더 이상 할 말이 없다는 듯 굳게 입을 다물고 있는 순교자. 모든 것을 수용하겠다는 뜻으로도 보이는데, 허공에 펴고 있는 두 손은 최선을 다한 자의 마침표 같다. 나머지는 신이여….

작품은 바로 작가 자신이다. 세상살이에 시달리면서부터는 그의 작품에 한의 이야기가 서렸다. 싸움에서 물러나 자기를 바라보는 지금은 순명順命의 두 손을 하늘에 펴 들고 있다. 조각가는 이 동상을 통해 말하고 있다. 자기 소명을 다한 사람만이 하늘 앞에 두 손을 펴 들 수 있다는 것을. 우리는 최선을 다하고 있는가.

자기 욕망에만 급급한 우리는 언제 부끄럼 없이 그 모습을 나의 상像으로 생각할 수 있을까.

작곡가 강석희

바흐도 그때는 현대적인 작곡가였다.
예술은 항상 새로운 것이다. 시대마다 정신이 있다.
예술가는 그것을 표현하기 위해
위험을 무릅쓰지 않으면 안 된다.
그는 항상 타성을 깨고 변화하려 한다.

한 여자의 목소리가 지평선 저쪽에서 실려 오듯 높고 낮게 화면 속에 떠오른다. 바람처럼, 바람의 주문처럼 허공에 이어지고 반복되는 소리. 혼을 부르는 듯한 계시의 목소리. 응답하듯 흐르는 플루트 소리. 그것은 오염된 이 세상으로부터 화려한 외출을 하게 했고 일순의 비상이었으나 아름다운 공간이었다. 그 후로도 얼마동안 그 소리는 너절한 일상에서 도망치고 싶을 때마다 신기루처럼 떠오르곤 했다.

판타지로 가득 차 있으나 엄격한 균형으로 혼을 상승시키는 「부루」. 옛말로 풍류란 뜻이다. 강석희 선생의 작품으로 1976년 베를린 메타음악제에서 초연됐고 영화 「화려한 외출」의 주제곡으로도 쓰였다. 천오백여 년 전 신라시대 화랑의 종교의식을 '공간과 시간을 뛰어넘어 현재 속에 재현시킨 놀라운 성과'란 격찬을 받았다.

그는 파리 유네스코 주최 국제작곡대전에 2위로 입상하는 등 국제적으로 알려진 작곡가다. 그의 작품을 쉽게 접할 기회가 거의 없었지만 「부루」는 현대음악은 어렵다는 편견을 깨뜨리기에 충분했다.

그가 재직하는 서울음대 교수연구실엔 제자 진인숙이 열심히 악보를 베끼고 있었다. 수학보다 더 복잡해 보였고 완성된 오선지에 걸려 있는 음표들은 파들거리는 고기 떼 같았다. 어부처럼 우연으로 건져 올린 것이 아니라 작곡가가 필연으로 선택한 음표들이 혼의 그물에 각기 배치돼 있는 것이다. 저 음표들이 걸려지기까지 어떠한 혼의 싸움을 치렀을까. 차라리 수학을 푸는 것이 쉽지. 선생이 그 말에 고개를 끄덕인다.

"그래요. 틀린 점이 있다면 수학은 증명으로 끝나지만 음악은 그다음부터 시작된다는 거죠."

"문학, 미술, 무용은 그 과정을 다 상상하지만 음악은 상상조차 안 됩니다."

"고의적인 것이 아니라 창작과의 순수한 교감을 통해 신에 접근하는 거지요."

"작곡에서 중요한 건 무엇이라고 할 수 있습니까?"

"최선의 것을 선택하는 작업이에요. 선택을 잘하는 사람이 좋은 작곡가죠. 다른 사람의 사고를 뛰어넘어야죠."

'다른 사람의 사고를 뛰어넘는다.' 이것은 독창성을 말하는 것이리라. 예술가의 필수 조건이다.

선생은 자신의 유년 시절을 되돌아보면서 그 독창성이 엿보였던 시기라 말한다. 내성적이어서 아이들과 잘 놀지 않고 주로 혼자 일본 공책의 글씨를 연습한다든가 세계문학전집을 보면서 책 속의 사진을 그림으로 그려 보곤 했다. 그림을 특이하게 그려서 교실 뒤엔 항상 그의 그림이 붙었는데 중1 때 그린 정물화는 지금도 생생히 기억한다. 책상과 전기스탠드가 있는 그림으로, 전기스탠드를 크게 그려서 포스터적인 감각이 있다는 칭찬을 받았다.

남 앞에 나서는 것을 싫어해서 그는 한 번도 단체에 끼어 본 일이 없다. 노래도 그런대로 했지만 합창단엔 들지 않았다. 국민학교 육학년 때 옆짝이 합창단 모집에서 떨어졌다. 그때 그는 '그걸 왜 떨어지냐?' 말했다. 이것이 음악에 대한 최초의 반응이었다.

그는 서울공고로 진학했다. 은행가였던 할아버지는 맏손자가 이 나라의 공업 발전에 기여하기를 바랐다. 수학이며 과학을 좋아했던 만큼 적성에 맞았다.

그가 음악과 가까워진 것은 전쟁 때문이다. 전쟁이란 상황이 사춘기 소년의 내면에 갈등을 일으켰다. 무언가 의지하고 싶어졌고 신을 찾는 마음이 그를 교회로 이끌었다. 여기서 찬송가를 통해 음악과 친해진다. 그는 피란 때 안동에서 머물며 입시학교를 다녔는데 그때의 학교 분위기도 음악적이었다. 교장이 바이올린을 했고 교장 부인은 피아니스트였다. 담임은 연대의 밴드부장이었고 수학 선생은 노래를 잘 불렀다.

피아노를 배운 것도 그 시기다. 찬송가를 통해 화음을 터득했고 학생가 작곡도 했다. 특별한 지도를 받은 것도 아니고 혼자 배워 나갔다. 때마침 본 교회의 지휘자가 전근을 갔다. 그 자리가 그에게 맡겨졌다. 당시의 분위기가 그로 하여금 음악가의 첫발을 디디게 한 셈이다.

그가 음악대학에 들어가기로 작정한 것도 순간의 결심이었다. 하루는 어느 친구 집에 갔는데 가정교사가 음악을 가르치고 있었다. 그가 옆에서 기웃거리자 가정교사가 그에게 시창청음視唱聽音을 해 보라고 했다. 그는 가정교사에게 칭찬을 받았다. 그전까지 신학대학에 갈 생각을 하고 있었는데 문득 음악을 깊이 알고 싶다는 욕구가 솟았다. 그는 서울음대 작곡과에 입시원서를 냈다. 쉰두 명 중 여섯 명이 합격되었다. 그중 백병동白秉東, 이강숙李康淑 씨가 있었는데 이 시기에 당대의 세 음악가가 배출된 셈이다.

"그때까지도 내가 아는 음악은 불과 몇 곡밖에 되지 않았어요. 무소르그스키의 「전람회의 그림」 등. 그래서 일 년만 음악을 직사하게 듣자 하고 수업만 끝나면 르네상스에 틀어박혔어요. 음악 들으면서 멜로디를 베끼고. 그러고 나니 유식이 별것 아니라는 걸 알았어요. 어떤 사람과 대화할 때 그가 관심있는 분야의 책을 한 권 읽으면 다 말이 돼요. 이런 과정을 거쳤기 때문에 나는 지금도 창의력을 가장 중요시해요."

1960년대에 대학을 졸업하고서다. 집안 할아버지가 돌아가셨다. 돈암동 탑골 승방에서 사십구제를 드렸는데 제에 참석하고 돌아와 그는 갑자기 병을 앓기 시작했다. 지금은 그것을 빙의憑依라고 생각하지만 병명은 급성간염이었다. 이틀간 피를 토해서 모두 그가 죽는다고 생각했다.

그 후에도 간경화증 수술까지 치르고 시한부를 선고받았지만 죽음의 고비는 넘겼다. 이 병으로 오 년 이상을 끌었다. 그가 작곡할 생각을 한 것은 장기 입원을 하면서다. 나도 쓸모가 있는지 모른다는 생각을 했다.
"죽을 고비를 넘긴 사람은 누구나 그런 생각을 해 보죠."

그는 전자음악을 생각했다. 예전에 공고를 나왔다는 의식이 있어서 음악과 과학을 연결시켜 보고자 했다. 라디오를 틀면 주파수대로 다 들을 수 있다. 이것은 방 안에 파장이 가득 차 있기 때문이다. 그것은 언제나 있어 왔고 역사 이전부터 있었다. 과학은 이렇듯 우리의 일상과 숙명적으로 맺어져 있어서 관련을 갖지 않을 수 없다.

그는 병상에서 전자음악에 관한 책을 탐독했다. 그 무렵까지 전자음악은 들어보지도 못했지만 집념으로 전자음악을 만들었다. 피아노 등 악기를 칠 때 한 음을 꽝 치면 윗소리까지 울린다. 이 배음倍音 때문에 소리가 살아나는데 전자음악은 배음을 인공적으로 만든 것. 그는 남산에 있는 케이비에스KBS의 전자기계를 빌려 사용했다. 이때 작곡한 것이 1966년 명동 국립극장에서 발표한 「원색의 향연」이다.

그는 곧 컴퓨터의 기초과정을 한국 컴퓨터 센터에서 배우게 된다. 기계 문명이 발달한 시대라 언젠가는 이것이 이용되리라는 생각을 했다. 컴퓨터 음악이 세계 최초로 만들어진 것은 1957년. 그는 십 년 뒤 눈을 뜬 셈인데, 빠져들진 않았다. 컴퓨터의 기능은 이미 프로그래밍된 것 이외에는 모른다. 정보를 집어넣어 순식간에 확인하는 것이라 무의미하게 여겨졌다. 십삼 년 뒤인 1980년도에 컴퓨터 음악을 만들었으니 혜안을 가졌던 셈이다.

"대학 때부터 다방면으로 관심을 가져서 아무것도 못 된다는 생각이 들었어요. 그러나 이런 관심들이 연관되어 종합예술이 되어 나가고 굉장한 수확이 됐어요."

먼저 작곡가 강석희를 말하는 데 있어 빠뜨릴 수 없는 두 사람에 대해 말해 보자. 영원한 고향인 어머니와 작곡가 윤이상尹伊桑 선생.

어머니는 유교 교육을 철저히 받은 외할머니 밑에서 일곱 딸 중 맏딸로 자란 분이다. 자신이 아들 노릇을 해 왔던 터라 일곱 남매 중 장남인 그에게 정신교육을 게을리하지 않았다. 가야 할 데와 안 가야 할 데를 구분하라, 손은 가볍게 놀리고 발은 무겁게 놀려라, 남자가 해야 할 일을 늘 일러 주었다.

어머니는 아이가 못 알아들어도 일부러 고사古事 같은 것을 얘기해 주었다. 책을 읽으면서 노래를 해 주었다. 옛날엔 아녀자들끼리 모여 책 읽는 시간을 따로 가진 듯한데 어머니가 늘 책 낭독을 했다. 어머니가 책 읽는 노랫소리, 그 단조로운 가락은 몇 십 년이 지나 그의 작품 속에 재현된다. 1980년, 베를린방송 교향악단이 초연한 「메가-멜로스」의 2악장이 그것이다.

1968년 작곡가 윤이상 선생과의 만남도 그의 생애에 지울 수 없는 사건이다. 윤 선생이 동백림사건으로 사형선고를 받은 후이다. 윤 선생은 그때 병보석으로 서울대학병원에 입원 중이었다. 그는 한 친구의 도움으로 경비를 뚫고 들어가서 그 후 일 년간 윤 선생과 사제지간으로 밀접해진다. 그는 기관원이 지켜보는 가운데 일주일에 두 번씩 선생에게 레슨을 받았다. 윤 선생은 불행을 당하고 있을 때였지만 제자 가르치는 시간을 즐거워했다. 그 시간만이 자기 생각을 펼 수 있었으니 말이다. 덕분에 제자는 선생에게 축적된 양분을 흠뻑 받을 수 있었다.

그는 선생에게서 작곡을 터득하고 객관적으로 정리한다. 자신을 뒤집어 놓는 변화였지만 선생이 길잡이를 제시해 방황하지 않았다. 선생에게서 창작은 논리적으로 표현돼야 한다는 것을 배웠다. 또 선생을 통해 한국적 요소를 음악화하는 기술을 터득했다. 윤 선생은 한국전통음악의 특성을 자신의 작품에 용해시킨 작곡가다. 이국에서도 늘 조국을 생각했던 분이니까. 뒷날 두 사람이 독일에서 만나 장기 여행을 한 적이 있는데 윤 선생은 들판에 핀 노란 꽃 무리를 보고 전에 읽은 『찔레꽃』소설을 떠올리기도 했다.

그가 1970년도 독일 하노버음대에 유학한 것도 윤 선생의 추천에 의해서다. 이토록 밀접하게 맺어졌던 만큼 불가피하게 영향받은 점도 있었다. 그때 작곡된「예불」「생성」은 선생과 논의하며 만들어진 작품. 기술의 문제는 어느 정도 터득되었다. 그러나 '내가 하려는 것을 다 써 버렸다'는 문제에 부딪쳤다. 그가 뚫고 나가야 할 벽이었다.

자신의 말대로 그의 관심은 다양하다. 인식에 대한 욕구가 강하기 때문이리라. 한때 컴퓨터에 눈을 돌렸지만 같은 무렵 불교음악에도 관심을 갖기 시작했다. 그때 살고 있었던 집 뒤에 봉원사가 있었다. 새벽 네시면 매일 종소리를 들을 수 있었는데 그 소리의 간격이 고르다는 것을 깨달았다. 종을 치며 예불하는 것인가. 나중에 스님에게 물어보았다. 스님은 습관적으로 친다고 했다. 어떻게 그토록 정확하게 치는가. 그는 다시 골똘히 생각했다. 종에서 울려나오는 충격이 고르기 때문인가.

범종에 구체적으로 다가선 것은 다음 해다. 1968년, 서울대 국악과에서 작품을 위촉받고서다. 그 무렵 한만영 씨를 통해 범패에 관해 배우면서 절로 갔다. 작곡할 때 오래 뜸 들이는 편이었다. 사색하다가 정리하는 데 경험도 필요했다.

대흥사의 새벽 예불은 그에게 '종'을 확인시켰다. 한번 두번 울릴 때마다 용트림 같은 종소리가 가슴속을 꿰뚫고 지나갔다. 그것은 규칙적인 충격을 일으켜 어둠 속을 뒤흔들며 지나갔다. 그는 울창한 나뭇잎이 떨리는 소리를, 건너편에 우뚝 선 바위의 응답하는 소리를 들었다. 어느 고승이 바윗돌들 앞에서 설법을 했다는 기록이 있다. 『삼국유사』에서 본 것이 생각났다. 바위도 귀를 기울이는 고승의 설법은 바로 저 종소리 같은 것이 아닐까.

그다음 날 해인사로 갔다. 해인사 길목부터 판타지로 가득 찼다. 때는 봄이라 벚꽃이 만발했다. 꽃이 흐드러진 바윗돌 사이로 물이 세차게 흐르고 있었다. 햇빛이 은화살처럼 물에 내리꽂히며 흩어졌다. 그 반짝이는 빛의 소리가 고기 떼처럼 그의 머릿속에서 뛰놀았다. 사물도 풍경도 음으로 생각하는 것이 작곡가의 버릇이었다.

새벽 예불은 더욱 장관이었다. 달이 없는, 칠흑같이 캄캄한 밤, 장엄한 불경 소리가 삼라만상을 일깨우려 퍼져 나갔다. 그 뒤 나온 것이 「예불」이다. 삼십 명의 타악기 주자와, 합창과 독창으로 구성되었다. 예불하는 승 대신 범종을 넣어 구성했다. 만물에게 영향을 주는 범종이었다.

그는 종과 인연이 많다. 엑스포 70이 일본에서 열리기 전이다. 한국관 설계를 맡았던 김수근 씨가 성덕대왕신종소리를 검토해 달라는 부탁을 해 왔다. 한국관의 상징으로 평화의 종을 만들어 세우고 성덕대왕신종소리를 녹음해서 들려준다는 계획이었다. 녹음된 종소리는 세 편이었다. 그동안 종을 연구한 적은 없었지만 이 기회에 세밀한 검토를 했다. 세 편 다 특징이 있으나 순수한 종소리가 아닌 것 같았다.

그는 일행과 함께 경주로 내려갔다. 낮에는 잡음이 있어 피하고 자정부터 종을 쳐 밤새 소리를 검토했다. 밤에 종소리가 울려서 동네의 개들이 일제히 짖어댔다. 수십 번 음향을 측정했다. 종소리의 진실을 찾아야 했다. 모두 소리가 고르지 않았는데 정확하게 당좌撞座를 치자 일정한 파형을 그렸다.

"성덕대왕신종으로 우리 조상들이 얼마나 과학적인가를 알았어요. 당좌를 쳤을 때만 제 소리가 나요. 또 종 윗부분에 용통이라는 구멍이 뚫려 있는데 여기로 배음이 울려 나와요. 이건 일본이나 중국 종에도 없어요. 일본 사람들이 용통은 쓸모없다고 하는데 그건 한국음악의 특성을 알지도 못하고 하는 소리예요."

우연히 얻은 귀중한 자료. 그는 이 연구로 '현대음악의 명작 중에 들어갈 만한 작품'이라는 평을 들은 「농」을 작곡하게 된다. 플루트와 피아노를 위한 곡. 1978년 아이에스시엠ISCM 세계 음악제에 입선됐다. 1970년도 독일로 유학 가서 일곱 달 만에 쓴 곡이다.

「농」은 농현에서 따온 것인데 이미 울려진 소리 다음에 일어나는 현상을 뜻한다. 가야금의 여음 등 이것이 전통적인 한국음악의 특성이다. 종도 이에 속한다. 그는 「농」에서 범종 소리를 파도 소리와 연관시켰다. 종소리의 음향을 바위에 부딪쳐 일어나는 포말로 보았는데, 이때 주음主音이 없어지고 무수한 물방울 같은 장식음만 남는다. 이 장식음들도 끝없이 가는 듯하다가 서서히 사라져 간다. 휴식이 찾아온다. 다음의 진행을 위한 서구적 휴식이 아니라 앞의 것을 되돌아보는 명상적 휴식이다.

"이 휴식의 사상은 중국의 시성 백낙천白樂天의 한시에서 얻은 것이에요. 백낙천이 달밤에 호수에서 뱃놀이를 하고 있는데 비파 소리가 들려와요. 그 소리가 황홀해서 음악이 끝난 뒤까지 머릿속에 남아요. 그 소리를 되새기던 백낙천이 불현듯 시를 읊는데, '此時無聲 勝有聲'. 지금 없는 소리가 있었던 소리보다 낫다는 뜻이죠. 서양 사람들이 모르는 여백의 아름다움이죠."

동양인, 그중에서도 한국인, 이것은 우리 모두의 숙명이다. 특히 예술가에게 그 땅은 젖줄과 같은 것이다. 창조의 뿌리가 땅의 체험에 내리우고 있기 때문이다. 폴란드를 떠난 쇼팽을 생각할 수 없고 핀란드 없는 시벨리우스를 상상할 수 없다.

작곡가 강석희姜碩熙란 이름도 한국과 떼어 놓을 수 없다. 윤이상 씨와의 만남 이후 그는 줄곧 '어떻게 하면 한국을 음악 속에 넣느냐'를 생각해 왔다. 「농」 이후 범종과 가야금을 한국적 재료로 많이 썼고 만파식적萬波息

笛에서 딴 「만파」 등 소재도 『삼국유사』와 역사에서 건졌다.

"「농」이나 그 외 한국적 소재를 가진 작품에 관해 들으니 우리 음악이 어떤 것인가 알 것 같습니다. 한국적 외양만 옮겨다 놓으면 설득력이 없죠. 그런데 선생님은 의식적으로 한국적 소재를 쓰시나요? 그렇다면 제한을 받진 않나요?"

"작품을 위촉할 때 한국적이어야 한다는 조건이 따르면 정신적 제한을 받아요. 작품도 그렇게 나오고. 「돌 ㅎ」가 그런 편이에요. 이것은 서울시의 위촉으로 만든 작품인데 그 측의 뜻에 많이 제한받아 마음에 안 들어요. '한국적이어야 한다' '자기 세계를 집중해서 펴야 한다' 이 둘 중 어느 것이 우선하느냐. 자기 세계에 먼저 집중해야겠죠. 어떤 요구를 할 때 아마추어는 무어든 만들 수 있어요. 프로는 오히려 그렇지 못해요."

"선생님이 범종, 가야금 등의 악기나 한국적 소재를 쓰는 것은 전통을 찾는 작업이죠. 전통을 찾아야 한다는 것은 알겠는데 선생님 경우 이것에 대해 '왜'라는 물음을 해 본 적이 있으신지요."

"현대에서 전통을 찾는 작업, 그건 예술의 원시성을 추구하는 것이 아니라 예술의 원형으로 돌아가려는 노력이죠. 원형에의 복귀, 이것이야말로 한 나라의 예술이 지역적 한계에서 벗어나 세계적인 공통성을 띨 수 있는 유일한 길이에요."

우리의 얼을 잇기 위해, 세계적인 공통성을 띠기 위해 전통을 찾는다. 그러나 이것도 과정을 거쳐야 예술로 형상화된다. 논리가 들어가야 한다. 그가 독일에서 늘 고민했던 것은 사고의 논리성과 그 기술적인 극복이었다. 자기 배제를 해야 했다. 술을 마시고 취한 상태에서 영감이 떠올랐다 치자. 그것을 메모해 놓고 깬 뒤 보면 감정밖에 없다. 영감 자체를 작품으로 착각하기도 하지만 음악엔 즉흥이 없다.

1975년 서독 졸링겐 관현악단의 위촉으로 작곡해 초연되었던 「사슬」

이 있다. 대편성 관현악을 위한 「카테나」다. 테야르 드 샤르댕의 진화론에서 발상을 얻었다. 어떤 진화 과정이 오메가 포인트에 달하면 돌연변이 현상이 일어나고 그것은 새로운 진화를 한다. 이것의 연속을 작품 구성의 뼈대로 삼으려 했으나, 구체화시키는 과정에서 바뀌었다. 각기 다른 예순 개의 단편을 염주처럼 꿰어 보았다. 자기 감정을 배제하고 치밀하게 계산된 순수 추상음악으로 만들었다. 논리성을 극복해서 전환점이 된 작품인데 아이에스시엠에서 입선했다.

"작곡은 구름 잡는 것 같은 판타지를 논리적 과정을 거쳐 결정화, 즉 수정화하는 거죠. 크리스탈라이즈하는 거죠."

"음악의 추상성, 그 순수성이 잘 표현된 말 같습니다."

"우리 선조들은 음악을 신이 우리에게 준 것으로 생각했어요. 정악 같은 전통음악이 그런데, 하찮은 감정을 개입해선 안 된다고 생각했죠. 바로크시대와 같아요. 순수추상이니까 현대음악과도 통해요."

"그런데 순수추상이기 때문에 대중과 멀어지는 결과를 가져오지 않았나요? 인간의 자연스런 감정을 담은 민요가 생긴 것도 이런 면이라 보아집니다."

"모든 것은 공존하기 마련이고 또 그래야 합니다. 공존하는 것 중에서 각자가 선택하는 거죠. 흔히들 현대음악이 '재미없다, 어렵다' 하는데 훈련이 안 돼서 그래요. 할머니들은 판소리 좋아해도 젊은 사람은 어디 그래요. 모차르트나 베토벤의 고전음악도 즐기는 사람이 많죠. 이런 것도 우리가 어려서부터 화음을 배워 왔기 때문에 가까워질 수 있는 것이지 갑자기 가까워지지는 않아요. 감각으로 느끼는 것이 예술이 아니에요. 노력해야 합니다. 대중예술은 쉽죠."

현대음악은 그 난해성 때문에 일반인들과 거리감을 가지고 있다. 우리나라에선 지적 작업을 하는 같은 수준의 사람들에게서도 외면당하고 있다. 그의 경우 그저 작곡가가 아니라 '현대음악 작곡가'로 인식되고 있는데, '현대'가 강조된다는 것은 그만큼 특별하게 취급되고 있다는 말도 된다.

그를 현대음악 작곡가라 하지만 바흐도 그때는 현대적인 작곡가였다. 예술은 항상 새로운 것이다. 시대마다 정신이 있다. 예술가는 이것을 표현하기 위해 위험을 무릅쓰지 않으면 안 된다. 안주해선 안 되고 항상 타성을 깨고 변화해야 한다.

그가 지금까지 작곡한 것은 서른두 곡. 과작이라는데 이 곡들은 모두 각기 다르다. 그때마다의 직관과 필연성에 의해 만들어졌기 때문이다. 「카테나」 다음에 작곡한 「부루」는 보다 감성적인 신비한 색채의 곡이다. 이러한 변화로 그의 음악을 듣고 작곡가를 떠올리기란 쉽지 않다.

"나는 작풍이 늘 변해야 한다고 생각해요. 그래서 한눈에 알 수 있는 터너나 미로의 그림보다 피카소처럼 변화가 많은 예술가가 좋아요. 변하지 않으면 연못이 썩는 것 같아요. 계속 흘러가야 돼요."

전자음악의 불모지에서 그것을 시도했다. 유치해서 악보까지 없앴지만 실험 정신은 이날까지 맥을 잇고 있다. 그 추진력으로 세계 속의 작곡가가 된 만큼 그는 한국의 현대음악에 낙관한다. 이 땅에 현대음악이 들어온 것이 1960년대. 맥이 끊겼던 전통음악도 이때에 다시 살아났다. 전통과 현대음악이 비슷한 시기에 정착해서 나란히 발전할 수 있다는 것.

그래서 그는 현대음악 발전에 남다른 정열을 쏟고 사명감을 갖고 있다. 1969년 제1회 「서울현대음악제」를 개최해 뉴욕에서 활동하는 전위예술가 백남준의 성음악性音樂을 공연하기도 했고, 많은 젊은 관객들을 끌었다. 독일에서 돌아온 1975년에 「공간 십 주년 기념음악제」를 홍신자, 황병기 씨 등과 함께 참가했고, 이어 범음악제를 맡아 전통음악과 현대음악을 한 무대에 올려놓았다.

한국 현대음악에 기여하고자 한 만큼 후배 양성에도 자연히 열정을 쏟게 된다. 그는 제자에겐 '열심히 가르치는 선생'으로 알려져 있다. 기본적인 것부터 시작하기 때문에 처음엔 제자가 고생한다. 음악은 들어서 좋아야 한다는 관념을 작업하면서 부숴 준다. 좋지 않은 부분은 '지우라'가 아니라 제자가 납득을 해서 고치도록 한다. 곡만 봐주는 것이 아니라 악보 만드는 것, 사보, 기보 등 기본적인 것까지 가르친다. '작은 것도 완벽할 수 없으면 다른 것도 완벽할 수 없다. 지금 하는 작업이 너의 생과 연관된다'고.

"예술가들이란 창작을 통해 신에 접근하는 사람들이죠. 음악은 열려진 사람에겐 쉬워요. 최선을 다했을 때 응신應身이 와요. 부름에 응한다는 뜻인데, 항상 준비되어 있으면 피안과 신과 대화가 가능해요. 이렇게 나온 음악은 순수하니까 감동을 줄 수 있고. 목사의 설교가 이에 못 미치죠. 예술은 인류를 구원할 수 있는 열쇠예요. 나는 그걸 믿어요."

세계사는 천재에 의해 이루어지고 있다고 그는 생각한다. 프랑스혁명이나 러시아혁명처럼 민중이 역사를 바꾼 적도 있지만 '큰 토막은 천재가 이루었다'. 그중에서도 그는 예술가의 역할에 대해 굳게 믿는다. 정치가가 아무리 나야 소용없다. 정신의 부분을 이끄는 것은 예술가인데 한국을 알린 사람도 정경화나 백남준 같은 예술가이지 정치가가 아니라는 얘기.

그러면 예술가는 어떻게 정신의 역사를 이루나. 혼이 열려 있는 사람이므로 예술가들에겐 직관이 많다. 은하 같은 직관, 그 무수한 직관들이 다 건져지는 것은 아니다. 명멸하는 별 같은 직관 중 뉴턴의 사과같이 떨어지는 것이 있다. 큰 별, 그것이 영감이 아닐까.

그의 머릿속엔 늘 은하 같은 직관들이 명멸하고 있다. 해결되지 않은 진화론처럼 우주에 대한 그의 생각도 늘 맴돌고 있다. 기류의 움직임으로 별들이 생겨난다면 기류는 어째서 생기나.

데니케인의 학설도 재미있다. 아주 옛날에 지구엔 고등한 인간들이 있었는데 그들은 다른 우주에서 이주해 왔단다. 여기서 생각해 보자. 이집트나 잉카, 마야 등 놀랄 만한 고대문명은 그것이 만들어지기까지 과거가 있다. 피라미드와 같은 과거. 여기서 그는 상고사上古史에 관심을 가지게 된다. 우리는 도대체 무엇인가.

한민족이 다른 먼 민족과 연관있는, 비전있는 민족이 아닐까. 구세기의 페르시아 역사책에 신라인은 노아의 자손이란 기록이 있다는 기사도 보았다. 우리나라 상제들이 두건을 쓰고 새끼줄로 꼰 머리틀을 쓰고 대나무 지팡이를 짚는 건 아랍인과 같지 않은가. 아시아에서 유독 우리나라 남자만이 바지에 대님을 맨다. 이건 헝가리인들 같지 않은가. 신라 때 금은 세공이 찬란히 발달했다. 아시아에서 금의 문화가 전해져 왔나. 이 생각이 중국 상商, 주周 시대의 청동기문화에까지 뻗쳤고, 문득 '청동시대'를 만들 생각을 했다. 영감의 큰 별이 떨어졌다. 그는 매듭을 풀기 위해 대만의 고궁박물관에 들러 눈으로 확인했다.

작곡을 하기 전엔 나돌아다닌다. 머리엔 영감만 차 있고 불안하다. 개인적으로 괴로운 일이 있으면 그것이 잊혀지기를 기다린다. 일단 생각이 정리되고 마음이 비워지면 작곡에 들어간다. 어느 피아니스트는 연주할 땐 미지의 항해에 나서는 기분이라고 했다. 작곡은 다르다. 목적이 정확하다. 이 섬에선 청어를 낚고, 저 섬에선 도미를 건져 올리리라. 지도에도 없는 무인도까지 그의 머릿속에 세밀히 그려져 있어서 항해 땐 즐기는 술도 마시지 않는다. 가족도 잊고 철저히 혼자 나아간다.

그가 호텔에 틀어박혀 작업할 때, 자정이 다 되어서 아내가 사색이 되어 아픈 아이를 데리고 온 일이 있다. 아버지 옆에 오자 다행히도 아이의 열이 내렸지만 그는 통금이 해제되자마자 사정없이 모자를 보냈다.

작곡에 몰두할 땐 가정도 없고 음악이 전부이다시피 살아온 작곡가이면서 누가 현대음악에 회의를 나타내면 이런 말을 한다. "유일하게 존속할 음악은 노래가 아닐까 싶어요." 인간과 가장 가까운 것이 노래라는 것. 그는 여기서 더 비약하여 과학이 발달하면 음까지 컴퓨터에 의존해서, 노래하고 싶은 감흥까지 잃을지 모른다고 덧붙인다.

그런가 하면 심령과학에도 흥미가 많아서 죽음의 나라에 드나든 혼령의 이야기를 자신이 체험이나 한듯 태연히 말한다. 아들 호수가 장차 천문학자가 될 것이라는 운명철학가의 예언을 즐겁게 받아들이고 전생도 가능하다고 생각한다. 세상 진리의 다양함을 이해하는 자유롭고 세련된 도시적 예술가. 맘씨 좋은 삼촌 같은 외양이 무엇이든 포용할 듯 푸근해 보이지만, 까다로운 관문을 거쳐야 한다.

나와 만난 첫날, 인터뷰에 관해 말이 나왔다. 선생은 잘하는 인터뷰의 예를 무심코 들었다. "말을 많이 할 필요는 없죠." 선생의 인터뷰 분석에 나는 구면인데도 불구하고 주눅이 들었다. 내가 인터뷰를 잘한다고 생각해 본 일이 없기 때문에.

하나밖에 모르는 미켈란젤로보다 전무후무 다방면의 천재 레오나르도 다 빈치를 좋아하는 사람. 사진 등 취미도 다양하지만 늘 새로운 것을 만나고, 그의 인식욕을 충족시키는 여행만이 영원한 취미라고 할 수 있는 사람.

마음이 심란할 땐 피아노를 친다든가 돌아다닌다. 얽매이기를 싫어하고 자기 일에 방해받는 건 질색이지만 누군가는 있어야 한다. 대화할 사람을 필요로 한다. 철저히 자기 속에 들어앉는 작업 때도 그렇다. 일을 방해하지 않으면서 옆에서 지켜봐 주길 바란다.

이런 그 자신을 스스로 이기주의자라 말하지만 오히려 뜻밖이다. 여유와 자신감이 보이고 감정에 그다지 흔들릴 것 같지 않은 사람, 음악 속에 철저히 혼자가 될 수도 있는 사람 같은데 지켜봐 주길 원한다. 사람 혹은 사랑이. 그에게 불쑥 물었다. '사람 때문에 울어 본 일이 있느냐'고.

"애하고 헤어질 때도 울고 잘 울어요. 어릴 땐 울보였는데 뭘. 조금만 섭섭해도 울었지."

나는 슬며시 웃었다. 문득 그리스 배우 멜리나 메르쿠리가 우유를 어린 애처럼 좋아하는 앤서니 퍼킨스를 두고 쓴 글이 생각났다. '완벽한 사람은 없다'고.

그제야 '메가-멜로스' 뜻이 선명히 떠오른다. 문화의 원류로서의 그리스어인데 '긴 노래'라는 뜻이다. 어머니의 책 읽는 소리, 완전 4도와 단 3도, 단순하며 웅장한 가락. 햇살 아래 소리 없이 일렁이는 바다, 아들의 항해를 지켜봐 주는 듯한 순풍의 물결, 은은하나 깊은 울림.

이것은 언제나 그를 알아주던 어머니이며 그가 늘 그리워하는 고향이 아닐까. 내성의 예술가, 에고이스트이기에 더욱 그리워하는 사랑의 바다. 그러나 어머니를 잃어버렸고 이제 그는 다시 아이로 되돌아갈 수 없기에 음표로써 그것을 되찾은 것이다. 그는 「메가-멜로스」 작품 해설을 이렇게 했다.

"이 음악은 이미 영원 안에 존재하고 있는 것을 끌어낸 것이다."

연극연출가 유덕형

"나는 조선조 이후
우리가 겪었던 것을 모두 겪은 세대예요.
우리 역사의 극단적인 상황에
늘 내가 끼여 있었던 것도 같아.
내가 복잡하다는 것은
이 민족이 복잡하다는 얘기예요."

「초분」을 본 사람이라면 결코 연출가를 잊지 못한다. 육지에서 고립된 어느 섬, 그곳을 지배하는 합리성 이전의 질서와 그 질서에 대립되는 뭍의 법 사이의 갈등을 죽음의 의식을 통해 보여 준 작품이다.

혼령이 깃든 듯한 원초적이며 시적인 무대, 제의祭儀의 분위기를 자아내는 경건한 흑과 백의 조화, 맨몸으로 뛰고 뒹구는 절망적인 몸부림. 그들을 뒤쫓는 조명은 움직이는 회화 그것이었고, 구태의연한 연극만 보아 온 내게 그 무대는 신선한 충격이었다.

함께 본 친구는 극장을 나오면서 고개를 갸웃했다. 무슨 뜻인지 모르겠다고 말했다. 나 역시 그 뜻을 선명하게 헤아리지 못했다. 그럼에도 불구하고 나는 연극을 격찬했다. 새로운 것을 추구하는 예술정신을 보았기 때문이다. 무대에서 조형성, 아름다움을 보여 준 연출은 그것이 처음이었다.

'신극 육십 년의 한국 연극계에 전에 없던 충격을 던져 준 공연'을 보여 준 연출가, 조명이나 음향 등으로 종래 연극을 종합예술의 차원으로 끌어올린 실험정신의 독주자, 그러면서 관객을 연극으로 몰입시키는 미의 조정사.

길게 놓인 밤색 코르덴 소파, 벽에 걸린 세계지도, 입구에서 마주 보이는, 화면처럼 큰 유리창. 창으로 필동 가옥의 무성한 나무들이 풍경화처럼 들어오고 따갑지 않은 햇살이 비쳐 온다. 이렇게 편안하고 개방적인 실내에 누군가 찾아오면 유난히 활달한 그의 목소리가 울린다. 듣는 사람이 힘들게 느껴질 정도로 온 힘을 다해 말한다. 그런가 하면 이야기하는 도중에도 소파에 쓰러지듯 몸을 옆으로 뉘이기도 하고 바닥으로 내려와 무릎 꿇고 앉기도 하며 끊임없이 움직인다. 그 무의식적인 동작은 한 예술가의, 젊은 학장의 에너지와 자유를 느끼게 한다.

그는 요즘 '공력 쌓기'에 대해 많은 생각을 하고 있다. 예술이란 순간의 영감으로 이루어진 것 같지만 공력을 쌓으면서 성장하고 완성된다. 소위 말하는 끼가 있는 사람, 선천적으로 타고난 예술가(전통무용가 이매방 선생을 예로 들었다)는 선택된 사람으로서 몇밖에 되지 않는다.

그렇다면 후천적으로 개발해야 하는데 여기서 학문이 필요하다. 외국의 스쿨은 이런 필요에서 발전한 이념의 학파이다. 학장인 그도 그것을 절감하고 몇 년째 작업을 하고 있다.

"인간과 자연, 인간과 과학, 인간과 사회를 예술의 입장에서 연구하고 있어요. 각 분야를 조화시켜 과학적 이론으로 기반을 다져야 해요. 여태까진 전체적인 틀을 모르고 부분적인 기술 면만 강조돼 왔어요. 그래서 작업을 하면서도 '왜 그 일을 하는지, 왜 그런 일이 그렇게 되었는지' 파악하지 못해요. 이것이 학문적으로 연구되면 방향 제시가 될 수 있겠죠. 우리는 어디서 왔으며 어디에 있으며 어디로 가는가를 알기 위해 학문으로 끊임없이 공력을 쌓아 가야 해요. 서울예술전문대학의 운영까지 맡고 있지만 이것도 넓은 의미에서 예술의 확산 운동이죠."

그도 처음엔 막연히 아름다운 것을 추구하리라 생각하면서 예술에 눈을 떴으나 과학과 연결된 미술로 초점이 모아졌다. 당시 로켓이 처음 발사되어서 미래를 위한 예술을 해야겠다는 생각이 들었다. 또 새로운 것이 좋았다. 이렇게 집약되어 택해진 것이 무대 조명이었다.

잘 알려진 대로 그의 선친은 동랑東朗 유치진柳致眞 선생이다. 1930년대에 극예술연구회를 조직하여 신극운동에 앞섰던 분. 작가며 연출가로 또 오십년대 말엔 록펠러재단의 원조를 받아 드라마센터를 개관했다. 그 후 이곳에서 많은 연극인이 배출되었는데 동랑은 한국연극사에 빠뜨릴 수 없는 인물이다.

연극만을 위해 살아온 아버지는 완고한 분이었으나 미를 추구하려 했던 어머니 심재순沈載淳 여사는 혁신적인 분이었다. 어머니는 고종 때 참정대신을 지낸 한규설韓圭卨 선생의 외손녀. 한규설 선생은 한일협약을 반대했던 곧은 정치인으로 역사에 남은 인물이다.

심 여사는 이런 가문에서 자란 양반집 규수였으나 아버지가 개방적인 분이어서 자유롭게 자랐다. 보성전문 법과를 나온 그분은 영화를 몹시 좋아했다. 그분은 외동딸을 사랑해서 외동딸을 데리고 영화를 보러 다녔는데 방석을 들고 가는 것을 잊지 않았다. 딸을 앉힐 방석이었다. 아버지를 따라다니며 공연예술을 보아 온 딸은 여배우가 될 꿈을 키워 나갔다. 시대가 시대인 만큼 집안에선 물론 반대했다. 딸은 도망치듯 혼자 일본으로 떠났다. 자기의 꿈을 이루어야 했다.

여배우의 꿈은 미술로 곧 대치되었다. '너무 반항적이 아닌가' 생각했던 것이다. 뿌리라고나 할 보수성이 혁신 기질을 다독였다. 그녀의 기질은 무용가 최승희 등 가까이 지낸 친구들을 보아도 알 수 있다. 그녀가 짧은 치마와 뾰족구두를 신고 다녀서 집안으로 돌이 날아오기도 했다. 동네 사람들이 던졌다. 이런 시대 분위기에서 스물다섯 살 때엔 「줄행랑에 사는 사람들」이란 희곡을 써서 신춘문예에 당선되었다.

외가로나 친가로나 그의 가문엔 늘 보수와 혁신이 공존했다. 친할아버지는 한의사였고 할머니는 크리스천이었다. 삼촌인 청마靑馬 유치환柳致環 씨는 너무나도 잘 알려진 시인. 이러한 내력의 집안에서 삼남매가 태어났다. 공부해서도 못 배우고 교육으로도 안 되는, 이 선택받은 환경이 한 예술가의 피며 혼을 형성하지 않았을까. 또 그에게 '복잡하게 생각할 수 있는 여건'을 만들어 준다. 보수와 혁신의 저울대 위에서 '자기'를 찾아 나가도록.

어린 시절은 잠재적인 것을 지니고 조용히 뿌리를 키운 시기이다. 그는 어릴 때 운동가가 되고 싶었다. 유치원 때 유치원생들을 차례차례로 다 넘긴 적이 있는데 쾌감이 컸다. 그 꿈이 깨어진 것은 국민학교 때 철봉에서 떨어지면서다. 부모에게 말을 하지 않아서 그 상처가 늑막염이 되었고, 곧이어 결핵을 앓았다.

운동을 못한다는 것이 결정되자 밖에 나갈 필요도 없어졌다. 중고등학교 때 그는 '색시처럼 얌전하게' 공부만 했다. 그러나 늘 배우들을 보고 자랐던, 환경과 감성이 아름다운 것에 눈을 뜨게 했다. 그때 소년 덕형에게 가장 아름다웠던 것은 여자였다. 여자의 아름다운 춤인 발레에 매혹당했다. 책상 앞에는 중국 여배우 사진을 붙여 놓았다.

"지금도 우주질서의 핵심은 여자에게 놓아요. 음정양동陰靜陽動인데 양은 하늘이고 음은 땅이에요. 세상의 주인은 여자라구요. 우수한 여자가 많아야 한 나라가 잘되고, 집안이 좋으려면 여자가 좋아야 한다는 말이 맞아요. 나는 전에 늘 자궁을 생각했는데 그것이 원천이라고 느꼈어요. 「초분」이 경험한 것이죠."

용산고교를 졸업하면서 연대 전기공학과에 들어갔다. 1957년도에 세계를 돌아보고 온 아버지가 과학의 시대가 올 것이라 예언했고 그는 예술의 꿈을 잠시 접어 두고 이공과를 택했다. 그러나 공부하기가 곧 지겨워졌다. 미적분을 밤낮 풀어야 했다. 싫은 것을 하니까 한 시간 공부할 것을 열 시간 해야 했다. 이때 공력 쌓는 것을 배우기도 했지만 그는 한 학기만 마치고 군에 입대했다.

특무병과와 헌병과에 들어가면서 그는 놀아 볼 수 있는 것은 다 놀아 보았다. 잠자고 있던 혁신의 기질이 극단으로 치달은 것. 더 이상 자극을 찾을 수 없을 막바지엔 병원을 찾아갔다. 아프다고 거짓말하고 모르핀 주사를 맞았다. 모르핀은 어릴 때 맹장수술이 잘못되어서 맞은 일이 있었다. 그때 구름을 타고 가는 듯한 기분이었다. 그 감각이 되살아났다. 모르핀을 팔이 시커멓게 될 정도로 맞았다. 거의 폐인처럼 되었던 탕아의 시기였다.

그가 본격적으로 연극에 몰입한 것은 미국으로 건너가서다. 영문과로 전과해서 졸업할 때도 막막했다. 동기생들은 모두 일류 기업체 입사시험을 보았다. 그는 직업인이 될 생각도 하지 않았지만 너무 놀아서 입사시험을 칠 형편이 못 되었다. 모르핀이며 모든 혼돈을 그때 벗어던졌다. 고교 때 공부만 했던 공력이 작용했다.

'다시 해 보자' 하고 1962년 텍사스 주 트리니티대학에 들어갔다. 근로 장학금을 얻었다. 팔십 달러의 월급을 받고 극장 청소를 맡았다. 붓을 쓰다가 꽉 꽂아 놓은 것, 어질러진 것을 정리하여 아침에 작업장을 마련해 놓았다.

이 경험은 모든 것이 상대적이라는 것을 깨우치게 했다. 붓을 쓰다가 던져 놓으면 누군가가 해결해야 된다. 붓 하나도 자기 혼자만 연관되는 것이 아니다. 굳은 붓을 빨기 위해 시간과 석유가 허비된다. 그 시간은 죽어 가는 시간이다.

"아버지는 우리가 어렸을 때 밥그릇의 밥풀 한 알도 못 버리게 했어요. 넉넉한 집안이었는데도 철저했어요. 그때 아버지는 아무런 설명도 해 주지 않았지만 상대적인 것을 가르치려 했던 것 같아요. 나는 요즘 집에서 아들 태균에게 설명해 주어요. 우리가 밥을 먹는 이 시간에 굶는 사람도 있다고."

그에게 보다 귀중한 체험을 안겨 준 것은 뉴욕 생활이다. 트리니티에서 한 학기만 마치고 그는 뉴욕으로 갔다. 중앙 무대를 보고 싶었고 부딪치고자 했다. 뉴욕에서 그가 배회한 타임스 스퀘어는 아편, 알코올중독자들이 들어찬 부랑자의 거리였다. 인생의 극단적인 면을 보여 주는 곳이다. 그는 칠 불 정도의 여인숙에서 자고 이십오 전의 핫도그로 배를 채웠다. 간장 하나로 밥을 먹었는데 그것도 아까워 조금씩 먹었다.

한 달이 지나도 동전 하나 벌지 못했다. 무대 뒤를 기웃거리며 시키지도 않은 일을 거들었다. 구직을 하면 연락 장소를 적어 놓고 가라고 했다. 그때는 연락 장소도 그에게 없었다. 돈이 완전히 바닥나서 거리에서 헤매야 했다. 눈치를 보면서 한국 친구 집을 기웃거렸고('이때 자존심 많이 버렸지!') 날이 새기를 기다려 센트럴파크로 갔다. 눈을 붙이려고 잔디밭에 누우면 아파트의 부잣집 여자들이 개를 끌고 돌아다녔다.

죽음에는 구원이 따른다. 그에게 하느님이 나타났다. 거리에서 트리니티의 선배를 만났다. 선배는 장치제작소를 차리고 있었는데 그에게 못질하는 일을 맡겨 주었다. 그는 '나의 신을 위해 이 생명 다하도록' 못질을 했다. 못을 박는데 이쪽저쪽 손이 오가는 시간마저 아까웠다. 빨리 못질하는 방법까지 생각해냈다. 다른 사람이 틀을 한 짝 만들 때 그는 두세 짝을 만들었다.

못질로 월급이 올라갔고 오가는 사람들이 그를 눈여겨보기 시작했다. 여기서 유명한 장치가 에드 위스틴을 만났다. 에드 위스틴이 그에게 에이피에이레퍼터리 극장 공연의 「닥터 파우스트」 면막面幕을 맡겼다. 그 제작으로 그는 곧 좋은 평판을 얻었다. 이 작은 성공은 록펠러 3세 재단을 후원자로 만들어 주어서 트리니티, 예일을 거치는 사 년간의 연구 생활을 뒷받침해 주었다. '뒷일'로 인정을 받은 셈인데 뉴욕으로 온 지 이 년 만이었다.

그가 미국 생활에서 확인한 것은 무엇보다도 이원론이다. 다시 트리니티로 돌아가 조명을 공부할 때 처음엔 빛 자체만 보였다. 얼마 지나자 무대라는 시공간이 보였다. 조명만으로는 제한을 받았다. 빛이란 닿아져야 의미가 있고 목적물인 장치가 있어야 했다. 조명이 사람에게 맞추어졌다.

이때 그는 알렉산더 콜더의 모빌을 발견했다. '움직이는 조각'이 떴다는 것은 사건이었다. 이십세기 초 바우하우스 그룹 등이 예술과 과학을 연결시켰지만 알렉산더 콜더는 현대 예술가들에게 많은 영향을 주었다.

모빌은 가느다란 철사나 실 따위로 여러 모양의 금속판 같은 소재를 짜 맞추어 매다는 것인데 상대적인 균형을 유지하며 움직인다.

"작은 모빌 속에도 시간, 공간, 리듬, 에너지가 다 있어요. 이 질서가 내 믿음이에요. 트리니티 석사논문 「투 비 어 맨To Be a Man」 첫 줄에 성경 전도서 구절이 나와요. '날 때가 있으면 죽을 때가 있고 심을 때가 있으면 뽑을 때가 있다….' 이걸 처음 읽었을 때 성경이 준 힘이 커요. 내 자신을 믿게 해 주고 확인시켜 주었어요."

그는 1969년, 한국에 돌아와 곧 작품 발표회를 가졌다. 김종달 작 「갈색 머리카락」과 유치진 작 「나도 인간이 되련다」 중의 제2막 「자아비판」, 루돌프 브루흐의 「낯선 사나이」 이 세 작품을 내놓았다.

세계 연극의 현장에서 돌아온 그는 대사를 지양하고, 동작(춤)에만 의존하고 있는 우리 고유 가면극을 표현수단으로 혼합하고자 했다. 종래의 우리 연극은 서양의 극술을 그대로 옮겨 놓아 지나치게 대사 중심이었다. 반면 우리 전통극은 행동만으로 모든 의사를 전달하려 했기 때문에 인간 심리나 상황을 구체적으로 표현할 수 없었다. 그의 첫 발표회는 이러한 두 극이 가진 결함을 보완한 것. 이것은 진부한 한국 연극계에 충격적인 경험을 전달해 주었다.

그는 그 뒤로도 실험적이고 창조적인 작품을 내놓아 화제를 일으켰다. 마닐라에서 열린 제삼세계 연극제에서 「알라망」으로 격찬을 받아 국제적 연출가가 되었다. 알라망은 '작은 새우'란 뜻인데 극작가 김창활 씨가 라디오 드라마로 쓴 「명상」을, 불교철학을 기초로 해서 고쳐 쓴 것. 한 스님과 세 명의 죽음의 사자가 대화한다.

목탁, 북 등이 혼합된 사운드 효과와 중국의 당수, 우리 탈춤 등이 가미된 무대 동작으로 기하학적 연출이라는 말도 들었고 '현대 실험극의 기수 피터 브룩도 질투할 만하다'는 찬사를 받았다.

한국 연극 중 「초분」처럼 화제를 일으킨 작품도 없다. 죽거나 죄수가 되지 않고는 빠져나갈 수 없는 섬, 그 섬 사람들의 생계 수단인 미역이 폐수로 썩어 가기 시작하면서 혼란이 인다. 「초분」은 미국의 실험극장 라마마 극단의 초청공연까지 합쳐 세 번이나 막을 열었다. 움직이는 조형의 무대도 놀라운 것이었지만 작품에 대해서도 많은 물의가 일었다.

"그때까지의 나의 생각이 총집결된 것이 「초분」이었어요. 자연과 인간, 섬과 뭍, 법과 자유·사랑, 죽음과 삶, 이 모든 것이 이원론이죠. 섬의 유일한 여자 임자도 우주질서의 핵심으로 닿아 오고, 작품에도 문제가 있긴 있지만 우리 관객이 상징을 소화하지 못하는 것 같아요. 서구에선 일상에서는 과학을 추구하나 예술에서는 형이상학을 해요. 한국에서는 거꾸로 됐어요."

그의 작품을 먼저 비판했던 사람은 동랑 선생이었다. '너는 관객을 친구로 생각하지 않는다, 공격적이다, 너 같은 연극은 친구를 다 내쫓는 것이다' 했다. 대중과 만날 수 있는 것이 연극이라 생각하고 사회운동으로 연극을 택했던 분이었다. 한편으로는 철저한 그의 실험정신을 좋아했던 것같이 보였다. '철저하게 겪어야 할 아픔이라면 철저하게 겪어야' 한다. 그럴 자세와 용기가 필요하다.

그의 연출 작품은 많은 편이 아니다. 대신 그는 한 작품을 세 번씩 한다. 연출자로서도 지겨운 일이나 파고드는 재창조 과정에서 무언가 확인된다. 우리 민족은 겪는 듯하다가 빠져나간다. 이스라엘 사람들의 머리가 왜 좋은가. 그들은 무엇이든 철저하게 겪는다. 철저하게 했다.

그는 「초분」까지 죽음의 문제를 다루었다. 땅의 이야기였다. 죽음을 파악하는 것이 현실을 파악하는 것이고 현실을 파악하면 '우리는 어디로 가며 무엇인가'를 알게 된다. 서양적인 발상이지만 '죽음의 시체를 넘고 또 넘은' 전쟁의 기억과 극단적인 체험을 했던 그의 삶이 죽음과 친밀했다.

그가 구원의 문제를 생각하기 시작한 것은 아버지가 돌아가시면서다. 1974년 그가 미국에서 「초분」 공연을 하고 있을 때 아버지 부음을 받았다. 그는 그때 상대적인 것에서 또 하나가 있다는 것을 깨달았다. 두 개가 아니라 영靈이 있다는 것을 생각했다.

사람에겐 영과 육과 혼이 있다. "무당 부채를 보면 세 사람이 그려져 있어요." 혼은 영과 육 사이를 오간다. 어느 땐 육을 따르고 어느 땐 영을 따른다. 그것은 양심과 같은 것인데 무엇이 양심의 기준을 만드는가. 성령을 받아야 하나. 그의 작품은 '이원론에서 해탈'의 과정이었다. 이것은 남녀의 관계와 같다. 두 개의 이원이 갈등하고 엑스터시, 해방을 갖는다. 그런데 이것이 싫어졌다. 조작적인 것 같았다.

"인생이 게임이라고 하는데 그것이 싫더라구요."

우리의 감정을 슬픈 것과 기쁜 것(이원론)으로 나누어 보자. 연극으로 말하면 비극과 희극, 슬픈 때 울다 보면 울음이 마치 웃음처럼 변한다. "이럴 때 실성했다고 그러죠." 그 단계가 지나면 멍하다. 극치에 가면 편안하면서 감정이 없어진다. 울고 웃는 것이 물리적인 단계라면 편안한 상태는 영의 세계다. 초월시키는 것, 이것이 바로 동양의 세계가 아닌가. 이 생각이 정리될 때까지 오 년간 침묵을 지켰다.

"「초분」에서는 무대에 동원할 수 있는 것은 모두 동원해 보여 주었어요. 소리와 움직임으로 시각적 공간을 휩쓸었죠. 그러나 「봄이 오면 산에 들에」서는 침묵 속으로 가라앉아요. 침묵 속에서 소리를 내고 정지의 공간에서 움직임을 보여 주려 했어요. 흔적만 만들려 했죠."

「봄이 오면 산에 들에」는 작가 최인훈 씨의 희곡이다. 문둥이가 되어 집을 나갔던 어머니, 그 어미를 잊지 못하는 달래와 그 아비. 이들의 새로운 만남 속에 딸을 사랑하는 남자까지 합쳐진다. 문둥이 가족의 질긴 사랑을 통해 저버릴 수 없는 인연을 그린 아름다운 작품이다.

"이 작품은 관객에게 호응을 받지 못한 것 같아요. 문둥이 어미를 따라 모두 문둥이가 되는 것, 이건 이론적으로 되는 얘기지만 신의 사랑이에요. 옛날엔 부모를 따라 죽으면 효자라 했지만 현대에선 달라요. 죽지 않고 더 좋은 일을 할 수 있어요. 구원이란 이상이고 꿈이고 그래서 영원히 남는 것 같아요. 현대에 신화가 없는 것은 구원이 없기 때문이에요. 나도 연극에서 구원을 모색해 보는 거죠. 땅과 하늘 사이를 왔다갔다 하면서 찾아다니는 거죠."

동랑극단은 여태까지 실험극을 해 왔다. 구조주의 연극을 하는 김우옥金雨玉 씨와 함께 작업하며 연극의 과학화를 모색하고 있지만 또 하나의 극단을 만들려고 하고 있다. '실험적인 것도 필요하나 과거의 것도 지켜 주어야 하지 않느냐'는 생각이 들어서다. 아버지의 정신이기도 하다. 영국의 극단에 올드 빅과 영 빅, 두 개의 극단이 있는데 올드 빅은 과거의 것을 지켜 나가고 영 빅은 미래지향적이며 실험적인 극을 한다. 그가 과거의 것을 생각하게 된 것은 변화이나 그에게 잠재된 피, 보수성이기도 하다.

그는 「생일파티」 이외엔 모두 한국 작품을 공연했다. 한국 땅에서 난 작품이 한국인인 그에게 동질감을 준다. 동해와 서해의 빛깔이 다르듯이 동양과 서양이 다르다. 바람을 보아도 알고 구름을 보아도 느낀다. 그 자연의 에너지에 의해 생성된 것이 성격인데, 부산 사람은 생선을 많이 먹기 때문에 에너지가 생선 같다.

한국 사람은 김치를 먹어야 산다. 온돌방에서 산다. 한국 사람은 의자식 생활을 하는 서양 사람들보다 행동이 느리다. 서양의 문은 그냥 통과되지만 우리는 문지방을 넘는다. 이런 생활이 서구의 것으로 자주 바뀌어간다. 아이덴티티, 동일성이 없어졌다. 고춧가루를 먹고 만든 작품과 토마토케첩을 먹고 만든 작품은 다르다. 그런데 서구식의 의식주로 잃어버린 그것을 작품의 형태에서만 찾으려 한다.

"비평 자체가 형태적이다."

한국에선 아직도 번역극을 많이 한다. 번역극을 하더라도 한국의 의식으로 바꿔야 한다는 것이 그의 생각이다. 동랑에서 공연한 「하멸태자(햄릿)」가 그런 예이다. 아직은 무엇을 보여 주었다고 말할 수가 없지만 동질성에 대한 정립이 안 되어 있다. 우리는 자신의 문화권은 모르고 서양만 알고 있다. 국제성과 향토성을 합쳐야 한다고 그는 생각한다.

작가의식도 필수적이지만 연출에서 가장 중요한 것은 인간을 보는 눈이다. 인생의 분석이다. 희곡을 보면 인물의 배경 같은 것을 다 알 수 있다. 연출자는 파악한 그것을 연기자에게 전달한다.

"누가 나더러 대기업에 가서 인사담당을 해야 된다고 그래요. 어떤 사람과 조금만 얘기하면 이내 알아요. 나 개인적으로는 불행해져요. 모르는 게 약이라고. 아무튼 그건 복잡한 거예요."

소년 시절에 그는 외할머니를 아주 좋아했다. 늘 외할머니의 젖을 만지며 잤는데 외할머니가 크렁크렁 가래 낀 숨소리를 내면 꼭 돌아가실 것 같은 생각이 들었다. '만약 외할머니가 돌아가시면 나도 따라 죽어야 하지 않을까.' 그는 어둠 속에서 가래 낀 외할머니의 숨소리에 가슴을 죄곤 했다.

이렇듯 정이 깊었던 소년인데 지금은 "극단적으로 드라이해졌다"고 스스로 말한다. 좋을 때도 좋은 것을 표현하지 않고 싫을 때도 싫은 것을 표현하지 않는다. 몇 년 전 동생이 죽었을 때도 속으로만 슬퍼했다. 물리적인 감정을 벗어난 어른의 태도이겠지만 "이것도 복잡한 것이다".

사람들은 그를 크렘린Kremlin이라 말한다. 그도 자신의 복잡함을 인정한다. 수많은 생각들이 그의 머릿속에서 떠돌며 갈등한다. 무엇이 그로

224

하여금 복잡해지도록 만들었을까.

우선 그의 가정 영향이다. 그는 가정을 이야기할 때 "복잡하게 생각할 수 있는 여건을 주었다"고 했다. 아버지에게서 전통을, 어머니에게서 실험정신을 이어받았다. 이 두 개의 특성이 그의 내면에서 늘 시소를 탔고 극단으로 떨어지려 할 땐 그를 이끌어 올렸다.

그가 모르핀 주사까지 맞았던 시절이 그러하고 뉴욕 시절이 그러하다. 뉴욕에서 돈 한 푼 없이 거리를 헤맬 때 그는 일거리를 줄 듯한 사람을 만나 따라간 적이 있다. 알고 보니 게이였다. 그 자신이 '게이가 돼도 백 번은 될 수 있는 기질'을 가지고 있었지만 그는 무사히 빠져나왔다. 보수적인 것이 있었기 때문이다. 거슬러 올라가면 그를 여러모로 생각하도록, 즉 복잡하도록 만든 것은 우리 역사이다.

국민학교 일학년 때 아이 덕형은 남산에 있는 신궁에서 덴노 참배를 한 기억이 있다. 손뼉을 탁탁 치면서 기구祈求했던 종교의식이었다. 이날까지 그 손뼉 소리가 머리에 생생하다. 덴노 참배가 끝나고 나면 찹쌀떡 두 개를 주었는데 중요했던 건 찹쌀떡이었다. 아이는 무언지 불만스러움을 갖고 손뼉을 맞추었다.

"아직까지 종교를 못 갖는 것도 그때의 기억이 작용해서인 것 같아요. 또 우리에게도 민족종교가 뿌리를 내렸더라면 하는 생각도 들고."

1·4 후퇴 때다. 그의 가족은 제주도로 피란 갔다. 한라산 부근에서 가끔씩 빨치산이 내려온다는 말을 그는 마을에서 들었다. 피란민부터 죽인다고 했다. 어느 날 그는 꼭 빨치산이 내려올 것 같은 예감이 들었다. 집엔 다른 피란민 가족도 있었지만 아이 혼자 반 평 정도 크기의 방공호를 팠다. 예감이 들어맞았다. 그날 밤 사이렌이 울었고 그는 할머니와 함께 방공호 속에 몸을 숨겼다. 그날 밤 구원부대가 들어와서 별일은 일어나지 않았다.

다음 날, 구원부대가 빨치산을 소탕했다고 그 증거를 보여 주었다. 트럭에서 멍석처럼 만 것을 땅에 내려서 펼쳤다. 수십 개의 모가지가 드러났다. 구원부대는 긴 머리채를 올려 들고 피가 흐르는 모가지를 모두에게 보였다. 그리고 손을 씻지도 않고 오징어를 찢어 먹었다. 그들은 영광의 전사들이었지만 소년에겐 영광으로 보이지 않았다. 동물적이었다. 중학교 일학년생이 세상의 비극을 다 안 것 같았다.

"동물과 인간이 무엇이 다른가? 분석하고 판단하는 능력이 있기 때문이죠. 그 체험으로 잃었다면 잃었고 개발되었다면 개발되었죠. 역사가 내게 리얼리티를 확장시켜 주었어요. 인간이 변할 수 있으면 얼마나 변할 수 있는가. 이데올로기도 고급스런 얘기예요. 그 이전의 문제가 있어요. 그런 문제들을 어떻게 예술로 순화하는가. 우리가 부족한 지점을 어떻게 채워 가면서 미래를 발견하는가. 예술의 인간 순화, 사회 순화와 마주치게 돼요. 그런 일이 없도록."

"그런 일이 없도록?"

"없도록… 아니 그건 아니고."

1973년 그는 국제 극예술협회 한국 대표로 소련을 방문했다. 한국에 거주하는 국민으로선 첫 입국이었다. 회의가 시작되는 전날에야 파리에서 비자를 받아 극적으로 떠났다. 소련의 출입국관리 절차에서 혼자 밀려나 네 시간 뒤 풀려 나오기까지의 긴장, 거리에서 인민군 복장의 소련 군인을 보고 육이오를 떠올렸던 순간이나, 그가 도착한 날 밤 두시에 요란하게 울리던 전화벨 소리, 무엇 하나 극적이지 않은 것이 없었다.

모스크바에서의 일주일을 긴장으로 이어 준 것은 무엇보다 동족 때문이었다. 늘 그의 주변을 맴돌았고 회원들이 탄 버스까지 미행했던 이북 사람들. 극장 안까지 들어와 있었던 그들의 심리전에 맞서느라 상상력이 많이 개발되었다. 어떻게 그들과 부딪치며 올가미를 빠져나가는가 분석하는 훈련도 쌓았다.

"크렘린이 되지 않을 수 없지."

그들에게서 들은 '동무' 소리. 같이 김치를 먹는 얼굴인데도 너무나 먼 사람들. 모스크바의 첫 방문객으로서 그들의 감시를 받은 그는 역사의 슬픔을 진하게 느꼈다. 그곳에서 일주일이 칠십 년 같았다.

"한국에는 신화가 없다지만 있어요. 통일이 되면 신화가 돼요. 모든 복잡성이 풀려요. 어릴 때의 신궁 참배는 일본과 우리의 문제를, 빨치산의 주검은 전쟁의 비극을, 모스크바 방문은 동족의 문제를 체험하게 했어요. 나는 조선조 이후 우리가 겪었던 것을 모두 겪은 세대예요. 우리 역사의 극단적인 상황에 늘 내가 끼여 있었던 것도 같아. 공부도 극단적으로 하려고 하면 미국 유학을 가죠. 내가 복잡하다는 것은 이 민족이 복잡하다는 얘기예요. 또 복잡하지 않아서는 살아남지 못해요. 한국이 사랑한다면 나를 사랑할 거예요."

사건을 꼭 겪어야 할 지점에서 겪게 되었다. 우연이기도 하지만 평범하게 살려고 하지 않고 도전했던 그 성격 때문에 운명적으로 왔던 체험이다. 그건 한국의 체험이었고 이 깨달음이 그로 하여금 자신의 사명을 돌아보게 했다. 물리적 시공간을, 리듬과 에너지를 어떻게 역사적으로 표출하느냐. 이것을 학문적으로 연구하고 있다. 공력을 쌓아 가고 있다.

'공력'은 그가 가장 많이 쓰는 말이다. 이것은 최선을 다하는 것이며 철저함이다. 그는 졸업앨범에도 관여한다. 사진과에서 처음으로 맡은 만큼 기준을 올려놓아야 한다는 것. 똑바른 자세로 찍지 말고 어느 순간을 포착하라 조언한다. 일을 맡은 측도 불편하고 학장으로서 할 얘기도 아니지만 '거기부터 시작'이어서 그냥 넘겨 버리지 못한다.

그는 한때 유태교 세례를 받은 적이 있다. 그가 유태인인 아내(제니스 유)를 맞았기 때문이다. 트리니티대학 동창이었던 두 사람이 결혼하기로 했을 때 아내 집안에선 난리가 났다. 유태인은 유태인과 결혼해야 한다는 관습 때문이다.

집안의 반대에도 여자는 그의 곁으로 왔다. 대신 가족들과는 등을 돌리게 됐다. 그는 그것이 마음에 걸렸다. 예일대학 시절이었는데 그는 랍비에게서 일 년간 유태교 공부를 했다. 히브리어까지 배우고 자격증 같은 것도 받았다. 이스라엘 국민이 되고자 할 때 아무 때나 될 수 있는 증서였다. 그 소식을 어디선가 듣고 장모가 그들을 찾아왔다. 아내의 첫 해산 때 병실에서 재회했다.

매사에 철저해서 그는 컴퓨터 같다는 소리를 듣는다. 그러나 그가 누군가와 얘기하면서 정신없이 구두를 만지작거리고 끊임없이 움직이는 것을 보면 아이처럼 천진하게 느껴진다. 그는 연습할 때 막 드러눕기도 하고 연기자를 붙들고 말하기도 한다. 열정이다. 그 정도만 아니라 세 번이나 쓰러졌는데 미국에선 경찰차가 와서 실어다 입원시켰다. 에너지를 너무 많이 쏟아서 이젠 연극하는 것이 끔찍하기도 하다. "공력 쌓는 것도 미친 거예요."

그는 감성적일 뿐 아니라 무당도 될 수 있는 사람이다. 사 년 전 재미있는 일이 있었다. 공간사랑에서 황해도 무당굿이 벌어졌다. 그즈음 굿에 관심을 가지고 있어서 그는 맨 마지막 날 틈을 내어 구경을 갔다. 굿 구경은 태어난 이래 처음이었다.

그날이 작두를 타는 날이었다. 왕무당이 몇 번인가 칼이 잘 들지 않는다고 칼을 물리더니 드디어 칼을 잡았다. 왕무당은 칼을 잡아 줄 사람을 찾으려고 객석을 휘둘러보았다. 그때 그는 왕무당에게 마음이 끌렸다. 불현듯 '칼을 내가 잡아야지, 다른 사람에게 줄 수는 없지' 싶었다. 그가 왕무당을 쳐다보는데 객석을 둘러보던 왕무당 눈이 그에게 멎었다. 무언가 통한 것이다. 순간 회오리바람이 눈앞에서 일었다. 다른 시공간에 휘몰려

가는 것 같았다. 번개같이 한 생각이 머리를 스쳐 갔다. '나를 줄 수 없다'
고.

모든 시선이 그에게로 쏠렸다. 그가 나가지 않겠다고 할 분위기가 아니
었다. 그는 무대로 나갔다. 칼을 받아 쥐고 눈을 부릅떴다. '내가 저 여자
를 죽이면 안 된다.' 그가 잡은 칼 위에서 왕무당이 춤을 추기 시작했다.

얼마나 흘렀을까. 그의 눈앞에서 플래시가 번쩍 터졌다. 맞은편에서 누
가 사진을 찍은 모양이었다. 플래시가 터지는데 그는 순간 정신을 놓았
다. 사방에서 여자의 비명 소리가 들려왔다. 왕무당은 쓰러지고 다른 무
당들이 그를 에워쌌다. 그는 정신없이 자리로 돌아왔다. 귀에는 아무 소
리도 들리지 않았다.

"이것도 아주 특이한 체험이에요. 초자연의 힘이 있다는 걸 수긍해요.
왕무당과 눈이 마주쳤을 때 좋다, 싫었다면 뛰쳐나가서 무당 되는 거지.
못된 것도 한스럽고 되자니 뺏기는 것 같고. 그 뒤 왕무당을 보면 그렇게
싫어요."

이 수수께끼는 내게 무척 흥미를 주었다. 나는 곰곰 생각한 후 물었다.

"왕무당이 싫은 건 공력을 무너뜨릴 수 있기 때문이 아닌가요. 자기 성
城이 무너지길 원치 않으니까. 학장님은 사랑에 휘말려 본 적이 없으시
죠."

"그런 것 같아요. 나는… 이상주의자 같아요. 극단적인 이상주의, 사랑
이란 것 자체도 이상으로 봐요. 내 것만으로 보아지지 않아요. 이건 중요
한 질문 같은데. 희생을 할 수 있을 때 되겠죠. 아니, 자기가 자기를 포기
할 때 할 수 있겠지. 나는 자기 우주를 자꾸 넓혀 나갈 줄만 알았지 축소
할 줄은 모르고 있어. 균형이 안 맞아요."

이상주의자란 말이 그가 한 여러 말들과 자연스레 연결된다. 현대에는
신화가 없다. 신화가 있다면 비틀스다. 비틀스는 그 나이에 모든 사람들

에게 영향을 줄 수 있었다. 흔히들 세상에선 경험이 많아야 무언가 되는 줄 알지만 비틀스는 경험에 혁신을 일으켰다. 이 신화적인 혁신에 젊은 그도 영향을 받았다. 그도 맨손으로 시작했고 무어든 해내고자 했다.

"예술가는 완성이란 면에서 신과 같이 되려는 사람이다." 자연 현상의 시공간을 가지고 자신의 리듬과 에너지로 창작을 한다. 창조는 하느님의 것이고 인간의 창작은 기술인데 과연 기술을 부리지 않고도 감동을 줄 수 있는가. 「봄이 오면 산에 들에」의 무대를 단순하게 만들었던 것은 그런 의도에서라고.

"「봄이 오면 산에 들에」를 공연할 때 선생님은 예술을 이 세 가지로 들었습니다. 단순, 세련, 순수."

"복잡과 반대되는 것이죠. 내가 못 가졌기 때문에 찾는지도 몰라요. 그러나 인간이 신과 같이 되는 과정에서 미스틱mystic이 빠지면 안 돼요. 이건 중요해요."

어느 때는 자신에게 다 만족하고 어느 때는 자신이 다 싫지만, 싫을 땐 그 모자라는 부분을 메우려고 노력한다. 자신을 끌어올리려고 공력을 쌓는다. 그는 단순한 한 연극인이 아니라 이루어져 가는 한국이므로, 한국이 선택한 상승 의지이므로.

자신의 말대로 우주를 확대할 줄만 알고 축소할 줄 몰라서 불균형을 이루었다 하더라도 우리는 그의 이상을 사랑해야 하지 않을까. 너나없이 개인 행복에 안주하는 소시민사회에서 이상주의자는 시대의 갈등을 풀어주는 진보의 샘물이므로. 아니 그것이 아니더라도 그는 한국이 사랑할 역사 자체이기에.

조각가 문신

지난날 그는 작품에서 다양한 표현이
단순화되어야 한다고 믿었다.
지금은 단순한 형태에서
다양한 감정을 잡아내야 한다고 생각한다.
단순한 데서 여러 가지가 느껴지는 것이 좋다.

아이 안신安信은 혼자 노는 것이 좋았다. 아이가 태어났던 일본 규슈九州 탄광 지대에서부터 아이는 그렇게 자랐다.

어머니와 아버지가 광에 일하러 가고 나면 아이는 집 마당에서 햇볕과 놀거나 개미 떼가 땅속에서 기어나와 다시 들어가는 모양을 지켜보곤 했다. 어머니가 보고 싶으면 걸음도 서투른 세 살 아이는 광 입구까지 가서 어머니를 기다리기도 했다. 엄마가 굴에서 석탄을 실은 수레를 밀고 나오는 장면은 지금까지 머릿속에 판화처럼 찍혀 있다. 어머니는 아이가 위험한 광까지 찾아온 것에 놀라 일을 젖혀 놓은 채, 아이를 안고 탁아소로 달려갔다.

아이가 아버지와 함께 마산에 귀향한 것이 다섯살 때다. 어머니는 그다음 해 형과 함께 일본에서 나왔다. 할머니까지 합쳐 한국에서 온 가족이 한 지붕 아래 산 것은 그때뿐이었다. 어머니와 다시 함께 살게 되면서 아이의 고독놀이는 즐겁고 은밀해졌다. 긴 여름날이면 어머니는 아이와 함께 갈밭 샘 앞 바닷가에서 온종일 바지락을 캤다. 말도 잘 통하지 않는 이국땅에서 일본인 어머니는 바지락을 캐며 외로움을 잊으려 했나 보다. 고독의 동지인 아이는 그 옆에서 모래를 끌어모아 사람도 만들고 집도 지었다. 조개껍질을 기와집인 양 엎어 보기도 했는데 그러다 보면 해가 어느새 서산에 기울어지고 있었다.

아이가 모래사람을 만들 때에는 양손을 좌우에서 똑같이 움직여 역시 머리에서부터 시작한다. 이어서 목덜미, 어깨, 가슴을. 가슴 위에는 사발처럼 모래를 쌓아 누르면 두 유방이 동시에 만들어진다. 다음은 복부, 엉덩이. 이렇게 하나의 부조 나상이 이루어졌다.

이 아이가 몇 십 년 뒤 조각가가 될 것을 예견했다면 누구도 아이의 모래 장난을 무심히 지나치지 않았으리라. 아이가 만든 부조 나상은 하나의 증축에서 좌우의 부분이 같은 형체들로 균형을 갖춘 것이다. 이 시메트리

(좌우균제)는 그로부터 오십 년이 지난 오늘에도 그의 조각에서 기본적인 요소로 남았는데 우리 동양 고유의 정적인 조형 형태이기도 하다.

아무튼 아이는 동무도 없이 혼자 노는 것이 조금도 심심하지 않았다. 아버지가 동무가 돼 주기도 했다. 눈이 내린 설날. 아버지는 밤새 어린 아들을 위해 연을 만들어 주었고, 겨울 들판 위에서 아버지와 아이는 비행기를 미래의 꿈인 양 하늘로 띄웠다. 사실 아버지는 비행사가 되고 싶어 했다. 우리나라 항공사상 선구자인 안창남의 성씨 '安'을 아들의 이름에 붙일 정도로 팬이었다.

아버지는 당시 개명의 바람을 타고 일본으로 건너갔던 분이었다. 그때 일본은 식민지 정책의 하나로 한국인 노동력을 값싸게 묶어 노동 말단인 탄광 노역 모집을 빈번히 했는데, 자신의 개척 기질을 달리 풀어 볼 길이 없었던 아버지는 총각 댕기머리를 삭발하고 일본 규슈 탄광 지대로 떠났다.

귀향한 지 이 년 만에 아버지는 다시 일본으로 건너갔다. 어머니의 원이 컸던 듯하다. 아이의 가족을 말하자면 한 지붕 아래 삼대가 살았으나 서로의 풍습과 사고가 달랐다. 특히 전형적인 일본 농가에 자랐던 어머니는 고충이 심했다. 아버지와 함께 떠난 어머니는 그 뒤 영영 한국에 돌아오지 않았다.

어쩌면 아이에게 외로움은 숙명과 같은 것이 아니었을까. 할머니마저 돌아가시자 아이는 숙부의 점포에서 학교를 다녔다. 아직 도로포장이 되지 않은 창동 네거리의 점포에는 하루에 몇 번이나 먼지를 털어야 할 정도로 먼지가 많았다. 가게의 진열장 중에서도 사탕가루와 밀가루를 넣어 파는 상자의 유리 덮개에는 유난히 먼지가 더 앉는 것 같았다. 아이는 먼지를 털어 버리기 전 유리 위에다 손가락으로 그림을 그리곤 했다. 그 짓이 잦아지자 먼지는 털지 않고 노략질을 한다며 그때마다 호되게 꾸지람을 들었다.

한번은 자전거를 타고 가다 일본인 문방구의 진열장을 정면으로 들이받았다. 자전거는 땅바닥에 나동그라졌고 아이는 유리를 박살내면서 진열장 안으로 나가떨어졌다. 그 소동에 주인 노인네가 놀라 뛰어나왔다. 주인은 피투성이로 쓰러져 있는 아이에겐 아랑곳없이 자전거를 번쩍 들어 점포 안으로 가져갔다. 유리의 변상조로 자전거를 잡아 둔 거다. 이 일은 아이를 적잖이 실망시켰다. 아이는 결코 그런 사람이 되지 않으리라 생각했다. 특히 인정보다 돈을 앞세우는 장사하는 사람이 되지 않으리라 맹세했다.

"예술이 좋은 건 정신적인 일이라는 거죠. 혼적인."

예술의 세계는 정신적이며 이상적인 세계를 추구하므로 현실과는 늘 갈등을 일으킨다. 그가 현실에 역행하는 예술의 길을 걸으면서 조금도 낙망하지 않고 집념을 불태울 수 있었던 것은 선천의 굳건한 생활철학이 밑거름이 됐기 때문이다.

지금 그가 살고 있는 추산동 집은 마산 바다가 한눈에 내려다보이는 명당이다. 이곳은 그가 열두 살 때 아버지가 온실을 만들어 놓은 곳. 아버지는 일본에서 귀국하자 집터 경지에 나무를 심고 가꾸기 시작했다. 그래서 퇴비를 만들기 위해 분뇨를 아랫동네에 가서 져 날라야 했다. 당시 아버지는 항상 가위로 손질이 된 콧수염에다 양복을 입고 다녔다. 이국적인 풍모였는데 이런 모습에다 지게에 장군(분뇨)을 얹어 지고 시내에 내려갔으니 친척들마저 고개를 돌렸다.

이런 아버지의 개척정신, 성실과 자유 기질은 아버지를 사랑했던 아이에게 큰 영향을 미쳤으리라. 아이는 열 살이 넘어서면서 독립된 생활을 했다. 거리의 간판점에서, 전기상회에서 일했는데 손재주가 좋아서 고객

236

을 만족시켰다. 진해의 카페에는 정물, 바다 풍경을 그려 주었는데 만족한 주인은 '자네가 미성년만 아니면 예쁜 아가씨 하나 붙여 줄 텐데' 했다.

그가 미술과 인연을 갖게 된 것은 마산에서 처음으로 화방을 차린 젊은 화가와의 만남에서다. 그 화방엔 서양 화풍의 풍경과 정물, 터너의 석양 바다 풍경을 모사한 그림들이 액자에 걸려 있었다. 일본에서 인쇄된 값싼 원색판에서 옮겨 그린 그림이었지만 소년으로선 그때 처음으로 서양풍의 그림을 접했다.

그 화방을 차린 사람은 일본 미술학교 출신이었다. 화가의 작업복인 블루스(청바지)를 입고 화방에서 그림 그리는 그 화가를 소년은 매일 찾아갔다. 그러는 동안 함께 액자도 만들고 그림을 그렸다. 얼마 후 소년은 그 화방을 무상으로 인계받았다. 얼굴이 창백한 젊은 화가는 폐병 3기였다. 죽음이 임박한 어느 날 화가는 화구 박스를 소년 앞에 내놓았고, 그 후로 소년은 다시 화가를 볼 수 없었다.

그가 순수미술을 접한 것은 화방을 맡았던 열네 살 때였다. 한 청년이 일본 신문 한 장을 들고 왔다. 신문에는 피카소의 인물 데생이 실려 있었는데 청년은 그것을 그대로 확대해서 한 장 그려 달라고 주문했다. 간략한 선으로 변형된 데생이라 그는 별 어려움 없이 그려 주었다. 이때 소묘를 접한 것이 그 후 데생에 집착케 된 계기가 되었다.

그 뒤로 그는 일본 신문에 관심을 가졌다. 도쿄 아르스사의 『근대미술 원색판화집』 광고가 실렸다. 그는 그중 세잔, 고갱, 고흐의 인물화, 풍경화, 정물화 각 세 권씩 아홉 권을 주문했다. 처음으로 접한 그 그림들은 인물이며 풍경 등이 하나같이 일그러지고 곧 쓰러질 듯이 그려져 있었다. 작가의식과 감흥 없이 모사만 했던 그에겐 그렇게 보일 수밖에 없었다.

그는 이 화집들을 표지가 해어지도록 들춰 보았다. 일 년이 지나자 그제야 그림들이 제대로 보이기 시작했다. 노랑색 등의 밝은 원색이 두텁고 부드럽게 발라진 고갱 그림, 그 늠름한 테크닉으로 타히티의 인물들은 종교적인 요기妖氣를 띠고 있다. 고흐의 광기가 화면을 이룬 데생은 율동 하나하나 예술가의 기질이 그대로 드러난다. 그는 개성의 중요성을 절감했다.

그가 한 친구의 조언으로 일본으로 유학간 것은 열여섯 살 때다. 일본미술학교 양화과에 적을 두었다. 맨손으로 건너갔으나 곧 생활을 개척해 나갔다. 광고 도안 등의 부업으로 기름 바른 가죽 모자를 쓰고 다닐 정도로 여유가 있었다. 유학생들이 오십 원의 송금을 받을 때 그는 백 원의 수입이 있었다. 그의 실력이 좋아서 영화사에서 일할 땐 징용까지 피하게 해 주었다. 나이가 어려서 술을 살 줄 몰랐지만 사진을 찍을 때 늘 가운데 설 정도로 인기가 있었다.

"견딘다는 것, 그게 중요해요."

유학 시절 그는 무엇보다 데생을 열심히 했다. 일찍이 피카소의 데생을 접했고 중요성을 깨달았다. 데생이란 뼈대이며 얼굴이며 개성이다. 자기 데생을 가지고 있으면 어떤 그림인지 안다. 좋은 화가는 데생을 잘한다. 화가 자신도 다 아는 얘기지만 실천을 못한다. 그는 학교의 데생대회에선 늘 일등을 했다. 그림을 그리다 조각의 영역까지 파고들었지만 그 모든 것이 데생력으로 쌓은 것. 계획성이 있었다면 데생이 바로 그것이다.

그는 이날까지 단 한 번 공모전에 출품했을 뿐 두 번 다시 그런 일은 하지 않았다. 첫 공모전에서 낙선을 했는데 개막되던 날 전시회장을 둘러보니 수준 이하의 작품도 버젓이 걸려 있었다. 쿠르베나 세잔도 당시 공모전에서 낙선했지만 수상 경력과 작가 생명은 아무 상관이 없다. 우연히 천구백 년부터 이후 삼십여 년간 프랑스 관전官展「르살롱」의 큰 상 수상자 명단을 보았는데 그중 지금 파리 화단에서 활약하는 사람은 찾아볼 수 없었다. 그것은 상에 사로잡혀 그 이상의 세계를 개척하지 못하기 때문이다.

그는 공모전 따위엔 눈을 돌리지 않았다. 작품을 위한 본질과 대결했다. 그것이야말로 나아갈 길의 지름길이었다. 그는 1947년 부산에서 첫 개인전을 가지고 이 년 뒤 서울에서 오십 호 이상의 대작 육십여 점을 전시했다.

그 무렵 정치적 불행으로 사회가 혼란했다. 미술인들도 갈피를 잡지 못한 채 작품 활동이 침체 상태였다. 이런 어려운 시기에 전람회를 가졌는데, 심형구 씨는 '대단한 사람이군, 제대로 공부한 사람이야' 감탄했다. 그의 그림은 처음에 〈닭장〉 〈황혼〉 〈소〉 등 자연의 주제를 자연주의적 양식으로 섭렵한다. 1960년대 이후는 〈눈 온 길〉 〈사랑〉 등 이미지를 조형화한 상징주의적 양식을 보이는데 조형의 심화와 확대의 결정물로서 조각과 만난다.

1961년 처음 파리에 갔을 때 파리 북쪽 80킬로미터 거리에 있는 고성 古城을 수리하는 일로 생활했다. 그런 일은 처음이었지만 일찍부터 자기 해결을 해 온 그는 첫발을 디딘 서구에서도 삼 년간이나 목수, 석공 일을 했다. 옛 석조 건물의 헐은 돌들을 뜯어내고, 새 돌 또는 흰 시멘트에다 광물성 물감을 혼합하여 옛 돌과 같은 빛깔을 낸다. 이것이 굳은 뒤에 다듬고 또 쌓아 올린다.

조각가라도 이런 일을 할 수 있는 것은 아니다. 그에게 수리를 맡긴 성 주인도 조각가였다. 프랑스는 전문가적인 것을 가장 중요시하는 나라여서 그 마을에서 '한국 화가 문'은 두루 사랑받았다. 그는 성 꼭대기에 태극기를 꽂아 놓았고 축제 날 마을 아이들은 태극기를 자전거에 꽂고 성 주위를 빙빙 돌았다. 이런 즐거움을 누렸을 뿐 아니라 건물의 도장 塗裝 일이 조각가로서의 잠재능력을 일깨웠다.

그즈음 그는 이미 구축적인 형태의 조각을 시도하고 있었다. 이것의 결실이 1967년 재도불전再渡佛展 발표했던, 석고와 흰 플라스틱 폴리에스테르의 입체 조형이다. 자유로운 곡선과 곡면의 건축적 형태였다. 내부 공간에 빨강, 파랑의 전깃불을 켜 환상적인 느낌을 주었는데 프랑스에선 '인간이 살 수 있는 조각'이란 평을 들었다.

두번째 파리로 간 직후인 1968년, 종이 위에 커다란 동그라미 두 개를 그려 놓고 두 줄의 직선으로 연결시켜 보았다. 이것이 기묘한 형태가 되면서 그의 조형 감각을 자극했다. 이것은 우연한 발단이었다. 그는 똑같은 두 동그라미와 직선을 연결시키는 과정에서 계속 변화를 부여했다. 좌우균제의 기본형태에 무의식중 겹쳐 이루어진 선이 하나의 생명체에 연결된 혈관처럼 호흡이 맞아 있는 것을 이내 발견했다.

본격적인 조각 첫 작품 〈개미〉가 이렇게 만들어졌다. '개미'란 제목은 화랑에서 붙인 것으로 주인인 마담은 그 작품을 보며 무의식중 '몽 프티 메샹'이라 했다. '나의 귀여운, 사나운 것'이라 할까. 이 작품은 전시 중 도난 사고까지 당했는데 어느 애호가는 한 달만 빌려 달라고 부탁하고 약속대로 그 뒤 돌려줬다.

지구 위의 삼라만상이 각자 갖고 있는 그 형체의 질과 내용은 헤아려보기도 힘이 든다. 그 많은 것이 갖고 있는 형체, 내용이 그가 아무렇게나 몇 개의 선을 그려 교차한 소묘에서 유사한 모습으로 나타난다. 우주가 원과 선으로 이루어진 것을 생각한다면, 이것은 우연이지만은 않다. 종이한 장도 네모난 형체를 가지고 있다. 자연은 그 수많은 움직임에 따라 형체를 더욱 풍부히 보여 준다. 화가가 어떤 사물을 재현하려 고심하지 않아도 순수한 조형적 선들은 서로 조화되면서 대화를 시작하고 어떤 환경을 창조하는 것이다.

이미지와의 결합에서 식물의 발아나 씨앗, 떡잎, 크는 모양이 나오기도 한다. 거미, 나비, 물고기를 연상시키는 형체도 보인다. 경쾌하게 중간에 떠받쳐진 형태가 허공을 나는 곤충 혹은 악기 같기도 하고 로켓이나 우주 공상 만화에 나오는 아이 같기도 하다. 또 인체의 한 부분을 연상시켜 관능적이라는 말도 듣는다.

"숫자적으로 캐내는 것이 예술이 아닌데 사람들은 따지고 들어요. 나는 의식적으로 무엇을 표현하려 하지 않았어요. 내 작품은 본질적으로 추상입니다. 삼각에서 하나의 초점이 위를 보고 있으면 산이 됩니다. 화가가 △를 산이라 의식하고 그렸다면 그것은 이미 추상작품이 아니죠. 유형은 시각으로 볼 수 있는 것이고 무형은 정신을 보여 줘요. 이스라엘 사람들은 땅을 △로 하늘을 ▽로 상징해서 국기로도 쓰고 있습니다. 그 단순화한 형체 자체가 나라의 상징은 아니고 정신을 표현하기 위해 그 형체를 제시하는 겁니다. 형체를 봄으로써 그 정신이 전달되는 거죠."

"그러면 추상작품 제작 행위의 특성은 의식적인 것을 배제하면서 의식, 즉 정신을 표출한다는 것이군요."

"의식해서는 구속을 받아요. 무아의 경지에서 순수한 자신의 형체를 창조하는 것이죠."

〈개미〉 이후 그는 좌우균제의 추상형태에서 약간의 변화를 주어 불균형의 조화를 이루었다. 마치 떡잎이 자라듯이. 씨앗이 처음 떡잎을 내밀 때는 두 잎 모양이 완전히 같지만 자라면서 조금씩 변화한다. 이런 특성으로 그의 조각은 좌우균제에 구속되지 않는 자연스런 표정을 지닌다.

서양 사람들은 동그라미의 선도 컴퍼스로 완벽하게 긋기를 좋아한다. 그는 동그라미도 손으로 그어 가며 데생을 한다. 기계적인 것을 좋아하지 않기 때문이다. 이것은 그의 체질이면서 동양 자연사상의 맥일 수도 있다.

의도적인 것을 배제한 추상작품도 무의식과 연관될 수 있다. 그는 어릴 때 개미 떼를 많이 관찰했다. 그것이 작품에 작용했는지도 모른다. 그가 자주 보았던 오리의 부리 선도 조각에 나타난다. 조각에도 생활에서 보는 형태가 나온다. 풍토미가 반영된다. 한국 산천의 미학적 특징은 그 탐스런 볼륨에 있는데 단원 김홍도의 그림에서 그 양감을 볼 수 있다. 그의 작품 중 탐스런 볼륨의 불꽃 모양 목조가 있다. 이것은 무령왕릉武寧王陵에서 발굴된 백제 금관장식과 선이 비슷하다. 데생은 금관 발굴 전에 돼 있었는데 나중에 사진으로 금관장식을 보고야 같은 흐름이라는 것을 알았다.

"흘러가는 피가 있어요. 대대로 갑니다. 뿌리가 있다는 걸 의식했어요. 이런 것이 전통이겠죠. 그러나 전통은 모방이 아니라 생활정신을 더듬어 나가는 겁니다. 민화의 호랑이 그 자체가 전통이 아니라 그런 호랑이가 그려진 정신을 찾아야 해요."

어느 사회에서든 독창성을 중요하게 생각하지만 현대미술에선 그것을 더욱 소중히 여긴다. 재료나 기술은 어느 선에 가면 다 할 수 있다. 반짝이는 착상도 알맹이 없이는 지속되지 못한다. 알맹이란 자기세계를 말하는데 대수롭지 않은 주제나 동기라도 작가는 일관된 자기세계를 보여 주어야 한다. 의식 부재의 행위일지라도 체계가 서 있어야 한다고.

예술가의 독창성이 보다 요구되는 시대에 각 미술대학마다 옛 도자기 모양을 그대로 구워내는 것은 독창에 역행하는 교육이 아닌가. 역사적인 흐름은 가르쳐야 하지만 이것은 창작성을 없앤다. 모방하고 영향받는 것을 당연한 듯 여기게 된다. "미술사적인 것만 생각하니까 우주적인 것을 생각 못 해요."

예술은 자유스럽고 범위가 넓지만 우리나라에선 분야를 고정시키려 하고 표면적인 것에 대해 말한다. 그의 조각을 공예 같다고 말하는 사람이 있다. 형태가 재미있고 표면이 매끄러워서일 것이다. 그가 쓰는 흑단 자체가 매끄러워야 특성이 살고 효과가 난다. 마티에르_matière_가 눈에 익은 우리에겐 깔끔한 그의 조각이 낯설 것이다.

공상만화에 나오는 화성인 같고 곤충을 연상해서 그의 조각이 만화 같다는 말도 한다. 피카소의 〈게르니카〉에 보면 사람 눈 속에 전깃불 같은 것이 있다. 충격을 받으면 눈이 번쩍하는 것을 나타낸 것. 만화도 현실에서 나온다. 어릴 때 본 로켓 만화는 지금 현실이 됐다. 만화성을 장식하는 것으로 결부시켜 가볍게 여기려 하지만 피카소는 장식가로 일한 적이 있었기 때문에 더 스케일이 커졌다.

"공예니 장식이니 조각이니 분야를 고정하는 것도 후진성에서 오는 겁니다. 분야엔 우월이 없어요. 나보고 공예가라 해도 상관없어요."

그의 조각이 가벼움을 주어서 공예 같다는 말을 하는지도 모른다. 그러나 조각이 무거운 데 지친 사람들은 가벼워 보여서 그의 조각을 좋아한다. 옛날 건축도 밑에 무겁게 중량을 쌓았으나 요즘은 아래를 받쳐 위가 무겁다. 예전에 손수 집을 시공한 적도 있다. 건축의 역량이 조각에 적용된 것.

한번은 전시장에서 일꾼들이 무거운 조각을 옮기는 데 난감해 하는 것을 본 적이 있다. 이때 그는 조각 밑에 둥근 철사 두 개를 넣어 굴려서 옮겨 주었다. 이것도 역량이 적용된 것. 건축에서 돌출되는 부분이 있다. 그때는 그 부분만 돌출되는 것이 아니라 밑에 그것을 받쳐 주는 중량이 필요하다. 그의 조각에선 이 로마네스크 양식도 적용돼 있다. 그래서인지 건축가들이 그의 작품을 좋아하는데, 그는 언젠가 작품을 건축하려는 꿈을 갖고 있다.

그의 조각의 특이성으로 흑단이나 쇠 나무 등의 재료도 들 수 있다. 아프리카와 인도산인 윤기 나는 까만 나무는 프랑스에서 고급가구재로 쓰

이는 것. 아무도 손대지 않은 것이 좋아서 흑단을 택했는데 쇠처럼 단단
하여 금속 연마기와 전기톱 등의 공구를 사용해야 한다.

톱날이 망가질 정도로 지독하게 단단한 이 재료와의 싸움은 그야말로
전쟁이다. 1970년, 남프랑스 해안 바르카레스의 「현대토템전」에 출품할
땐 톱날에 손목을 베이며 치열하게 싸웠다. 직경 1미터가 넘는 반구체가
양쪽에 열두 개씩 음양으로 서로 어긋나게 쌓아 올려진 13미터의 작품이
모래 위에 우뚝 솟았을 때 한 평론가는 '문신은 굳은 신념 아래 하나의 조
각을 위해 사 톤의 나무를 깎아 내던졌다. 그의 용기와 그것을 승화시키
는 정신은 불가능을 극복하는 것 같다'고 했다.

예술가가 한 작품을 이루기까지 그 뒤안길을 들여다본다면 우리들은
작품 앞에서 보다 경건해질 것이다. 그것은 초인적인 노력과, 열정과 절
망의 소산이다.

두번째 도불 때 그가 거주했던 프레테 농가의 창고는 화장실도 없는 불
편한 곳이었다. 그는 그곳 이층 다락방에서 '타고난 초인간적 체질에서
오는 사고방식으로' 하루 네 시간 이상 잠을 잘 수 없었다. 자는 시간 외
엔 쓰러질 정도로 작품에만 열중해야 했고 쉬는 시간엔 데생을 했다. 모
난 대리석 위에 떨어져 허리를 심하게 다친 적도 있는데 병원에서 퇴원한
후 집에서 누운 채 중국 잉크로 채색화를 시도했다. 결핵을 앓을 때의 일
기장 한 모퉁이엔 이런 글이 끄적여 있다.

좀 쉬지 않고 일을 하다 보면 심한 기침이 나올 때가 있다. 그럴 때 지
나가던 노친네 마담이 "문, 일은 쉬어 가면서 하는 거예요".

"낙천적인 제작 행위란 있을 수 없다." 그는 그때 매일 밤마다 속옷을
갈아입고 잤다. 언제 죽을지 모른다는 생각이 강박관념처럼 박혀 있었다.

활촉이 날아가 꽂히는 식의 팽팽한 긴장 속의 삶이었다. 데생 후에도 조각을 하려고 나무를 앞에 갖다 놓으면 막막해질 때가 있다. 말 한마디 하지 않고 한 달이 지나간다. 그러나 작업실에 쌓이는 나무 켜, 수없는 분말이 그에게 희열을 준다. '하나'를 향하는 길이므로. 깎고 베고 만지며 본질에 다가간다. 온몸으로 하는 조각이어서 그림보다 더 보람 있다.

그가 작품을 하는 것은 '이익을 차려서도 아니고 천성이다'. 그는 이 천성에 감사하고 귀하게 여긴다. 이것은 이성적 자기애로 이어지는데 십구세기 낭만주의 예술가들과는 생활방식이 사뭇 다르다. 모딜리아니처럼 그림에도 미치고 사랑도 맹렬히 하고 이래서는 오래 견디지 못하는 법이다. 이 천재는 사십도 전에 쓰러져 갔다. '이래서 나는 틈만 있으면 잘 찾아 먹는다. 내 작업장 옆에는 항상 야채, 소시지 등이 탁자 위에 아무렇게나 놓여져 있다.'

그가 파리 화단의 각 살롱전과 국제전에 빠지지 않고 초대받은 것은 투철한 자기 싸움의 결과이다. 좋은 작가만이 살롱전에 초대받는다. 친구들도 좋은 작품은 반가워하고 신통치 않은 작품은 싫어한다. 그러니 좋은 작품을 하지 않을 수 없다.

"한국 작가들은 열중하는 도度가 부족한 것 같아요. 정신이 완전히 쏟아지지 않았어요. 동양화 하는 분들, 그림 그리다 말고 화선지 버리는데 그래서는 깊이있는 작품이 안 나와요. 예술의 싹이란 이끼 같은 겁니다. 안락한 금방석에 앉아서는 작품 안 나옵니다. 예전엔 파리 화랑가에서도 유명한 작가에게 생활비를 대 주고 계약했지만 요즘은 없어졌어요. 여유가 생기면 바캉스다, 뭐다 놀러 다녀요. 작가는 고생을 해도 작품으로 살아가야 합니다."

1979년 그는 세 달 뒤면 프랑스 영주권이 나오는데도 그냥 귀국했다.

파리 국립미술관에서 그의 작품을 구입했고 그곳에서 생활할 때 백여 점이 팔렸다. 국제작가로 기반을 다졌음에도 가슴 한구석엔 늘 모국에의 그리움이 있었다. 길을 가다가 기름 흐르는 나무를 보아도 한국 나무를 생각했다. 가슴이 답답했고 나무 한 그루라도 내 땅에서 심자 결심을 굳혔다. 그는 십팔 년 만에 고향인 마산으로 돌아왔다. 추산동 집은 그동안 친구에게 맡겨 두었는데 몇 년 동안 피지 않던 시차초失車草가 주인을 반기듯 연분홍 꽃을 피웠다.

황폐해진 땅에 다시 나무를 심고 가꾸었다. 기왓장이 많이 나와 한때 일본인이 고적지라고 점령해 둔 땅인데 터를 일구자 여러 무늬의 기와 조각이 나왔다. 그 무늬들은 그의 추억처럼 다채로웠다. 아버지의 히틀러식 콧수염과 짙은 범눈썹이 떠올랐다. 어머니의 건강한 어깨, 또 이조백자를 늘 머리맡에 두고 외롭게 병을 앓던 고모의 영상도 기와 조각 속에 묻혀 있었다.

가만 생각해 보면 그의 흑단 빛깔은 아버지가 캐던 석탄 빛깔일지도 모른다. 규슈 시절, 밤이면 바이올린을 켜며 남도민요로 향수를 달래고, 어두운 탄광 속에서도 하늘 나는 꿈을 꾸었던 아버지. 그 아버지의 꿈이 아들의 손끝에서 모아진 것일까. 그가 아버지 땅으로 돌아온 것은 필연이었다. "바탕이 있으면 돌아온다."

조각은 자기 자신과 같다. 경험과 철학이 어우러져 나온다. 그는 어떤 일이든 처한 상황에서 묵묵히 주어진 일을 해 왔다. 그 체험으로 역경을 딛고 자기세계를 이룬 만큼 그의 조각에도 '일어서려는' 힘이 있다. 관심을 끌게 하는 긴장감은 '내성적이면서 밖으로 뻗으려는 열망'에서 나온 것이다. 역경에서 침몰되지 않고 살아 움직이는 오브제, 그 속에는 또 생명의 지혜로운 해학이 있다. 만화적이라는 것은 바로 이 유머이며 애정이다.

246

지난날 그는 작품에서 다양한 표현이 단순화되어야 한다고 믿었다. 그러나 지금은 단순한 형태에서 다양한 감정을 잡아내야 한다고 생각한다. 여러 가지가 하나가 되면 이야기가 적어진다. 단순한 데서 여러 가지가 느껴지는 것이 좋다.

그의 작품의 기본적 요소는 좌우균제이다. 이 단순한 형태는 우주적인 것으로 확대될 수 있다. 결합이며 상대성이므로. 그의 조각에선 좌우 두 개가 합쳐진다. 〈접촉〉이란 제목이 붙여진 것도 있지만 그 두 개는 가족일 수도 있고 민족이기도 하다. 남과 북으로 갈라진 한민족. 남과 북의 접촉은 우리의 염원이며 꿈이며 바탕이다.

그가 통일을 생각하게 된 것은 오랜 외국 생활에서 얻은 절실함이리라. 내 나라에 대한 연민에서다. '우리는 합쳐져야지.' 그는 이 소망을 구호로 외치지는 않는다. 두 아이가 물구나무를 서서 발을 맞대고 있는 것 같은 형태로 보여 줄 뿐이다. 민감한 리듬과 따뜻한 볼륨이 어우러져 속삭임이 들려오는 듯하다. 그것은 사랑의 속삭임이리라. 그가 사랑의 힘을 믿기에.

1961년도 작품으로 〈사랑〉이 있다. 화면에 고운 모래를 발라 그 위에 유화로 불규칙적인 선을 흐트렸다. 마치 채찍으로 맞아 멍든 상흔 같은데 한 모퉁이엔 해골이 있다. 사랑의 고통을 그린 것. '다시는 사랑하지 않는다'고. 그때 사랑의 파경을 겪은 것일까.

그 뒤로도 그는 사랑을 찾았다. 또 한 번의 결혼에 시련이 있었으나 사랑은 영원히 묻을 수 없는 것이었다. 화가인 지금의 아내 최성숙 씨를 파리에서 만난 후 그는 예순 장까지 번호가 매겨진 길고 긴 편지를 서울로 띄웠다.

"서양 사람들 포옹하는 것도 외로워서 그런 겁니다. 바캉스 땐 도시가 묘지 같아요."

내밀한 자기 고독을 우주의 생명 형태로 환원시킨 조각들. 서양 사람들에게 신비로운 '극동의 음악'을 들려준 그 혼의 분신들에서 우리는 체온을 느낄 수 있다.

예술가들은 일반적으로 자기 작품 넘겨주기를 아까워한다. 그는 원하는 고객에게 기꺼이 작품을 내놓는다. 자기 작품을 아끼고 애착을 가지면 발전이 없기도 하지만 무엇보다 사랑은 나누어야 하는 것임을 알고 있다.

작곡가 백병동

인간의 테두리를 알고 있는 그는 거창한
꿈을 말하지 않는다. 자조적인 소시민이니만큼
이름을 남길 생각도 없고 사는 동안 최선을 다할 뿐이다.
단 하나 이루고 싶은 것이 있다면 심금을
울리는 진혼곡을 쓰는 일.

음악을 틀어 놓고 작곡을 한다. 응집된 혼으로 일상의 소리 중 득음을 하는 순간이니만큼 순수의 침묵이 푸른 불꽃을 낼 듯한데, 부엉이처럼 크고 깊은 눈을 가진 작곡가의 방엔 그 순간에도 여느 때처럼 나즈막한 음악이 흐르고 있다.

다른 음악을 듣는 것이 작곡에 방해가 되지 않을까.

"그렇지 않아요. 피상적으로 들으니까요. 그것도 고전음악이니 상관없죠."

이것은 여유처럼 보이지만 그 말 속엔 우리가 생각하는 것보다 더 절실한 무엇이 내포돼 있다. 그가 작곡할 때 음악을 틀어 놓는 것은 침묵에 대한 압박감에서다. 그것은 시인 말라르메의 '백지 앞에서의 끊임없는 고통'과 같은 것이리라.

이러한 어려운 창작 과정을 치르면서 물질사회에서 대중에게 소외된 현대음악을 작곡한다는 것은 고독한 일임에 틀림없다. 음악가는 음악으로 자신을 표현할 수밖에 없고, 음악만을 위해 살았다고 스스로 말할 수 있는 작곡가는 그것을 행복한 형벌로 받아들이는 것이다. 한국 현대음악사에서 빠뜨릴 수 없는 작곡가 백병동 선생도 그중의 한 사람이다.

아이 때부터 남달리 음악에 대한 흥미가 많았다. 대장간 그림으로 총독부상을 받은 적도 있지만 그림 그리는 재미는 좀체 붙질 않고 노래 부르고 오르간 장난하는 것이 최고의 즐거움이었다. 당시 매일 조회 때마다 라디오 체조를 했는데 피아노로 된 반주음악이 너무 좋아서 음악에만 정신이 팔렸다. 그러다 보면 체조가 제대로 될 리 없었고, 덕분에 체육 선생에게 호되게 얻어맞기도 했다. 누가 시켜서 관심을 가지게 된 것도 아니건만 아이는 음에 민감했다. 음악 선생님이 가르쳐 주는 노래가 어쩐지 음악책의 악보와 다르다는 것도 지적할 수 있었다. 눈어림으로 자연스럽게 악보도 익히게 되었다.

국민학교 육학년 때다. 당시 「헐리웃 위문단」이란 음악영화가 상영되었다. 영화를 몹시 좋아해서 「무도회의 수첩」 등 좋은 영화는 모두 보았는데 음악영화는 더구나 빠뜨릴 수 없었다. 학생입장불가였지만 살짝 들어갔다.

「헐리웃 위문단」은 아이를 감격시켰다. 존 레슬리가 부르는 주제가가 머리에 맴돌았다. 그는 이 노래를 악보로 베껴 보리라 생각하고 채보를 하느라 영화를 네 번이나 보았다. 마지막은 아버지와 동행했다. 아들이 영화값을 청구하는 사유를 믿지 않아서다. 아이의 청음은 훌륭했다. 베껴낸 악보를 기타로 치면서 불러 보니 영화곡과 똑같았다. 평상시 엄한 아버지도 아들의 재주를 무척 신기해했다.

중학교 때도 음악을 좋아했을 뿐 전공할 생각 같은 것은 하지 않았다. 집에 축음기가 있었으나 대부분 일본 유행가판을 들었다. 「트로이메라이」 등 클래식 소품도 몇 장 있었으나 유행가와는 감각이 달랐다. 또 하나의 세계가 있다는 것을 막연하게나마 알았다.

그가 본격적으로 음악과 가까워진 것은 피란 시절이다. 당시 시장엔 그야말로 희귀한 물건이 쏟아져 나왔다. 그는 베토벤 교향곡 6번, 9번, 게르하르트 휘슈가 부르는 슈베르트의 「겨울나그네」 세 곡을 구했다.

가장 마음을 끄는 것은 「전원」이었다. 좀 더 알고자 고서전문서점의 잡서 꾸러미를 뒤져서 악보를 구했다. 악보를 보면서 음악과 비교하니 선율의 움직임, 악기에 따르는 음색 등 모든 이론을 악보가 웅변으로 말해 주는 듯했다.

"되풀이해서 들을수록 음악이라는 게 얼마나 조직적으로 구성돼 있나를 알게 돼요. 남에게 감동을 주기까지의 과정이 얼마나 복잡하고 어려운가도 알고. 내 경우는 이론을 배우기 전에 실제의 음악으로써 느끼게 된 셈이죠. 좋아했던 선율을 더듬어서 채보하기도 했는데 여기서, 만드는 입장을 생각하니 좋더군요. 작곡가가 되리라는 생각이 이때 굳어졌어요."

이론에 앞서 실습을 한 셈이고 화성은 거의 혼자 터득했지만 작곡의 어려움을 뼈저리게 실감하게 된 것은 서울음대에 입학한 뒤다. 시설은 지금에 비해서 엄청나게 뒤떨어져 있었고 때마침 밀려들어 온 서양 현대음악의 사조는 큰 충격이었다.

요즘도 현대음악은 일반 사람들에게 생소하지만 당시 음악도였던 그 자신도 쉽게 소화할 수 없었다. 주로 일본 잡지를 통해 정보를 얻는 정도였다. 생소해서 거북했지만 그래서 더 흥미를 가졌다. 그 당시 음악은 낭만성을 벗어나지 못하고 있었다.

음대 시절은 순수한 열정으로 새로운 것을 흡수하고자 한 탐구의 시기였다. 작곡은 이미 감각으로만은 할 수 없었고 가장 마음이 맞았던 송해섭, 강석희 등과 공동연구를 펴 나갔다. 그때도 음악을 감상할 수 있는 기회가 좀처럼 없었다. '돌체'나 '르네상스'에도 그들이 듣고자 하는 현대음악은 없었고 악보나 이론서적도 구하기 힘들었다. 이때부터 외국에 주문하고 나가는 사람들을 통해 가뭄에 콩 나듯 책 한 권, 악보 한 권, 디스크 한 장 하는 식으로 수집했다.

지금 소장하고 있는 천오백 매 남짓 되는 디스크도 이런 어려운 과정을 거쳐 하나둘 모아진 것이다. 아르시에이RCA 포터블을 시장에서 사와 밤 깊은 줄 모르고 음악을 들으며 악보를 들여다보던 일은 지금도 흐뭇하게 떠오른다.

대학 시절인 1957년부터 독일 유학 전 십여 년간 이십여 개의 가곡과 「송해섭 주제에 의한 일곱 반주곡」 「피아노 소나타」 등 몇 개의 기악곡을 발표했다. 1960년도 「바이올린 소나타」와 「피아노 트리오」의 발표회를 가졌을 때 박용구 씨는 '절박한 서정'이라 평했는데 당시 기악곡들은 피상적 생각으로 쓴 것이었다.

그의 가곡에 대한 애착은 그의 작품 구조가 선적線的이라는 것과 무관하지 않다. 기악곡에서도 가심歌心을 느끼게 하는 작곡가인데 일반적인 서정가곡에서 탈피하고자 가곡에 유독 힘을 기울였다. 덕분에 늘 시를 보았고 김춘수, 박목월, 최하림 등의 시에 곡을 붙였다. 경동고교 재직 중엔 학생에게 작사를 하게 해서 자장가를 작곡했는데 이십 개의 가곡 중 서정성있는 두 곡만 지금 불려지고 있다.

모든 예술가가 그러하듯 그도 '나를 찾기 위한 고민'을 늘 했다. 기술과 이론도 서양의 그것에 비해 떨어질 수밖에 없고 연구에 대한 판단과 확인이 어려웠다. 그는 본고장으로 건너가기로 했다. 음악의 체험은 음악의 현장에서 얻는다. 졸업한 지 팔 년이 지난 1970년도, 독일 정부 장학금으로 하노버로 갔다. 하노버에서 얻은 가장 큰 소득은 이론과 기술보다 음악의 전통을 이어받은 독특한 분위기에 젖을 수 있었던 점이었다.

"음악의 실상을 볼 수 있었어요. 음악을 왜 하느냐는 근본적인 문제가 풀렸구요. 살고 싶어서죠. 나를 나타내는 방법은 음악밖에 없다, 내 말이고 내 분신이며…."

독일 유학 때 또 하나 확인한 것이 있다. 그가 동양 사람이라는 것. 서양인과 자기 사고의 차이를 금방 느꼈다. 그것이 음악으로 결부되어 '소리'에 대한 확신을 가지게 됐다. 서양의 소리는 물리적이지만 동양의 소리는 모든 것이 들어가 있는 의미의 소리다.

음악이 완성된 전체라면 소리는 어떤 내용을 담은 모습, 생각이 나타나는 표상이다. 판소리의 소리, 부르짖음도 있고 고뇌도 있으며 그런가 하면 부드러운 위안의 소리도 있다. 소리란 심연의 그것이다. 소리는 하나로만은 얘기가 되지 않고 연결, 결합시켜야 한다. 감정을 이입시켜야 한다. 피아노 소리도 표면적 소리가 아니라 피아노가 지녔을 법한 노래를 시켜야 한다.

하노버 시절 작곡한 「오보에를 위한 운韻—1」이 곧 소리에 대한 첫 결실이다. 그 뒤 피아노, 하프, 바이올린, 트롬본, 플루트 등을 솔로로 해서 '운' 시리즈가 이어지는데 그는 솔로 음악에서 집약된 표현을 통해 결정화된 소리를 찾고자 했다. 그의 저서 『소리 혹은 속삭임』에서 인용하면, '소리 하나를 다루는 데 있어서도 서양의 외형적인 미를 추구하는 것과는 달리 우리의 소리는 내부에서 용해되는 정서 또는 여운에서 우러나는 감성의 미묘하고도 섬세한 울림에서 표출되는 것이 아닌가 생각되었다.'

1966년 「가야금을 위한 실내음악」을 발표한 적이 있지만 독일 유학 후인 1972년부터 1977년 사이에 그는 가야금이 주가 되는 곡을 다섯 곡 발표했다. 그는 국악기를 동원함으로써 요샛말로 '한국적' 음악을 만들려 한 것일까. 이런 말은 그를 답답하게 만들 것이 틀림없다.

"국악을 쓴 것은 그 소리가 필요해서예요. 우리 현대음악이 작곡 방법으로서는 서양음악이지만 내용은 한국음악이죠. 한국 작곡가의 작품이라면 가야금을 쓰지 않더라도 선율 하나에도 국악 정서가 스며 있어요. 각 음대마다 국악과가 따로 있는데 그것도 나눌 필요가 없어요. 피아노를 하든 가야금을 하든 악기는 마찬가진데."

음악이 없는 세상을 상상해 본 적이 있는가. 그런 세상은 비현실적인 무성영화와 같지 않을까. 초현실주의 상상화를 떠올릴 수도 있다. 작곡가에겐 이런 상상조차 짜증스러울지 모른다. 음악 없는 세계란 공기 없는 지구와 다를 바 없으니.

음악의 시원에 대해선 확실히 밝혀지진 않았지만 음악의 발생은 필연적이다. 밤과 낮이 있듯이 사람의 생활 자체가 주기적이다. 걸음에도 리듬이 있고 웃음과 울음에 따라 체내의 리듬도 달라진다. 예술 기원의 계기로서 모방의 충동도 꼽히는데 모방의 충동으로 음악을 만들었건 어쨌건 음악이 하늘에서 뚝 떨어진 것이 아닌 것만은 확실하다.

현대음악이 어렵다고 외면하지만 그것도 갑자기 튀어나온 건 아니다. 많은 사람의 생각 끝에 나온 것이며 그 역사성과 시대성을 무시할 수 없다. 음악의 역사는 그 시대에 연주된 현대음악의 역사이다. 시대마다 현대음악이 있었다. 그것은 앞서 시대를 표현한다. 브람스 시대에 바흐의 음악이 나왔으면 빛을 못 보았을 것이며, 오늘날과 같은 핵시대, 언제 죽을지 모르는 상황에서 모차르트가 나올 수는 없다.

고전은 리듬 위주이고 현대는 소리 위주이다. 예전 음악이 '어떻게 발전시키느냐'에 중점을 두었다면 현대음악은 '어떻게 변화시키느냐'에 골몰한다. 옛날에 쉼표는 휴식이었다. 현대에서는 쉼표도 음악이다. 침묵에 대한 개념이 달라졌다. 소리 나기 직전의 긴장인 것이다. 현대음악에선 쉼표가 그러하듯 모든 소리가 소재가 될 수 있다. 사이렌 소리도 현대음악에선 쓰일 수 있다.

현대는 압축의 시대다. 하루 안에 제주도를 가는 시대고 많은 얘기를 벌여 놓을 틈도 없다. 그래서 현대음악은 긴장도가 높고 신경을 곤두세우게 한다. 현대의 특징은 긴 주제를 소리 하나로 농축시키는 데 있다. 이런 시대에서 베베른A. Webern의 긴장도는 본받을 만하다. 베베른은 수십 소절에 해당하는 소리를 최대한으로 농축해서 다른 작곡가 작품 삼십 분 듣는 것보다 더 긴장감을 준다.

"오늘을 사니까 오늘의 상황이 어떻게 음악으로 표현되는가 알아야 되지 않겠어요? 거부 이전에 부딪쳐 보고 이해하는 노력이 필요치 않을까 싶어요. 우리가 낭만파 음악을 좋아한다고 해서 그런 음악을 이 시대의 작곡가에게 요구할 수는 없죠. 낭만적으로 쓰면 이 시대의 공기가 안 들어가요. 브람스 시대에 살아야 그 시대의 양식이 나오는 거죠. 고전음악, 고전음악 하는데 구상화에 싫증내듯이 감각이 있는 사람이면 고전에도 싫증을 느껴야 해요. 그 정도는 느껴 달라는 거죠. 지금 이광수 소설만 읽을 수는 없잖아요."

가곡 편중 경향에서 벗어나 기악과 인성을 폭넓게 다룬 것은 독일 유학 이후이다. 이 시기인 1970년대에 자신도 모를 정도로 많은 작품을 썼다. 기법이나 소리 자체가 세련돼지고 구체적인 모습을 드러낸다. 한 작곡가의 진면목을 알아보는 중요한 시기인데 이때의 작품은 극도로 예민하고 긴장되며 마찰이 많다. 1974년도 발표된, 여든셋의 주자를 위한 「변용變容」은 '억압된 격정의 분화구를 찾는 긴장감이 감돌고' 같은 해의 작품 「피아노 협주곡」에는 박용구 씨가 다음과 같은 평을 썼다.

"부단한 폭력 아래 육신은 피할 길이 없으면서도 걸음만은 멈추지 않는 것 같은 거역적인 리듬에서 전개되는 제2악장은 표제가 「놀이」로 되어 있으나 태평성대의 축전적인 놀이는 물론 아니다. 오늘을 호흡하는 작가라면 그런 놀이는 보여지지 않기 때문이다. 작가는 진실을 가린 각양각색의 탈바가지를 쓰고 난무하는 군상들의 놀이를 해학적인 눈으로 쏘아보고 있는 것이 아닌가. 그렇다고 작가가 철저한 아웃사이더가 될 수 없음은 서두의 거역적인 리듬이 다름 아닌 작가의 것이고 불안한 현의 선율과 이를 강조하는 팀파니와 피아노도 역시 작가의 마음이기 때문이다. 방관자가 될 수 없는 작가의 마음은 제3악장에서 드라마틱한 심상 풍경을 전개시켰다."

예술은 그 사회의 소산이며 시대의 증언이기도 하다. 그가 활발하게 작곡을 했던 1970년대의 그 어지러움을 생각하면 「대사 더듬기」는 빠뜨릴 수 없는 작품이다. 『심상心象』에서 김영태 씨의 이 시를 발견하고 작곡했는데 소시민의 날카로운 현실인식을 음악적 지성으로 조형했다.

이쪽을 들여다보시는군요
말짱합니다
우그러진 구석도
상한 데도 없답니다
말짱하고 말고요, 말짱 말짱 말짱… 건성이지만

"음악 자체만으로는 참여를 할 수 없어서 가사를 필요로 했던 거죠. 음악이 지고의 예술이긴 하지만 사회비평을 할 수 없어서 불편해요."

1976년도 작품, 세 개의 오보에와 관현악을 위한 「진혼鎭魂」은 작곡자 자신이 '내 반생의 결산'으로 본다. 진혼의 느낌은 있으나 진혼 자체는 아니고 어떤 극한의 상황에서 울리는 혼의 노래 같다. 세 가닥의 오보에는 대화처럼 어우러져 나오는데 '내 영혼의 울부짖음'이어서 긴장을 준다.

예술은 자기 내면의 형상화이다. 긴장되고 날카롭게 부딪치는 작품은 그의 예리한 감성을 보여 준다. 『소리, 혹은 속삭임』에 보면 시골 면장을 지낸 할아버지에 대한 추억담이 있다. 온 마을이 부르르 떨 정도로 무서운 인물로 소문났던 만큼 어린 손자에게는 절대적인 위엄과 권위의 화신이었다.

어느 날 집에 들어오니 돼지의 처절한 부르짖음이 울려왔다. 한 사람이 네 다리를 잡고 또 한 사람은 아랫도리를 칼질하고 있었는데 불알을 깐다는 것이었다. 그것은 곧 삶아져서 할아버지의 방으로 올라갔다. 아이는 순간 할아버지를 증오했다. 그런데 웬걸, 할아버지는 손자를 부르더니 '한 점 먹어 보렴' 했다. '몸에 아주 좋은 것이니라.'

돼지의 절규 앞에서 인간의 잔학 행위를 증오할 줄 알 만큼 예민한 아이였다. 이런 아이여서 큰형에 대한 아버지의 편애에도 상처를 입었다.

큰형은 국민학교 때 이미 시를 쓰고 중학교 때 문예작품 응모전에 희곡이 당선된 조숙한 문학도였다. 아버지는 큰형만 편애하면서 설득력 없는 강압적인 가정교육을 했다. 이러한 교육법에 불만이 싹트면서 사랑받지 못한 방관자로서 분노를 키웠다. 의사이면서 사랑하는 큰아들이 폐병으로 죽는 것을 어쩌지 못했고 어머니의 병을 오진했던 아버지에 대한 불신도 컸다.

음대에 들어가면서는 완전히 독립했다. 전쟁 때 가족이 전주로 내려가 자리잡았고 그는 서울대에 입학하자 이것을 기회로 혼자 서울에서 생활했다. 처음 서울로 온 날 길모퉁이에서 직공을 구한다는 벽보를 보고 곧장 그 인쇄소로 가서 일하기로 합의를 보았다. 일학년 때 아버지가 음대 학장실로 와서 하숙비를 주었지만 그것도 다시 돌려보냈다.

아버지로부터의 독립은 자기실현의 첫걸음이었고 그것은 음악을 통해 구체화된다. 기존에 순응하지 않고 어렵게 자기 길을 찾은 만큼 그는 자신에게 엄격한데 이것은 교수방법에서도 드러난다. 그는 학생들의 작곡을 지도할 때 이렇게 해라, 저렇게 해라 하지 않는다. 다른 선생은 자신의 방법을 제시하지만 그는 그냥 지켜본다. 테두리에서 벗어날 때만 제어한다. 그때의 지적은 신랄하고 날카로워서 평을 듣는 사람은 마음이 아프다. 공부하는 과정에서 중요한 것이지만 당장은 갈등이 생긴다. 다른 선생은 부분적으로 지적하지만 그는 이게 아니다 싶을 땐 여덟 페이지도 쫙 그어 버린다. 마감일이 일주일밖에 안 남아도 사정을 보지 않는다. 다시 쓰라 할 땐 냉정할 정도이다.

제자들은 선생에게서 칭찬을 들어 본 적이 없다. '괜찮다'는 말도 못 들어 보았다. 그래서 답답해 하지만 답답하니까 스스로 풀어 나가는 것을 터득하게 된다. 고민을 던져 주니까 자기 자신을 작품 속에서 만나게 된다. 작곡과 대학원생인 제자 조선희는 육 년째 갈등을 치르고야 선생의 뜻을 알았다. 음악은 '배우는 것이 아니고 깨우치는 것'이다.

선생이 학생들에게 무엇보다 원하는 것은 열성이다. 그래서 늘 자극을 주려 하는데 열성을 요구하는 만큼 그 자신, 음악에 관한 한 적극적이다. 학생들이 미안할 정도로 선생은 늘 기다리고 있다. 음악 자료를 기꺼이 빌려주고 녹음을 부탁하면 금방 해 준다. 개인적으로는 별 고민을 다 털어놓을 수 있는 상담자여서 크리스마스 때면 카드가 사오백 장씩 밀린다. 이것들은 정월까지 그 집 마루 공간을 가로질러 만국기처럼 진열된다.

그 자신도 말하지만 그는 음악만을 위해 살았다. 그의 집엔 레코드와 오디오 시스템 외엔 그릇도 세트로 된 것이 없고 멋으로 갖춰진 것은 찾아볼 수 없다. 그간 늘어난 것이라고는 포니 승용차인데 생활까지 음악에 바쳐져 아직 아이도 없다. 아이는 갖지 않기로 부부가 합의를 보았다. 사람에게 주어진 시간이 한정돼 있는데 아이에게 빼앗기는 시간이 반 이상이다. 오선지를 찢고 그가 작곡할 때 울어대는 아이는 상상도 하기 싫다. '태어나는 것부터 타의'라고 생각하는 사람이어서 종족본능 같은 것은 처음부터 없었다.

음악만 위하다 보니 음악가로서의 역할 외엔 등한시하고 살았다. 아니 철저히 자기중심적이다. 작곡은 주로 학교 연구실에서 하지만 어쩌다 집에서 할 땐 아내에게 좀 나가 달라고 한다. 그럴 때 아내는 갈 곳을 찾느라 여기저기 열심히 전화를 걸어야 하는데 이자를 내며 살던 옛날에 비하면 이런 정도는 약과다.

그의 별명은 거지다. 유학을 다녀온 후 길에서 만난 친구가 '독일거지'라고 부른 후 그게 별명으로 붙었다. 덕분에 제자들은 '거지새끼' '거지당'이 됐는데 유학 직후엔 제자가 손이 언 채로 사보寫譜해도 점심 대접을 못 할 정도로 가난했다.

그때 부인 우화자禹和子 여사는 직장을 가지고 있었다. 남편이 유학 간 뒤 시어머니를 모시고 거의 혼자서 벅찬 살림을 꾸려서 빚이 꽤 있었다. 남편이 돌아오고 나서도 경제적인 것은 조금도 나아지지 않았다. 남편에게 돈을 받아 보질 못했다. 그래도 꼬박 이자를 내며 살아왔는데 이자 낼 때는 머리가 아팠다. 그런 와중에도 남편은 레코드와 책을 한 아름 사 들고 들어왔다. 늘 그래 왔다. 그가 음악밖에 모르는 사람인 줄 알지만 몹시 섭섭했다. 부인이 직장을 그만두고 그의 월급봉투를 받기 시작했을 때 물었다. 맞벌이할 때는 왜 돈을 한 푼도 안 내놓았느냐고. 그는 당연하다는 듯 대꾸했다.

'여자가 맞벌이를 할 때는 남자의 호주머니를 가볍게 해 주기 위해서다. 왜 내가 돈을 내놓느냐'고. 지금도 부인이 직장을 다닌다면 '그 사람은 분명 돈을 안 내놓을 거예요.'

언젠가 무더운 여름에 전기 소켓이 고장났다. 다른 집에서 이런 일은 대개 남자가 떠맡지만 이 집에선 거꾸로다. 여자가 두꺼비집을 내려놓고 땀 흘리며 고치는데 작곡가 남편은 다가와 빨리 고치라고 재촉했다. 두꺼비집을 내려놓아서 음악을 들을 수 없다고. 수돗물 새는 소리에 부인이 잠을 깨어도 그는 모른다. "그런 소리 듣는 귀와 음악 하는 귀는 다르다." 그런 만큼 작곡에 한번 매달리고 나면 입까지 부르트는 사람이어서 부인도 그에게 더 이상 일상의 남편이 되어 줄 것을 기대하지 않는다.

"그 고집으로 열심히 해 보라, 남겨 놔라 해요. 그것도 못할 것 같으면 나를 도와 달라고. 외국 나가도 책과 레코드부터 먼저 사서 부치는 사람이라 소포가 오면 도착했구나 알아요. 음악이 본처지요."

음악은 구체적인 것을 추상적으로 표현하는 것이지만 흐름에 줄기가 생겨야 한다. 산맥을 넘고, 작법이 있어야 한다. 양성적인 것과 음성적인 것이 대립하고 표면적 소리에서 이면의 소리를 끄집어내야 한다. 여운 속에 숨어 있는 아름다움을.

그의 음악이 긴장감을 주는 것은 소리의 통제에 의한 것이다. 소리를 통제한다는 것은 자신을 통제한다는 것. 자신에게 엄격한 그는 책임있는 음악을 하려 한다. 모험이나 아이디어에 맡기는 즉흥성을 좋아하지 않는다. 작곡 방법도 보수적이고 학구적이어서 행동 음악이나 전자음악을 싫어한다.

전자음악은 기계를 사용해서 내는 소리다. 그는 몸에서 나는 소리를 좋아한다. 육체를 통한 소리, 즉 마음의 이야기가 있어야 한다. 기계에서 음악이 울린다는 것이 그에겐 인간상실처럼 느껴진다.

온갖 악기로 실험이 동원된 현대음악에서도 지금 '육성을 되찾자'는 움직임이 있다. 인간적인 것을 느끼자고, 소리를 되찾자고 사람들은 악기를 한껏 가동시키려 한다.

극도로 예민하며 긴장된 그의 음악도 최근엔 쉬운 음악으로 변해 가고 있다. 운韻의 세계를 관현악으로 확대시킨 「관현악을 위한 산수도」「비올라와 앙상블을 위한 파사칼리아」가 그렇다. 파사칼리아를 작곡했을 때 음이 나약해졌나 생각했다. 그러나 긴장의 조성이 부담스럽게 느껴졌다. 소리의 충격만 준다면 마음을 편하게 하는 것이 없다.

긴장을 풀려는 것은 보다 인간적인 감정을 넣는 것이기도 한데 그는 이것으로서 종래의 현대음악에 새로운 방법을 시사하려고 했다. 현대음악을 작곡할 때 의식적으로 긴장을 조성하려고 하지만 그것만이 음악이 아니라고. 기법을 도외시하는 반면 담백하고 쉬운 음악으로 심성에 호소하려 했다.

그는 지금까지 백여 편을 작곡했다. 다작인 셈인데 작품 하나하나에 심혈을 기울이기는 힘들다. 손놀림도 끼어 있다. 안 하고 있으면 굳으니까. 그래서 곡이란 자꾸 만들어야 한다고 생각하는데 많은 가운데 좋은 것이 나올 것이다. 예술가에겐 고통이 큰 자산이 된다. 안정된 일본의 현대음악은 쌈박하기는 하지만 심오하지는 않다. 그런 의미에서 우리의 굴곡 많은 역사와 과도기적 사회 분위기는 예술가들에게 에너지원이 될 수도 있다.

역설적이지만 그도 이에 동감한다. 현대음악의 황무지에서 그는 분노하고 또 자조하며 내실의 문을 굳게 잠근다. 1983년도 문예 진흥원 주최로 대한민국음악제가 열렸을 때다. 국내 작곡가의 곡이 많이 연주되었는데 작곡 사용료는 겨우 오만 원. 서울대 재직 작곡가 네 명은 그 돈을 문예진흥원에 다시 돌려보냈다. 그는 보상받듯 그해 서울시 문화상을 수상하게 되었지만.

"연주가들도 한국 작품을 연주하려는 노력을 해야 해요. 고전과 낭만시대 음악만 연주하는데 이런 곡들은 여태 수많은 연주가들에 의해 정상에 올라 있으니 뛰어나게 잘해야 해요."

외로운 작업이어서 창작 그 자체가 기도와 같다. 삶의 형태에서 종교를 가장 높은 경지로 치지만 '종교도 다 인간이 만든 것이고 지구적이다'.

위대한 종교도 우주에는 못 미친다. 예술이 위대해도 인간에 국한돼 있고 자연의 흐름을 막을 수 없다. 인간의 테두리를 알고 있는 그는 거창한 꿈을 말하지 않는다. 자조적인 소시민이니만큼 이름을 남길 생각도 없고 사는 동안 최선을 다할 뿐이다.

그가 단 하나 이루고 싶은 것이 있다면 심금을 울리는 진혼곡을 쓰는 일. 형의 죽음에 충격을 받은 이후 '죽음'이 의식 밑바닥에 깔리게 된 듯하다. 1977년도 김영태 씨의 시에 곡을 붙여 완성한 「파란풍선」도 아이들에게 죽음의 문제를 알리고자 했다.

태어남도 죽음도 다 순간이지만 인간들은 주어진 시간 동안 쉼 없이 삶의 물레를 돌려야 한다. 외롭게 싸우다 눈을 감는 자들. 그 죽음 앞에서 인간의 한계에 대한 연민이 그로 하여금 진혼곡을 쓰도록 하나 보다. 음악이란 진정 인간적인 것이기에.

"모차르트도 말년에 진혼곡을 썼어요. 모차르트의 다른 곡들과는 달리 어두운데, 절실한 것을 표현하면 어둡죠."

연극배우 백성희

"배우는 액체가 돼야 해요.
네모꼴에 들어가면 네모가 되고
세모꼴에 들어가면 세모가 되고.
고체처럼 틀이 잡히면
진정한 연기자가 될 수 없어요."

미시시피 삼각주의 어느 대지주 저택의 침실 겸 응접실로 쓰이는 방. 이 집 이층 전체가 베란다로 둘려 있는 듯하다. 베란다로 나가는 커다란 문이 두 개 있는데 이 문을 열면 맑은 여름 하늘과 대조되는 하얀 난간이 보인다. … 이 방의 스타일은 이 삼각주에서 우리가 생각하는 제일 큰 목화 재배자의 집 같지 않고 빅토리아시대의 냄새를 풍기며 극동의 분위기도 맛볼 수 있다. … 한쪽 측면에 목욕탕 문이 있는데, 문을 열면 옥색 타일과 은색 수건걸이만 보인다.

  … 부채 모양의 광창光窓이 문마다 그 위에 달려 있고 창살은 청색과 호박색이다. 무엇보다도 무대장치가 생각해야 할 점은 배우가 마음대로 움직일 수 있는 공간을 마련해야 된다는 것이다. 그들의 초조감이나 금세 터질 것 같은 격정을 나타내기 위한, 말하자면 발레의 세트처럼.

  이것은 테네시 윌리엄스의 「뜨거운 양철지붕 위의 고양이」 무대장치를 위한 설명이다. 몇 년이 흘렀건만 내가 생생히 기억하는 것은 작품을 본 당시의 감동 때문이리라. 그때 희곡은 생소한 분야였다. 소설을 탐독하던 시절이었고 그것에 길들여진 눈에 희곡은 토막 난 이야기같이 보였다. 무대장치 설명이나 대사로 엮어진 형식이 헐겁게 느껴졌다. 카뮈에 심취해서 전집을 사서 읽었건만 「오해」 등 희곡은 중도에서 접었다. 상상력의 미개발 시대였다.

  「뜨거운 양철지붕 위의 고양이」는 이런 내게 희곡의 묘미를 가르쳐 준 첫 작품이다. 우리로 하여금 상상의 나래를 펴게 하는 무대. '그들의 초조감이나 금세 터질 것 같은 격정을 나타내기 위한, 말하자면 발레의 세트처럼.' 작가가 이렇게 무대를 설정하면 우리는 무대 위의 생에 이끌려 들어간다. '말하는 자의 꿈'은 곧 나의 꿈이 된다.

  연극보다 우리를 더 긴장시키고 구체적으로 느낌을 전달하는 예술이 있을까. 테네시 윌리엄스의 표현대로 '연극은 인간 감정의 극치를 나타내는 것'이므로 바로 우리의 내면이며 인생 자체이다. 작은 신전과 같은 무대에서 배우들은 우리 관객들에게 인생을 바치는 것이다.

나는 배우를 남의 인생을 살아 주는 사람이라 생각한다. 신 내린 무당처럼 대역을 하며 우리의 희비를 짊어진다. 훌륭한 배우일수록 철저히 자신을 소멸시킨다. 세기의 명연극배우 두세Duse의 연기는 '희생적인 것이었다. 연기할 때마다 매번 자신을 제단 앞에다 제물로 바치는 것과도 흡사했다'. 인간이 인간에게 바치는 창조물이 예술일진대 두세와 같은 배우의 그것은 거의 종교적이기까지 하다.

인간탐구를 해야 할 연기인으로 백성희 선생을 떠올린 것은 아주 적절한 것 같다. 근 사십 년간 가난한 무대를 지켜 온 골수파 연극인이다. 한국연극사의 산 역사. 그의 출연작 중 기억하는 것은 「산불」과 「달집」인데 그때 받은 인상은 '단단한 연기자'였다. 나는 심심풀이로 연극 보는 관객에 불과했지만 그 후로 백성희란 이름은 '진짜 연극배우'로 머릿속에 박혔다. 백성희를 추종하는 한 연극배우의 말은 내 귀를 솔깃하게 했다.

"연극에서 백 선생님은 꼭 짚고 넘어가야 할 분이지. 든든한 선배예요. 무대의 꽃이야. 선생님이 무대에 서면 다른 사람은 안 보인다니까. 아름다운 분이니 만나 뵈면 좋아할 거예요."

솔직히 말해 나는 선생을 만나기 전까진 별 기대를 갖지 않았다. 선생은 내 머릿속에서 '성실'이란 단어와 단단히 묶여 있었고 이것은 내 상상력을 제한시켰다. 예술가들에게서 흔히 보이는 '끼'가 선생에게선 '전혀!' 보이지 않았기 때문이다.

선생을 처음 대면한 인상도 이와 별로 다르지 않았다. 우리는 국립극장 그릴에서 만나기로 했다. 나는 좀 늦었는데 선생은 구석 자리에 앉아 무언가를 쓰고 있었다. 나는 늦었음을 사과했다. "교통이 나쁠 텐데." 선생은 온화한 얼굴로 나를 맞으며 앉기를 권했다.

관록있는 여교사, 걸 스카우트 단장? 내가 이런 인상을 받았던 것은 선생의 차분하고 흐트러짐 없는 모습 때문이다. 크지도 작지도 않은 체구에 티셔츠를 입은 평범한 외양이건만 위엄 같은 것이 있었다. 선생은 1972년부터 사 년간 여성으로선 처음으로 국립극단장을 맡아 왔는데 그 관록이 엿보였다.

나는 이내 편안해졌다. 선생의 부드러운 말소리는 안도감을 주었다. 나는 먼저 삼십팔 년간 몇 작품에 출연했는지 물어보았다. 사백 편이 좀 넘는단다. 삼백 몇 편까지 세다가 그만두었다는데 많은 횟수다.

"그러면 일 년에 대여섯 편 출연한 셈이네요? 연습까지 치면 거의 무대에서 살았다는 얘긴데요."

"예전에 어느 기자가 내 출연 횟수를 계산해 보더니 인생의 삼분의 이는 무대에서 보냈다고 해요. 그러니까 국립극장 무대지기란 말을 듣지. 바보나 하는 거지."

"왜 바보라고 하시죠?"

"연극만 그렇게 붙들고 있었으니까."

문득 지난해 선생이 「욕망이라는 이름의 전차」에 출연한 것이 떠오른다. 아깝게도 나는 보지 못했지만 가까이 지내는 한 번역가가 보고 감동을 받았노라 얘기해 주었다. '그 나이에 그 진지함이라니.' 번역가는 두세의 전기를 번역한 적이 있는데 예순둘에 다시 무대에 선 두세를 떠올렸다고 했다. 그래서 무대 뒤로 선생을 찾아갔다고.

"그래도 선생님, 연극배우는 무대에서 제일 행복하죠. 누가 시킨다고 하겠어요."

"그래요. 자기가 좋아서 하는 거지. 목에 칼이 들어와도 하고 싶으면

해야지."

1925년생인 선생의 본적은 서울 사간동이다. 할아버지 대에 벼슬을 했고 그래서 가풍이 무척 엄했다. 아버지는 을지로 6가에서 큰 재목상을 운영했다. 아이 이어순은 구남매 중 맏이로 풍족한 환경에서 자랐다.

여느 예술가나 마찬가지지만 오늘의 백성희를 말하자면 그의 유년 시절을 빠트릴 수 없다. 아버지가 진짓상을 물려야 아이들이 밥을 먹었고 학교에서 돌아오면 제 방부터 닦게 하는 집이었다. 맏이인 어순에겐 동생을 보살피는 일까지 주어졌는데 동생을 업은 채 벽에 노트를 대고 숙제를 하기도 했다.

호랑이 할머니 얘기를 빼놓을 수 없다. 어순은 계성 유치원에 다녔는데 영락동(지금의 명동)은 일본인이 모여 사는 곳이라 일본 아이들과 함께 다녔다. 하루는 어느 일본 아이가 어순에게 찹쌀떡을 주었다. 얼결에 받긴 했지만 이내 할머니 얼굴이 떠올랐다. 살 물건이 있으면 일본인 상점에선 절대 사지 않고 종로 야시장까지 가서 구입하는 할머니였다. 철저히 일본인을 싫어해서 일본 아이 집에 놀러 갈 땐 할머니 몰래 가야만 했다.

그날 아이는 예감대로 야단을 맞았다. '지가 먹다가 먹기 싫어서 주는 건데 왜 받았느냐, 니가 쓰레기통이냐' 호통을 쳤다. "대원군만큼이나 꽉 막힌 집이지." 그 보수성과 반골 기질이 있기에 오욕스런 창씨개명을 끝내 하지 않았다. 자기 뜻을 관철하는 이씨집 고집은 아이의 피 속에도 조용히 흐르고 있었다.

집안에서 그나마 멋쟁이는 외삼촌이었다. 언젠가 김소영 주연의 영화 「심청전」이 공연된 적 있는데 어순은 외삼촌을 꾀어서 할머니와 함께 구경갔다. 외삼촌이 호랑이 할머니에게 극장은 아이를 교육시키는 데라고 설득시켰다. 축음기로 심청전을 틀어놓고 아이에게 교육용으로 들려주었던 할머니는 이 나들이로 극장을 좋은 곳으로 생각하게 됐다.

보통학교 육학년 때 신식 사람인 외삼촌 집에서 재미있는 책을 봤다. 당시 일본에는 소녀들로만 조직된 '일활가극단一活歌劇團'이 있었는데 그 가극단에서 나오는 월간지가 눈에 띄었다. 소녀가 춤추는 사진이 화려하게 실려 있었다. 그것은 소녀를 매혹하기에 충분했고 그때부터 어순은 꿈을 키우기 시작했다. 무용을 하리라 작정했다.

1943년 동덕여학교 삼학년 때다. 신문에서 빅타무용연구소 단원모집 광고를 봤다. 당시 우리나라엔 조선악극단의 무용팀밖에 없었다. 어순은 백이십여 명의 지원자에 끼어 코르위붕겐 등 시험을 봤다. 곧 열한 명의 합격자 중 한 사람이 됐다.

합격 통지를 받고부터 어순은 매일 책가방을 든 채 빅타연구소에 나갔다. 율동과 음계를 배우고 성대연습을 했다. 물론 집에선 몰랐다. 상상도 하지 못했으리라. 어순은 모범생이었다. 선생들은 집에 오면 '영리한 딸을 두셨습니다' 했다. 동생들이 잘못할 때 어머니는 '너희 언니 봐라' 맏딸을 본보기로 내세웠다.

여섯 달 동안은 그런대로 가족을 속일 수 있었다. 그러나 지방공연을 떠나게 됐다. 친구에게 상의하고 '그냥 가는 거다' 결론을 내렸다. 어순은 떠나기 전날 밤 몇 번이나 편지를 썼다 그만두고 눈물을 흘렸다. 간다는 마음은 움직일 수 없는 것이어서 다음 날 새벽 대문 빗장을 살살 벗겼다. 대문 소리가 유난히 컸다. 그래서 문을 그대로 놔두고 나왔는데 눈물이 핑 돌았다.

사리원으로, 신의주로 해서 이십 일 가까이 공연했다. 집에는 돌아가기 며칠 전에 편지를 띄웠다. 그때 벌써 어순은 저 혼자 지은 '화자和子'란 가명을 쓰는 무용단원이었다. 화자는 머리를 볶고 집에 나타났다. 삐그덕 소리가 나는 돼지가죽 구두를 신고 손에는 당시 귀한 설탕과 알루미늄 냄비 한 세트를 들고 있었다. 한바탕 눈물극이 벌어졌다. 죽은 줄 알았던 딸이 돌아와서 할머니와 어머니는 모든 것을 덮어 주었다. "심청전을 하는 거야, 학교 다니는 것보다 좋아." 자기 소신을 말할 수도 있었다. 아버지는 달랐다. 아버지는 딸이 돌아온 것을 알자 서랍에서 칼을 꺼냈다. 자극적인 장면이었다. 온 가족이 울면서 말리고 충격적인 혼란이 일었다.

'가라'고 소리쳐서 방에 들어와 있는데 아버지가 한밤에 불렀다. 아버지는 딸을 앉혀 놓고 "광대를 하는 거냐?" 물었다. 심청전을 했다고 말했다. 광대 천시는 양반들 사상이다, 양반들을 풍자하니까 그걸 억압하느라고 멸시한 거다, 조리있게 말했다. 이것은 연극인 서항석 선생에게서 귀가 아프도록 듣던 말이었다.

아버지는 이제 더 이상 하지 말라고 했다. 어순은 "한 번 하고 끝나는 것이 아니다" 굽히지 않았다. 얼마간 부녀간에 대화가 오갔고 아버지의 하얗던 얼굴이 차차 붉은 기를 띠었다. 아버지는 딸의 뜻을 꺾을 수 없음을 알았고 조금은 수긍했다.

"죽이는 것보다 낫겠지. 좋은 일 해야 한다."

칼자루를 쥔 아버지 앞에서도 굽히지 않았지만 무용가의 꿈은 우연히도 연극으로 돌아서게 됐다. 연극이란 것을 처음 알게 된 것은 서항석 선생을 통해서다. 빅타무용극단에서 서항석 선생의 「에밀레」를 가극으로 공연했는데 서 선생이 그에게 '순극을 하라' 권했다. 순극이 무엇이냐 물었다. 노래 없이 하는 것이고 문학으로 치면 순수문학이라 일러 주었다.

연극과의 인연은 빨리 다가왔다. 친구와 함께 현대극장의 「봉선화」 공연을 보러 극장에 들어갈 때다. 누가 다가와 "이화자 씨죠?" 물었다. 그렇다고 하자 잠깐만 얘기하자고 무대 뒤로 데리고 갔다. 그 남자는 현대극단 단원으로 이화자에게 엉뚱한 제의를 했다. 주인공의 시누이 역할을 할 배우가 나타나지 않으니 그 배역을 대신 좀 해 달라는 것이다. 대답할 겨를도 없이 의상과 대본이 안겨졌다. 빅타의 이화자는 얼결에 연극에 몇 장면 나갔다.

개막 오 분 전 결정된 출연은 무난히 끝났다. 무대감독이 뛰어와 '잘했다' 끌어안았다. 저 혼자 객석에서 구경한 친구는 영문을 몰라 무대 뒤로 찾아왔다. 친구는 '예쁘더라' 했지만 난생처음 무대를 밟은 화자는 멍하니 앉아 있었다. 무대를 향해 빛나던 수만 개의 눈. '무대라는 게 무섭다'는 것을 그때 알았다.

'현대극장'은 유치진 씨를 단장으로 해서 이화삼, 김선영 씨 등 쟁쟁한 배우들이 모여 있었다. 서항석, 이헌구 등 해외문학파가 주동하여 연극 기술의 향상과 서구극 양식의 토착화를 이끈 극예술연구회가 일제에 의해 해산된 뒤 만들어진 신극단이다. 이들 속에 백성희란 신인이 들어선다. 백성희는 서항석 선생이 지어 준 이름. 백성희는 이어 정식으로 「봉선화」에 출연한다. 당시 강계식 씨의 부인이 결혼하는 바람에 그 역을 맡게 되었다. 닷새간 연습을 했는데 데뷔는 성공적이었다. 그때의 나이가 열여섯. 어린 배우였으니만큼 기대를 많이 받았다. 강효실 씨의 아버지는 "연애하지 말고 연극만 열심히 하라" 격려했다.

출발부터 순탄했다. 근래까지 별 갈등 없이 연기자 생활을 해 왔다. 소위 말하는 혼란에 빠진 적이 단 한 번 있었는데 1947년 극단 신협에 들어가서다. 「높은 암산」을 연습할 때다. 허집 씨가 연출을 맡았다. 허집 씨는 주디 역을 맡은 백성희에게 리포트 석 장을 써 내라고 했다. 맡은 역의 분석이었다. 그 연출가는 괴팍스러울 정도로 까다로웠다. 대사를 외우면 신파라고 야단쳤다. 연습 때 무심히 바지 한쪽을 치켜도 '그 손이 무엇을 의미하는가' 다그쳤다. 여태 칭찬만 받았지 그렇게 호된 핀잔을 받기는 처음이었다. 콧물이 흐르면 수건을 얼굴로 던지면서 '코 닦아!' 소리쳤다.

아직 신인이었던 백성희에게 그 일은 좌절감을 안겨 주었다. 그는 혼자 끙끙 앓다가 이해랑 선생에게 편지를 보냈다. 연기생활을 그만두어야 할지 어쩔지 모르겠다고 했다. 그의 고민을 전해 듣고 노련한 선배는 위로했다. 연출자가 그러는 것은 다른 연기자들 들으라고 하는 것이니 너무 신경 쓰지 말고 연습하라 했다.

그때 문득 돌아가신 아버지가 떠올랐다. '좋은 일 해야 한다' 아버지와 그러기로 약속했는데. 칼을 든 아버지의 모습을 어떻게 잊겠는가. 딸은 훌륭히 약속을 지켰다. 무사히 공연을 마쳤고 '잔잔한 호수의 한 떨기 연꽃'이라는 평을 받았다.

오늘의 백성희가 있기까지 정신적 지주가 된 사람이 또 있다. 남편 나조화羅朝和 씨.「물레방아」의 작가 나도향의 동생이다. 나조화 씨는 빅타 대표 박구朴九 씨와 친구이고 같이 사업을 도와서, 이화자 시절부터 알았다.

지방 공연에 갔을 때다. 해주에서 묵을 때 그는 이모 집에 가서 잤다. 아침에 돌아오니 나조화 씨가 야단을 쳤다. 단체 생활을 지키라는 훈계였다. 한번은 그녀가 학질에 걸렸다. 나조화 씨는 재빨리 환자를 업고 병원으로 달려갔다. 그 뒤로도 환자를 무대 뒤까지 업어다 주었고 '자기 것 다 하고 쓰러진다' 칭찬을 했다. 이러한 보살핌은 연극무대에까지 이어져 공연장에도 빠지지 않고 나타났다. 나조화 씨는 백성희가 열아홉이 된 해, 종로의 이느 다방에서 불쑥 청혼을 했다. '나한테 시집와.'

결혼 후 남편의 배려는 보다 적극적이었다. 일본 대학에서 창작과를 나온 분이라 연극에 관계되는 일본 고서적을 많이 구해 주었다. 대사를 욀 때는 상대역을 해 주었고 껴안는 장면 같은 데선 '궁둥이 뺀 채 안으면 어색하니 더 다가가야 한다' 등 조언을 했다. 아내에게 온 팬레터를 함께 보며 '배우는 만인의 애인이야' 즐거워했다.

첫 막이 오르는 날은 배우인 아내보다 더 떨어서 객석 뒤에 서 있질 못했다. '백성희가 아니라 작중 인물이 돼야 해.' 그가 나타나면 단원들은

'평론가 한 분 오셨다' 했다. 연극에 밝고 신랄했다. 막이 오르는 날은 언제나 단원들이 여관에서 묵는데, 그는 연기자 아내의 생활을 전혀 침해하지 않았다.

모자 하나까지 손수 사 주는 자상한 남편, 아내를 연극이란 보자기에 싸서 키운 후원자. 십사 년이란 나이 차도 있었지만 아저씨 겸 오빠 겸 선생 겸이었다. 그분은 철부지 소녀를 연극배우로 발돋움시켜 놓고 예순도 전에 아내 곁을 떠났다.

"아무도 그런 분이 없을 거야. 다른 남자가 남자같이 보이지 않아. 그러니 어떻게 연애를 하나."

연기자 생활 삼십팔 년 동안 그는 무려 이십여 개의 상을 탔다. '바다의 서정시'란 평을 받은 「만선滿船」으로 제1회 한국연극상을 받았고 연극계에서 처음으로 3·1문화상 같은 상도 받았다. 벌써부터 인정받은 연기자다.

그는 이것을 '좋은 환경, 끝장을 보는 성격'에서 이루어졌다고 생각한다. 남편의 외조, 경제적 안정이 그를 연극에만 몰두시키게 했지만 무서운 노력이 없었던들 백성희란 이름도 잊혀졌으리라. 무엇보다 기초가 단단한 연기인이었다. 빅타무용극단 시절에 율동과 발성부터 배웠다. 무대 위에서 그의 걸음이 가볍다고 하는데 무용을 한 덕분이다. 정확하게 객석 구석까지 울리는 발성법도 그때 닦은 것이다.

책을 통해서도 연극을 공부했다. 다섯 권으로 된 일어판 『연극입문』이 병아리 연극배우를 가르쳤다. 가장 기본적으로 몸을 아끼는 것을 배웠다. '어느 예술보다 육체를 중시해야 한다, 몸이 재료이므로 건강해야 한다.' 이때부터 그는 살찌지 않으려고 노력하고 몸을 각별히 했다. 그 덕분에 이날까지 체중이 한결같고 기관지 외에는 병이 없다. 기관지는 연습을 과하게 해서 버렸다.

어린 연기자의 눈을 뜨게 한 가르침은 희곡분석, 작가분석이다. 작가가 무엇을 나타내고자 하는지를 알아야 연기자가 호흡을 맞춘다. 맡은 역의 내면을 이해해야 관중에게 전달한다. 이것은 연기자의 역할이 무엇인가를 깨닫게 해 주었고 그는 '배우 의식'을 갖게 되었다.

배역이 주어질 때 연기자들은 두 가지 형으로 나누어진다. 작중 인물을 자기화하는 사람이 있다. 대부분의 영화배우가 그렇다. 그는 작중 인물을 사랑해서 몰두하기보다('나는 냉정한 편이에요') 인물과 가까워지려고 노력한다. 배역이 주어지면 그 인물의 모델을 주변에서 찾아 다가간다. 작가가 소설을 쓸 때 머릿속에 모델을 가지듯. 즉 그는 자기를 작중 인물화하는 연기자형이다. 철저한 배우라고 할까.

일단 연습에 들어가면 그는 작품 속에 산다. 맡은 역의 이미지를 계속 지니려고 완전히 몰입한다. 「달집」을 연습할 때다. 동네의 통솔자 같은 경상도 할머니 역을 맡았는데 나이와 사투리가 잘 표현되지 않았다. 그는 자기 목소리를 듣기 위해 늘 리시버를 끼고 다녔다.

"잘 때도 대본은 머리맡에 있어야 돼요. 우리 집에서 자는 것 같으면 안 돼."

배우는 연기를 하면서 '보는 역할'까지 해야 한다. 객관적이 되어야 한다는 얘기다. 스물두 살 땐가 「백야白夜」를 공연하고 그것을 체험했다. 그는 어머니 역을 맡았다. 절규하듯 이름을 부르며 아들을 붙드는 장면이 있는데 객석에서 웃음이 터졌다. 가슴이 찡해야 할 장면에 웃음이라니. 그는 무대 뒤로 와서도 영문을 몰라 안타까워했다. 그러자 유치진 씨의 동생 치표 씨가 귀띔해 주었다. '앞으론 팔을 붙들고 밑으로 손을 쭉 빼라, 하체의 중심부를 잡으니 웃지' 자신에게만 도취해서 당사자는 그것도 몰랐다.

막이 올려지면 그는 무대 옆에서 떠나지 않는다. 이날까지도 개막날에는 긴장하는데, 2막에 출연해도 분장을 다 하고 극의 흐름을 지켜본다. 모든 배우들이 다 그런 것은 아니다. 「나의 독백은 끝나지 않았다」란 연극을 공연할 때다. 2막에 나오는 배우 A씨가 자기 역을 끝내고 극장을 나가다가 B씨를 만났다. B씨는 끝막에 출연하는 배우였지만 연습 때 서로 만난 일이 없었다. A씨가 '왜 이제 들어오십니까?' 인사했다. 뭐라고 답변이 오자 A씨가 이어 말했다. '요새 무얼 하십니까?' 널리 알려진 재미있는 얘기다.

흔히 예술가를 순간의 영감으로 창조하는 사람이라 생각한다. 배우와 같은 현장성, 일회성 작업은 더욱 그럴 것처럼 보인다. 하지만 그는 순간의 영감을 신봉하지 않는다. 순간의 영감으로 별안간 돌아섰다고 하자. 상대역을 하는 사람은 당황할 것이다. 수정은 있을 수 있지만 막이 오르기 전 상대방에게 미리 말해야 한다. 연극은 약속이다. 연출가와 배우와 모든 스태프 간의. 그의 연기를 저울로 잰 것 같다고 한다는데 그것도 약속에 대한 자기규칙이다.

연극은 성실과 정직을 가르친다. 1950년도 후반 「도적들의 무도회」가 재공연되었을 때다. 처음에 나옥주 씨가 맡은 역을 사정상 그가 맡게 되었다. 단원들은 이미 공연까지 한 뒤라 분위기는 무르익을 대로 익었다. 그는 생소하게 끼어들어 닷새 연습했다. '동작을 두 번 해 봤던가.'

막이 올랐다. 무대에 나갔는데 대사가 뜻대로 되지 않았다. 몸에 배지 않아서다. 진땀이 났다. 입속으로 중얼거리다시피 하여 진행했고 그 연극은 실패작으로 끝났다.

"작품을 분석하려면 시일이 걸려요. 파고들어 탐구하는 것이 연극의 맛인데 그걸 터득해야 참연기가 나와요. 언젠가 연극을 보는데 배우가 대사만 내쏟고 연기를 좀 못해요. 그걸 보던 관객이 옆사람에게 '저 사람,

말 잘하는 사람이야' 하잖아, 글쎄. 어찌나 속이 상하던지."

그의 탐구력은 연극계에서 잘 알려져 있다. 연출가 이진순李眞淳 선생은 '백성희는 처음엔 못한다' 평한다. 처음에 잘하는 배우가 있는데 그렇다고 그 배우가 무대에서도 잘한다는 법은 없다. '백성희는 번민하고 노력하며 인물을 창조해낸다.' 그 저력으로 '국제무대에 내놔도 괜찮은, 무엇이나 안심하고 맡길 수 있는 연기자'가 되었다.

1940년도 말 신협에 소속돼 있을 때다. 유치진 작 「나도 인간이 되련다」를 공연하기로 했다. 주인공 나타샤 김은 소련인 2세로 곰보에다 뚱보였다. 나타샤 김은 극 중에서 작곡가를 좋아하는데 작곡가는 복희라는 여성을 좋아하고 있었다. 이 둘 사이를 나타샤 김이 뚫고 들어가려고 안간힘을 쓰는 것이 주요 줄거리다. 추의 극치였다.

처음에 이 역이 황정순 씨에게 주어졌다. 황정순 씨가 사양(?)했다. 최은희 씨에게 돌아갔다. 최은희 씨도 안 맡겠다고 했다. 연출가는 '이거 미안한데' 하며 백성희에게 배역을 주려 했다. 물론 그는 그 역을 받았다. 어떤 배역이든 닥치는 대로 했으니까, '나한테 오기만 해라'였다.

그는 나타샤 김을 맡고 고심했다. '추함도 승화시키는 것이 예술인데 이 인물을 어떻게 관객에게 접근시키나.' 샤갈 화집까지 봤다. 빨간 눈을 가진 소 그림이 있었는데 그 눈이 괴이하지 않고 아름다웠다.

막이 올라갔다. 황정순 씨와 최은희 씨가 복희를 번갈아 맡았다. 첫 무대에선 최은희 씨가 복희 역을 했다. 황정순 씨는 객석에서 연극을 지켜보았다. 막이 내리고 황정순 씨가 그에게 왔다. "무대에서 너밖에 안 보이더라. 나타샤 김 볼에 밥티가 붙었다." 그렇게 귀엽게 보였다는 말이다.

다음 무대는 한 시간이나 늦게 막을 올렸다. 황정순 씨가 복희 역을 하지 않겠다고 사라졌기 때문. 최은희 씨에게 계속하라고 했고 이 때문에 두 사람이 무대 뒤에서 티격태격했다.

"배우는 액체가 돼야 해요. 네모꼴에 들어가면 네모가 되고 세모꼴에 들어가면 세모가 되고. 고체처럼 틀이 잡히면 진정한 연기자가 될 수 없어요."

언뜻 들으면 일반적인 생각과 반대되는 말 같다. 배우야말로 개성을 필요로 하는 직업이 아닐까. 그러나 우리가 흔히 대하는 영화 쪽에서 생각해 보면 그 말을 이해할 수 있다. 숀 코너리는 '007'밖에 안 된다. 내가 본 어느 영화에서 숀 코너리는 터번을 쓰고 있었는데 봐 줄 수 없었다. 그러나 비비언 리는 「애수哀愁」와 「바람과 함께 사라지다」를 다 적격으로 해냈다. 그토록 다른 두 인물을. 개성있는 배우란 맡은 인물을 개성있게 살리는 배우라 할 수 있다. 이것이 선생이 말하는 액체성 배우다.

연극은 자기 수련이요, 체험연습이다. 역을 하면서 삶을 배우고 연륜을 쌓아 간다. 지난해 그가 「욕망이라는 이름의 전차」에 출연하여 화제가 됐다. 젊은 여인 블랑쉬 역을 맡아서다. 사실 화제가 될 일도 아니다. 젊었을 때 노역을 맡았는데 오십대 후반에 젊은 주인공 역을 하지 말란 법이 없다.

"십대에게 시키면 십대만큼밖에 안 나와요. 내 나이에 이십대 역할을 하면 그 시대를 살았기 때문에 더 잘할 수 있어요. 거기에다 우리가 보는 이십대가 있으니까 그 경험까지 연기에 더해져요. 「욕망이라는 이름의 전차」를 이십육 년 만에 다시 맡았는데 이것도 처음 공연 땐 실패했어요. 이젠 알기 때문에 다듬을 수 있는 장점도 있지."

연기인의 과정, 연륜을 알기에 그는 천재라는 말을 싫어한다. 1979년 일본 후지극단 초청으로 「봉선화가 피는 언덕」에 출연했을 때다. 「봉선화가 피는 언덕」은 목포에서 한국 고아의 어머니로 불리는 다우치 여사의 생애를 극화한 것. 정욱鄭旭 씨와 함께 주인공을 도와주는 국회의원 부부 역할을 했다. 그들은 두 달간 연습했지만 정욱 씨와 그는 밤을 새우며 닷새 동안 연습했다. 도쿄 한가운데서 공연된 연극은 갈채 속에 끝났다. 매회 만원이었고 봉선화 노래가 나올 땐 관객들이 따라 불렀다. 선생의 연기력을 보고 그를 위해 장면을 더 늘렸던 연극이었다.

연극이 끝난 날 단원들이 회식을 가졌다. 그는 전날 밤을 꼬박 새운 데다 너무 긴장해 있었다. 졸리긴 한데 빨리 끝날 것 같지도 않고 앉아 있기가 짜증스러웠다. 그런 터에 화제가 선생에게로 돌아갔다. 일본인들이 칭찬하며 '천재다' 했다. 대사 외우기 등을 보고 놀란 모양이었다. 선생은 불쑥 부아가 치밀었다. '천재란 얘기 많이 들었어요. 지겨워요' 소리쳐 버렸다. 나 고생했다는 소린데 찬물 끼얹듯 쏟아 나왔다.

"그게 천재하고 무슨 상관이야, 그지? 메릴린 먼로가 얼굴만 이뻐서 세기의 배우가 된 건 아니야. 먼로는 아침 일곱시에 액터스튜디오에 나가 첫 강의를 들었어요. 백성희는 항상 노력하는 배우라고 하면 좋겠어요."

대한민국에 국립극단이 창설된 것은 1950년도다. 해방 후 현대극장이 해체되고 신협이 조직됐는데 이해랑李海浪 선생을 단장으로 한 신협은 국립극단 전속으로 흡수되었다. 개관 공연으로 「원술랑」이 선보였다. 이어 「뇌우雷雨」는 이십여 일 장기 공연했는데 사르트르의 「붉은 손」 공연을 앞두고 전쟁이 났다.

어느 분야나 그렇지만 전쟁은 연극에 공백을 주었다. 해방의 혼란을 막 수습하고 연극이 뿌리를 내려야 할 때에 서리를 맞았다. 연극계에서 손꼽히는 선배들이 거의 다 월북했다. 이들은 신파극 계열의 배우들로 이들이 사라지면서 연극은 자동적으로 대중과 멀어지게 됐다.

그 당시 배우 중 김선영이 있었다. 신극의 우상 같은 존재였다. 까무잡잡한 얼굴에 키가 작았으나 무대에 서면 그렇게 예쁠 수가 없었다. 대사가 좋았고 목소리가 쩡쩡 울렸다.

연기인으로서 영향을 받은 선배가 있다면 바로 김선영 씨다. 하루는 병아리 배우 백성희가 거울을 들여다보며 분장을 하는데 김선영 씨가 다가 왔다. 그럴 필요가 없다고 했다. 자신이 어느 연극에 출연했는데 관객이 그의 팔을 보고 흉보던 얘기를 들려주었다. '경마장에 나오는 말 궁둥이 같다'고. 약간 뚱뚱한 데다 팔 없는 소매를 입어서 팔 근육이 더욱 불거져 보였던 모양이다.

"그런데 연극 끝나고 나니까 연기 얘기만 하더라."

이 말은 지금까지도 머릿속에 생생하다. 그 후로는 분장에 신경 쓰지 않게 됐다. 이제는 추억담이 되겠지만 옛날 연극배우들은 고생이 심했다. 지금은 난방이 돼 있지만 옛날엔 무대가 몹시 추웠다. 바람이 휘도는 겨울에 속치마만 입고 무대에 섰다. 「뜨거운 양철지붕 위의 고양이」를 공연할 땐데 연극으로 추위를 잊었다.

1950년대만 해도 지방 공연을 가면 지방 유지들이 단원들을 초대하곤 했다. 여배우의 손목을 잡는 일도 있었다. 화려해 보이지만 여배우들은 알뜰한 살림꾼들이었다. 무대에서 내려오면 평범한 아낙네로 돌아갔다. 신협 시절이다. 지방 공연을 하러 트럭을 타고 시골길을 달리는데 길이 너무 나빠서 온몸이 들썩였다. 황정순 씨가 "왼통 자궁까지 흔들리네" 했다. 모두 웃었지만 적절한 표현이었다.

목포에서 공연한 다음 날, 여배우들끼리 새벽 장을 봤다. 목포의 새우 젓이 명물이었다. 모두 새우젓통을 머리에 이고 트럭을 기다리는데 무대 도구를 실은 차가 그들이 서 있는 곳에서 몇 발자국 앞에 멈춰 섰다. 황정 순 씨가 새우젓통을 인 채 이쪽으로 와 달라고 손짓했다. "조금만 더 부탁 합니다. 조금만 더 부탁합니다." 황정순 씨가 손짓할 동안 새우젓 국물이 까만 외투 위로 뚝뚝 떨어졌다. 딱하고도 웃음 나는 장면이어서 '조금만 더 부탁합니다'란 말이 그들 사이에 한때 유행했다.

황정순, 정애란, 최은희, 문정숙… 이들은 이제 우리에게 옛 시절의 향수를 일으키는 이름이 됐다. 함께 연극을 했던 동료들이지만 모두 영화계로 나섰다. 배고픈 연극을 더 이상 할 수 없었다. 돈을 싸 들고 와서 하자는데 어떻게 외면하겠는가.

환도 후 연극이 다시 시작됐다. 그에게도 영화사에서 교섭이 왔다. '나는 연극하러 나온 사람'이라 했지만 호기심도 있고 시간이 있어서 몇 번 출연했다. 그는 연극할 때처럼 시나리오를 분석했다. '이 장면엔 이런 표정을 지어야지' 연기 계산을 했다. 그런데 시사회에서 보니 그 장면에 그의 뒤통수만 보였다. 그때 깨달았다. 영화는 감독의 예술이라고. 유현목 감독의 「유전流轉의 애수」에 출연하고 얻은 체험이다.

"영화도 티브이도 연극 스케줄에 맞춰서 한가할 때만 나갔어요. 요즘은 통 안 나가지만 티브이 대사는 잘 외우지도 못해요. 무조건 외우는 거니까. 그래서 무성의하다, 불쾌하단 말까지 들었어요."

그런데 연극할 때 그도 불쾌한 일을 경험한다. 일 년에 한 번씩 개인극단에 나가는데 단원들이 연습시간을 잘 못 지킨다. 티브이 때문이다. 티브이에 두 군데 나가면 연극할 땐 하나를 줄여도 시원찮은데 단막에 또 나간다. 이런 사정으로 안 나오고 선배와 동료들을 기다리게 하니 화가나서 못한다.

요즘 젊은 연극인들은 연극 기초도 배우기 전에 티브이에 나가 버린다. 물론 연극으로 먹고살 수는 없다. 생활수준이 높은 일본의 경우도 연극배우들이 티브이에 출연한다. 그러나 그들은 단체의식이 철저해서 티브이 수입의 얼마를 단체기금으로 낸다. 연극하기 위해 아르바이트를 한다. 연극은 시장이 좁다. 결코 상품일 수 없다. 돈을 벌 생각을 하면 못 한다.

"한국은 연극을 하는 게 아니라 관객에게 오류를 범하고 있어요. 대사는 혀끝에서 나오고 연극인 의식도 없어요. 일본에 스기무라 하루코란 육순의 명배우가 있는데 이들의 극단에서 십여 년째 「여자의 일생」과 「욕망이란 이름의 전차」를 상연해요. 관객은 다 머리가 희끗희끗한데 극단과 함께 늙어 가는 거죠. 이들은 각계의 사람들로 자기 회사 물건 등을 경품으로 내놓고 해요. 공연 수입 중 일부는 단체기금으로 갖다 놓는데 단장 자신부터 그렇게 하고. 우리나라 사람들은 잉여재산을 쓸 줄 몰라요. 벽장 속에 쌓아 둘 걸 뭣하러 아등바등 돈 버느냐 말야."

우리 연극은 대부분 번역극이다. 우리 희곡이 이에 미치지 못하기 때문이다. 「산불」 「달집」 등 시대상을 나타낸 작품이 있긴 하지만 번역극은 대부분 세계 명작들이다. 번역극일 경우 연기자는 책만 놓고 따라가기만 해도 된다. 창작극은 정리해 가면서 한다. 작품을 다듬는 역까지 해야 한다. 이순신, 세종대왕 같은 역사 인물극은 선전극 같지만 "프로파간다 하면 어때. 야사野史로 나가면 되는 거야" 이순신 혼자 위대한 걸 보이는 것이 아니라 주변 인물을 통해 부각시킨다. 그런데 이런 역사 인물극일 경우 대부분 교과서 읽는 것 같다.

재미있고 뜻이 있고 호소력을 주는 작품이 아쉽다. 국립극단은 장막희곡 당선작도 삼 년째 공연 보류했다. "과녁이 있어야 화살을 쏘지." 기성작가라도 몇 달 만에 쓴 작품이 완전하겠는가. 나라에서 희곡작가를 지원해야 한다. "이 년 정도 생활비 걱정 안 하고 쓰면 좋은 작품 나오겠지." 그러니 작가 없단 소리는 못한다.

미흡하더라도 우리 것을 계속 상연해야 한다. 일이 차 공연을 하고 계속 다듬어 나간다. 셰익스피어 극도 한 번 하고 버렸으면 지금같이 되었겠는가. 그런데 이런 노력을 '구태의연한 리얼리즘'이라고 평한 것도 있었다. "리얼리즘이 구태의연한 거지."

그는 한국의 실험극에 대해 회의한다. 뿌리가 건재해서 아름드리나무가 될 때 가지를 구부려 본다. 잎을 쳐내고 맨가지로 만들어 보기도 한다. 그러나 우리 연극은 아직 아름드리나무가 돼 있지 않다. 뿌리 없이 지엽적인 것만 보고 흉내내면 안 된다. 우선 우리 것을 알고 해야 한다. 얼이 있어야 한다.

"그러면 우리 것, 우리 얼은 어떤 것이죠?"

"무엇이 한국의 얼이냐? 무엇이 한국사람이냐? 개미처럼 일 잘하는 사람? 일제가 우리 것을 동강이 냈으니 고전에서 찾나? 춘향이 절개, 반항정신, 묵은 유교도 우리 것이지. 모르겠어. 무엇을 찾아야 하는데 지금은 왜 연극을 하는지도 모르겠어. 예전엔 돌아볼 겨를이 없어선지 요즘에 환멸이 와요."

"선생님, 한번 위로 거슬러 올라가 볼까요. '그 나라 연극 한 편을 보면 민도를 알 수 있다' 하셨죠. '그 나라가 혼란할 때 연극이 침체된다' 했고. 이것은 연극이 그 민족과 얼마나 깊이 맺어져 있나를 말하는 것이죠. 우리 연극은 어떤가요."

"아일랜드는 연극을 통해 민중을 계몽하고 나라를 찾았어요. 우리는 연극의 본분을 잊었지. 중구난방이야. 시대적으로 한발 뒤진 것을 선택도 않고 무대에 올리고. 거기에다 문학성, 예술성만 찾고 관객에게 무엇을 주는가는 생각지 않았어요. 도공이 고려자기, 이조자기를 만들어내듯 연극도 시대에 바친 것이 있어야 하는데."

"한 연극인으로시 선생님은 선배들을 비판해 본 적이 없으세요? ○○ 단체는 어용극단으로 오늘날 비판받고 있는데."

"우리 연극 역사는 불과 칠십 년이에요. 크게 생각하면 선배들은 개척자예요. 신극의 뿌리를 내려 주었죠. 자기 것 팔아 가면서 연극을 했고. 순교자예요. 신극을 도입하는 데 문제는 있었지. 일본식이라는 거지. 그렇지만 어쩌겠어. 시대 상황이 그랬는 걸. 삼십육 년이나 통치를 받았으니 오래갔지. 그 속에서도 일본 작품은 거의 하지 않았어요. 「이수일과 심순애」 등 몇 개나 했을까. 오류를 범했더라도 요즘 사람들이 오류를 범하는 것보단 덜 해요. 옛날 사람들은 쟁이의식이 있었으니까. 나도 쟁이니까 지금까지 연극하고 살아온 거지.”

1972년도 단원들의 투표로 국립극단장이 되고서다. 인터뷰를 할 때 그는 이 말부터 먼저 했다. “나는 단장이기 전에 배우다.” 이것은 그의 쟁이의식을 잘 나타낸다. 외아들 결웅潔雄 씨가 중학교 때 대만에 원정간 일이 있다. 야구선수였다. 아들이 처음 해외에 나갔지만 그는 배웅도 못 나갔다. 연극 연습을 할 때라 ‘당연히 안 나간다’ 생각했다. ‘이제야 철이 들어’ 아들에게 미안한 마음을 가지지만 그는 어머니이기 전에 연기인이었다.

시어머니는 그가 지방 공연을 갔을 때 돌아가셨다. 연극을 이해하는 남편이 혼자 상을 치렀지만 죄스럽다. 시어머니는 눈을 감으시면서 며느리를 보고 싶어 했다. 노모를 모시고 지금도 효녀로 알려진 그는 그 일이 늘 마음에 걸린다. 「자매」 지방 공연을 할 때다. 대구에서 이틀째 공연을 끝내고 다음 날 아침에 그가 쓰러졌다. 과로였다. 들것에 실려 병원에 갔고 입원을 했다. 그가 병원에 있는 동안 부산 공연까지 끝났다. 단원들은 서울로 가서 다음 작품에 들어갔다.

아직 회복이 안 된 상태로 그는 서둘러 퇴원했다. 다음 작품이 「욕망이란 이름의 전차」였다. 힘에 벅찬 연습이었지만 작품에만 몰두했다. 몸이 약할 때라 이러다 죽으면 어떡하나 생각했다. “내가 할 일이니까 무대에서 죽어도 할 수 없다.”

무대는 그에게 성역과 같다. 연극은 그의 종교다. “그 이상 확고한 신앙이 어디 있겠느냐.” 물론 그도 회의할 때가 있다. 요즘이 그렇다. 우리 얼이 없이 마구 막을 올리는 연극, 물질주의시대에 무용지물이 되어 가는 연극, 보상이 없는 연극. “그동안 무용을 했으면 개인발표회라도 했지. 무용소라도 내지."

관객도 참여하지 않는다. 책 읽는 것보다 편하니까 본다는 정도다. '재미있다, 없다'로만 감상을 말한다. 그저 구경꾼이다. 옛날 관객들은 열광했다, 참여했다. 작중 인물이 나의 이상형이었다, 이런 팬레터도 보냈고 연서도 주었다. 유치하다면 유치하지만 풍류가 있고 정을 나누어 주었다.

지난해에도 그는 여섯 편의 연극에 출연했다. "지랄이지 지랄." 연기로 다 살아 보아서 '무엇이 부딪치더라도 다 아는 것 같다'. 이런 정도여서 '호박장사를 해도 연극배우 백성희가 호박장사'가 된다. 그런데 무엇이 그를 골수파 쟁이로 만들었을까. 연극에의 사랑, 성실, 집념이리라. 이런 것은 보편적 사실일 뿐 탐구로는 미흡하다. 여유있고 부드러워 보이지만 평범한 모습. 그것은 마치 보호색과 같아서 나의 추적을 지연시켰다.

두번째 만난 날 오후를 함께 보내고서다. 많은 얘기를 들었으나 무언지 미진했다. 나는 혼자 생각을 거듭하다 막다른 골목까지 갔다.

"선생님은 자기 성격을 어떻다고 생각하세요?"

"강철 같아요. 부러지지, 휘지가 않아. 모가 나고. 하나밖에 모르니까."

"선생님이요?"

"그런 것같이 안 보이죠. 재미있는 얘기 해 줄까?"

1960년도에 「딸들 자유를 구가하다」란 연극을 상연했다. 그는 막내딸 역을 맡았다. 결혼하라고 하면 '그런 건 시시하다, 국회의사당 단상에서 연설하겠다'고 기염을 토하는 여대생이었다. 그 장면을 무대에서 할 때다. 대사가 엇나왔다. '나는 국회의상당 단상에서' 했다. 그냥 넘어가도 되련만 그 자리서 다시 되풀이했다. '국회의상당상에서' 다시 했다. '국횡의사단' 세 번까지 고쳐도 안 되니까 '아이, 참' 혼자 짜증을 냈다.

객석에서 웃음이 터졌다. 옆에서 공연하던 정애란 씨가 '우' 하고 우는 것 같은 소리를 냈다. 웃음을 참다 못해 터트린 소리였다. 무대에서도 웃음이 터져 이 분 정도 연극이 중단됐다. "무대에서 이 분이 얼마나 큰 공백이야." 강계식 씨가 사태를 수습하느라 목청을 드높였다. '풋내 나는 처녀도 아니지만' 몇 장 뒤에 있는 대사인데 껑충 뛰어넘었다. 웃음을 참고 있던 막내아들 역의 배우가 객석에 들리지 않게 맞받았다. '누가 뭐라 그랬나.'

너무 고지식해서 저지른 실수. 정애란 씨는 이것을 두고두고 써먹었다. 누가 '백성희 씨는 대사가 정확해' 하면 '정확해? 한번 씹어 보라 그러지.' 그래서 그는 지금도 정애란 씨 앞에서 꼼짝 못한다. 1960년도 「다이알 M을 돌려라」 공연을 할 때다. 그때만 해도 입석제가 없어서 관객들이 무대 앞까지 와서 앉았다.

막이 올랐다. 그는 조항 씨와 소파에 앉아 있었다. 조항 씨는 옛날 애인인데 그에게 현재의 생활을 얘기하는 것이 첫 장면이었다. 극 중의 남편이 아내인 그를 죽이려는 계획을 꾸미고 있고 그는 그것을 알아채고 자신의 고민을 얘기하는 것이다.

이런 분위기니 대사는 나직하게 조용히 해야 하리라. 그런데 그의 대사가 들리지 않을 정도로 장내가 시끄러웠다. 그는 목소리를 크게 했다. 관객이 다 들리게 하느라고. 그래도 시끄러웠다. 그냥 계속하면 자연히 조용해질 텐데 이번엔 벌떡 일어나서 대사를 했다. 시작부터 오로지 '전달'하느라 소리를 지른 셈이다. 갑자기 눈물이 쏟아졌다. 그는 얼굴을 손으로 가린 채 소파에 주저앉았다. '막 내려!'

"그래서 막을 두 번 올렸어요. 연극 끝나고 집에 가선 앓았어요. 열이 펄펄 나더라구. 글쎄 정확한 것도 좋지만 그 우직이라니. 그래 가지고 용케도 세상 살았지."

"선생님, 그렇게 고지식하고 우직한 사람이 어떻게 집을 나왔죠? 어린 나이에. 재미있어요."

"그러니까 집을 나오는 거야. 자기 소신을 관철하는 거야. 우직하니까 이날까지 연극밖에 모르고 살았고. 답답하다고나 할까."

선생이 좋아하는 잉그리드 버그먼 얘기가 나왔을 때다. 버그먼은 두번째 남편 로베르토 로셀리니와 결혼할 때 모든 것을 다 버리고 이탈리아로 떠났다. 내 생각은 '멋지다'인데 선생은 "아까워" 했다. "글쎄, 배우가 할리우드에 있어야지 이탈리아는 가서 뭐해?"

주변에 남편과 사별하고 혼자 살던 친구가 있었다. 그 친구가 얼마 전 결혼했다고 알려 왔다. 선생은 대뜸 "주책이야" 했다. 그것도 그로선 도량있는 표현이다. "미쳤다 소린 안 했지."

그는 스스로 '현대 속에 사는 구시대 사람'이라고 한다. 연극은 성실과 정직을 요하는 것이어서 연극을 오래 하면 고지식해진다. 무엇보다 그가 자란 가문 분위기가 그렇게 만들었다. 그러나 그는 현대 사람들에게 자신과 같이 살기를 바라진 않는다. '나는 그랬다로 그쳐야 한다.' 시대 흐름으로 볼 때 '나는 무어냐?' 묻기도 한다. "선생님 같은 분이 뿌리죠." 내 말에 그는 다시 묻는다. 뿌리라고 치자, "그 뿌리를 어디다 써먹어야 하나." 사회생활에선 보증수표고 정직하게 사니까 됐다고 치자, 개인으로 볼 때 "나 같은 사람이 무슨 필요가 있느냐?"

편하게 사는 것을 싫어하는 사람, 낮잠은 못 잔다. 움츠러드는 겨울이 싫고 활동적이어서 여름이 좋다. '태만은 죽어 간다는 것'이어서 두 손주의 할머니가 되어서도 한밤까지 작업한다. 연극이란 신전에 자신을 휘몰아 넣고 우리에게 인생을 바친 배우. 수도자가 기도하듯 매순간 나를 비웠던 배우. 묵화도 가야금도 몰두한다 싶으면 치웠다. "무대에선 주역, 인생에선 단역이었지." 공연이 끝나고 텅 빈 무대에서 내려와 혼자 남산길을 걸어간다. 고독을 음미하며 자신을 되돌아본다. "나는 무어냐?" 누가 옆에 있더라도 아무도 말해 줄 수 없다. 단지 번민하는 모습이 진실해서 아름답다고 느낄 뿐.

"예술가들, 평범하죠. 이오네스코가 한국 왔을 때 만나 보니까 평범해요. 특별하지 않아요. 그런데 입을 여니까 다른 사람과 다른 이야기가 나와요. 그러니까 예술가겠죠."

이진순 선생의 인상 깊은 말이다. 이 말은 내가 만난 연극배우 백성희 선생에게도 그대로 적용된다. 한 시대를 대변하는 배우. 다음 세대가 하켄을 꽂고 오를 봉우리. 아니, 어떤 수식도 필요 없다. 포샤이며 블랑쉬이며 구포댁일 뿐. 그는 연극 자체일 뿐.

"나 보고 자서전 쓰라는 말을 하는데 생각 없어요. 배우의 연기는 제삼자가 느끼는 거니까 다른 사람이 써 주면 모를까. 배우는 순간의 예술을 하고 순간에 완전연소해요. 배우가 무얼 남기는 건 우스워요."

화가 박생광

연꽃 위에 정좌하고 천년의 꿈을 피우는 보살,
여체와 대좌하고 미소 짓는 부처,
내세의 그것과 같은 화려장엄한 토함산 해돋이.
환상적이면서 우리 꿈의 실체이고
동화적이며 기괴하고 무아의 세계이면서 요기妖氣가 흐른다.
시작도 끝도 없이 펼쳐진 인생의 만다라.

방에는 그가 그린 우리 삶의 역사가 화려장엄하게 펼쳐져 있다. 올 들어 구백 호가 넘는 대작 〈동학란〉과 〈내 나라 줄기〉를 그리기 위해 방 두 개를 트고 마루의 일부분까지 합쳐 꾸민 새 그림방인데 그 면적에 비하면 그가 누워 있는 아랫목 한 모퉁이는 아주 작다.

왜소한 체구의 그에겐 인간의 죽음의 장소로서도 이 방은 넓은 것처럼 보였다. 단군과 호랑이와 곰, 고려불상과 이조여인이 찬란하게 어우러진 〈내 나라 줄기〉로 민족적 감성을 되찾아 내 나라의 한 줄기가 된 위대한 화가이지만, 큰소리치지 않고 버러지처럼 생명에 순응했으며 또 그렇게 갈 그이기에, 돌이켜 보건대 그는 이날까지 큰소리치지 않고 살았다. 여느 사람처럼 생명의 법칙으로 태어났고 사랑, 참으로 사랑했으며 그 외에는 아무것도 없다고 생각한다. 그림은? 그림은 '그리지 않으면 못 살 것 같아 그린다'. 더구나 그는 때도 없이 만발한 미친 개나리처럼 육순이 넘어 다시 불붙기 시작한 미친 그림쟁이가 아닌가.

뛰어난 예술가들이 그러하듯 그도 화가의 운명을 지니고 있었던 듯하다. 아이 생광은 어려서부터 그림일기를 그렸다. 누가 시킨 것도 아니지만 그날 일을 꼭 그림으로 그리곤 했다. 중국의 북화北畵 그림책을 보고 묘사했고 당시 흔히 본 민화를 따라 그리기도 했다. 무엇보다 기억에 생생한 것은 시계를 그림처럼 벽에 걸어 놓고 보던 일이다. 보통학교에도 들어가기 전인데 아이는 헌 시계를 뜯어 기계가 조립된 내부를 새로운 것인 양 벽에 걸어 두었다.

가족 중 그에게 영향을 끼칠 만한 예술가도 없었다. 그는 농사꾼 집안에서 자랐다. 조금 특별했던 것은 농사를 지으면서 동학에 가담했던 아버지다. 아버지는 아이가 태어날 땐 하와이에 도피해 있었다.

그림은 잘 그렸지만 아이에게 화가가 되리라는 의식은 없었다. 그는 진주농고에 진학했다. 농사꾼의 아들이었고 자연을 좋아해서다. 그 후 농업과 직접 연결되진 않았지만 농고 진학은 그의 생에 중요한 가교가 되었다. 그는 농고에서 구니미 고미타로國見米太郎 선생을 만났다. 미술 선생인데 보통학교 때도 그분에게 배웠다. 선생은 그때 벌써 아이 생광의 솜씨를 칭찬했다. 우연히도 농고에서 다시 만나게 되자 그 선생이 그의 유학을 주선해 주었다.

1920년도 그는 교토 시립회화전문학교(현 교토예대)에 입학한다. 1923년도 선전에 밀레풍의 진주역 풍경 그림을 서양화 부문에 출품해 입선했으나, 그 뒤론 동양화가로 자리를 굳혔다. 메이로미술연구소 동양화 교수로 사 년 재직하고, 여러 전시회에서 입선, 특선하는 등 활약을 많이 했다. 폐를 앓아 잠시 귀국, 휴양 생활 한때를 빼놓고 그는 청년 시절을 온통 일본에서 보냈다. 그는 그때 신일본화 수업을 받으면서 전통적인 동양화 기법을 닦았다. 송宋의 휘종徽宗, 이적李迪에 이어지는 북종화北宗畵를 말함인데 지금 그의 색채 기법이나 물감에 아교를 섞는 등 재료 쓰는 법까지 그때 익힌 것이다.

그의 화가 수업 중 가장 중요한 것은 창작의욕 고취였다. 그것은 스승에게서 본받은 점이었다. 그들은 북화를 연구해서 현대적인 표현 방법을 보탰다. 철저한 공부 끝에 새로운 것이 창작되는 것이다. 이런 것에 자극받은 그는 일본미술원에 동인으로 가담, 현대회화에 발돋움하기도 했다. 제1회 전시회를 일본 긴자銀座에서 가졌다.

해방을 맞아 고향인 진주에 돌아왔다. 이때부터 다시 일본으로 건너가기까지의 삼십여 년을 그는 객기의 시대라 생각한다. 진주에서의 이십여 년, 홍대에 몸담았던 십여 년은 낭만으로 수놓아졌으나 작가로선 안일한 시기였다.

고향 진주는 고도古都이다. 기생이나 음식으로 이름난 풍류의 고장이며 사람들은 불투명하리만큼 욕심이 없다. 소박하며 인심이 좋아 배타성이 없다. 그렇지 않아도 낭만주의자인 그는 해방과 전쟁의 후유증 속에서 나약한 딜레탕트가 되었다. 당시의 시인이나 화가들과 어울려 아침부터 술을 마셨고 전쟁 때문에 집집마다 젊은 과부가 생긴 제주도에도 자주 드나들었다.

재미있는 일화 한 토막이 있다. 그를 위시해 몇 사람의 풍류객이 제주도 유지의 초대로 밀춧집에 갔을 때다. 밀매음까지 했던 업소라 이따금씩 경찰이 나오곤 하는데 그들이 술을 마시고 있을 때 경찰이 갑자기 들이닥쳤다. 술을 부어 주던 네 명의 여자가 후딱 창문으로 뛰어내렸다. 너무나 순식간의 일이었다. 자리를 함께한 진주의 시인이 창을 가리키며 말했다. "저기가 낙화암이요."

지금은 모두 추억이 됐지만 전쟁 시 통영에서 만났던 이중섭은 잊혀지지 않는다. 평전으로 널리 알려졌지만 중섭은 너무나 순수한 인간이었다. 돈이 없어서 담뱃갑 은박지에 데생을 하고 연필 가루로 문질렀다. 그중 하나가 보스턴박물관에 소장돼 있는데 그것을 다섯 장, 열 장씩 들고 나가 휴지값 같은 돈으로 바꿔 왔다. 중섭은 그 돈으로 술을 샀다.

그 시대의 순수에 대해 말하자면 그의 사랑 이력도 한번 짚고 넘어가야 한다. 지금도 사랑 찬미주의자지만 그때도 연애는 빠지지 않고 했다. 문귀달文貴達과의 사랑은 그 정수와도 같은데 사랑부재의 현대에선 신화처럼 그리운 얘기다.

귀달은 간호원이었다. 일본 거주 시절에도 하루가 멀다 하고 서로 편지를 보냈다. 귀달은 결혼하여 안정되기를 원했으나 그는 화가의 꿈을 버리지 못해 서로 헤어져 있어야만 했다. 하루는 한국에서 급보가 왔다. 폐를 앓던 귀달이 임종을 앞두고 있다는 소식이었다. 그가 고국으로 달려갔을 땐 귀달은 죽음을 헤매고 있었다. 그는 행여 여자를 살릴까 싶어 새끼손

가락 끝을 이빨로 끊어 귀달의 입에 물려 주었다. 수혈이 없었던 때라 그 것밖에 할 수 없었다.

사랑의 피도 천명을 거스르지 못했다. 국화꽃 만발한 가운데 귀달은 세 상을 떠났다. 그는 시체와 함께 이틀을 지새웠다. 폐를 앓으면 부모 형제 도 피했지만 그는 혼자 눈물의 예식을 치렀다. 그것으로 귀달과의 인연이 끝난 것은 아니다. 그는 귀달이 죽은 후 절에서 혼과 결혼식을 올렸다. 처 녀 귀신의 원을 풀기 위해서지만 여자의 혼과 맺을 만큼 그의 사랑이 지 고했던 것이다.

"요새 젊은 사람들 이런 사랑 못하지? 『설국』이 아름다운 건 고마코의 순수한 사랑 때문이야. 나이가 들어도 그런 것이 그리워요."

순수했으나 풍류를 일관했던 시대를 등진 것은 바로 십 년 전이다. 그 는 1973년에 다시 일본으로 떠났다. 국전과도 멀었고 일본화풍의 화가로 인식됐던 그는 화단에서 늘 소원돼 있었다. 또 삼십여 년간의 안일한 화 가 생활을 뒤늦게나마 청산하고 이국에서 새로 정진해 보려 했다. 해방 전 그는 일본화단에서 이십여 년간 수업, 활동했다. 그곳에서 기본을 닦 았던 만큼 그들과 다시 겨루어 보고 싶었다. 칠 년간 재직한 홍대에서 떠 나는 등 그는 큰 결단을 내렸다.

사 년간의 일본 체류는 삼십 년의 허송세월을 보상하듯 치열하게 영위 됐다. 도쿄대학원 약학과에 적을 둔 딸 은희 씨와 대학 앞에서 자취방을 얻어 시작했다. 눈을 뜨면 방에 깔려 있는 화선지의 그림과 화구가 먼저 눈에 들어왔다. 연구실에서 밤 열두시에 나오는 딸을 마중하러 산보 겸 나가는 일 외엔 외출도 거의 없었다. 그는 작은 방에서 백오십 호 정도의 큰 그림만 그렸고 주인은 집이 무너지겠다고 웃곤 했다.

창작에 대한 열정이 부활된 것이다. 그는 삼사십 년 전처럼 그림에 사 로잡혔다. 폐를 앓아 휴양 차 귀국, 옥천사에 묵었을 때 일이 바로 엊그제일처럼 떠올랐다. 그는 달밤에 화구를 들고 귀신처럼 피어 있는 자목련을 그렸다. 계곡에 가 붓대를 씻으며 달이 넘어갈 때까지 몰아의 지경에서 화폭만 들여다봤다.

그간 그는 일본미술원전에 다섯번 입상했다. 원전은 일 년에 봄, 가을 두 번 열리는데 1975, 1977년도엔 두 번 다 입상하는 결실을 가졌다. 그는 외국인으로선 처음으로 원전회원이 되었다. 일본미술원전은 쟁쟁한 화가들이 거쳐 간 출세의 지름길. 입상도 어려울 뿐 아니라 세 번 이상 입선되어야 원우로 추천된다.

"한국의 회화는 크게 나누어서 두 줄기로 발전해 왔다. 하나는 이른바 전통적 회화로서 그것은 강력히 중국회화의 영향을 받으면서 발전하였다. 조선조 초기의 북종화와 조선조 중기 이후의 남화의 존재가 바로 그것이다. 남화는 원래 서정적이고 온화한 분위기를 묘사하는 것이기에 정적인 미의 세계를 표현하기에는 무엇보다 적당한 예술형식이었다.

이것에 반하여 민중예술로 발전하여 온 민화나 무속도 같은 것은 오히려 민중 속에 잠재해 있는 에너지를 축적한 채 동적인 충격에 충만되었다. 전통적인 회화가 조화의 미를 찾아서 억제와 절제로 자기의 힘을 누르는 데 비해서 일정한 문법이 없는 민중회화는 그야말로 함성과 같은 강한 표현을 갖고 있었다.

한국회화의 정적인 특색은 유교의 윤리관이나 생활양식을 그 근거로 들 수가 있다. 지나친 것을 피하고 알맞은 것을 찾았던 조선조의 아름다움은 색채 세계에 있어서는 중간색 또는 백색을 숭상하고 형태에 있어서도 몽롱한 분위기나 유연한 것을 탐구하였다. 이에 우리의 전통적 회화는 고요에 가득 차 있다.

그러나 민중회화는 지켜야 할 미의 문법도 없고 그저 아마추어 화가들에 의해 이루어지기 때문에 기술의 치졸과 색채의 홍수가 있기 마련이다. 오늘날 높이 평가되고 있는 민화의 세계도 바로 그와 같은 무기교의 기교가 하나의 미의 경지를 이루고 있는 상황이다. 예배의 대상으로 제작한 불화나 무속도도 바로 그러한 대표적인 민중회화의 하나인 것이다."
—이경성李慶成

오늘날 한국화는 조선조 이래 남종南宗 수묵화가 대세를 이루고 있다. 북화적 양식에 뿌리를 내린 그의 화풍은 이 속에서 독특하고 이색적인 것이었다. 그는 1977년의 귀국전에 이어 사 년 만인 1981년 백상기념관에서 한국에서의 두번째 전시회를 가졌는데 이 전시회로 그의 강한 개성은 확고하게 자리를 잡았다.

그는 사실적 소재를 정교하게 그려 그것을 평면화로 재구성, 추상주의 경향을 보인다. 살포시 들어 올린 한국 건축의 처마 곡선, 창살, 나전칠기의 문양, 고구려의 고분벽화, 불화, 신들린 무당의 세계가 펼쳐진 무속화 등 전통예술과 민속에서 딴 것. 여기에다 원근법 무시를 통해 현대적 조형 시도를 했다.

그의 그림에서 또 하나 간과할 수 없는 것은 강렬한 단청 채색이다. '원초적 색감의 복귀'로서 색채는 선이나 표현의 종속이 아니라 그 자체가 구성이 된다. 이것은 화면 전체를 누비는 철선鐵線 같은 윤곽선들과 함께 종래 한국화의 정적 세계를 깨뜨리고 생명력을 가져온다. 그 동감動感으로 작품은 '새로운 민화'같이 느껴진다. 먼저 그의 색채에 다가가 보자.

"단청은 1977년 첫 전시회 뒤부터 쓰기 시작했지만 전부터 좋아했어요. 생리적으로 좋았어요. 일반 채색은 옅어서 재미없어요. 옛날이나 지금이나 나는 산수화를 보면 돌아섭니다. 얼마 전 「먹」이란 팸플릿이 집에 왔는데 젊은 사람들이 하는 거예요. 먹 색깔이 뭐 그리 한국적인지, 빛깔을 왜 추구하지 않나? 젊은 사람들이 여운이니 하는 것도 기분 나빠. 왜 좀 활기있게 못할까."

"한국적인 색깔이 있다면 그것은 어떤 색일까요."

"색동과 흰색이라 할 수 있지. 가장 원색인데 국민성이 억제되면서도 담백해. 일본 사람들은 곤색과 중간색을 좋아해요. 마음이 약하니까. 색깔은 국민성뿐 아니라 그 나라 자연조건과도 연관이 있어요. 중국 돈황에 있는 동굴벽화를 보면 비취 가루가 많이 채색돼 있어요. 중국에 옥이 많이 나오니까. 한국엔 흙이 좋아 적토, 황토색이 잘 나와요. 일본에서도 한국 흙을 사 가요. 고구려 벽화의 토황색은 시간이 흐르면서 자연히 변한 색인데 그 빛깔, 좋은 거지. 고구려 벽화는 빛깔뿐 아니라 구도 등으로도 심미적이에요. 제일 좋은 경지의 회화지. 그것을 부수려고 하지만 많이 배우고 인용하고 있어요."

"고구려 벽화뿐 아니라 선생님은 우리 전통예술이나 민속에서 소재를 찾는데 그건 의식적으로 택한 것입니까."

"내 나라 것을 의식하면서 나온 거지. 한국적인 것을 좋아하니까. 종묘의 건축선은 기가 막힌 겁니다. 집을 짓는다면 종묘를 본떠 짓고 싶어요. 이런 애착이 소재로 나타났을 뿐 한국적이기 위해 쓴 건 아니야. 그런 일은 없어요."

"요즘 들어 동양화를 한국화라 고쳐 씁니다. 그러니까 이런 반문이 생겨요. '우리 화가의 서양화는 한국화가 아니란 말인가?'"

"한국화라 고치는 건 말이 안 돼. 모란 종자에 모란 피듯 한국 사람에게서 한국 것이 나오는 거지, 나는 앞으로 한국이란 말을 안 하겠어요."

진보적인 예술가들이 그러하듯 그도 한국적이란 말에 거부감을 심하게 나타낸다. 그의 그림에 일본적 색채가 있다는 말을 들어 더욱 그러할 것이다. 일본에서 이십여 년간 그림수업을 했으니 영향을 받았지만 그것에 대한 편견도 많다.

한국화가 중국에서 들어온 남종화의 아류이며 재창조이듯 일본화도 북종화적인 방법에 근대정신을 발전 계승시킨 것이다. 그에게서 엿보인다는 일본 색채를 거슬러 올라가면 북종화의 그것이다. 그렇다면 그도 반문할 것이 있다. '우리 한국화에도 남종화적 색채가 있지 않느냐'고.

그의 그림이 북종화를 기반으로 출발한 것은 무엇보다 그의 기호에 의해서였다. 그는 휘종 그림을 좋아했다. 제왕적이면서 섬세하다. 북화의 특징은 정밀성, 품격있는 채색, 사실성인데 정부 산하 화원에 소속된 어용화가가 주로 그렸다.

남화는 선비들이 많이 그렸다. 운치있고 문학성이 있다. 대나무를 그리는 등 관념적이고 추상적이다. 그는 감정이 앞서는 남화를 싫어했다. 회화적으로 보다 엄격한 북화가 체질에 맞았다. 그가 일본 영향을 받은 부분은 그림의 장식성이다. 장식성이란 양식화인데 일본화에서 볼 수 있는 것. 양식화시키면 그림에 움직임이 없고 고정된다. 민화는 장식성으로 출발한 것이나 비교적 장식성이 느껴지지 않는다. 기교가 없다. 좋은 의미에서 어리석음이 있고 이 가운데 한국적 우아함이 있다. 진정한 한국화가 있다면 민화가 바로 그것이다.

"일본의 한 서양화가는 『오늘의 예술』이란 책에서 예술의 세 가지 원칙을 말했어요. 그중 멋있는 그림을 그리지 말라는 것이 있어요. 보기 싫은 그림을 그려야 한다. 이건 역설이지. 나는 요즘 학교에 가면 남을 위해서 그림 그리지 말라고 해요. 자기에게 보이고 싶은 그림을 그려야지 남비위 맞추려니까 산수, 화조를 그리지. 회화원칙에서 벗어나지 않는 한에서 내가 만족하는 미의 궁극을 그리면 그게 예술이지."

그의 그림에는 불화가 유난히 많다. 〈토함산 해돋이〉〈청담대종사靑潭大

宗師〉〈보살〉 등. 이런 것은 그와 불교와의 연을 생각하게 한다. 고구려 벽화에서 보는 듯한 토황색의 불상들은 높은 정신미를 보여 주고 이것은 작가의 경지가 표출된 것 같다. 그러나 그는 불상들을 소재로서만 다룰 뿐 종교적 계시나 의미를 주고자 하지는 않았다.

청담青潭은 같은 고향 태생에다 진주농고 동기로 그가 교토에 있을 때 청담을 초청할 정도로 두 사람이 가까웠다. 보통학교 시절부터 정의에 불탔고 틀어진 것을 싫어했던 청담의 값어치를 알리느라 그림을 그린 것이다.

그는 불교신자도 아니고 무당도 믿지 않는다. 그가 즐겨 그리는 불상도 무당도 소재의 하나이고 회화로서만 표현했다. 철저한 환쟁이다. "무당을 믿을 리가 있나, 무당을 사랑한다면 사랑하지만."

믿으면 좋은 그림이 안 나온다. 그 속에 빠지면 객관화가 안 된다. 1984년도에 그는 세인을 놀라게 한 세번째 전시회를 문예회관 미술관에서 가졌는데, 대작 〈명성왕후〉에 대한 그의 생각을 들어 보면 객관화에 대해 더 잘 알 수 있다.

명성왕후를 그린 것은 한국의 〈게르니카〉를 그리겠다는 의도에서다. 명성왕후에 대한 애착은 보다 강한데 그가 죽어 간 환경이 아름다워서다. "참혹하지만 꽃다운 데가 있어." 왕후가 불탄 자리가 보이는 경복궁 누각 앞의 연못은 무심하기만 하고.

"선생님이 명성왕후를 그리려는 것은 그의 의식이나 정치사상을 받들어서가 아니죠. 유미주의 발상이에요."

"유미적이니까 그림이 되지. 나는 민비를 찬란하게 그리려 해요. 역사에 빠지면 기록화밖에 안 돼."

문예회관 전시회 때 인도에 관한 그림도 많이 선보였다. 1982년도 한 달가량 인도를 돌아보고 왔다. 그 후 일 년 남짓 되는 기간에 팔십 호 스무 장을 그렸다.

인도 그림이라고 해서 인도 풍속이나 풍경만을 그린 것은 아니다. "한국과의 관계가 있어야 한다." 사백 호 대작에는 우리나라에서 처음으로 인도 땅을 밟았던 혜초 스님, 코끼리, 고려불상, 고구려 고분벽화의 용이 인도의 시바신과 함께 숨 쉬고 있다. 힌두교의 남신인 시바신은 남근의 상징, 시바신 둘레엔 여러 가지 성희性戲가 묘사돼 있고, 이것들은 모두 문양처럼 법륜 속에 자리잡고 있다.

우리 선대들은 성에 대해 시끄럽게 왈가왈부했지만 인도인들은 그걸 생존 원리로 생각했다. 지혜로운 문화를 들여다보면 처음도 끝도 없다. 그는 인도에서 영원이라는 것을 보았다. 지구 위의 모든 것이 끝나도 인도는 끝나지 않는다. 인도의 정치, 경제 상황은 표면에 나타난 현상일 뿐 그 정신의 물줄기는 도도히 땅속을 흐르고 있다.

"후회 없이 죽으려면 인도를 가 보세요. 인도 사람들은 아무것도 두려워하지 않고 안심하고 있어요. 태어나는 것은 죽기 위해서이고 내세에 가서 다시 태어난다고 믿고 있어요. 내세를 위해 다시 낳아요."

무신론자인 그는, '신은 인간 스스로 만든 것'이라 생각한다. 신도 운명도 믿지 않지만 인간이 재로서 끝난다는 것은 믿어지지 않는다. 인도를 다녀온 후 내세가 있다고 믿고 싶어졌다. "좀 있으면 믿을런지 알 수 없지."

그의 옛날 호는 '내고乃古'이다. 명나라 때 장쑤성江蘇省의 부호 모진毛晉이 만든 당대 최고의 장서관 '급고각汲古閣'에서 딴 것. '길을' 급汲에서 삼수변을 빼고 이에 내乃를 만들었다. 원래부터 고古 자를 좋아하여 '乃古'라고 스스로 지었다.

그는 오래된 것을 좋아한다. 선조들의 손때 묻은 반닫이나 이끼 긴 담장, 옛 친구는 언제 봐도 정답다. 세월이 그냥 가는 것은 아니다. 기다린

만큼의 이야기를 준다. 긴 시간을 부질없는 낭만으로 허비했지만 그에게도 뒤늦게 자각이 왔다. 칠순에 회생했으니 오래도록 살 만하지 않은가. 그는 올봄에 구백 호짜리 그림을 두 점 완성했다. 동양화에 이토록 큰 그림은 없다. 그만이 부딪치며 일을 해낸다.

지난해 암 선고를 받고도 하루 열 시간 이상 그림을 그리며 초인적으로 병을 극기했다. 프랑스의 평론가가 내한, 그의 그림을 지정해서 올해 오월 프랑스 그랑팔레 한국전에서 특별전을 갖게 된 것이 창작열을 북돋았다. 요즘 건강이 나빠졌지만 프랑스에서 열릴 그의 특별전시회에 다녀와서 제주도의 박물관에 가 보려 한다. 우리 무속을 더 공부하고 싶다. 무당을 믿진 않는다지만 어느 평론가의 지적대로 그는 '샤머니즘은 역사적 시간을 넘어서 오늘의 생활 속에 생명의 발열이 되고 있다는 통찰을 하고 있다'.

샤머니즘은 불교나 기독교처럼 깊은 사상은 없을지라도 자연을 숭배한 한국인의 소박한 종교다. 또 굿판과 신 오른 무당은 얼마나 화려하고 신비한가. '국적있는 그림'을 말하기도 하지만 이러한 소재 선택은 자연스런 귀결이기도 하다. 고도인 진주엔 절이 많았다. 불상이나 탱화는 낯익은 것이고 무당도 어릴 때부터 많이 보았다. 집에서도 굿을 했다. 뿐만 아니라 그 자신도 죽은 처녀와 혼례를 올린 적이 있다. 믿건 말건 무속은 그의 몸에 배어 있었고 그것이 자연히 화폭으로 우러나왔다. 일본에서 양분을 얻었다 하더라도 그의 뿌리는 한국이다.

대작 〈동학란〉 한가운데는 녹두장군의 눈썹이 시퍼렇게 꿈틀거리고 그 옆에 백의의 화가 자신이 그려져 있다. 순전한 예술가로서 역사 밖에서 혼자 꿈을 펼친 듯하지만 그의 몸속엔 동학의 피가 흐르고 있다. 한때 그의 그림은 일본풍이라 백안시당하기도 했는데 그는 쓸쓸히 말한다.

"무정부주의자로 일본 덴노를 암살하려 했던 박열이나 우장춘 박사는 외국에서 더 알아주었고 한국에선 대우하지 않았어요. 그런 것을 생각하면 가슴이 아파. 나는 한국에서 혜택받은 것이 아무것도 없어요. 혜택이 있었다면 내가 한국에 태어났다는 것이 혜택이야."

아내와 젊은 두 아들의 혼백이 저승으로 떠나는 것을 지켜보았을 만큼 그는 오래 살았다. 인생의 온갖 맛을 다 알았다. 그렇게 고희를 넘긴 그의 연륜은 화폭에도 묻어난다. 학을 타고 하늘을 날며 피리 부는 어린 선녀, 연꽃 위에 정좌하고 천년의 꿈을 피우는 보살, 여체와 대좌하고 미소 짓는 부처, 내세의 그것과 같은 화려장엄한 토함산 해돋이. 이것은 동화적이며 기괴하고 환상적이면서 바로 우리 꿈의 실체이며 무아의 세계이면서 요기가 흐른다. 시작도 끝도 없이 펼쳐진 인생의 만다라.

문득 그의 이십대 일이 떠오른다. 그를 좋아했던 한 기녀가 하룻밤을 함께 보내고 싶다 청했다. 그때 그는 육체의 순결을 사랑의 순결로 생각하고 있었다. 어린 청년은 기녀를 나무라며 거절했다.

"어리석지. 그건 사람도 아니지."

무신론자인 그가 기도하듯 겸허하게 두 손을 모을 때가 있다. 꽃을 볼 때 그렇고 지고한 사랑 앞에서 그러하다. 그것이야말로 구원이 아닐까. 그는 여성숭배자인 가와바타 야스나리를 아름답게 생각한다. 첫사랑이었던 북 치는 소녀와 헤어지며 서럽게 울었던 소년. 만년의 자살은 소녀를 사모했기 때문이란 풍문이 있었다. 사랑을 생의 궁극으로 여겼던 가와바타에게 자살은 당연한 귀결이었다.

그는 로댕의 제자였으며 시인이었던 다카무라 고타로의 사랑을 찬미한다. 아내를 극진히 사랑했던 조각가는 작품을 할 때 꼭 아내에게 보였고 아내의 조언을 작품에 반영했다. 아내 지에코가 미쳐서 죽을 때까지 헌신적인 사랑이 계속됐고 아내에게 시집을 바쳤다. 팔순의 노익장이지만 그도 지에코 같은 사랑을 그리워한다. 그의 스케치를 함께 보며 사랑의 영향을 줄 누군가를.

그는 이날까지 그림과 함께 사랑을 잊지 않고 살아왔다. "여자를 보고 감정을 품지 않는다면 그림도 못 그리게 될 거야." 세상에서 좋은 건 역시 사랑이고 여자다. 동물은 다 그렇다. 성자나 도사는 청량제로서 있을 뿐 그 외에는 똑같다. 그의 호처럼 '그대로' 사는 거다.

"공자 같은 성인은 오히려 더 순조롭게 세상을 살아가는 사람 아닌가. 질서를 잘 지키고. 벌거숭이로 사는 사람은 성인이 못 됩니다."

천지의 오만 빛깔이 눈부신 그림을 베개 삼아 누워 있는 그의 모습은 나비를 꿈꾸는 버러지 같다. 호메로스도 죽어 나비가 됐다고 하던가. 인생의 대지에서 연둣빛 벌레로 순명하다 고통의 허물을 벗고 천상으로 오르는 나비.

그는 이미 죽음을 준비하고, 바느질 솜씨가 참한 진주 규수에게 부탁해 상복을 지어 놓았다. 관도 주문해 놓았다. 은행나무로 짠 관에는 빨간 옻칠을 하고 뚜껑은 까만 대리석으로 맞추었다. 관이 오면 그것을 방 안에 두고 그는 쓰러지는 날까지 손에서 붓을 놓지 않을 것이다. 화선지 속에서 수백 마리의 나비를 날려 보내고 생명이 다한 어느 시각에는 스스로 나비가 되어 이승을 떠나리라. 당신의 그림처럼 화려한 내세가 가슴을 펼치고 혼을 맞으리.

306

예술가 소개

본문 수록순

화가 장욱진張旭鎭은 1917년 충남 연기 출생으로, 일본 도쿄 제국미술학교 서양화과를 졸업했다. 신사실파 동인, 2·9 동인, 앙가주망 동인 등으로 활동했으며, 서울대 미대 교수를 역임했다. 1990년 타계.

가야금 작곡가 황병기黃秉冀는 1936년 서울 출생으로, 서울대 법대를 졸업했다. 이화여대 한국음악과 교수, 미국 하버드대학 객원교수, 문화재위원 등을 역임하고, 국립관현악단 예술감독으로 일했다. 호암상, 후쿠오카 아시아문화대상을 받았으며 대한민국예술원 회원을 지냈다. 2018년 타계.

건축가 김중업金重業은 1922년 평양 출생으로, 일본 요코하마 고등공업학교(현 요코하마 국립대학)를 졸업하고 르 코르뷔지에 건축연구소에서 사 년간 수업했다. 홍익대 건축미술과 교수, 프랑스 문화부 고문건축가, 미국 로드아일랜드 미술대학 교수, 하버드대학 객원교수 등을 역임했다. 1988년 타계.

시인 김종삼金宗三은 1921년 황해도 은율 출생으로, 일본 도요시마상업학교를 졸업하고 도쿄문화학원 문학과에서 이 년간 수학 후 극예술협회, 국방부 정훈국, 동아방송 등에서 일했다. 1953년 『신세계』에 「돌각담」을 발표하면서 등단했고, 1971년 「민간인民間人」으로 제2회 '현대시학 작품상'을 받았다. 1984년 타계.

화가 유영국劉永國은 1916년 경북 울진 출생으로, 도쿄문화학원 서양화과를 졸업했다. 1938년 도쿄에서 열린 제2회 「자유미술전」에서 최고상을 수상했으며, 신사실파, 신상회新象會 창립회원으로 활동했다. 홍익대 미대 교수, 대한민국예술원 회원 등을 역임했다. 2002년 타계.

가곡여창歌曲女唱 김월하金月荷는 1918년 서울 출생으로, 어릴 때 조선권번에서 시조와 가사를 배우고, 한국전쟁 때 부산에서 정악正樂을 공부했다. 1973년 인간문화재 가곡여창 기능 보유자가 되었으며, 서울대·한양대·추계예술대 강사, 국악협회 고문, 월하문화재단 이사장 등을 역임했다. 1996년 타계.

전통무용가 이매방李梅芳은 1927년 전남 목포 출생으로, 일곱 살 때 목포권번에서 춤을 배우기 시작, 1948년 목포 명인명창대회를 통해 전통무용가로서 활동하기 시작했다. 중요무형문화재 승무(1987)와 살풀이춤(1990)의 예능보유자로 지정받았으며, 용인대 무용학과 교수를 역임했다. 프랑스 예술 문화훈장, 은관 문화훈장을 받았다. 2015년 타계.

토우 제작가 윤경열尹京烈은 1916년 함북 주을 출생으로, 일본 나카노코 인형연구소에서 사 년여 간 수업하고 1943년 개성에서 고려인형사를 열었다. 이때 만난 고유섭 개성박물관장의 권유로 경주에 내려와 1949년 풍속인형연구소 고청사古青舍를 설립하고 신라문화연구에 한생을 바쳤다. 1954년 경주 어린이박물관학교를 설립, 만년강사로 활동했고 『경주 남산 고적순례』『신라 이야기』등의 저서를 펴냈다. 1999년 타계.

조각가 최종태崔鍾泰는 1932년 대전 출생으로, 서울대 미대 조소과를 졸업했다. 이화여대 미대 교수, 서울대 미대 교수, 서울가톨릭미술가협회 회장을 역임하고, 현재 대한민국예술원 회원, 김종영미술관 관장, 장욱진미술문화재단 이사, 유영국미술문화재단 이사, 이동훈미술상 운영위원장 등으로 활동하고 있다.

작곡가 강석희姜碩熙는 1934년 서울 출생으로, 서울대 음대 작곡과를 졸업하고 독일 하노버음악대학에서 윤이상에게 사사했으며, 베를린음악대학에서 작곡을 배웠다. 서울대 음대 교수, 미국 뉴욕대학 음대 객원교수, 계명대 음대 명예교수 등을 역임했다. 2020년 타계.

연극연출가 유덕형柳德馨은 1938년 서울 출생으로, 연세대 영문과 졸업 후 미국 트리니티대학에서 연극석사학위를 받고, 예일대학에서 연극박사과정을 수료했다. 서울예술전문대학 학장, 한국예술종합학교 객원교수를 역임하고, 서울예술대 총장을 지냈다. 한국인 최초로 '존 록펠러 3세 상'을 수상했다.

조각가 문신文信은 1923년 일본 사가현 다케오 출생으로, 마산에서 유년 시절을 보냈다. 일본 도쿄미술학교 서양화과 수료 후 국내에서 십여 차례 회화와 부조조각 개인전을 가졌다. 1961년 프랑스로 건너가 추상 회화와 조각에 몰두, 1970년 포르-바카레스 국제조각 심포지엄에 〈태양의 사자〉를 출품하여 세계적인 조각가가 되었다. 1995년 타계.

작곡가 백병동白秉東은 1936년 서울 출생으로, 서울대 음대를 졸업하고 독일 하노버음악대학에서 윤이상에게 사사했다. 1965년 가야금곡 「실내음악」으로 작곡을 시작, 지금까지 독주곡·실내악곡·관현악곡·칸타타 등 동서양 악기를 넘나드는 작품 백여 곡을 썼다. 이화여대 음대 강사, 서울대 음대 교수를 역임했고, 현재 서울대학교 명예교수, 대한민국예술원 회원이다.

연극배우 백성희白星姬는 1925년 서울 태생으로, 동덕여고 시절 빅타무용연구소에 몰래 다니면서 배우가 될 기초를 닦았다. 연극 「봉선화」에 출연, 십대에 배우로 데뷔하고 1950년 국립극단 창립단원이 된 뒤 칠십여 년간 「뇌우」 「산불」 「바냐아저씨」 등 연극 사백여 편에 출연하면서 평생 무대를 지켰다. 1972년 국립극단 최연소 여성단장으로 선출, 3·1문화상 등을 받았으며 국립극장은 그의 업적을 기려 백성희장민호극장을 개관했다. 2016년 타계.

화가 박생광朴生光은 1904년 경남 진주 출생으로, 일본 교토시립회화전문학교에서 새로운 감각의 일본화를 배웠다. 조선미술전람회에 세 차례 입선했으며, 1967년 서울로 올라와 채색화에 기초하여 민족회화를 현대적으로 계승하는 작업을 선보였다. 1985년 프랑스 그랑팔레 르 살롱전에 특별 초대된 바 있다. 1985년 타계.

작가 강석경姜石景은 이화여대 미대 조소과를 졸업 후 1974년 단편 「근」과
「오픈게임」으로 『문학사상』 제1회 신인상을 수상하면서 문단에 데뷔했다.
『숲속의 방』으로 '오늘의 작가상'과 '녹원문학상'을, 『나는 너무 멀리 왔을까』로
'21세기 문학상'을, 『신성한 봄』으로 '동리문학상'을 수상했다.
소설집 『밤과 요람』 『숲속의 방』 『툰드라』, 장편소설 『청색시대』 『가까운 골짜기』
『세상의 별은 다 라사에 뜬다』 『내 안의 깊은 계단』 『미불』 『신성한 봄』, 장편동화
『인도로 간 또또』 『북 치는 소녀』, 산문집 『인도기행』 『능으로 가는 길』
『이 고도를 사랑한다』 『저 절로 가는 사람』 등이 있다.

사진가 김동희金東禧는 1949년 경남 부산 출생으로, 서라벌예술대
사진과를 졸업하고 현재 프리랜서로 활동하고 있다.

일하는 예술가들
강석경의 인간탐구

사진 김동희

초판 1쇄 발행 1986년 7월 5일
개정증보판 1쇄 발행 2018년 8월 1일
개정증보판 3쇄 발행 2023년 5월 15일
발행인 李起雄 발행처 悅話堂
경기도 파주시 광인사길 25 파주출판도시
전화 031-955-7000 팩스 031-955-7010
www.youlhwadang.co.kr yhdp@youlhwadang.co.kr
등록번호 제10-74호 등록일자 1971년 7월 2일
편집 박미 김성호 디자인 박소영 오효정
인쇄 제책 (주)상지사피앤비

ISBN 978-89-301-0620-7 03800